HEYNE

DAS BUCH

Der Kontinent Torea liegt in Schutt und Asche, und der größenwahnsinnige Kaiser Warsovran will die Kraft des magischen Feuerschwerts Silbertod nutzen, bis ihm die ganze Welt zu Füßen liegt oder in Flammen untergeht. Als es dem Kapitän des Piratenschiffs Shadowmoon gelingt, dem Kaiser die tödliche Waffe zu entwenden, atmen die Völker der Mondwelt auf – bis sich herausstellt, dass Kapitän Feran selbst ein dunkles Geheimnis umgibt.

So liegt es an dem galanten Vampir Laron, der allmählich die Freuden der Sterblichkeit entdeckt, und der geheimnisvollen Magierin Wensomer, die Welt vor dem dunklen Zauber zu schützen. Und es dauert nicht lange, bis sie gemeinsam mit der ehemaligen Besatzung der Shadowmoon erneut in ein unglaubliches Abenteuer segeln …

Mit »Der Fluch der Shadowmoon« setzt Sean McMullen seine große Piraten-Fantasy *Die Mondwelten-Saga* fort, die mit »Die Fahrt der Shadowmoon« begann.

DER AUTOR

Sean McMullen, geboren im australischen Viktoria, war lange Jahre Musiker und Sänger, bevor er mit dem Schreiben phantastischer Geschichten begann. Heute zählt er zu den interessantesten und erfolgreichsten Fantasy- und Science-Fiction-Autoren Australiens. Sein Werk wurde mehrfach ausgezeichnet. Mit seiner Frau und seiner ebenfalls schreibenden Tochter lebt er in Australien.

Sean McMullen

Der Fluch der Shadowmoon

Roman

Deutsche Erstausgabe

WILHELM HEYNE VERLAG
MÜNCHEN

Titel der amerikanischen Originalausgabe
VOYAGE OF THE SHADOWMOON (PART 2)
Deutsche Übersetzung von Christian Jentzsch

FSC
Mix
Produktgruppe aus vorbildlich bewirtschafteten Wäldern und anderen kontrollierten Herkünften
Zert.-Nr. SGS-COC-1940
www.fsc.org
© 1996 Forest Stewardship Council

Verlagsgruppe Random House
FSC-DEU-0100
Das für dieses Buch verwendete FSC-zertifizierte Papier *München Super* für Taschenbücher aus dem Heyne Verlag liefert Mochenwangen.

Deutsche Erstausgabe 01/2007
Redaktion: Vanessa Lamatsch

Printed in Germany 2007
Titelillustration: Arndt Drechsler
Umschlaggestaltung: Nele Schütz Design, München
Karte: Andreas Hancock
Satz: Greiner & Reichel, Köln
Druck und Bindung: GGP Media GmbH, Pößneck

ISBN: 978-3-453-52241-1

http://www.heyne.de

Für Trish,
mein wandelndes Lexikon

Die Wel
Dacostia
Wildernischer Ozean
Charten-Yir
Okzidanischer Ozean
Portus
Fox
Bantrok
N
60
40
20
0
20
40
60
80
Acremanische Meilen
0 500 1000 1200
0 500 1000 1500 2000
Toreanische Meilen

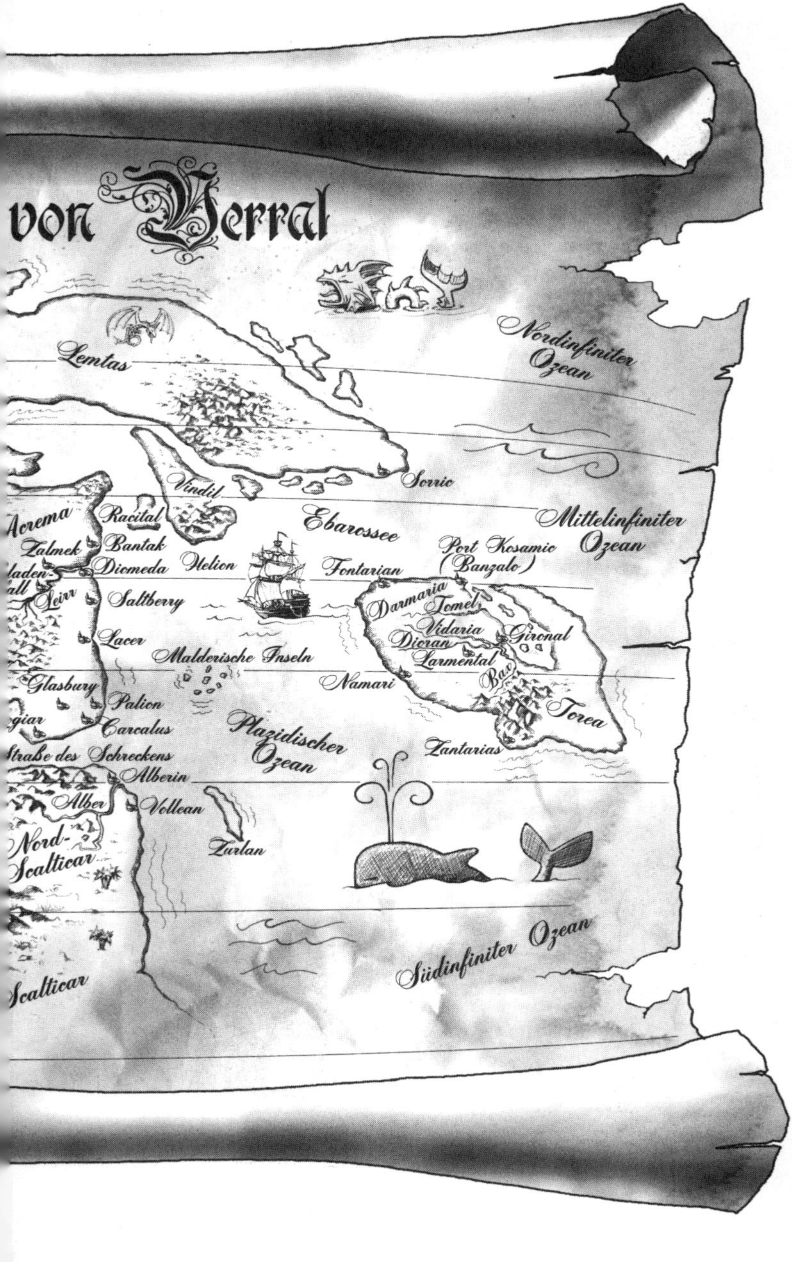

von Verral
Nordinfiniter Ozean
Lemtas
Sorric
Vindil
Acrema
Racital
Ebarossee
Mittelinfiniter Ozean
Zalmek
Bantak
Port Kosamic (Banzalo)
Diomeda
Helion
Fontarian
Leirr
Saltberry
Darmaria
Tomel
Vidaria
Gironal
Lacer
Dicran
Larmental
Malderische Inseln
Namari
Bax
Glasbury
Palion
Torea
Carcalus
Plazidischer Ozean
Zantarias
des Schreckens
Alberin
Alber
Vollean
Nord-Scalticar
Zurlan
Südinfiniter Ozean
Scalticar

1

FAHRT NACH NORD-SCALTICAR

Eine Stunde, nachdem Miral hinter den Hügeln rund um die Ebene von Diomeda versunken war, ging Feran in die Taverne *Zum Bernstein*. Er saß einfach da und genoss das Gefühl des Alleinseins und, nach mehr als einer Woche mit durchweichtem Schiffszwieback und gelegentlich einem Fisch als einzige Nahrung, auch den Geruch und Geschmack der Speisen. Er hatte wieder festen Boden ohne knarrende Planken unter den Füßen und musste keine Befehle mehr erteilen, sondern nur noch sein Essen bestellen. Die Seegrasmatten, die zwei der Wände bildeten, waren hochgerollt worden, um den Abendwind hereinzulassen, und flinke vindicische Schankmaiden in einfachen, aber eleganten gelbroten Sarellen glitten mit Tabletts voller Speisen und Getränke zwischen den Tischen hin und her. Er kaufte sich einen Kelch Wein und trank bedächtig.

Er musste über vieles nachdenken. Im Herzen eines toten Kontinents hatte er feststellen müssen, dass die abscheulichste Waffe, die er sich vorstellen konnte, wieder in die Hände eines raffinierten Wahnsinnigen gefallen war. Außerdem hatte er herausgefunden, dass Laron nicht mehr unsterblich und folglich körperlich schwach war.

Jemand tauchte vor seinem Tisch auf. »Da sitzt ein Mann,

dessen Gedanken um tote Städte aus Glas und Wälder von Masten ohne Schiffe kreisen.«

Feran blickte auf und sah Druskarl vor sich stehen. »Eigentlich nicht, aber nehmt dennoch Platz«, antwortete er und wies auf einen eckigen Korbhocker an seinem Tisch.

»Also seid Ihr am Leben.«

»Und Ihr seid nicht auf Helion.«

»Ihr auch nicht.«

»Sehr scharfsinnig.«

»Geht es Nona gut?«

»Es ging ihr nie besser, sie ist in Sicherheit und gesund – und geht einer ehrlichen Arbeit nach. Gerüchten zufolge wurde Laron auf Helion als metrologischer Priester hingerichtet und dann durch Silbertod wieder zum Leben erweckt.«

»Das stimmt.«

»Wie ist das passiert?«

»Ich habe alles mit angesehen, aber aus der Ferne. Silbertod braucht einen gesunden Wirt, um zu funktionieren. Er hat Laron sozusagen vom Tod geheilt.«

»Raffiniert. Er tötet Kontinente und erweckt dann Tote. Ich nehme nicht an, dass er auch Torea wiederherstellen kann?«

»Das bezweifle ich.«

»Warum Laron? Wusste Warsovran, dass er ein Vampyr war?«

»Nein. Er wurde lediglich mit dem Ring eines Metrologen am Finger entdeckt. Warsovran brauchte jemanden für eine öffentliche Hinrichtung und es war kein anderer greifbar.«

»Also hat sich in der allgemeinen Verwirrung niemand die Mühe gemacht, seine Zugehörigkeit zum Orden zu prüfen?«

»Es geht nichts über einen Krieg, um Verwirrung zu stiften. Warsovran schlug ihn mit der Axt nieder, ohne zu wissen, dass der kleine Mistkerl schon tot war und Wunden ihm nichts anhaben konnten. Dann streiften sie ihm Silbertod über, der ihn als Wirt annahm. Nachdem Warsovran ihm den Befehl erteilt hatte, seine Feuerkreise heraufzubeschwören, hatte Laron keine Wunden mehr und konnte wieder stehen und sprechen. Niemandem außer mir war aufgefallen, dass er zu diesem Zeitpunkt wach war, obwohl Miral gerade untergegangen war. Silbertod hat ihn zum Leben erweckt. Warmes Blut fließt in seinen Adern, er kann wach sein, wann es ihm beliebt, und hat zu seinem Bedauern nur noch ein Zehntel seiner vorherigen Stärke.«

Druskarl lehnte sich zurück, verschränkte die Arme und dachte über die Lücken nach, die Ferans Geschichte gerade gefüllt hatte. Plötzlich sah die Zukunft wieder vielversprechend aus.

»Wie seid Ihr entkommen?«, fragte der Eunuch.

»Ich bin ein guter Schwimmer.«

»Und vermutlich seid Ihr sofort nach Sonnenuntergang zu der Stelle geschwommen, wo die *Shadowmoon* gesunken war, sobald die Gezeiten es erlaubten. Wer war bei Euch?«

»Norrieav, Hazlok und D'Atro haben überlebt. Heinder und Martok wurden beim Angriff von Warsovrans Geschwader getötet.«

»Und warum seid Ihr jetzt in Warsovrans stärkster Festung?«

»Letztendlich wird man Silbertod hierher bringen«, antwortete Feran.

»Ihn Warsovran zu entreißen, wird ebenso schwierig, wie mir meine Eier wiederzugeben.«

»Nach all den Jahren in einem Glas mit Essig – ich weiß nicht, ob diese Aussicht wirklich so reizvoll ist. Trotzdem gibt es einen Weg – das heißt, wie wir Silbertod in unseren Besitz bringen können. Wären wir schneller gewesen, hätten wir ihn uns schon in Larmentel holen können. Doch es könnte sich noch eine Gelegenheit ergeben.«

»Auf Helion?«

»Hier. Eine große Armee aus mehreren Königreichen im Norden Acremas ist auf dem Weg hierher und sollte am Ende des nächsten Monats ankommen.« Feran deutete Richtung Hafen. »Wenn Warsovran Silbertod dazu benutzt, den Inselpalast dort drüben zu zerstören, sind die Kommandeure und Könige an der Spitze der Armee praktisch verpflichtet zu sagen, ›Verzeihung, unser Fehler‹, und wieder abzuziehen. Zu diesem Zeitpunkt könnte man versuchen, als Erster an Silbertod heranzukommen.«

»Aber Warsovran und seine Männer würden Euch sofort mit so vielen Pfeilen spicken, dass man Euch nur mit Mühe von einem großen Seeigel unterscheiden könnte.«

»Keineswegs. Ich hatte die Gelegenheit, Silbertod auf Helion zu beobachten. Er schützt sich selbst und seinen Meister. Nicht einmal eine Armee hätte Warsovran töten können, während Silbertod neben ihm stand. Doch die Feuerkreise scheinen seine gesamte Energie zu verbrauchen: daher verlässt er seinen Wirt, wenn er den Befehl bekommt, sie zu erzeugen. Das ist seine Schwäche und unsere Gelegenheit. Seid Ihr daran interessiert, uns zu helfen?«

»Schon möglich«, räumte Druskarl ein.

Als er wenig später die Taverne verließ, schaute Druskarl über das Wasser nach Osten, wo Helion lag. Silbertod kam ein weiteres Mal in seine Reichweite.

Unter einem bedeckten Himmel ohne Mirals Licht lag Laron der Länge nach auf den Pflastersteinen der schmalen Gasse. Er wusste, dass er nicht viel Zeit hatte, doch der quälende Schmerz in seinem Körper löschte jeden vernünftigen Gedanken aus. Etwas weiter die Gasse entlang zählte eine Gestalt im Licht einer entfernten Straßenlaterne Münzen. Laron lag in einer Sackgasse, es gab keine Fluchtmöglichkeit. Er begann zu kriechen. Nach ungefähr einem Schritt fand er seinen weggeworfenen leeren Geldbeutel. Daneben lag eine Scherbe aus den gläsernen Ruinen von Larmentel. Er nahm beides an sich und kroch weiter.

Laron fühlte glattes, krummes Holz. Fässer in verschiedenen Reparaturzuständen standen überall herum. Fässer. Verzweifelt suchten und tasteten seine Finger umher, da er trotz allem noch hoffte, dass ihm die Götter der Mondwelten lächeln würden. Und er wurde fündig! Ein Fass mit eingeschlagenem Boden. Er kroch hinein und hievte es aufrecht.

Schritte näherten sich. »Na komm, du hast doch bestimmt Schmerzen. Die kann ich ganz schnell heilen.«

Jetzt suchte und tastete sein Jäger nach ihm. Er schlug gegen

Larons Fass, ging weiter zu einem anderen und stöberte dann in den verstreuten Trümmern herum.

»Komm raus, sonst wird's noch schlimmer für dich«, ertönte die Stimme, in der dieses Mal aber der Hauch eines Zweifels mitschwang.

Laron wagte kaum zu atmen. Wann würde er endlich das Interesse verlieren? Nach einer Stunde? Nach zwei Stunden? Morgen früh? Er hatte das Gold schließlich schon, und trotzdem …

Plötzlich hörte er ein hohl klingendes Klopfen. Sein Angreifer hatte eine niedrige Tür gefunden. Wo es Fässer gab, da gab es sicher auch einen Keller – und wo es einen Keller gab, war bestimmt auch eine Kellertür.

»Wie bist du da reingekommen?«, wollte die Stimme wissen. »Ich wette, irgendein schlampiger Mistkerl hat die Tür aufgelassen.« Laron hörte die Geräusche von Fußtritten. »Mach auf, sage ich!«, befahl sein wütender Verfolger. »Mach auf. Ich warne dich nicht noch mal!«

Eine Mischung von schweren Tritten und wilden Flüchen hallte durch die dunkle Gasse, doch schon nach wenigen Augenblicken waren die Rufe anderer Stimmen zu hören, und jemand schlug einen Gong. Die Geräusche laufender Füße und rufender Menschen ertönten, eine Fackel flammte kurz auf, dann wurde alles still. Laron kippte das Fass um und kroch auf Händen und Füßen zurück durch die Gasse. An der Straße angekommen, erhob er sich und humpelte an die Mauern von Läden und Häuser gelehnt ein paar Schritte weiter. Die Besitzer des Kellers kamen mit erhobenen Fackeln zurückgelaufen.

»Almosen für die Lahmen, im Namen der Götter«, krächzte Laron und hoffte, dass er auch nur annähernd so schlecht aussah wie er sich fühlte. »Almosen für die Lahmen, im Namen der Götter.«

Laron wurde nicht beachtet. Unter Aufbringung seiner vollen Konzentration gelang es ihm, einen Fuß vor den anderen zu setzen und so erreichte er schließlich das Ende der Straße. Dort sprudelte und plätscherte der einzige öffentliche Brunnen an der gesamten Küste des Plazidischen Ozeans. Zuerst hielt Laron für einen Augenblick einfach nur den Kopf unter Wasser, dann trank er gierig und wusch einen Teil des Bluts ab. Dann zwang er seine Beine noch einmal zum Gehorsam und taumelte in der Hoffnung, nicht mehr beobachtet zu werden, in die Schatten.

Irgendwann nach Mitternacht erreichte Laron endlich die Akademie für Angewandte Zauberei. Im Licht des aufgehenden Miral konnte der Jüngling erkennen, dass es sich um eine Tür aus geborgenem Treibholz in einer uralten Mauer aus bröckelnden Ziegeln handelte, die zwischen einem Kräuterladen und einem Geschäft lag, in dem eine Madame Lorica ihre Dienste anbot. In die Tür waren mehr schlecht als recht die Worte YVENDEL und AKADEMIE eingebrannt worden, doch die Art der Akademie wurde kein bisschen genauer spezifiziert als Madame Loricas »Dienste«.

Es gab keine Klinke, keinen Riegel oder Türklopfer. Laron klopfte an. Keine Antwort. Er klopfte erneut. Immer noch keine Antwort. Er schlug eine volle Minute lang unentwegt gegen die Tür. Von drinnen ertönte noch nicht einmal ein Fluch. Laron setzte sich mit dem Rücken vor die Tür und überdachte die Fakten und seine Möglichkeiten. Langsam und steif rappelte er sich wieder auf, ging zu dem Gewürzladen und schlug ein dutzend Mal gegen die Tür.

»Hauabduverdammterhunddu!«, tönte es aus dem Nachbarhaus.

Laron trat zurück und hob triumphierend die Faust. Geräusche von der Akademietür trugen offenbar nur ein paar Fuß weit: ein schalldämpfender Zauberspruch. Er schritt die Straße ab und sammelte unterwegs Holzabfälle und Späne, die er vor der Tür zur Akademie aufhäufte. Mit einer kleinen Zunderbüchse schlug er Funken in eine Handvoll Stroh und legte es dann auf den Haufen Kleinholz, der schnell aufloderte. Laron trat zurück. Kurze Zeit später ertönte ein spitzer Schrei, als der Wachauton, der die Klopfgeräusche an der Tür gedämpft hatte, den Kampf gegen die auflodernden Flammen zu verlieren begann und sich auflöste. Wenige Augenblicke später wurde klirrend ein Riegel zurückgeschoben und die Tür aufgerissen. Eine irgendwie formlos wirkende Gestalt rief nach Wasser und verschwand dann in der Dunkelheit jenseits der Tür. Laron schritt an den Flammen vorbei.

Bald tauchten drei Gestalten mit Eimern voll Wasser auf und löschten sein Feuer. Dann fegten sie die angekokelten und durchnässten Holzteile ein Stück die Straße hinunter, kehrten zur Tür zurück und zogen sie hinter sich zu. Als sie den Zauber für den Wachauton erneuerten, gesellte sich jemand mit einer tönernen Lampe zu ihnen – eine Frau in einem Seidenkaftan, die ihre Haare offen trug.

»Irgendein Idiot hat vor der Tür Feuer gelegt, Rektorin«, erklärte einer der drei Löschhelfer.

»Es hat den Wachauton zerstört«, fügte der zweite hinzu.

»Aber das Feuer ist aus und ein neuer Zauber gewirkt«, schloss der dritte.

»Alles mein Werk, Rektorin Yvendel«, verkündete Laron und trat aus dem Schatten einer Ecke.

Die drei Studenten drehten sich um und gafften ihn einen Moment an, dann sprachen sie hektisch Zauber aus verwobenem Feuer in ihre Hände und hielten sie zum Werfen bereit. Die Frau rührte sich nicht.

»Ihr seid offensichtlich kein Dieb, denn sonst wärt Ihr inzwischen schon tiefer ins Haus eingedrungen und von einem anderen Wachauton erwischt worden«, sagte Yvendel. »Wer seid Ihr?«

»Ich heiße Laron Alisialar. Ich stehe unter der Schirmherrschaft von Lady Wensomer.«

Laron bemerkte, dass Yvendel bei der Erwähnung des Namens Wensomer zusammenzuckte.

»Habt Ihr ein Empfehlungsschreiben?«

»Weist mir morgen früh den Weg zu ihrer Villa, dann bringe ich Euch eins.«

»Das ist ja alles gut und schön, Laron Alisialar, aber warum konntet Ihr damit nicht bis zum Morgen warten?«

Laron streckte eine zerkratzte, geschundene und dreckige

Hand aus. Die Studenten, die weiterhin die Feuerbälle wurfbereit hielten, wichen zurück. Yvendel gab ihm ihre Laterne, sodass er sie ans Gesicht halten konnte. Er hatte ein fast zugeschwollenes blaues Auge, seine Lippen waren aufgeplatzt und auf Kiefer und Wangen zeigten sich Blutergüsse.

»Ich wurde überfallen und ausgeraubt. Als der Dieb dachte, er hätte mich bewusstlos geschlagen, leerte er meinen Geldbeutel und machte sich davon. Ich habe mich hierher geschleppt, weil ich zwar wusste, wo ich Madame Yvendel, aber nicht, wo ich Lady Wensomer finden kann.«

Yvendel nahm die Lampe wieder an sich.

»Ich kann Euch bis zum Morgen hier Unterkunft gewähren, doch ohne Euer Gold könnt Ihr Euch nicht einschreiben.«

»Ich habe nur gesagt, dass mein Geldbeutel geleert wurde«, erklärte Laron. »Ich habe eine Goldmünze in Silber umgetauscht und damit meinen Geldbeutel beschwert. Der Rest des Goldes ist in meinen Stiefeln.«

»Ich verstehe«, sagte Yvendel und tippte mit einem Fuß auf den Steinboden. »Unsere Prüfungen auf Einfallsreichtum und Schläue dürften in Eurem Fall nicht nötig sein, Laron Alisialar. Jarris, sorgt für ein Bad, schützt sein Gold mit einem Zauber und weist ihm ein Bett im Schlafsaal zu. Frühstück gibt es eine halbe Stunde nach Sonnenaufgang, Laron, und nach dem Frühstück wird man Euch den Weg zur Villa von Lady Wensomer weisen. Wenn Ihr mit ihrer Empfehlung zurückkehrt, könnt Ihr zu mir kommen, um über Eure Stärken, Schwächen und einen geeigneten Studiengang zu reden. Ihr anderen geht zurück ins Bett.«

Laron frühstückte mit den anderen Studenten. In der Akademie gab es Studenten beiderlei Geschlechts – das war nicht nur äußerst ungewöhnlich, sondern wahrscheinlich sogar einmalig in der bekannten Welt. Allerdings gab es getrennte Schlafsäle für Mädchen und Jungen. Laron blieb weitestgehend unbeachtet. Er war sehr klein und sah etwas zu jung aus, um für die Mädchen interessant zu sein. Außerdem blieben viele Studenten nur zur Begutachtung für ein oder zwei Tage, um danach wieder heimzugehen und nie wieder gesehen zu werden. Madame Yvendel stellte sowohl hohe Ansprüche als auch hohe Rechnungen.

Laron bemerkte Schatten auf dem Tisch vor sich. Drei Acremaner und ein Vindicier standen vor ihm.

»Wer das?«, fragte der größte und am mürrischsten dreinschauende Acremane.

»Aus Scalticar«, sagte ein anderer.

»Du ihn kennen, Starrakin?«, fragte der dritte Acremane den Vindicier.

Starrakin griff nach Larons Becher mit Traubensaft und goss ihm den Inhalt in den Schoß.

»Braucht Bewässerung, muss noch wachsen«, sagte der Vindicier.

Laron beobachtete sie, während sie davonschlenderten, und seine Augen bohrten sich in Starrakins Nacken, während er mit der Zunge nach den fehlenden Reißzähnen tastete. Sich daran zu gewöhnen, lebendig zu sein, fiel ihm mit jeder Stunde schwerer.

Die Akademie selbst glich einem Labyrinth aus Holzwurmtunneln in einem großen und aufwändigen Möbelstück: unsichtbar von außen, aber weit verzweigt und mit nur wenigen Eingängen. Soweit Laron anhand der schwachen Geräusche aus der umliegenden Stadt sagen konnte, verbanden die Tunnel, Brücken und Gänge Gebäude, die über mehrere Morgen verstreut lagen und teilweise nicht nur von der Akademie genutzt wurden.

Als ein Novize Laron nach draußen auf die Straße führte, blinzelte er kurz ins Sonnenlicht, bevor die beiden quer durch die Stadt zu Lady Wensomers Villa gingen. Inzwischen war er nicht mehr sicher, ob er wirklich eine Empfehlung für die Akadamie von ihr wollte oder etwas weit Finstereres.

Sairet war bereits wach, als die Sterne in der Morgendämmerung verblassten. Priester der sargolanischen Mission sangen im nahen Tempel synkopische Gebete mit Orgelbegleitung. Sie weckte

Nona, dann wuschen sie sich, aßen, beteten zu Fortuna und schüttelten die Betten aus. Als Nächstes zog Sairet eine weite Seidenhose an, die sie an den Knöcheln und in der Taille verschnürte, und schlüpfte in eine enge Bluse aus Rohseide mit weiten, fließenden Ärmeln.

Sie begann mit ihren Dehn- und Lockerungsübungen, und Nona folgte ihrem Beispiel. Nachdem Nonas Gliedmaßen biegsam und warm waren, brachte Sairet ihr die Arm- und Beinbewegungen einiger grundlegender Tanzschritte bei. Obwohl sie seit einigen Wochen in Velanders Körper lebte, waren Nonas Bewegungen immer noch unbeholfen und abrupt. Sie hatte sich bis vor Kurzem nur auf schwankenden Schiffsdecks aufgehalten, und die Unbeweglichkeit des Landes hatte sie zuerst schockiert. Doch inzwischen hatte sie einen ansprechenden, anmutigen Gang entwickelt, der einiges für die Zukunft erhoffen ließ.

Sairet trug Nona für den Rest des Morgens Aufräum- und Näharbeiten auf, dann kletterte sie die Leiter herunter und machte sich auf den Weg zur Arbeit. Während Diomeda ringsumher erwachte, ging sie in flottem Tempo zu Wensomers Villa. Bei ihrer Ankunft rührten sich weder die Dienerschaft noch Wensomer selbst. Nachdem sie den Verwalter geweckt hatte, um eingelassen zu werden, ging sie zu Wensomers Schlafzimmer und zog die Vorhänge auf.

»Begrüßt den neuen Morgen, Angesehene Wensomer!«, verkündete sie strahlend.

»Geht weg«, murmelte Wensomer unter ihrem Kissen hervor.

»Wie immer seid Ihr bereits wach und aufgewärmt«, stellte Sairet fest, als sie die Bettdecke wegzog.

»Das bin ich«, jammerte Wensomer, die Hände fest um das Kissen über ihrem Kopf geklammert.

»Ich wollte, alle meine Schüler würden Eure Hingabe an den Tag legen«, säuselte Sairet und griff sich das Kissen. »Ach, was könnten wir dann für wunderbare, bezaubernde Vorstellungen geben!«

Sairet goss etwas Wasser aus einem Krug auf Wensomer, die daraufhin kreischend aus dem Bett fiel. Endlich begannen sie mit ihren Dehnübungen, und als nach einer Stunde die Tabletts mit Essen und Getränken hereingebracht wurden, war Wensomer tatsächlich munter und nicht mehr wütend darüber, geweckt worden zu sein.

»Welche Fortschritte macht Euer Lehrling?«, fragte Wensomer während der leichten, aber teuren Mahlzeit, die unter anderem aus gezuckerten, mit kandierten Honigameisen gefüllten Feigen bestand.

»Sieh an, sieh an, in Diomeda scheinen sich Neuigkeiten schnell zu verbreiten. Woher wisst Ihr davon?«

»Ein merkwürdiger Mann kommt auf einem überfüllten Marktplatz zu Euch, stellt Euch ein Mädchen vor, begleitet Euch nach Hause, zählt einige Münzen ab und lässt das Mädchen dann bei Euch. Man muss keine erfahrene Zauberin sein, um sich zusammenzureimen, was passiert ist. Also, wie ist sie?«

»Sie heißt Nona. Sie lernt schnell, aber sie hatte einen Unfall und ist seltsam ahnungslos bei vielen grundlegenden Dingen. In zwei Jahren wird sie für sich selbst sorgen können, wenn ich nicht in der Zwischenzeit einen passenden jungen Mann für sie finde. Aber eine seltsame Eigenart hat sie schon an sich.«

»Beschreibt sie.«

»Sie redet im Schlaf. Teilweise Diomedanisch und teilweise in einer mir fremden, harten Sprache, wie ich sie noch nie gehört habe. Letzte Nacht scheint sie geträumt zu haben, wieder an Bord irgendeines Schiffes zu sein. Sie sagte laut, Schiffe könnten sich mit größter Präzision auf dem offenen Meer bewegen, wenn sie akkurate Zeitmessgeräte an Bord hätten.«

Wensomer dachte einen Moment nach, dann schüttelte sie den Kopf. »Absurd.«

»Am Morgen fragte ich sie, was sie damit gemeint hätte, doch sie konnte es nicht sagen. Dann sagte sie, sie wäre wohl ein Besucher gewesen.«

»Ihr meint, sie *hätte* einen Besucher *gehabt*?«

»Nein, ›wäre Besucher gewesen‹. Das wirklich Merkwürdige daran ist, dass ihre Sprache im Traum viel komplexer und auch selbstsicherer war.«

»Eigenartig«, sagte Wensomer. »Vielleicht vermisst irgendein Dorf seinen Trottel.«

»Sie scheint durchaus intelligent zu sein, nur … leer.«

Sie kehrten zur Lehrstunde zurück. Sogar mit gut ausgebildeten Muskeln und einer schlanken Figur war es schwierig, die Tanzbewegungen und Gesten richtig auszuführen, doch Wensomer hatte weder das eine noch das andere. Umso mehr mussten sie sich beeilen, denn ihnen blieb nur noch wenig Zeit. Wensomer verfolgte ein Ziel und hatte irgendeinen besonderen Grund, gewisse Aspekte des Bauchtanzes bis zu einem gewissen, nicht näher spezifizierten Zeitpunkt zu perfektionieren.

»Jetzt mit gestreckten Beinen aus der Taille vorwärtsbeugen, die Arme über dem Kopf«, sagte Sairet, während sie die Übung vormachte.

Wensomer wollte ihrem Beispiel folgen, konnte sich aber nicht so weit vorbeugen. Sairet versuchte, sie aufzubauen.

»Bleibt so, zählt eins, zwei, drei, vier, fünf. Jetzt schwingt den rechten Arm nach unten und dann hinter Euch. Jetzt lasst ihn kreisen. Gut, jetzt mit links, dann wieder aufrichten.«

»Das habe ich doch schon vor einer Stunde gemacht«, stöhnte Wensomer unglücklich.

»Und das liegt schon eine Stunde zurück. In der Zwischenzeit habt Ihr eine Mahlzeit eingenommen. Jetzt wiederholt die Dehnübung. Zwanzig Mal.«

Wensomer befolgte die Anweisung, und Sairet sah zu ihrer Freude, dass sich das Strecken und Beugen stetig verbesserte. Ein geschmeidiger Körper konnte die fehlende Erfahrung zum Teil ausgleichen.

»Bauch- und Unterleibsmuskeln anspannen, gleichzeitig Kinn und Brust nach vorne schieben – nein, nein, den Kopf oben halten. Wieder zurück und hoch die Arme und ausgestreckt lassen. Entspannen, dann wiederholen. Zwanzig Mal.«

»Zwanzig Mal! Ich dachte, das hier wäre Tanzunterricht, aber wir machen nur Dehnübungen. Wie kann ich mich beim Tanzen verbessern ohne … na ja, zu tanzen?«

Sairet blieb geduldig. Wensomer war nicht die erste Schülerin, die sie unterrichtete, und die Argumente und Beschwerden waren immer dieselben. Aber bei Wensomer lagen die Dinge doch etwas anders. Wenn sie einmal aus dem Bett und wach war, übte Wensomer zielstrebig und hingebungsvoll und tat trotz aller Beschwerden, was man ihr sagte. Außerdem wurde Sairet gut dafür bezahlt, sie ordentlich zu schinden, also machte sie weiter.

»Ihr kennt die Schritte und Schwünge bereits, führt sie aber mit der Grazie eines Kamels aus. Wenn wir Eurem Körper die Steifheit austreiben, könntet Ihr selbst mit Euren bescheidenen Grundlagen erreichen, dass Warsovran persönlich Euch lüstern begaffen würde.«

Sie übten weiter, bis die Sonne hoch am Himmel stand, dann ging Sairet endlich zu den Tanzschritten über. Wensomer musste sich widerwillig eingestehen, dass ihre Lehrerin recht hatte. Viele ihrer Probleme mit den Lektionen des vergangenen Tages waren nach den ausgiebigen Dehnübungen verschwunden.

»Lasst die Hüften langsam kreisen, und wenn die linke Hüfte draußen ist, macht einen kleinen Schritt mit dem linken Fuß nach vorn – ja! Jetzt dreht die Hüfte zurück und nach rechts …«

»Und macht einen kleinen Schritt mit dem rechten Fuß?«

»Ja, und so weiter, so oft Ihr wollt. Rückwärts geht es genauso. Gut, sehr gut.«

Inzwischen war Wensomer von ihren Fortschritten ziemlich beeindruckt, und ihre Hochachtung vor Sairet wuchs. Die schlanke Diomedanerin mit den gewellten Haaren war eine geduldige und aufmerksame Lehrerin, die sofort die Ursache von Problemen erkannte und wusste, wie sie zu lösen waren. Sie machte sich über ihre Schülerinnen nicht über Gebühr lustig, ließ sie aber sehr, sehr hart arbeiten.

»Dieser Laufschritt hat sich gegenüber gestern erheblich verbessert. Ich hätte nicht gedacht, dass ich ihn jemals so flüssig hinbekomme. Ihr seid eine ausgezeichnete Lehrerin, Sairet.«

Sairet verschränkte die Arme, zuckte mit den Achseln und ließ ihren Blick über das von der Sonne beschienene Wasser dorthin schweifen, wo ein Teil von Warsovrans gewaltiger Flotte immer noch ihre Blockade des königlichen Inselpalasts aufrecht hielt.

»Die diomedanischen Bauchtänzerinnen sind die besten des Kontinents«, erwiderte sie, ohne sich umzudrehen, »aber ich unterscheide mich von ihnen. Auf meine Art bin ich besser als sie.«

»Lasst mich raten«, sagte Wensomer. »Geheimes königliches Blut?«

Lediglich Sairets Augen bewegten sich und streiften Wensomer mit einem Seitenblick. »Ich weiß lediglich noch genau, wie man sich fühlt, wenn man Euren Grad der Fertigkeit hat: unbeholfen und beschämt. Das macht mich zu einer mitfühlenden Lehrerin.«

An Wensomers Villa übergab Laron dem Verwalter eine Mitteilung, worauf ihm ein Platz in einem Empfangssalon angeboten wurde, und ein Diener ihm Wein und eine Platte mit kandierten Früchten brachte. Nach kurzer Zeit kam der Verwalter zurück und führte ihn tiefer ins Gebäude. Wensomer lag in einem der oberen Räume auf einem Korbsofa. Auf den Teppichen rings um sie lagen überall Schriften und Bücher, und ein halbes Dutzend grüne, blaue und rote Autonen mit Mäusekörpern huschten umher, die entweder in Arbeit vertieft waren oder spielten. Wensomer hatte eine helle Haut, trotz ihres Tanzunterrichts den Ansatz eines Gewichtsproblems und stechende Augen, die ständig in Bewegung waren.

»Ah, willkommen in meiner neuen Villa, einziger und einzigartiger Vampyr«, sagte Wensomer, als sie aufsah.

»Gelehrte Wensomer, Euer bloßer Anblick ist mir ein Vergnügen«, erwiderte Laron mechanisch.

»Aber Ihr habt ja Blutergüsse!«, rief sie, richtete sich schlagartig auf und starrte ihn an. »*Ihr* könnt keine Blutergüsse haben.«

»Die Pest soll meine Blutergüsse holen! Ich brauche ein Empfehlungsschreiben von Euch. Ich will studieren.«

»Studieren? Was denn? Bessere Tischmanieren?«

»Die Fähigkeiten, die lebende Personen eben so brauchen. Ich habe keine übernatürlichen Kräfte mehr, meine Wunden verheilen erst nach Wochen anstatt nach ein paar Stunden, und ich kann sehr leicht getötet werden. Außerdem brauche ich normale Nahrung.«

»Also könnt Ihr auch essen?«

»Das ist gut für meine Gesundheit.«

»Man könnte meinen, Ihr wärt nicht mehr tot.«

»Und damit hätte man recht.«

Wensomer starrte ihn einen Augenblick an, dann stand sie auf und ging zu ihm. Sie befühlte seine Stirn, untersuchte seine Zähne und zog dann seinen Bart weg.

»Warmes Blut, keine Reißzähne, keine Pickel«, sagte sie, während sie ihn mit in die Hüften gestemmten Händen umkreiste. »Wie ist es dazu gekommen?«

»Es war ein zufälliger Unfall.«

»Ich habe schon gehört, dass Leute bei einem Unfall ums Leben gekommen sind, aber noch nie, dass jemand dabei zum Leben erweckt wurde – abgesehen von der ungewollten Empfängnis natürlich. *Das* kommt relativ häufig vor.«

»Stimmt. In einem gewöhnlichen Heuschober ereignen sich im Frühling Unfälle dieser Art wahrscheinlich öfter, als ich mir vorstellen möchte.«

Laron warf sich plötzlich auf das Sofa und brach in Tränen aus. »Ich will sterben«, schluchzte er, tief in sein Elend versunken.

»Ach – noch einmal?«, fragte Wensomer und strich ihm durch das Haar, das zum ersten Mal, seit sie ihn kannte, etwas gewachsen war.

Es dauerte eine ganze Weile, bis Laron ihr berichtet hatte, was ihm und verschiedenen anderen Personen widerfahren war.

»Ich dachte, ich könnte ihm vertrauen. Ich habe wirklich geglaubt, wenn ich jemandem vertrauen kann, dann Druskarl«, schloss Laron. »Jetzt ist Nona irgendwo in Diomeda oder vielleicht schon als Sklavin verkauft worden. Ich habe Visionen, wie ihr Gewalt angetan oder sie sogar ermordet wird. Lady Wensomer, sie ist so unschuldig, ein Säugling im Körper einer erwachsenen Frau, ein überaus vertrauensseliges Kind.«

»Nona ist eine konstruierte Seele, sagt Ihr? Ein Auton?«

»Ja. Ich glaube, die Metrologen haben damit experimentiert, die Erfahrungen und Erinnerungen von Dämonen in Orakelkugeln einzusperren. Wenn in den Kugeln Abbilder normaler Seelen benutzt werden, treiben die Widersprüchlichkeiten der Kugeln diese oft in den Wahnsinn. Die Metrologen müssen Nona ohne eigene Erinnerungen erschaffen haben, um das zu umgehen.«

Wensomer hielt eine beschriebene Schiefertafel hoch.

»Hier habe ich eine kleine Liste, Laron. Kann ich sie mit Euch durchgehen?«

»Ich fühle mich geschmeichelt, dass Ihr mir überhaupt zugehört habt.«

»Nun ja, ich bin Eure Freundin – und Ihr schuldet mir ab jetzt einen Gefallen.«

»Wie uneigennützig von Euch.«

»Erstens, Ihr wollt sterben. Aus welchem Grund?«

»Ich habe es vorgezogen, ein Vampyr zu sein. Als Untoter war das Leben einfach. Jetzt werde ich verprügelt, ich muss essen und ich bin kraftlos. Ich vermisse meine Reißzähne. Ich fühle mich irgendwie falsch zusammengesetzt. Ständig werde ich schikaniert, gedemütigt, beschwindelt und ausgelacht. Leben an sich würde ich nicht einmal meinem ärgsten Feind wünschen.«

»Willkommen in der Sterblichkeit. Zweitens, Ihr wollt ein Empfehlungsschreiben für Madame Yvendels Akademie der Angewandten Zauberei.«

»Ich brauche einen Grund, um mich in Diomeda aufzuhalten. Außerdem könnte ich die Fähigkeiten und Qualifikationen brauchen, um mir Essen und Kleider kaufen zu können, während ich mich an einem Leben als Sterblicher versuche.«

»Drittens, Ihr wollt Nona finden.«

»Wenn ich Druskarl in die Finger kriege, werde ich …«

»Viertens, Ihr wollt Druskarl töten.«

»Äh, ja.«

»Fünftens, Ihr wollt Silbertod an Euch bringen.«

»Das wollen wir wohl alle, würde ich sagen.«

Wensomer nahm ein Stück Kreide.

»Es *könnte* einen Weg geben, Euch wieder zu einem Untoten zu machen.«

»Ha! Ich müsste zunächst das Blut eines anderen Vampyrs trinken, aber ich bin – war – der einzige Vampyr auf der Welt. Wie kann ...«

»*Ich* bin die Zauberin, darum kümmere ich mich. Zweitens, Ihr wollt eine Empfehlung für Madame Yvendel. Hervorragende Wahl, ich werde ein Schreiben für sie aufsetzen, bevor Ihr geht.«

»Herzlichen Dank.«

»Ihr wollt auch Nona finden. Druskarl hat sie bei der besten Tanzlehrerin in ganz Diomeda in die Lehre gegeben ...«

»Was?«

»Roval kommt bald vorbei, er kann Euch zu ihr bringen.«

»Sie ... ich ... Roval auch?«

»Viertens, Ihr wollt Druskarl töten.«

»Jetzt nicht mehr.«

»Oh, gut. Fünftens, Ihr wollt Silbertod an Euch bringen. Nun ja, wenn ich Euch sagen könnte, wie das zu bewerkstelligen ist, würde ich ihn selbst an mich bringen.«

Laron marschierte ein paarmal vor Wensomers Sofa auf und ab und schüttelte den Kopf, während er noch einmal stumm die Punkte auf der Schiefertafel durchging.

»Wie macht Ihr das?«, fragte er, als er schließlich stehenblieb. »Ich platze hier nach Jahren der Abwesenheit unangekündigt herein, und Ihr wisst alles. Das ist wie Zauberei.«

»Nun, ich *bin* eine Zauberin.«

»Aber *wie*?«

»Ich kenne eine Menge Leute und höre mir an, was sie mir erzählen – nicht nur das, was sie *sagen*. Ihr habt mir erzählt, dass Druskarl Nonas Wohltäter ist. Das habe ich von meinem vorherigen Informanten nicht erfahren. Jetzt weiß ich, dass er in Diomeda ist und mein Informant mir diese Tatsache verschwiegen hat. Da sie kaum eine Affäre miteinander haben können, frage ich mich, warum wohl.«

In diesem Moment läutete die Glocke. Einige Sekunden später trat der Verwalter ein.

»Der Gelehrte Roval möchte seine Aufwartung machen, Mylady.«

»Ausgezeichnet, führt ihn herein. Laron, ich finde Euer Spionage-Kollege sollte Euch ein paar Lektionen erteilen, wie man das Leben überlebt, wenigstens solange ich noch Nachforschungen zum ersten Problem auf Eurer Liste anstelle.«

Nachdem Roval eingetreten war, trug Wensomer ihm sofort auf, Laron in einigen Elementen der Kampftechniken zu unterweisen, die beim Geheimkriegerdienst gelehrt wurden. Dann wurde Laron von einem Diener nach draußen begleitet. Er war draußen auf der Straße erst drei Schritte weit gekommen, als er einen durchdringenden schrillen Schrei aus einem der oberen Räume hörte.

»Er will *was*?«

»Warsovran wirbt nächsten Monat Tänzerinnen an«, ertönte Rovals kaum hörbare Stimme.

»Nächsten *Monat*?«, kreischte Wensomer. »Seht mich doch nur mal an!«

»Alles, was ich sehen kann, ist ganz entzückend«, sagte Roval diplomatisch.

»Das genau ist das Problem!«, rief Wensomer. »Ihr seht viel zu viel. Mindestens fünfzig Pfund zu viel, und *das* ist daran schuld!«

Gebäck, gezuckerte Feigen, kandierte Früchte und Honigsüßigkeiten regneten auf Laron herab, und ein großer Krug mit süßem Eiswein zerbrach vor seinen Füßen. Laron sprang außer Reichweite.

»*Ihr* werdet mich *in Form* bringen«, befahl Wensomer. »Ihr mit Eurer GKD-Ausbildung wisst, wie man so etwas macht.«

»Aber das würde Jahre dauern.«

»Ich habe nicht gesagt, dass ich dem Geheimkriegerdienst

beitreten möchte, Roval. Ich will vielmehr, dass Ihr mich im nächsten Monat seinem Ertüchtigungsprogramm unterzieht!«

Wenn ich bloß Eintrittskarten dafür verkaufen könnte, ich müsste nie wieder arbeiten, dachte Laron, während er davoneilte.

Am späten Nachmittag wurde der ehemalige Vampyr von einem der älteren Studenten in Yvendels Zimmer geführt. Die Rektorin ruhte auf einigen Daunenkissen auf einem dicken Teppich in einem Raum, von dessen Wänden und Decke vor lauter Behängen kaum etwas zu sehen war. Weihrauch und der Geruch von Duftkerzen lagen schwer in der Luft. Yvendel trug eine violette Jacke mit einem Sonnensymbol auf dem Bauch und gestickten silbernen Sternen auf den Ärmeln über einer scharlachroten Seidenhose. Ihr Haar fiel lose herab, wurde aber von Silberkämmen in Form von Drachenskeletten zusammengehalten.

Laron verbeugte sich, überreichte sein Empfehlungsschreiben und zog sich ein paar Schritte zurück. Yvendel las es.

»Von der Gelehrten Wensomer für die Zulassung empfohlen«, sagte sie zögernd.

»Ja, Rektorin.«

»Ihr kommt mir zu normal vor, um in ihrer Gunst zu stehen.«

»Äh …«

Laron wusste nicht, was er auf diese Feststellung antworten sollte, und das Schweigen zog sich in die Länge. Schließlich reckte sich die Rektorin, gähnte und las weiter.

»Ihr wollt Euch auf den achten Initiationsgrad prüfen lassen«, stellte sie fest, als wolle sie sich noch einmal bestätigen lassen, was auf dem Pergament stand.

»Ja, Rektorin.«

»Aber Ihr habt bisher überhaupt noch keinen Grad.«

»Nein, Rektorin.«

»Aber es gibt niemanden ohne Grad. Mädchen, die am Flussufer Wäsche waschen, Bettler und Straßenkehrer können leicht den zweiten Grad erreichen. Der Papagei, der im Gasthaus *Zur Fährmannsstake* an einer Stange angekettet ist, könnte wahrscheinlich den ersten Grad schaffen. Ich habe einmal eine betrunkene Dirne mit dem vierten Grad getroffen. Tatsächlich ist sie jetzt die Krankenschwester der Akademie und studiert sogar Ätherische Physiologie. Warum habt Ihr keinen Grad?«

»Es ging mir nicht gut.«

Yvendel nahm eine Schiefertafel auf, die neben ihr lag.

»Nun, Wensomer hätte Euch nicht empfohlen, wenn Ihr nicht wenigstens den siebten Grad erreichen könntet. Gesundheit und Körperbau ... normal. Ungewöhnlich normal, wenn man den Medikusautonen Glauben schenken darf, die Euch heute Morgen untersucht haben.«

»Ist das ein Problem?«, fragte Laron.

»Wahrscheinlich nicht ... zumindest nicht für mich. Habt Ihr Euch an das Zölibat gehalten?«

»Ja, Gelehrte Rektorin.«

»Nun, falls nicht, werden wir es bald wissen. Ihr habt also die Feuerkreise überlebt, während Millionen gestorben sind. Ihr seht nicht besonders verkohlt aus für jemanden, der die Feuerkreise miterlebt hat.«

»Ich hatte einen schönen, tiefen Zufluchtsort.«

»Warum seid Ihr in Diomeda?«

»Ich möchte bei Euch studieren. Werde ich angenommen?«

Yvendel befand sich in einem Dilemma. Im herkömmlichen Sinn hatte Laron keine einzige herausragende Eigenschaft, aber andererseits hielt sie sich nicht sonderlich an Konventionen, wenn es um Zauberei ging. Interessant zu sein konnte eine Menge wettmachen – und interessant war Laron mit Sicherheit. Doch es gab keinen Grund, ihn das wissen zu lassen, sonst käme er nur auf dumme Gedanken. Alle wussten, wie gefährlich *die* waren.

»Falls Ihr diese Akademie besuchen würdet, könntet Ihr in sehr kurzer Zeit einen hohen Initiationsgrad erreichen. Ihr dürft ein Jahr lang bei uns studieren, danach werden wir prüfen, welche Fortschritte Ihr gemacht habt, bevor Ihr Eure Studien fortsetzen könnt.«

»Ich danke Euch, Gelehrte Rektorin.«

»Dafür werdet Ihr bereits vorab die Gebühren für ein Studienjahr entrichten.«

Laron schluckte. Das war eine Menge Geld, das er so auf einen Schlag ausgab. Sein Selbstvertrauen und sein Selbstwertgefühl hatten in den letzten beiden Wochen stark gelitten. Nichtsdestoweniger bot sich hier die Gelegenheit, einiges an Stärke und Unabhängigkeit zurückzuerlangen.

»Gelehrte Rektorin, ich bin einverstanden«, verkündete Laron.

Yvendel gestattete sich ein Lächeln.

»Ausgezeichnet. Entrichtet die Gebühren bei der Buchhaltung, dann sprecht im Zimmer des Registrators vor, um mit ihm den Unterrichtsplan und die Lehrer abzustimmen.«

Sairet und Nona schauten auf, als die Glocke neben der Leiter bimmelte, dann ging Nona zum Ende des Dachzeltes und schaute nach unten. Sairet bekam sehr viel Besuch, hauptsächlich Schülerinnen, doch dies waren Männer. Oder zumindest war einer ein Mann. Der andere war ein Jüngling, dessen Kleidung offenbar seine Schulter breiter aussehen lassen sollte und der sich um eine möglichst gerade und aufrechte Haltung bemühte. Außerdem hatte er einige bunte Blutergüsse im Gesicht.

»Laron!«

Eine Minute später saßen sie auf Kissen am Rand der Tanzfläche und erzählten sich gegenseitig die Vielzahl von Abenteuern, die sie in weniger als einem Miralmonat erlebt hatten. Roval und Sairet standen mit verschränkten Armen auf der gegenüberliegenden Seite des Daches und beobachteten aufmerksam ihre jeweiligen Schützlinge.

»Er hatte eine … Vielleicht kann man es *behütete* Vergangenheit nennen«, erklärte Roval. »Er hat die Herzen auf dem rechten Fleck, ihm fehlt nur der richtige Körper zu ihrer Unterstützung.«

»Und doch hat er Nona vor dem Ertrinken gerettet?«, fragte Sairet mit unüberhörbarem Zweifel.

»Das weiß ich aus gut unterrichteter Quelle, ja. Aber wie Ihr sehen könnt, hat er einen Körperbau, der Schläger und Diebe anzieht. Und da kommt Ihr ins Spiel.«

»Ich? Wenn ich ihm Bauchtanz beibringe, zieht er außer Schlägern und Dieben noch ganz andere Leute an, und ...«

»Nein, wahrscheinlich habe ich mich falsch ausgedrückt. Die Gelehrte Wensomer sagt, dass Ihr diese Tanzfläche morgens selten benutzt.«

»Richtig. Nur Nona ist hier, räumt auf und macht sauber.«

»Die Tanzfläche ist groß, offen und doch vollkommen abgeschottet. Ich möchte sie für einen Monat oder vielleicht auch länger mieten.«

»Wirklich? Das ist eine gute Woche. Jeder, den ich treffe, will mir Geld geben. Was wollt Ihr hier veranstalten?«

»Als ich ein Jüngling war, hat mein Meister fünf Jahre lang auf der Insel Zurlan vor der scalticarischen Küste gelebt.«

»Von der Insel habe ich gehört. Ihre Bewohner benutzen eine merkwürdige Axt mit einem gebogenen Griff und einer langen, dünnen Klinge und betiteln alle, die Schilde benutzen als ›Eunuchen/Feiglinge/Steuereintreiber/Männer-die-in-dunklen-Nächten-unanständige-Sachen-mit-Schafen-machen‹.«

»Nun ja, die Zurlanesen haben einen extremen Ehrenkodex. Wisst Ihr, dass die Insel noch nie erobert wurde?«

»Außerdem richten sie Besucher hin, um die Schärfe ihrer Axtklingen zu testen. Wie habt Ihr und Euer Meister überlebt?«

»Es gibt eine kleine Handelsenklave an der Nordküste Zurlans. Die Erzeugnisse gewisser Pflanzen, die in ihrer Medizin, Küche und Zauberei Verwendung finden, wachsen nicht in dem kühlen Klima der Insel, daher sind sie gezwungen, Kontakt mit der Außenwelt zu halten. Als mein Meister dorthin ging, um die Sprache zu lernen und bei ihren Zauberern zu studieren, hat er mich mitgenommen. Ein dort ansässiger Javat-Meister fand Gefallen an mir und entschied, dass ich lernen müsste, mich selbst zu verteidigen. Nach fünf Jahren wurde ich dann nach einem Zwischenfall mit einem Mädchen ausgewiesen.«

»So ist es immer.«

»Ihr versteht nicht. Ich forderte jemanden heraus, um die Ehre des Mädchens zu verteidigen, doch von zurlanesischen Mädchen wird erwartet, dass sie ihre Ehre selbst verteidigen, und ... Nun, ich möchte lieber nicht weiter darüber reden.«

Sairet schaute wieder zu Laron, und plötzlich ging ihr ein Licht auf. »Ihr werdet Laron Javat beibringen, und dafür braucht Ihr die Abgeschiedenheit meiner Tanzfläche.«

»Ihr habt meine Absicht durchschaut, Tanzmeisterin.«

»Sehr gut, ich bin einverstanden, sozusagen von Lehrer zu Lehrer. Wollt Ihr morgen früh anfangen?«

»Ja, danke. Oh, da ist noch eine Kleinigkeit. Könntet Ihr das Mädchen, Nona, zu Wensomers Stunden mitnehmen? Javat darf niemandem gelehrt werden, der in den Augen der Hüter des Kampfstils unwürdig ist. Damit ist im Grunde jeder gemeint, der nicht auf Zurlan lebt.«

»Das trifft aber auch auf Laron zu.«

»Tatsächlich war Laron auf Zurlan und ist dort sehr angesehen.«

»Was? Er kann keine vierzehn Jahre alt sein.«

»Siebzehn – wenigstens behauptet er das. Aber unabhängig davon wird er als würdig betrachtet und darf daher in einigen Bereichen unterrichtet werden. Beim Javat geht es hauptsächlich darum, Angriffen auszuweichen oder sie abzulenken, ständig in Bewegung zu bleiben, die Anatomie der Gegner aufs Grässlichste zu verbiegen und – ganz allgemein – die Stärke des Gegners zum eigenen Vorteil auszunutzen. Damit ist Javat ideal für Laron.«

Während sie nachdachte, ließ Sairet beinah unbewusst die Hüften kreisen und schwingen – und Roval konnte seinen Blick nicht abwenden. Ihre Grazie ließ sie wesentlich jünger wirken, als sie tatsächlich war, und so musste der Zauberer feststellen, dass ihn die Tanzmeisterin anzog und ihn sogar erregte.

»Nein, ich denke, dass Nona hier keinen Schaden anrichten kann.« Sairets plötzliche Entscheidung riss Roval aus seiner Trance. »Ihr fehlt zwar einiges an Verstand, aber wenn man ihr sagt, dass sie wegsehen und -hören soll, wird sie genau das tun.«

»Seid Ihr sicher?«

»Ich unterrichte sie seit vierzehn Tagen im Tanzen. Glaubt mir, Gelehrter Roval, sie lernt schnell, aber nur, wenn ihr auch *gesagt* wird, dass sie lernen soll.«

Jetzt überlegte Roval und schwang dabei unbewusst die Hüften im gleichen Rhythmus wie Sairet. Dann unterbrach er seine Bewegungen unvermittelt und klatschte in die Hände.

»Warum nicht? Manchmal muss ich beobachten, wie mein Schüler sich zum Beispiel gegen einen Angreifer mit Messer oder Knüppel wehrt.«

»Messer, Knüppel?«, rief Sairet. »Nona? Ich will nicht, dass sie zu Schaden kommt oder Angst hat.«

»O nein, ich verspreche, dass ihr nichts geschieht. Wir benutzen harmlose Attrappen als Waffen.«

»Sie wird als Kämpfer nicht überzeugend sein.«

»Umso besser. Seht Euch doch nur die Narren an, die in Diomeda bereits mit Messern, Knüppeln und Äxten herumfuchteln.«

Am nächsten Morgen durchschaute Laron nach zwei Stunden Unterricht langsam die Grundzüge der geheimnisvollen Methode, mit der Roval seine wenig eindrucksvolle Statur ausgleichen wollte. Die beiden Männer hatten den Oberkörper entblößt, und Nona schaute zu, wie sie gegeneinander antraten.

»Setzt dieses Mal mein Gewicht gegen mich ein«, sagte Roval an, während er sich Laron näherte.

Als Rovals Hand nach Larons Handgelenk griff, wich der Jüngling aus, trat dann einen Schritt nach vorne und hakte ein Bein hinter Rovals. Die freie Hand zuckte vor und stieß nach oben gegen den Hals des größeren Mannes, und Roval stürzte auf den fadenscheinigen Teppich des Tanzbodens.

»Das war schon besser, aber Ihr braucht nicht so viel Kraft gegen meine Kehle einzusetzen, Laron. Ein Hals ist weich und gibt bei Schlägen schnell nach.«

»Tut mir leid, tut mir leid«, keuchte Laron. »Ich versuche immer noch, alles mit Kraft zu machen.«

»Na, dann lasst es einfach. Gebt Euch schwächer als Ihr seid – und da wir gerade von Kraft reden, es ist Zeit für eine Pause ...«

»Den Göttern der Mondwelten sei Dank.«

»... um dreißig Liegestützen zu machen.«

Schließlich legte Roval eine richtige Pause ein, und Laron lehnte sich an die Wand und trank gierig aus einem Wasserschlauch.

»Die Säule da drüben ist ein Dieb, und er will Euren Geldbeutel«, sagte Roval.

Müde zog Laron seinen Dolch und warf ihn. Die Spitze bohrte sich voll in die Säule. Laron hatte zwar die Kraft seines Untotseins verloren, sich aber einige seiner in siebenhundert Jahren angeeigneten Fertigkeiten mit Waffen bewahrt. Das Problem war, dass er sich meistens gar nicht erst mit Waffen abgegeben hatte.

»Jetzt sind seine beiden Freunde mit gezückten Äxten ins Licht getreten«, fügte Roval hinzu.

Laron zog einen zweiten Dolch hervor und warf ihn auf dieselbe Säule, dann hauchte er sich einen dünnen ätherischen Faden in die Hand. Er richtete sich auf und hielt das Band aus glühendem Feuer wie eine Axt.

»Und jetzt?«, fragte Roval.

»Ich gehe auf ihn zu und hoffe, dass er nicht merkt, dass der Zauber gegen eine stählerne Axtklinge nicht bestehen kann.«

»Aus welchem Grund auch immer – er läuft nicht weg«, behauptete Roval.

Laron schloss die Augen und ballte die Faust. Die Zauberklinge fiel in einem lautlosen, aber blendenden Blitz in sich zusammen. Nona hatte die Hand nicht rechtzeitig gehoben, sodass jetzt grellbunte Sterne vor ihren Augen tanzten.

»Ich trete vor, klemme seinen Axtarm ein«, fuhr Laron fort, »stelle ein Bein hinter sein Standbein, reiße seinen Arm hoch und verdrehe ihn, sodass er beim Sturz die Axt fallen lässt. Dann breche ich ihm mit einem Unterarmschlag den Ellbogen, fange seine Axt auf und schlage ihn tot.«

»Tatsächlich lauft Ihr weg, sobald er geblendet ist«, stellte Roval richtig.

»Was? Aber ...«

»Kämpft nur, wenn es keine andere Möglichkeit gibt, Laron. Er könnte mit der Axt um sich schlagen und Euch durch blinden Zufall aufschlitzen – das Wortspiel ist nicht beabsichtigt.«

Laron stöhnte. »Ich hoffe doch wohl nicht.«

»Die Wunde bereitet Euch Schmerzen, und Ihr verliert jede Sekunde Blut, während der dritte Dieb die Auswirkungen des Lichtblitzes langsam abschüttelt. Könnt Ihr wieder etwas sehen, Nona?«

»Sehen, ja. Etwas.«

»Wer ist jetzt im Vorteil?«, erkundigte sich Roval.

»Aber wenn ich in die Enge getrieben werde …«

»Aber in diesem Fall seid Ihr nicht in die Enge getrieben worden. Führt Euch das jede Stunde einmal vor Augen, mein Freund: Ihr habt keine übernatürlichen Kräfte mehr, und Eure Wunden verheilen nicht mehr über Nacht. Habt Selbstvertrauen und lasst Euch nichts gefallen, aber kämpft nur, wenn Ihr keine andere Wahl habt.«

Damit verließ Roval sie, um anderen Geschäften nachzugehen. Laron blieb mit Nona zurück, und die beiden führten eine nichtssagende, aber durchaus fröhliche Unterhaltung. Über ihnen braute sich eines der seltenen diomedanischen Unwetter zusammen, und die ersten Blitze zuckten bereits über den Himmel. Zwischen Diomeda und den Wolken baute sich eine gewaltige statische Ladung auf, während Regen niederprasselte. Dann entlud sich plötzlich eine große Menge ätherische Energie durch Nona. Sie brach zusammen und krümmte und wand sich auf dem Boden der Tanzfläche. Als Laron sie endlich erreichte, war sie längst erschlafft. Dann öffnete sie die Augen.

»Was … Wo zur Hölle bin ich?«, rief Nona.

»Nona?«, sagte Laron, obwohl er bereits wusste, dass sein Gesprächspartner nicht Nona war.

»Was geht hier vor?«, erkundigte sich das Wesen, das von Nona Besitz ergriffen hatte. »Wer bist du?«

»Äh … Penny?«, erkundigte sich Laron auf gut Glück.

»Was ist los? Warum bist du so komisch angezogen? Was ist mit meiner Schule passiert? Wo ist mein Handy?«

»Ich verstehe Eure Worte nicht«, erwiderte Laron.

Sie legte eine Hand auf ihre Brust, dann schrie sie plötzlich auf und zog sie schnell wieder weg. »Ich habe zwei Herzen!«

»Hat das nicht jeder?«

»Wenn ich meine Ohren betaste, sind die dann so spitz wie deine?«, erkundigte sich der Elementar, der plötzlich sehr beunruhigt dreinschaute. »So einen Traum hatte ich noch nie, noch *nie, nie, nie*. Ich erinnere mich noch daran, dass ich in der Schule auf dem Kostümball war. Total langweilig, keiner von den Jungs wollte mit mir tanzen, aus irgendeinem Grund haben sie alle Angst vor mir. Ich bin auf mein Zimmer gegangen und habe mich aufs Bett gelegt, ohne mich umzuziehen … ich muss eingeschlafen sein.«

»Penny? Seid Ihr das?«

»Penny …? Penny, wie der Name meiner Großmutter?«

»Ich verstehe das nicht«, flehte Laron. »Wer seid Ihr?«

Es blieb einen Augenblick still.

»Ich könnte dasselbe fragen.«

»Mein Weltname ist Laron. Wo ist Penny?«

»Penny Gisbourne ist tot.«

»Was? Wie?«

»Das konnte nie ganz geklärt werden. Der Leichenbeschauer sagte, sie hätte einfach aufgehört zu leben. Hast du sie gekannt?«

»Wir haben uns einmal getroffen«, sagte Laron. »Sozusagen.«

Plötzlich begriff Laron. Immense Mengen ätherischer Energie umgaben ihn. Dieses Wesen war Pennys Enkelin. Penny war tot, aber ihre Enkelin hatte den Stirnreif und die Orakelkugel auf der anderen Welt geerbt. Sie hatte beides vermutlich auf dem Ball getragen und nicht abgesetzt. Das war ein außerordentlicher Glücksfall.

»Wie ist Euer Name?«, fragte Laron.

»Keine vernünftige Zauberin würde einem Fremden ihren Namen verraten.«

Eine Zauberin aus einer anderen Welt, dachte Laron. *Sogar noch besser. Eine ganz neue Wissenschaft der Magie. Sie könnte sogar gegen Silbertod von Nutzen sein.*

»Keine vernünftige Zauberin wäre ohne Weltnamen«, erklärte Laron.

Erneut blieb es einen längeren Moment still.

»Du kannst mich Elltee nennen.«

»Elltee, ein Name mit einer guten Konturschärfe. Hört mir gut zu: Diese Verbindung zwischen unseren Welten wird nicht für lange Zeit Bestand haben. Wir können einander von großem Nutzen sein. Seid Ihr interessiert?«

»Ich bin an allem Absonderlichen interessiert«, sagte das Mädchen aus einer unfassbar weit entfernten Welt.

Feran betrachtete aufmerksam das Schild über einer Tür in einem Außenbezirk des Hafens. Auf dem Schild war das Symbol eines Ätherformers und Heilers zu erkennen. Er griff nach einem Dolch und warf ihn gegen die Tür. Aus den Holzbalken quoll ein blaues Schillern, das sich um den Dolch legte, Holz, Hirschhorn und Leder des Griffes wegbrannte, die Stahlklinge aber nicht antastete.

»Ihr hättet auch klopfen können«, verkündete eine Stimme hinter der Tür.

»Ihr hättet mich auch ignorieren können«, antwortete Feran.

Ein Riegel wurde quietschend zurückgezogen, und ein Mann mittleren Alters in einem Gewand von priesterlichem Schnitt öffnete die Tür. Er trug Haar und Bart sehr kurz, und seine großen Augen blickten ihn unverwandt an.

»Das war ein toreanischer Dolch«, stellte er fest.

»Was ich Euch anzubieten habe, kommt aus Torea«, antwortete Feran in eher begierigem als herausforderndem Ton.

Er griff in sein Gewand und zog einen Dorn aus Glas von der Länge seiner Hand heraus, an dem fünf Milchglasspiralen hingen, die von dünnen, flexiblen Glasfasern gehalten wurden.

»Das verwahre ich für den Fall, dass ich irgendwann ein Lösegeld für einen König bezahlen muss, aber ich wäre vielleicht geneigt, mich als Gegenleistung für eine Gefälligkeit von etwas anderem zu trennen.«

Er hielt eine winzige Spirale aus durchsichtigem grünen Glas hoch. Sie sah aus wie das Horn eines katzengroßen Einhorns.

»Was ist das?«, flüsterte der Ätherformer.

»Abgesehen von wunderschön? Ich weiß es nicht. Der verglaste Todeskampf einer in die Feuerkreise geratenen Maus, wenn man dem ziemlich poetischen Jüngling Glauben schenken will, der es gefunden hat. Ich persönlich glaube eher, dass jede Maus in dem Gebiet schon lange vorher tot war und es eine Manifestation gemarterter magischer Kräfte ist. Können wir uns unterhalten?«

Der sargolanische Ätherformer bedeutete Feran einzutreten. Hinter ihm schloss sich die Tür ohne jede Berührung. Der Sargolaner sprach ein kurzes, hartes Wort, und blaue Fasern sprangen aus seinem Mund zur Tür, drangen durch die Holzbalken und verbanden sich mit dem Rahmen.

Sie traten durch einen glitzernden, unstofflichen Vorhang, der auf Ferans Haut kribbelte. Etwas legte sich um seine Handgelenke, und der Sargolaner sprach einen Zauber, der Ferans Arme und dann seinen Körper entlangwogte. Das Kribbeln hörte auf.

»Der Gast trägt ein Okular, zwei Messer und augenscheinlich mehrere mächtige Amulette, Tilbaram«, meldete der Vorhang hinter Feran. »Er hat den Initiationsgrad zwei, aber seine Fähigkeiten sind sehr einfacher Natur, und er beherrscht nur unbedeutende Heilzauber.«

Zufrieden führte Tilbaram Feran in eine Kammer aus Stein, wo sie beide ein Schutzwort sprachen, bevor sie in einer Halbkugel aus miteinander verflochtenen hellblauen Fasern Platz nahmen.

»Ich hätte erwartet, dass Ihr etwas Spektakuläreres an Eurer Person versteckt habt«, sagte Tilbaram.

»Es liegt in meinem Wesen zu enttäuschen. Schließlich bin ich Kaufmann«, erwiderte Feran.

»Abgesehen von diesem Spielzeug, was könnte jemand mit so schwachen Kräften wie den Euren besitzen, das mich interessieren könnte?«

»Wenn es mir von Nutzen wäre, Euch zu beeindrucken, würde ich das gewiss tun«, sagte Feran. »Sagt mir, was für ein Interesse habt Ihr an Torea?«

»Torea? Ich habe kein Interesse an Torea.«

»Warum lügt Ihr, Gasmer Tilbaram? Die Königreiche rund um den Plazidischen Ozean sind seit sechs Monaten in Aufruhr. Noch nie hat es so viele Tote in so kurzer Zeit gegeben wie in Torea. *Ihr* bezahlt mit hartem Silber, um Seeleuten Fragen zu stellen, die durch den geschmolzenen Sand an Toreas Küsten gelaufen sind. Ihr besitzt sogar eine geschwärzte Messerklinge aus den Ruinen von Gironal und einige helionesische Silbermünzen, die aus dem Silber der geschmolzenen Städte geprägt wurden. O ja, Ihr habt ein Interesse an Torea, Gasmer Tilbaram. Ihr und all die anderen Initiaten und Ätherformer Acremas wollt wissen, was die Feuerkreise verursacht hat.«

»Was wisst Ihr darüber, Kaufmann?«

»Ich bin in der Lage, bestimmte Gegenstände zum Verkauf anzubieten«, sagte Feran beiläufig. »Wisst Ihr, was das ist?«

»Wahrscheinlich der Anker Eures Okulars.«

»Richtig. Wollt Ihr Euch anschauen, was für Bilder mein Okular zeigt?«

Der Ätherformer wirkte einen Zauber auf den Anker. Ein Lichtpunkt bildete sich in der Luft und trieb dann langsam zu einer Wand, die mit billigen sargolanischen Teppichen behängt war, auf denen einige der bemerkenswerteren Kapriolen zwischen sargolanischen Göttern und Göttinen dargestellt waren. Als das Okular die Wand berührte, breitete sich das Licht zu einer weißen, glatten Scheibe aus, die sich so lange ausdehnte, bis der Kreisumfang schließlich sowohl Boden als auch Decke berührte und der Ätherformer einen Kontrollzauber in seine Handfläche sprach, den er dann mit dem Finger auf die Scheibe schnippte. Plötzlich zeigte ihnen die Wand die Ansicht einer sonnenbeschienenen Ebene mit einer kleinen Ortschaft und ein paar Bäumen im Vordergrund. Leute gingen ihren Geschäften nach und verdienten sich ihren Lebensunterhalt. Ohne Vorwarnung und in weniger als einem Herzschlag schoss eine Feuerwand vom Horizont heran. Es gab einen Moment, in dem sich reines weißes Licht auf das Okular legte. Feran und Tilbaram blinzelten beide, bis die Sterne und Blitze vor ihren Augen verblassten, doch nun waren nur noch dichte Staubwirbel und Rauch über einer zerstörten Landschaft zu sehen.

»Mein Okular hat einen Feuerkreis aufgezeichnet«, erklärte Feran.

Die Szene wurde ausgeblendet, und nur der leere, leuchtende Kreis blieb zurück.

»Ich muss das noch einmal sehen«, sagte der Ätherformer eifrig und stand auf.

»Ihr könnt es so oft sehen, wie Ihr wollt, wenn wir uns auf einen Preis geeinigt haben.«

»Was verlangt Ihr? Ich habe nicht so viel Gold wie die hochgeborenen Anfänger weiter hügelaufwärts, aber ich kann Euch Zauberformeln beibringen, Euch mit Kräften ausstatten und Euch sogar Bücher über Verbindungen zur Ätherwelt geben.«

»Ich will nichts dergleichen. Ich möchte nur dem hiesigen Vertreter des Sargolanischen Initiatenvorstands hinsichtlich einer späteren Aufnahme vorgestellt werden.«

»Was?«, johlte Tilbaram. »Bei denen haben sogar die Lehrlinge größere ätherische Kräfte als Ihr.«

»Sind Eure Lehrlinge an den Küsten Toreas herumgelaufen und haben dort Gegenstände gesammelt? Waren sie auf Helion und haben mit den überlebenden metrologischen Priesterinnen gesprochen? All das trifft auf mich zu. Ich besitze große Stücke geschmolzenen Glases aus den Ruinen Larmentels. Möchtet Ihr eines?«

Sonderbarerweise gab es in Diomeda mehr Gold und Silber von dem toten Kontinent als geschmolzenen Sand von den toreanischen Stränden. Die Aussicht auf ein Geschenk dieser Art war für den diomedanischen Ätherformer ein seltsam starker Anreiz. Feran hielt ihm eine lange, spitz zulaufende Glasscherbe hin.

»Ich kann ein gutes Wort für Euch einlegen, aber warum wollt Ihr Euch unserem Vorstand anschließen?«, fragte er argwöhnisch. »Sicher, wir haben einen guten Ruf, aber warum wir?«

»Bestimmte Initiaten aus Torea haben die Feuerkreise überlebt«, erklärte Feran. »Ich handele in ihrem Auftrag und erkunde die Städte rund um den Plazidischen Ozean.«

»Wonach?«

»Nach Unterstützung.«

»Was für eine Art Unterstützung und zu welchem Zweck?«

»Das zu sagen, steht mir nicht an. Es ist vertraulicher Natur. Ich habe nur Waren, mit denen ich handeln kann, und Anweisungen, wonach ich Ausschau halten soll. Mir fällt außerdem auf, dass Ihr ein sehr misstrauisches Wesen habt.«

Feran hatte Tilbaram beobachtet, seinen Augen dabei aber auch gestattet, die Schatten am Rande seines Blickfelds zu erkunden. Tilbaram saß vollkommen reglos da, und nur seine Lippen bewegten sich. Dieses Verhalten ließ leisen Argwohn aufkommen. Das Licht des leeren Bildkreises warf Tilbarams Schatten an die gegenüberliegende Wand, und Feran hatte sich so gesetzt, dass er diesen Schatten beobachten konnte. Jetzt nahm ein anderer Schatten hinter ihm Gestalt an: der einer Axt mitten in der Luft.

Feran fuhr herum, stach mit der Glasscherbe hinter sich und bohrte sie dabei in etwas wie zähflüssiges Gelee. Die Axt, die ohne sichtbaren Halt in der Luft schwebte, fiel zu Boden. Blut tropfte aus der Luft, dann ertönte ein zischendes Knistern, als ein Zauber in sich zusammenfiel. Tilbaram kippte auf seinem Stuhl nach vorne und hielt sich den Unterleib. Blut sickerte durch seine Finger.

»Gefährliche Sache, diese selbst-simulierenden Zauber«, sagte Feran. »Sie übertragen Wunden genauso wirkungsvoll, wie sie Waffen halten können.«

Tilbaram krümmte sich und keuchte, offenbar viel zu schockiert und schmerzerfüllt, um auch nur zu schreien.

»Ich könnte Hilfe holen, aber habe ich wirklich noch Vertrauen in Euch?«, fuhr Feran fort. »Ich mache Euch einen Vorschlag: Warum krächzt Ihr nicht einfach den Namen eines Mitglieds des sargolanischen Vorstands, das Euch dann zu Hilfe eilen könnte, nachdem ich mich mit ihm getroffen habe?«

Tilbaram überlebte, jedenfalls bis zum nächsten Morgen. Vier

Tage später trat der Vorstand zusammen, und Feran wurde seinen Mitgliedern vorgestellt. Wie der Zufall es wollte, waren sie außerordentlich interessiert an dem, was er zu sagen hatte.

Auf der anderen Seite der Wüste, dreihundertfünfzig Meilen südwestlich, wiegte sich Prinzessin Senterri zur Musik zweier Nomadenmusiker, während ihre Besitzer auf dem Sklavenmarkt von Hadyal mit möglichen Käufern feilschten und zankten. Die Stadt lag nicht einmal zweihundert Meilen außerhalb sargolanischen Gebiets, aber diese zweihundert Meilen führten durch eine wasserlose Wüste. Keiner der Einheimischen sprach Sargolanisch, und selbst ihre Kenntnisse der diomedanischen Handelssprache waren beschränkt.

»Fünf Pagolen für jede«, verkündete Sklavenhändler D'Alik und verschränkte die Arme, um zu demonstrieren, dass dies sein letztes Wort sei.

»Aber sie tanzen und sind weiß«, beharrte der Nomade.

»Sie sind von der Sonne gebräunt, und ihre Hände sind schmutzig, weil sie eure Ziegen melken und sich um eure Herdfeuer kümmern mussten. Sie müssen mindestens einen Monat in Madame Voldeans Schule für Häusliche und Exotische Fertigkeiten gehen, bis sie wieder sauber genug sind und ihre Haut angemessen bleich ist.«

»Zwanzig Pagolen, alle drei. Eine ist Prinzessin! Die hundert wert.«

»Dann verkauf sie jemandem, der eine Prinzessin will. Ich will Tänzerinnen.«

»Prinzessin ist Tänzerin. Zwanzig.«

»Achtzehn für alle drei. Drei für jeweils sechs. Madame Voldean kostet mich auch noch einiges.«

»Zwanzig!«

»Wenn ihr sie sauber und im Schatten gehalten hättet, dann ja, aber sie sind braun und dreckig.«

»Zwanzig!«

»Dann behalte deine Mädchen und such dir einen anderen

Käufer. Wenn du deine Meinung änderst, wende dich an meinen Verwalter.«

Zu dem lief der Nomade fast im selben Moment, in dem sich der Sklavenhändler dem nächsten Anbieter zugewandt hatte. Gesicht wurde gewahrt, als achtzehn Pagolen den Besitzer wechselten und die Urkunden für die Mädchen übergeben wurden.

»D'Alik ist Räuber. Ist Prinzessin«, murmelte der Nomade, während er jede einzelne Pagole begutachtete.

»Und welche von ihnen soll die Prinzessin sein, die so harte Zeiten erlebt?«

»Heißt Senterri, Haare wie langes Feuer.«

»Also die Brünette? Darauf würde man unter all dem Staub und Schmutz nie kommen. Ach, was soll's, es war mir wie immer ein Vergnügen, Geschäfte mit dir zu machen, Malovot.«

Die drei Mädchen kauerten beieinander und hatten eine ziemlich klare Vorstellung, dass sie soeben für Geld den Besitzer gewechselt hatten. Da nur Dolvienne die Wüstensprachen ein wenig beherrschte, übersetzte sie für die anderen beiden.

»Der Große, Behaarte mit der goldenen Stickerei auf dem Gewand«, sagte sie und neigte den Kopf in seine Richtung, ohne auf ihn zu zeigen. »Ich glaube, das ist der Käufer.«

»Der da drüben, der so aussieht wie ein Krieger mittleren Alters, der seit seinem letzten Kampf lang zu gut gegessen hat?«, fragte Senterri.

»Er will uns bestimmt mit nach Hause nehmen und uns noch heute Nacht vergewaltigen«, sagte Perime.

»Als Jungfrauen sind wir mehr wert«, entgegnete Dolvienne und klang überhaupt nicht besorgt. »Jedes Mal, wenn man über uns spricht, wird dieses Thema zur Sprache gebracht.«

»Ich habe diese intimen Untersuchungen von alten Nomadenfrauen so satt«, sagte Perime.

»Wären dir alte Nomadenmänner lieber?«, fragte Dolvienne.

»Nach sechzig Tagen Nomadenessen, Nomadenkleidung, Nomadengerüchen und Nomadenstrafen werde ich in meinem ganzen Leben nie wieder eine Bauchtänzerin oder einen Musiker der Nomaden in meinen Palast lassen«, erklärte Senterri entschieden.

»Das setzt aber voraus, dass Ihr wieder in Euren Palast zurückkehrt«, sagte Dolvienne.

»Jemand wird mich wiedererkennen«, erwiderte Senterri. »Das ist nur eine Frage der Zeit.«

»Die Nomaden haben ständig allen erzählt, dass Ihr eine Prinzessin seid, aber niemand glaubt ihnen. Ich glaube nicht an diese Möglichkeit. Wir müssen vielleicht selbst für uns sorgen.«

»Das haben wir doch bereits versucht. Wir sind verraten und entführt worden, kaum dass wir außer Sichtweite der Mauern Diomedas waren. Ich hätte diesem netten Admiral Forteron vertrauen sollen.«

»Er hatte so gute Manieren«, fügte Perime hinzu.

Sie unterbrachen ihre Unterhaltung, als ein muskulöser, aber gut proportionierter Mann Mitte dreißig zu ihnen kam und sich vor ihnen verbeugte. Im Gegensatz zu den meisten anderen Männern auf dem Markt trug er den schwarzen Bart und das schwarze Haar ordentlich, ja sogar akkurat geschnitten.

»Ich heiße Toragev, meine Damen, und bin Verwalter und Anführer der Wachen bei D'Alik, einem in drei Königreichen des Nordens bestallten Sklavenhändler«, sagte er in fließendem Diomedanisch, während er ihre Ketten vom Geländer der Schaubühne löste. »Nehmt meine Entschuldigung dafür an, dass ich Euch an Euren Ketten abführe, aber das Protokoll schreibt es so vor. Man muss sehen, dass ich Euch stellvertretend für meinen Herrn in Besitz nehme.«

»Höflich«, flüsterte Perime Senterri anerkennend zu.

»Was wird aus uns?«, fragte Senterri zaghaft. Ihre Nerven waren durch zwei Monate der Bestrafungen seitens der Nomaden stark strapaziert, doch das höfliche Gebahren des Verwalters gab ihr neuen Mut.

»Oh, Ihr werdet zunächst ein sehr ausgiebiges Bad genießen. Die Nomaden werden nie lernen, ihre Sklaven zu baden, gelobt seien die Götter Mirals. Mit etwas Wasser, Öl und Seife im Wert einiger weniger Kupferstücke könnten sie den Wert eines Mädchens um eine volle Goldpagole steigern. Wenn Ihr wieder sauber seid, werdet Ihr etwa einen Monat lang Unterricht bekommen, und zwar in Manieren, Bräuchen sowie der Kunst, dem Hochadel in den Königreichen des Nordens zu gefallen. Dann, fürchte ich, werdet Ihr Euch auf eine sehr anstrengende und langweilige Reise von tausend Meilen in ebendiese Königreiche begeben. Ist das nicht bemerkenswert? Hier in der Wüste des Südens seid Ihr sechs Pagolen wert, aber wenn wir Euch weit genug nach Norden bringen, kann Euer Wert als Sklavinnen auf das Zwanzigfache dieses Preises steigen.«

»Sklavinnen?«, wiederholte Senterri.

»Seid nicht so entsetzt. Ist Euch klar, wie viele Mädchen sich *freiwillig* für den Verkauf an unser Handelshaus melden? Ihr werdet zu den erlesensten Sklavinnen gehören, geschätzt und bewundert, die Geliebten der Starken und Mächtigen. Welches Mädchen niederer Geburt könnte unter normalen Umständen darauf hoffen?«

Die Frage war in der Absicht formuliert worden, eine Antwort zu provozieren, und diese Antwort ließ nicht lange auf sich warten.

»Aber, Toragev, ich bin nicht von niederer Geburt, ich bin die Tochter eines, äh, eines sehr wohlhabenden sargolanischen Kaufmanns«, platzte es aus Senterri heraus.

»Ach, bitte, wenn ich nur ein Kupferstück bekäme für jede ...«

»Es ist wahr! Lest meine Urkunden.«

Toragev blieb im Schatten eines Nussbaums stehen, nahm die Schriftrollen aus der Tasche und las sie. Die gefälschten Urkunden aus Madam Sairets Tanzschule waren in der diomedanischen Handelssprache abgefasst, doch es gab auch welche in Sargolanisch, das er nicht beherrschte. Er gab vor, die Schrift zu lesen, die Senterri als Tochter des Kaufmann Aramadea – von Aramadea Seiden, Gewürze und Edle Weine in Diomeda – auswies und heuchelte Überraschung.

»Das ändert alles«, sagte er mit einer um einiges weicheren Stimme. »Die sargolanische Grenze liegt zweihundert Meilen weiter südlich, aber die Straße ist beschwerlich und wimmelt von Banditen.«

»Also werdet Ihr uns helfen?«, fragte Senterri und sank in

einer Mischung aus Erleichterung und Flehen vor ihm auf die Knie.

»Bitte, werte Dame, tut das nicht«, sagte Toragev und bot ihr seinen Arm, um ihr wieder aufzuhelfen. »Man kann nur auf eine Art einigermaßen sicher in den Süden reisen, und zwar mit einer großen Karawane, aber gegenwärtig ist keine in diese Richtung geplant. Einstweilen seid Ihr am sichersten, wenn Ihr die Rolle einer Sklaventänzerin spielt. Ihr werdet bei Madame Voldean und D'Alik gut aufgehoben sein, aber lasst niemanden wissen, dass Ihr aus einem großen sargolanischen Handelshaus stammt. Überlasst den Rest mir.«

Die Mädchen überschütteten den Verwalter mit Dank – Toragev war nicht klar, dass Senterris Worte grundsätzlich der Wahrheit entsprachen, während Senterri und Perime nicht klar war, dass er log. Dolvienne misstraute jedem Angebot, das ihr zu großzügig oder zu schnell gemacht erschien, spielte aber die Rolle eines naiven dankbaren Mädchens in großer Not, weil der Verwalter genau das erwartete.

Keiner von ihnen war klar, dass nur zweihundert Meilen entfernt eine Armee aufgestellt wurde, um nach Norden auf Diomeda zu marschieren. Hunderttausende von Kriegern und Seeleuten bereiteten sich darauf vor, für die Freiheit und Ehre der Tochter ihres Kaisers zu kämpfen. Weiter im Süden wurden eintausend Eilgaleeren auf Kiel gelegt. Sie waren klein und schnell, und jede konnte in weniger als drei Monaten fertiggestellt werden. Überall im sargolanischen Reich kamen die Männer in Scharen zusammen, um dem kaiserlichen Aufruf nach einer Million Kriegern Folge zu leisten, die Senterris Ehre verteidigen oder ihren Tod rächen sollten. Das Problem war nur, dass sie gegen die falschen Leute ins Feld zogen.

Obwohl alles getan wurde, um Senterri zu retten, lief es letzten Endes auf genau das hinaus, was Toragev vorgebracht hatte. Letztendlich war Senterri unter den momentanen Umständen nichts anderes als ein Tanzmädchen von niederer Geburt. Sie befand sich an einem feindseligen, fremden Ort in einer ebensolchen Kultur und war vollkommen abgeschnitten von der

Macht, dem Reichtum und der Ehrerbietung, die sie zu einer Prinzessin gemacht hatten.

»Da sitzt ein Mann, dessen Kopf voller gläserner Städte ist.«

Druskarl drehte sich langsam auf seinem Platz um und sah sich einem Mann mit stoppeligem Bart gegenüber, bekleidet mit einem schwarzen Kaftan und einem Burnus. Dieser war mit geflügelten silbernen Kugeln in den Klauen von Seeadlern beschwert – den racitalischen Symbolen für Seelen in der Gewalt von Sklavenmeistern. Die Hände des Sklavenhändlers waren unsichtbar in seinen weiten Ärmeln verschränkt.

»Ihr schon wieder«, antwortete Druskarl dem im Schatten liegenden Gesicht. »Aber wo habe ich meine Manieren gelassen? Setzt Euch, trinkt etwas. Ba'do, bring meinem racitalischen Freund auch einen Becher.«

Die beiden setzten sich, legten ihre mit Sandalen bekleideten Füße auf den Tisch und prosteten der entfernten Insel im Hafen zu, auf der sich der Morgenlicht-Palast ausbreitete und die von Warsovrans Flotte umringt war.

»Ein feiner Chal'vik, aus dem dreizehnten Jahr von Magestril dem Sechsten, würde ich sagen«, bemerkte Feran.

»Tatsächlich aus dem fünfzehnten. Sie geben Eichentafeln in die Krüge, um das milde Bukett zu erreichen.«

»Wie einfallsreich.«

»Also, was wollt Ihr?«

»Auf unsere Flucht von Torea trinken.«

»Ich bin gerührt. Auf die Flucht.«

»Auf die Flucht.«

»Ich habe letztes Mal vergessen zu fragen, wo Laron jetzt ist.«

»Hier in Diomeda, wo er herumschleicht und sich versteckt«, sagte Feran mit einem unbesorgten Achselzucken. »Seit er nur noch menschliche Kräfte hat und normale Nahrung zu sich nehmen muss, wirkt er sehr verletzlich. Er wird sogar in einigen Jahrzehnten ganz normal sterben – früher, falls ihn seine Feinde aufspüren. Wird Nona jemals herkommen?«

»Die Stadt ist voller Frauenzimmer, und Ihr sehnt Euch nach Nona?«

»Nein, ich ... interessiere mich nur für Frauen. Pah, Ihr bewahrt Eure Eier in einem Krug Essig auf, Ihr könnt die Liebe zu Frauen und den Hass auf die Enthaltsamkeit nie verstehen.«

»Auf die Enthaltsamkeit«, sagte Druskarl.

»Mögen andere Männer sie lange praktizieren!«, fügte Feran hinzu. »Also, ist sie in Vindic?«

»Sie ist bei netten und fürsorglichen Gönnern.«

»Gut, gut. Sie war so ein ängstliches, verletzliches Wesen. Ich treffe mich zurzeit mit einem Frauenzimmer, das in einer der Tavernen hinter dem Tresen arbeitet. Hattet Ihr je eine Geliebte?«

»Ja. Ba'do, noch einen Krug Chal'vik.«

»Eine besondere Geliebte?«

»Ich hatte eine Frau in Nord-Acrema, aber jetzt sind wir offensichtlich voneinander getrennt. Sie erkundet neue Aufstiegsmöglichkeiten, und ich folge dem Pfad der Pflicht.«

»Auf die Pflicht!«, rief Feran und leerte seinen Becher erneut. »Insbesondere im Namen der Liebe.«

Sie schwiegen eine Weile und beobachteten Warsovrans Flotte in der Bucht. Eine riesige Katapult-Barkasse schleuderte eine Steinkugel hoch in die Luft, die auf die roten Dachziegel des Südwestturms des Morgenlicht-Palastes krachte. Ein Teil des Daches brach ein, sodass ein Hagel von Dachziegeln auf die Verteidiger niederregnete. Augenblicke später flogen ein paar Feuerkessel über die Mauer. Die meisten fielen ins Wasser, aber einer traf eine Eilgaleere, und zwei streiften die Katapult-Barkasse. Hektische Aktivität brach aus, um die Brände zu löschen und die getroffenen Schiffe in Sicherheit zu schleppen.

»König gegen Warsovran, zwei zu eins«, sagte Feran.

»Der Palast hat den Vorteil der Höhe und der Stärke. In Kürze werden die Armeen der Allianz und der Sargolaner auf dem Landweg eintreffen und Warsovran zwingen, mit seiner Flotte das Weite zu suchen.«

»Und was ist mit Euch?«

»Ich bin im Augenblick ungebunden, habe aber reichlich toreanisches Gold. Ich denke darüber nach, in den Norden zu gehen und gewisse turiacische Heilkundige wegen meiner, äh, körperlichen Verfassung zu konsultieren. Was ist mit Euch?«

»Ich habe mich mit gewissen Zauberern wegen eines bestimmten Vorhabens beraten, außerdem verfeinere und verbessere ich gewisse andere Pläne weiter. Ein spezieller Faktor ist unseren Plänen jedoch abhanden gekommen.«

»Und der wäre?«

»Wie ich schon sagte, ist Laron kein Vampyr mehr und hat daher nicht mehr die Kraft, für die er bekannt war. Ihr dagegen seid noch so stark wie eh und je, und wir brauchen die Dienste eines sehr starken Mannes, der seine Vertrauenswürdigkeit bereits unter Beweis gestellt hat. Wie steht Ihr zu Silbertod?«

»Ich glaube, er wäre in verantwortungsbewussten Händen besser aufgehoben.«

Feran trank einen Schluck Wein und starrte dabei konzentriert auf seine Hände. »Und wessen Hände wären das?«

»Nach allem, was in Torea und auf Helion passiert ist, wären das alle außer Warsovrans.«

»Wir haben einen Plan, um Silbertod an uns zu bringen.«

Druskarl starrte ihn einen Moment an, dann stellte er seinen Becher ab. »Um was damit anzustellen?«

»Wir haben nur gute Vorsätze.«

»Ich bin sicher, sie fügen sich nahtlos in diejenigen ein, mit denen der Weg zur Unterwelt gepflastert ist.«

»Aber wollt Ihr mitmachen?«

»Erzählt mir zuerst mehr.«

»Das kann ich jetzt noch nicht. Aber lasst mir ein paar Tage Zeit, dann zeige ich es Euch.«

Feran stand auf, verbeugte sich auf racitalische Art, legte eine Münze auf den Tisch und ging. Ein acremanisches Schankmädchen eilte herbei, während Druskarl noch grübelnd dasaß.

»Wollt Ihr noch etwas trinken, Herr?«, fragte sie, während sie Ferans Becher vom Tisch nahm und die Münze in ihr Dekolleté fallen ließ.

»Nein, ich muss mich um meine Geschäfte kümmern«, antwortete er und ging ebenfalls.

Eine halbe Stunde später war das Schankmädchen in der Metrologischen Mission von Diomeda und sprach mit Diakon Lisgar.

»Ich habe auch gehört, dass der Eunuch davon sprach, turianische Heilkundige wegen seiner körperlichen Verfassung aufzusuchen, dann wurde Silbertod zwei Mal erwähnt. Mehr habe ich nicht aufgeschnappt.«

»Und das Gesicht des Sklavenhändlers habt Ihr nicht gesehen?«, fragte Lisgar, während er niederschrieb, was sie ihm berichtet hatte.

»Nein. Ein anderer Schatten hat es übernommen, Druskarl zu verfolgen, als er gegangen ist.«

»Sehr gut. Kehr an die Arbeit zurück und bleib wachsam.«

»Was hat das alles zu bedeuten, Diakon? Ich habe Angst vor Silbertod.«

»Ich auch, aber ich habe Vertrauen in meine Vorgesetzten.«

Einige Tage später saß Druskarl bei einem Krug Wein unter der rankenbewachsenen Pergola einer anderen Taverne, während ein Wanderbarbier ihm Kopf und Gesicht rasierte.

»Mächtige Krieger, janich?«, sagte der turiacische Barbier und gestikulierte mit dem Rasiermesser in Richtung Hafen.

»Du achtest auf meinen Kopf und ich auf die Schiffe«, antwortete Druskarl.

»Wenn Blut von Euch fließt, werter Herr, Rasur für Euch umsonst.«

»Ich würde lieber bezahlen und kein Blut verlieren.« Druskarl wischte sich mit einem feuchten Handtuch über den Kopf und bezahlte den Barbier. Dann fuhr er sich mit der Hand über den Schädel und lehnte sich zurück, um zu beobachten, wie Warsovrans Katapult-Barkasse für einen erneuten Angriff auf den Palast in Stellung gerudert wurde. Kurz darauf tauchte Feran auf, der sich einen Stuhl heranzog.

»Habt Ihr bereits über meinen Plan nachgedacht?«, fragte er.

»Ihr wollt Euch Silbertod aneignen. Wenn ich ein Kupferstück für jeden hätte, der ihn besitzen will, müsste ich nie wieder arbeiten. Ihr habt gesagt, Ihr würdet mir heute etwas zeigen.«

»Ja. Die Sache ist absolut geheim, aber ich bin sicher, Ihr werdet überzeugt sein, nachdem Ihr sie gesehen habt.«

Sie machten sich gemeinsam auf den Weg zu den Schiffswerften in der Nähe des Hafenbeckens. In einem langen, schmalen Schuppen, der eigentlich für die Lagerung und Reifung von Masthölzern diente, nahm ein Schiff Gestalt an, wie Druskarl noch keines gesehen hatte. Es war lang, schmal und sehr leicht und hatte extrem lange Ruder. Der größte Teil des Decks war geschlossen, nur die Plätze für die beiden Ruderer nicht. Das Schiff war aus Häuten konstruiert, die über einen Eschenholzrahmen gespannt waren.

»Die Erbauer halten es für ein Kurierboot für Flussfahrten«, erklärte Feran leise, während sie es von allen Seiten betrachteten. »Bei ruhiger See müsste es einer Eilgaleere leicht davonfahren können, und in dieser Jahreszeit herrscht normalerweise kaum Seegang.«

»Es ist ein sehr hübsches Boot.«

»Danke schön. Es kostet eine beträchtliche Summe Gold. Der Erbauer der *Shadowmoon* hat mir die Konstruktion einmal beschrieben. Er nannte sie Rennschale.«

»Das kann ich nachvollziehen. Es ist nur eine Schale von einem Boot und zu nichts weiter gut, als schnell zu sein.«

»Nicht ganz, werter Eunuch. Wie Euch fehlt es ihm an einem gewissen Luxus, ist aber vergleichbaren Booten in anderer Beziehung erheblich überlegen. Dieses Ding ist nicht nur schnell, sondern fasst auch genügend Atemluft für vier bis fünf Stunden, wenn es umgedreht und in den Untiefen an Felsen festgemacht wird.«

Druskarl verstand plötzlich den Zusammenhang zwischen Silbertod und dem raffinierten kleinen Boot. »Ich glaube, Ihr habt mich gerade angeworben«, verkündete er mit vor der Brust verschränkten Armen.

Draußen vor dem Schuppen lehnte eine Dirne ein weiteres Geschäftsangebot ab, während sie darauf wartete, dass Druskarl wieder herauskam.

Roval hatte schon von Madame Yvendels Akademie gehört, sie aber bisher nie betreten. Sie war überhaupt nicht nach seinem Geschmack. Seiner Erfahrung nach waren Akademien kalte, übermäßig saubere und zugige Anstalten, in denen die jungen Leute in Säcken herumliefen, Regenwasser tranken und braunen, mit Olivenöl gewürzten Reis aßen. Diese Akademie hier war dunkel, mit Teppichen und Wandbehängen ausstaffiert und dafür bekannt, sowohl Mädchen als auch Jungen in ätherischen Wissenschaften und Künsten auszubilden. Die Gelehrte Yvendel bestätigte in ihrer bequemen und farbenprächtigen Kleidung seine schlimmsten Befürchtungen. Als sie sich voreinander verbeugten und die rituellen Gesten und Zauber der jeweiligen Grade austauschten, erschien hinter einem Vorhang ein kleiner Mann um die vierzig mit hervortretenden Augen. Er lächelte Yvendel zwar schmeichlerisch an, wand sich aber gleichzeitig vor Beklommenheit. Roval kannte ihn nicht.

»Das ist Einsel«, verkündete Yvendel.

Der Name veränderte für Roval alles.

»Einsel, wie Warsovrans Hofzauberer?«, fragte Roval den unmöglich aussehenden kleinen Mann mit den dunklen Ringen unter den hervorquellenden Augen.

»Ich hatte mir schon gedacht, dass ich niemandem vorgestellt werden muss, ha-ha.«

»Wie viele Traktate über ätherische Bräuche habt Ihr schon geschrieben?«

Einsel zwinkerte bei der Frage. »Äh, einunddreißig.«

»Und wie viele Kinder habt Ihr gezeugt? – Überlegt Euch die Antwort gut.«

Einsel schaute auf seine Füße. »Eins«, antwortete er und murmelte dann: »Wahrscheinlich.«

»Ihr könntet echt sein«, räumte Roval ein.

Yvendel räusperte sich. »Als Hofzauberer erregt Einsel keinen Verdacht, wenn er Orte wie diesen hier besucht«, erklärte sie.

»In der Tat, man erwartet von mir, solche Besuche zu machen, Gelehrter Roval. Ich bin so etwas wie ein Inspekteur des Kaisers.«

»Aber im Moment inspiziert Ihr nicht.«

»Nein, und ich muss vorsichtig sein mit dem, was ich sage. Jeder könnte mich verraten, auch Ihr. Mein Kopf ist voller Fakten von äußerst heikler Natur, und wenn man ihn Warsovran auf einem Tablett servierte, bekäme man dafür Gold in Hülle und Fülle. Ich bin nicht gewillt, mich Leuten zu öffnen, die anhand der von mir weitergegebenen Informationen auf meine Identität schließen könnten. Zum Beispiel seid *Ihr* vielleicht gar nicht Roval.«

»Meine Quellen sind zuverlässig«, versicherte ihm Yvendel. »Wenn Ihr mir vertraut, könnt Ihr diesem Mann auch vertrauen.«

»Als Hofzauberer von Warsovran«, fuhr Einsel fort, »wurden mir viele Informationen anvertraut. Vielleicht zu viele. Der Kaiser hat mich nervös gemacht. Und wenn ich nervös bin, sehe ich mich manchmal zu drastischen Handlungen gezwungen.«

»Er macht noch ganz andere Leute als Euch nervös!«, rief Roval. »Habt Ihr gesehen, was er mit Torea angestellt hat?«

»Ja, und mit Südhelion auch. Abgesehen von Warsovran persönlich habe ich vermutlich mehr Feuerkreise gesehen als jede andere lebende Person.«

»Warum seid Ihr hier?«

»Diese Waffe, Silbertod. Ich habe sie gesehen, sie berührt und sie sogar untersucht, so gut dies einem Initiaten des elften Grades möglich ist. Was ich gesehen und gehört habe, macht mir Angst. Warsovran hat die Absicht, Silbertod wieder und wieder einzusetzen.«

»Er will *was*?«, sagte Roval ungläubig. »Hat er denn nicht gesehen, was die Waffe anrichten kann?«

»Er will damit seine Feinde einschüchtern. Das Problem ist nur, dass ein Unfall oder eine falsche Berechnung die ganze Welt vernichten könnte. Das ist von sehr großer Bedeutung für mich, denn ich habe keinen anderen Ort, wo ich leben könnte.«

»Warum vertraut Ihr Euch mir an?«

»Einige von uns haben sich verschworen, um ein wenig Entfernung zwischen Warsovran und Silbertod zu legen. Wenn die Waffe einmal in unseren Händen ist, müssen wir dafür sorgen, dass sie sicher verwahrt wird. Sie kann nicht zerstört werden, sondern nur so verborgen, dass niemand mehr in Versuchung gerät.«

»Nach allem, was ich über Helion und Silbertods Feuerkreise nach dem Muster ›doppelter Durchmesser in der Hälfte der Zeit‹ weiß, wird ihm nach hundertzwanzig Tagen das Land ausgehen, das er verbrennen könnte.«

»Keineswegs«, warf Yvendel ein. »Wenn mehr als die Hälfte des Inhalts eines Feuerkreises über Wasser liegt, endet der Zyklus ebenfalls. Kommt hierher.«

Sie führte sie zu einem Tisch, auf dem eine Karte Helions ausgebreitet war. Es war eine grobe, funktionelle Karte, wie Navigatoren sie benutzten, und bestand praktisch nur aus exakten Linien und Positionen, ganz ohne die üblichen Zeichnungen und Verzierungen von dekorativen Karten in Bibliotheken.

»Ich habe mein Leben riskiert, das hier zu kopieren«, erklärte Einsel. »Seht her, der erste Feuerkreis mit dem Metrologischen Tempel im Zentrum lag vollständig auf Land. Der zweite wird bis auf die Landenge nach Nordhelion überwiegend über Wasser liegen.«

»Aha, und der dritte Feuerkreis wird folglich einen Teil von Port Wayside zerstören«, rief Roval, »aber andererseits größtenteils Wasser bedecken. Also wird der Zyklus nach sechsundneunzig Tagen enden.«

»Richtig, aber falsch, he-he. Als Admiral Griffa Torea umsegelt hat, um die Küste von Warsovrans Konkurrenten zu säubern, haben seine Navigatoren eine Vermessung vorgenommen, die alle bekannten Karten an Genauigkeit bei weitem übertrifft. Der letzte Feuerkreis hat eindeutig mehr Land als Wasser bedeckt, aber der Zyklus endete dennoch. Der *gesamte Kreisrand* lag aber über Wasser. Das scheint eine andere Bedingung zum Löschen der Feuerkreise zu sein.«

»*Scheint* zu sein ... aber vielleicht täuschen sich auch Griffas Navigatoren und Vermesser.«

»Vielleicht, aber sobald Griffas Botenauton gelandet war, entschloss sich mein Kaiser, auf Helion ein Experiment durchzuführen. In diesen Tagen tragen seine Marinesoldaten und die Insulaner die Landenge zwischen Nord- und Südhelion ab. Der Rand des zweiten Feuerkreises wird damit vollständig über Wasser liegen, und Silbertod könnte vom Himmel fallen. Gelehrter Roval, Ihr müsst zuerst dort sein, Silbertod nach seinem Fall finden und mit ihm fliehen.«

»Wie? Man wird die größten Anstrengungen unternehmen, Besucher und Schaulustige so lange fernzuhalten, bis Südhelion weit genug abgekühlt ist, dass Warsovran darauf herumlaufen kann. Und selbst wenn ich an den Wachen vorbeikäme – nun ja! Nach ein paar hundert Schritten wäre mein Körper nur noch ansprechend in Verbindung mit Rosmarin, Schnittlauch, Knoblauch und einer Rotweinsoße.«

»Mit einem feinen Cabernet aus dem Zentralgebirge Acremas, könnte ich mir vorstellen«, warf Yvendel ein, »aber *Ihr* könntet es auf andere Weise machen.«

»Die Gelehrte Rektorin will mir aber nicht verraten, wie«, sagte Einsel ein wenig beleidigt.

»Wenn Ihr nichts wisst, könnt Ihr auch unter der Folter nichts ausplaudern«, erklärte Yvendel.

»Werdet Ihr es mir sagen?«, fragte Roval.

»Später. Wenn Einsel gegangen ist.«

Nachdem der kleine Zauberer die Akademie verlassen hatte, erläuterte Yvendel, was ihr vorschwebte. Roval dachte darüber nach, während er die Landkarte betrachtete, die Einsel dagelassen hatte.

»Ich könnte es schaffen, aber dafür müsste ich unter völliger Geheimhaltung üben«, erklärte er schließlich.

»Das lässt sich einrichten.«

»Die *Shadowmoon* müsste mich nach Helion bringen, und für die Flucht brauche ich eine sehr schnelle Galeere.«

»Auch das lässt sich einrichten.«

»In diesem Fall bin ich einverstanden.«

Yvendel zog mit großer Geste eine ledergebundene Mappe hervor, die etwa zwei Dutzend Seiten enthielt.

»Hier ist von einem anderen, in Diomeda ersonnenen Plan die Rede, Warsovran Silbertod zu entreißen«, verkündete sie. »Beteiligt ist ein früherer vindicischer König namens Druskarl. Ein anderer der Verschwörer ist Feran Holzholm, der ehemalige Kapitän der *Shadowmoon*, der gerade ein schnelles, leichtes Boot von ganz besonderer Art baut. Wisst Ihr etwas darüber?«

»Druskarl will Silbertod haben, um seine Kastration rückgängig zu machen. Feran ist nur ein Spion, aber er arbeitet mit Sicherheit für gefährliche Leute. Ich vermute, für den Hohen Zirkel von Scalticar.«

Yvendel runzelte die Stirn. »Aber ich arbeite auch für den Hohen Zirkel von Scalticar.«

»Wenn Ihr davon überrascht seid, dann habt Ihr offensichtlich den großen Palast des Hohen Zirkels von Scalticar noch nie besucht. Zwei hochrangige Zauberer mit zwei verschiedenen Kostenstellen können durchaus zwei unterschiedliche Projekte verwalten, die dasselbe Ziel verfolgen. Solange sich niemand beschwert, sollten wir einfach unsere Pläne fortsetzen und Feran und Druskarl als Rückendeckung betrachten.«

»Aber wenn Druskarl Silbertods Gebieter wird …«

»Ist er ganz sicher besser als Warsovran.«

Der große Hafen von Alberin lag unter einem dichten Schleier von Nieselregen und Holzrauch, als die *Shadowmoon* festmachte. Das war nichts Besonderes, da es in Nord-Scalticar meistens zu nieseln schien. Es gab Acremaner, die behaupteten, Nord-Scalticar bekäme den ganzen Regen ab, der eigentlich auf die ausgedehnten Wüsten Acremas fallen sollte. Die Scalticarier hielten dem entgegen, dass die Acremaner gerne allen Regen haben könnten, wenn sie einen kooperativen Wettergott fänden, der ihn für sie umleiten würde.

Der zehnte Monat war gerade angebrochen, als Terikel an

Land ging und als Allererstes den nächsten Hafenpoller umarmte. Dann schwor sie, in ihrem ganzen Leben nie wieder einen Fuß auf ein Schiff zu setzen. Außer einem Zollbeamten war niemand da, um sie zu begrüßen. Sie bezahlte ein Schmiergeld, damit der Beamte die Kassette nicht durchsuchte, die von der Besatzung für sie an Land gebracht wurde. Terikel hatte einen unsicheren Gang, da sie den festen Boden unter den Füßen nach der langen Zeit auf See nicht mehr gewöhnt war. Norrieav, Hazlok und mehrere Hafenarbeiter folgten ihr mit der Kassette voll Gold, die sie in einer Schlinge aus Segeltuch an einer Stange trugen.

Alberin war schon im Hinblick auf das ständige Regenwetter angelegt worden, daher gab es überall in der Stadt Markisen, überdachte Wege und öffentliche Unterstände. Ein Mitglied der Stadtgarde wies ihnen den Weg zu dem gemieteten Haus, das die Metrologen jetzt ihren Tempel nannten. Trotz der vielen Schutzdächer in der Stadt waren sie vollkommen durchnässt, als sie dort eintrafen. Terikel klopfte an die Tür, Schritte näherten sich und ein Sichtschlitz wurde geöffnet.

»Möglich zu helfen, ja, Ihr seid wer?«, fragte eine unbeholfene Stimme mit starkem Akzent auf Scalticarisch.

»Ich bin Eure Älteste, und Ihr könnt gleich anfangen, mir zu helfen, indem Ihr mich einlasst, damit ich endlich aus dem Regen komme«, verkündete Terikel.

So schnell wie eben möglich wurden die Riegel zurückgezogen, und die Tür flog auf. Bald halfen die vier metrologischen Priesterinnen Terikel vor einem Kaminfeuer aus den nassen Kleidern, während Norrieav und Hazlok sich in der Küche an geräucherten Fischfilets auf Röstbrot labten. Justiva spendete der Ältesten ihr blaues Ersatzgewand.

»Man begegnet uns hier mit großem Wohlwollen«, erklärte Justiva, während Terikel sich anzog, »und dies ist eine sehr tolerante Stadt. Außerdem ist es eine Stadt, in der jeder für seinen Lebensunterhalt bezahlen muss. Wir vier bedienen bereits in Tavernen, um uns ein Dach über dem Kopf und eine gefüllte Speisekammer leisten zu können.«

»Aber immerhin seid Ihr am Leben und in Sicherheit«, stellte Terikel fest.

»Und brauchen *Euch*. Wir sind in aller Eile durch unsere letzten Studien gehetzt worden, damit wir offiziell ordiniert werden und den Orden erhalten konnten. Wir wissen nichts über Organisation.«

»Ihr scheint ganz ausgezeichnet zurechtzukommen«, antwortete Terikel, die weitaus Schlimmeres erwartet hatte. »Ihr habt ein warmes, trockenes Haus, in das es nicht hineinregnet, und alle sind gekleidet, wohlgenährt und gesund.«

»Das ist es ja gerade! Natürlich kann ich ein Haus mit ein paar Mädchen führen. Fortuna weiß, dass ich früher in Port Wayside ein ganz anderes Haus geleitet habe. Aber ich kann nicht auch die stellvertretende Älteste des ganzen Metrologischen Ordens sein. Ich komme nicht mit hohen Zauberern und Adeligen zurecht, und ich kann nicht über Politik und Kredite diskutieren, nicht einmal darüber, was wir als Priesterinnen Alberin zu bieten haben.«

»Wir haben nach hinten hinaus ein paar Räume für schutzbedürftige Straßenmädchen«, warf Latelle ein, »und ich biete für Leute mit schlechter Gesundheit einmal in der Woche Kräuterbehandlungen an.«

»Wo?«

»Da, wo Ihr gerade steht.«

»Es ist uns gelungen, ohne Geld zurechtzukommen, aber wir brauchen wirklich Erfahrung und Anleitung«, sagte Justiva. »Sonst sind wir nichts weiter als ein Haus voller Mädchen – wir könnten uns ebenso gut nach Ehemännern umsehen.«

Terikel warf einen Blick auf die Goldkiste, dann blickte sie wieder in die Gesichter der vier Priesterinnen. Sie sah so viel Vertrauen, und es galt ihr. Natürlich konnte sie ihnen von dem Gold erzählen, doch das würde ihnen nur die Botschaft vermitteln, dass Gold alle Probleme löste. Es war schon ein Wunder, dass sie alle hier waren und überlebt hatten, und vieles davon verdankten sie wohl Justivas brillanter Führerschaft. Jetzt musste man ihnen zeigen, dass eine Älteste Wunder wirken konnte und von ihnen erwartet wurde, sich dieselben Fähigkeiten anzueignen.

»Warum hat der scalticarische Hohe Zirkel uns keinen Tempel, Zimmer und Personal zur Verfügung gestellt?«, fragte Terikel Justiva.

»Einen *Tempel*? Ich, äh … ich …«

»Habt Ihr darum gebeten?«

»Ich, äh … nein.«

»Habt Ihr ihnen gesagt, was wir anzubieten haben?«

»*Anzubieten haben*?«, fragte die plötzlich aufgebrachte Justiva. »Wir? Zwei bekehrte Huren, eine Köchin und eine Krankenschwester, die Bauchtanz beherrscht? Was hätten wir dem alberiner Zweig des Hohen Zirkels Scaliticarischer Zauberer schon anzubieten? Eine kleine Orgie mit Essen, Unterhaltung und einer Gratis-Untersuchung auf Pocken?«

»Ihr habt diese Dinge vielleicht früher einmal gemacht, aber jetzt seid Ihr metrologische Priesterinnen und könnt auf drei bis fünf Jahre Studium zurückblicken. Wir haben den Auftrag zu lehren, zu forschen und wohltätig zu sein, und wo wir auch sind, werden wir genau das tun. Kommt alle mit mir – und nehmt die Kassette in der Schlingentasche mit, je zwei auf jeder Seite. Kapitän, Hazlok, passt auf das Haus auf. Justiva, bringt mich zum hiesigen Turm des Hohen Zirkels.«

Zwanzig Minuten später betrat Terikel wiederum vollständig durchnässt den Turm des Hohen Zirkels in Alberin. Sie bahnte sich einen Weg durch Bedienstete, Wachen und Lakaien, bis sie vor den Gemächern des Meister des Turms angekommen war, wo sie ihren Priesterinnen befahl, draußen zu warten. Dem Meister des Turms fiel zunächst nicht auf, dass Terikel ein Neuankömmling war.

»Für wen haltet Ihr Euch, einfach in meine Gemächer zu platzen!«, rief er, indem er sich von seinem Stuhl erhob. »Ich habe gesagt, wir wären bereit, Eurem Orden Asyl zu gewähren, aber vergesst nicht, dass Ihr nur mittellose Flüchtlinge ohne …«

Terikel ließ ein Stück dunkelgrünes Glas auf seinen Schreibtisch fallen. Der Mann wäre nicht Meister des Turms geworden, ohne einen Blick für mächtige ätherische Talismane zu haben. Er konnte einen Abdruck erkennen, der nach einem aufwändig gearbeiteten Kettenpanzer aussah.

»*Das* trägt den Abdruck von Silbertod und ist aus dem gläsernen See mitten in Larmentel ausgegraben worden, wo er gefallen ist«, verkündete Terikel mit einer Stimme so kalt und gemessen wie ein zugefrorener Fluss. »Außerdem ist der letzte existierende toreanische Sukkubus daran gebunden.«

»Ich, äh … Sukkubus?«

»Ich kenne seinen Namen.«

»Ah. Oh.«

»Und *das* dürfte reichen, um den Verbindlichkeiten von uns mittellosen Flüchtlingen nachzukommen!«, schrie Terikel und warf eine Handvoll Gold auf seinen Schreibtisch.

Eine halbe Stunde später erschien Terikel wieder, in Begleitung des Meisters des Turms.

»Justiva, wir haben einen Tempel, Unterkünfte und eine Schule. Als Eigentum. Der Meister des Turms sorgt dafür, dass die hiesige Miliz alles bis zu unserem Einzug heute Abend räumt und säubert. Ihr werdet das beaufsichtigen. Latelle, Ihr werdet jeden Nachmittag an der Universität eine Vorlesung über toreanische Heilkünste halten und außerdem über die Vorzüge des Bauchtanzens bei der Behandlung von Rückenproblemen sprechen. Jeles, Ihr werdet aus dem angemieteten Haus ein Asyl für kranke oder misshandelte Dirnen machen.«

»Aber der Besitzer hat gesagt …«

»In einer Stunde bin ich die Besitzerin. Kelleni, Ihr findet Euch morgen früh hier ein. Ein paar Studenten der Zauberei möchten mit Euch über die toreanische Küche und die Stärkung ätherischer Energien durch gutes Kochen sprechen.«

Terikel wandte sich wieder an den Meister des Turms. »Ihr! Beschafft mir trockene Kleidung. Beschafft trockene Kleidung für uns alle.«

»Aber ja, Älteste. Gewiss.«

Terikel stolzierte hinter ihm her, als er davoneilte.

Latelle dachte schließlich daran, den Mund wieder zu schließen und wandte sich dann an Justiva. »Und dazu sollen wir alle in der Lage sein, wenn wir erwachsen sind?«

»Anscheinend«, antwortete Justiva, die Terikel immer noch mit vor Bewunderung glänzenden Augen hinterherschaute.

Sechs Tage später fand das Fest der Ätherischen Lichter statt. Wie zur Feier des Tages brach die Wolkendecke über Alberin auf, und die Wolken verschwanden nach und nach. Schließlich zeigte sich ein makellos blauer Himmel über der Stadt, der sich bald darauf bei Sonnenuntergang in einen tiefroten Glutofen verwandelte. Miral strahlte hell neben Dalsh, Lupan, Belvia und Verral, während eine atemberaubende Vielzahl von Sternen den gesamten Bereich um den himmlischen Südpol bedeckte.

Die Schwestern des Metrologischen Ordens traten nacheinander in die reich verzierte, hoch aufragende Ätherische Kathedrale von Alberin, in der abwechselnd Jungen- und Mädchenchöre die der Jahreszeit entsprechenden Choräle sangen. Die Kathedrale war gesteckt voll mit Adeligen, Gelehrten, Zauberern und den vermögenderen Kaufleuten von Alberin, und die Choräle und Lesungen hallten in der Dunkelheit zwischen den Dachbalken wider. Nach der Hälfte der Messe wurde Terikel aufgefordert, den metrologischen Segen zur Jahreszeit zu sprechen, den sie in sorgfältig übersetztem, auswendig gelerntem Scalticarisch rezitierte. Latelle sang eine der Hymnen des Ordens, »Die Laterne in der Dunkelheit«, während sie eine tönerne toreanische Öllampe in die Höhe hielt, die auf der *Shadowmoon* mitgereist war.

Am Ende der zwei Stunden stimmte der Kronprinz einen letzten Choral für die gesamte Gemeinde an, die danach auf den Hauptplatz der Stadt strömte, auf dem alle Fackeln gelöscht worden waren. Hoch am Himmel sprühte und tanzte ein funkelndes Feuerwerk ätherischer Lichter zwischen Mondwelten, Sternen und Miral. Leute lachten, jubelten und reichten Krüge mit kräftigem Wein und Met herum, während Initiaten Feuerwerks-Zauber in die Luft schleuderten, die hoch oben explodierten.

Terikel umarmte Justiva und Latelle und kam zu dem Schluss, dass sie zum ersten Mal wieder wirklich glücklich war, seit sie Torea verlassen hatte. Sie war die Älteste, und der Orden war in einem starken, blühenden Königreich in Sicherheit. Sie hatten Schutz, Geld und auch etwas anzubieten. Zugegebenermaßen war das Wetter die meiste Zeit grässlich und es gab mehr Arbeit, als sie zu fünft bewältigen konnten, aber das war besser als gejagt oder – noch schlimmer – missachtet zu werden.

Sie spürte eine Hand auf dem Arm. Der Meister des Turms. Er forderte sie auf, ihn in seine Gemächer zu begleiten.

»Ich soll noch heute aufbrechen?«, schimpfte Terikel auf Diomedanisch, während sie vor dem Stuhl des Meisters des Turms auf und ab marschierte.

»Äh, ja«, sagte der Meister des Turms. »Wir haben nur wenig Zeit.«

Draußen war das Fest noch in vollem Gange und fand von ihren vier Priesterinnen sowie vier neuen scalticarischen Diakonissinnen und Diakonen begeisterte Unterstützung. Obwohl sie noch nicht einmal dreißig war, fühlte sich die junge Priesterin plötzlich alt, müde und sehr, sehr einsam.

»Ich kann die Nachricht des Autonen noch einmal aufrufen«, bot ihr der Meister des Turms an.

»Nein, danke, ich bin gut darin, schlechte Nachrichten schon beim ersten Mal richtig zu verstehen. Warum ich? In Alberin, dem größten Hafen auf dem scalticarischen Kontinent, wird man doch gewiss einen verfluchten Seemann zusätzlich für die *Shadowmoon* auftreiben können.«

»Die Gelehrte Yvendel hat auf Euch bestanden. Ihre Nachricht war unmissverständlich.«

»Aber ich bin erst seit *sechs Tagen* hier! Ich liebe diesen Ort, ich habe gerade die schönste Zeremonie und das wunderbarste Fest meines Lebens miterlebt. Meine Schwestern brauchen mich.«

»Justiva ist äußerst fähig, sie ist nur weniger, äh, direkt als Ihr. Älteste, *niemand* will, dass Ihr geht, aber es geht um Silbertod. Der Sargolanische Initiatenvorstand unterstützt ein Vorhaben, Warsovran die Waffe wegzuschnappen, und wir müssen es vor ihnen schaffen.«

»Jeder Herrscher und jede Zauberer-Organisation der Welt hat die Wahnvorstellung, Silbertod besitzen zu müssen. Er bringt schließlich Unsterblichkeit und grenzenlose Macht. Warum gibt der Plan des Sargolanischen Initiatenvorstands besonderen Anlass zur Sorge?«

»Ihre Agenten sind Obanar Druskarl, ehemals König von Vindic …«

»Verdammt seien seine eingelegten Hoden.«

»… und Feran Holzholm, ehemals Kapitän der *Shadowmoon*.«

»Der kleine Wurm! Das überrascht mich nicht im Geringsten.«

»Die Sargolaner haben Feran eine Eilgaleere zur Verfügung gestellt und Berichten zufolge ein weiteres tauchfähiges Boot wie die *Shadowmoon* gebaut. Wir haben versucht, die Überlebenden der Besatzung der *Shadowmoon* zu versammeln, die sich mit Tauchbooten auskennen und wissen, wie diese beiden Männer arbeiten und denken.«

»Beide sind ungeachtet ihrer Fehler tapfer, wagemutig und einfallsreich«, murmelte Terikel.

»Ihr trefft Roval an der acremanischen Küste, eine Tagesreise südlich von Diomeda. Die Expedition steht unter Eurem Kommando, bis er auf der *Shadowmoon* eintrifft. Wenn er die Verabredung nicht einhalten kann, werdet Ihr das Kommando behalten, bis Silbertod geborgen wurde.«

»Ich kann nicht glauben, dass die anderen sich alle zu dieser Reise bereit erklärt haben.«

»Das haben sie auch nicht. Hazlok musste von der Stadtgarde aus Madame Feders *Tal des Parfüms* geschleift werden, D'Artos Ehefrau hat meine Männer mit einem Besen verfolgt, als sie ihn abgeholt haben, und Kapitän Norrieav wurde auf einer Trage aus der *Flammenden Fregatte* geschleppt, während er, ›Pumpt, ihr Mistkerle, pumpt!‹, rief und irgendein Semmannslied über das Knüpfen komischer Knoten sang.«

»Ihr wollt mir mitteilen, dass gerade die Verantwortung für die Welt auf meine Schultern gelegt wird?«

»Nun, ja. Es sind die einzigen, die stark genug sind. Ich meine, es sind natürlich sehr wohlgeformte Schultern, aber überlegt einmal: Ihr seid eine erprobte Anführerin, Ihr seid Priesterin und Initiatin des neunten Grades …«

»Ich wollte gerade die Prüfung für den zehnten Grad ablegen. Ich bin so weit …«

»Ich leite das in die Wege, während Ihr Euch zum Anlegeplatz begebt. Die Prüfer werden Euch auf die Galeere begleiten und die Prüfungen dort abhalten.«

»Ich bin nicht wach. Das ist ein Traum.«

»Ich an Eurer Stelle würde mir nicht die Mühe machen, mich zu kneifen, Älteste. *Ihr* müsst gehen. Ihr kennt Helion, Ihr kennt Roval, Ihr kennt die *Shadowmoon* und ihre Besatzung, und Ihr habt Erfahrung auf See. Und vor allem seid Ihr vertrauenswürdig.«

»Die *Shadowmoon* braucht mindestens einen Monat im Trockendock der Werft, bevor sie zu ihrer nächsten Fahrt auslaufen kann.«

»Die *Shadowmoon* wird gerade an Deck der Schlachtgaleere *Megazoid* gehievt, dort wird sie auf dem Weg nach Norden überholt, kielgeholt und neu ausgerüstet. Von jetzt an werdet Ihr sogar neue, wasserdichte Spinde haben, in denen Eure Sachen trocken bleiben, wenn Ihr taucht, sowie einen Tiefenmesser, der anzeigt, wie tief Ihr unter der Wasseroberfläche seid.«

Terikel rieb das Gesicht in den Händen. Monate der Seekrankheit lagen vor ihr, nur unterbrochen durch kurze Phasen panischer Angst.

»Also findet nicht die gesamte Reise auf der *Shadowmoon* statt?«

»Nein, nein, natürlich nicht. Ihr werdet Kommandant der gesamten Expedition sein, auf der *Megazoid* ebenso wie auf der *Shadowmoon*. Ihr könnt die Kapitänskajüte der *Megazoid* haben. Ihr könnt alle Luxusgegenstände haben, die sich in den nächsten, äh, drei Stunden an Bord bringen lassen. Ihr könnt sogar den Kapitän der *Megazoid* haben, wenn er nach Eurem Geschmack ist.«

»Nein, danke.«

»Weniger als die Hälfte der Reise muss auf der *Shadowmoon* zurückgelegt werden.«

Terikel ließ sich mit hängenden Schultern auf einen Stuhl fallen, und der Meister des Turms wusste, dass er gewonnen hatte.

»*Kommandant* Terikel, ich wusste, wir würden uns auf Euer Pflichtgefühl verlassen können.«

2

FAHRT ZUR SICHELBUCHT

Warsovran legte Wert darauf, seinen behelfsmäßigen diomedanischen Palast mit dem Prunk eines königlichen Palasts zu führen. Die Adeligen seiner Flotte trugen jetzt reich geschmückt, für acremanische Augen beeindruckende Gewänder, und die gesamte Einrichtung strotzte vor Gold. Er hatte bereits den Bau eines neuen Palastes angeordnet, der mit Panoramablick auf Hafen und Stadt auf einem Hügel liegen sollte. Seine Botschaft lautete, dass er reich, mächtig und kultiviert war, und außerdem entschlossen zu bleiben. An diesem speziellen Tag stellte er Tänzerinnen zur Unterhaltung seines neuen Hofs ein.

Während sich die Tänzerinnen auf riesigen Kissen räkelten, servierte eine Prozession von Eunuchen die Speisen, und Serviermädchen trippelten diskret mit Krügen voll honiggesüßter Ziegenmilch, Limonenwasser, Vanillejoghurt und gekühltem Koffein mit Mausespeckschaum umher.

»Gewürzte Rebhuhnherzen auf Lavendelreis an jungen Salatblättern und Kornblumenblüten«, rief der erste Eunuch.

»Hierher«, sagte Großadmiral Narady, ohne aufzuschauen.

Der nächste Eunuch in der Reihe trat vor und räusperte sich. »Junge Kürbisse gefüllt mit kandierten, wilden Heuschrecken und gewürzte, kernlose Kirschtomaten in geölten Weinblättern.«

Sonmalin, der neue Gouverneur, winkte nur träge, hielt es aber nicht für nötig zu rufen.

»Lauchstangen gefüllt mit Seeigeln im Currymantel auf Jungfernhaarnudeln.«

»Zu mir«, rief Admiral Griffa und setzte sich auf seinen Kissen auf.

Der nächste Eunuch trug eine Miene unverhohlenen Widerwillens zur Schau. »Einfacher brauner Reis und roher Sellerie, mit *einer* Sardine in Olivenöl«, sagte er, als bereite ihm jedes Wort Schmerzen.

»Für mich«, rief Admiral Forteron.

Ein Serviermädchen füllte einen Pokal mit Limonenwasser. Forteron nahm einen Schluck und reichte ihn dann Warsovran.

»Sie werden schnell weich«, sagte Forteron leise zu seinem Kaiser.

»Ich will sie weich, dann kann ich sie leichter formen«, antwortete Warsovran.

Die Kapelle wechselte von Hintergrundgedudel auf Tanzmusik, und die Locnarii-Tänzerinnen – eineiige Zwillinge – betraten den Saal durch den Eingang auf der Rückseite. Warsovran glaubte zuerst, er sehe doppelt, als er die sich nähernden Mädchen anstarrte. Ihre trägen Tanzbewegungen waren perfekt aufeinander abgestimmt, und sogar die Perlenringe um ihre Taille und die dazu passenden Ohrringe schwangen synchron und im Takt zur Musik. Die technische Präzision des Tanzes fesselte Warsovrans Aufmerksamkeit, wie eine Ratte von einer sich nähernden Schlange hypnotisiert wird. Während sie tanzten, schien die Zeit stillzustehen … dann verbeugten sie sich und zogen sich zurück. Die Musik änderte das Tempo und wurde ein wenig langsamer.

Gerade außerhalb der Sichtweite standen Sairet, Wensomer und ein muskulöser Eunuch.

»Seid Ihr sicher, dass Ihr stark genug seid, das durchzustehen?«, flüsterte Sairet ängstlich. »Ich meine, einen Monat lang nur braunen Reis, rohen Sellerie und Regenwasser …«

»Seid still und helft mir, den Schleier zu binden«, schnauzte Wensomer.

»Ganz zu schweigen von der täglichen Heilbehandlung aus dreitausend Liegestützen, einem Zehn-Meilen-Lauf den Strand auf und ab, einem Saunagang …«

»Ich habe *einundsechzig* Pfund verloren, nur darauf kommt es an.«

»Für Euch ist alles schwarz oder weiß, Wensomer, das ist Euer Problem. Es gibt keine Grautöne oder Farben. Seit Eurer Ankunft in Diomeda rate ich Euch zu einer maßvollen und vernünftigen Gewichtsabnahme, doch Ihr habt nie auf mich gehört. Und jetzt …«

»Gorien, bück dich bitte«, forderte Wensomer den Eunuchen auf. »Sairet, ich weiß Eure Besorgnis zu schätzen, doch jetzt helft mir bitte auf seine Schultern.«

Die Musik veränderte sich wieder, und der muskulöse Eunuch marschierte langsam von der einen Seite in den Thronraum, während die Zwillinge ihn auf der anderen verließen. Wensomer war um seine Schultern drapiert. Gorien trug die Kleidung eines Schlangenbeschwörers der Wüstennomaden, und als er mitten auf der Tanzfläche stehen blieb, glitt Wensomer seinen Körper entlang und auf die Steinplatten. Während der Eunuch zurückwich, erhob sie sich mit beständig schwankendem Kopf und fuhr sich alle paar Sekunden mit der Zunge über die Lippen. Ihr Tanz begann mit kleinen Kreisbewegungen der Hüfte. Nach und nach wurde der Kreis immer größer, wobei sie gleichzeitig immer tiefer sank, bis sie auf den Knien lag. Ihr hüftlanges, leuchtend rot gefärbtes Haar breitete sich rings um sie aus, während sie ihre kreisenden Bewegungen fortsetzte. Ohne einen einzigen Schritt zu machen wechselte sie in eine wellenförmige Rollbewegung und glitt durch Vor- und Rückwärtsbeugen des Körpers über den Boden, was ihren Körper so biegsam wirken ließ wie einen feinen Kettenpanzer. Ihr Tanz gipfelte in einer flatternden Rückwärtsbeuge, die Warsovran und Forteron zu begeistertem Applaus veranlasste.

Der Eunuch ging langsam zu Wensomer, die bereits wieder über den Boden glitt. Er stellte sich mit geschlossenen Beinen und verschränkten Armen neben sie, sodass Wensomer an seinen Beinen empor nach oben gleiten, sich um seinen Oberkörper winden und schließlich wieder wie eine Schlange auf seine Schultern zu liegen kommen konnte. Dann zog er sich langsam und mit gleichmäßigen Schritten zurück, als schlängle sich nichts Schwereres als eine kleine Samtpython um seinen Nacken. Sie verschwanden durch eine Tür.

»Na, *das* war etwas, woran man sich erinnern wird«, sagte Warsovran, während er sich das Kinn rieb.

Forteron lächelte und nickte. Der Gouverneur verschränkte einfach die Arme und setzte sich auf, als rechne er in Kürze mit einer noch besseren Darbietung.

Wensomer tauchte wieder auf. Sie hielt die Unterarme waagerecht unterhalb der Augen, so dass die Fingerspitzen sich berührten. Die dunkelblauen Schleier an den Armen reichten bis zum Boden.

»Sie ist mit Schleiern verhüllt, sie wird den größten Teil des Tanzes damit verbringen, sich zu entkleiden«, verkündete Forteron mit einem Zwinkern wissend.

Wensomer machte einige Schritte und wiegte sich zur Musik, aber als sich dann plötzlich das Tempo steigerte, nahm sie die Arme herunter und enthüllte fransige, pailettenbesetzte Brustschalen und ein winziges, mit Quasten besetztes Höschen mit Münzen und Silberglöckchen am Bund. Die Schärpe aus durchsichtiger blauer Seide war tief über der Hüfte gebunden. Das einmonatige Übungsprogramm des GKD hatte ein Drittel ihres Körpergewichts verschwinden lassen und durch Bauchmuskeln ersetzt, mit denen die wenigsten anwesenden Männer konkurrieren konnten, doch insgesamt wirkte sie sehr geschmeidig ... wenn auch ein wenig ungewöhnlich.

Forteron und Warsovran schnappten beide nach Luft und lehnten sich zurück. Wensomer stand für einige Augenblicke vollkommen still, nur die Augenlider flatterten, dann atmete sie ein, und ihr Oberkörper weitete sich. Die Arme schwangen hoch, sodass sich die Schleier zu blauen Flügel ausbreiteten. Wensomer klingelte rhythmisch mit den Zimbeln an den Fingern und ließ dabei langsam die Hüften kreisen, wobei der

Oberkörper absolut reglos blieb. Bei den ersten der vielen Figuren, die sie geübt hatte, waren ihre Bewegungen so leicht und schlangenartig, als seien ihre Glieder Rauchwolken. Ihre perfekte Balance schien der Schwerkraft zu trotzen. Ein grüner Stein in ihrem Nabel wurde von hinten durch eine glänzende Paste erleuchtet, die aus Mondkäfern gewonnen worden war, und strahlte hell. Auch ihre Schminke beruhte auf der Paste und verlieh ihrem Gesicht die Andeutung eines Leuchtens, das durch die Schleier ihrer langen Haare schien.

Warsovran starrte Wensomer wie hypnotisiert mit offenem Mund an, ohne zu bemerken, dass er wie alle anderen im Raum zum Takt der Musik klatschte.

»Wird sie eingestellt?«, lachte Forteron.

Warsovran antwortete nicht, er hatte ihn nicht gehört. Wensomers Augen waren halb geschlossen, seit sie mit dem zweiten Teil der Figuren angefangen hatte, was eher mühelose Leichtigkeit als Erschöpfung vermittelte. Schlängelnde Armbewegungen, seitliches Kopfschieben, flatternde Rückwärtsbeugen, gedrehte Hüftschwünge ... alle Bewegungen gingen fließend ineinander über und wirkten dabei leicht, aber doch intensiv, und sie schien niemals zu ermüden. Dieser Tanz war eigentlich nicht dazu gedacht zu bezaubern, sondern lediglich als Unterhaltung im Hintergrund, als Rahmen für Gespräche zwischen Herrschern. Warsovran winkte den Gouverneur der Stadt herbei, ihnen Gesellschaft zu leisten.

»Ich wette, solche Kunst habt Ihr Toreaner nie gesehen«, sagte er spontan.

»Wir Toreaner sind die besten Seefahrer der Welt«, antwortete Warsovran, dem durchaus klar war, worauf der Gouverneur hinauswollte. »Wir kaufen und verkaufen Künstler.«

»Also seid Ihr hierhergekommen, um die beste Kunst der Welt zu kaufen?«

»In der Tat. Wie viel kostet die letzte Tänzerin?«

»Sie ist eine Bürgerin der Stadt, Ihr könnt sie nur einstellen.«

»Dann sitzt nicht einfach herum, stellt sie ein!«

Währenddessen setzte Wensomer ihren Tanz ohne Anzeichen

von Ermüdung fort, doch sie hatte bemerkt, dass sich die Männer wieder unterhielten. Sie war nun Teil der allgemeinen Unterhaltung und hatte keinen besonderen Grund mehr zu versuchen, besonders zu beeindrucken. Sie tanzte schlangenartig, mit einfachen Bewegungen, eher ausdauernd als aufsehenerregend. Es dauerte zwanzig Minuten, bis der Gouverneur den verbliebenen Tänzerinnen ein Zeichen gab, mit ihrer Vorstellung zu beginnen, und eine Truppe Nomadenmädchen die Unterhaltung übernahm.

Wensomer war fast völlig erschöpft, als sie durch den Torbogen und hinter die schweren Vorhänge schlüpfte. Sie beobachtete die Vorstellung durch einen schmalen Schlitz und bemerkte, dass die Tänze der Nomadinnen um einiges unverhohlener auf Sinnlichkeit bedacht waren als die von Sairets Schülerinnen. Die Tanzlehrerin trat neben sie.

»Man will Euch einstellen«, verkündete Sairet.

»Ah, wunderbar«, keuchte Wensomer. »Und Ihr?«

»Ich bin unabkömmlich. In sehr kurzer Zeit werden die Armeen der Allianz am Horizont auftauchen, und alle, die für Warsovrans Hof gearbeitet haben, werden die Siegesfeierlichkeiten von der Spitze einer zwölf Fuß langen Pike aus verfolgen können, während ihre Körper tragende Rollen in einer besonderen Unterwasserfeier für die loyalen und patriotischen diomedanischen Haie spielen.«

»Bis dahin habe ich erreicht, was ich wollte, und man wird mich in Diomeda schmerzlichst vermissen.«

Sairet seufzte. »Ah, die ewige Frage: was wollen Frauen eigentlich?«

»Wer hat irgendwas von Frauen gesagt?«, erwiderte Wensomer, indem sie sich von der Vorstellung abwandte. »Ich schwöre, wenn das alles vorbei ist, werde ich ein Jahr lang nur essen! Ich werde mich auch nie wieder über Eure Übungsstunden beklagen, im Vergleich zum GKD-Programm waren sie wie Erholungspausen.«

»Also, morgen früh in Eurer Villa?«

»Ja, ja, und diesmal bin ich vielleicht sogar schon wach.«

Larons Instinkt verriet ihm, dass Roval bald aufbrechen wollte. Der Scalticarier hatte nichts dergleichen gesagt, doch etwas in seinem Verhalten beunruhigte Laron. Eine gewisse Zurückhaltung in den Gesprächen, ein Widerstreben, über zukünftige Dinge zu reden, oder auch die Bereitwilligkeit, mit der er Laron zusätzliche Javat-Stunden gab, wann immer die Tanzfläche zur Verfügung stand. Um zu trainieren hatte Laron Vorlesungen in der Akademie versäumt und musste sich die Notizen der anderen abschreiben, ein Gefallen, für den er mit echtem Silber bezahlte. Er konnte von Glück sagen, wenn er zwischen seinen Studien, ätherischen Konzentrationsübungen und Javatstunden noch fünf Stunden Schlaf bekam – in einer guten Nacht. Jeden zweiten Abend besuchte er Wensomer, und sie nahmen zusammen das Abendessen bei einem Krug Regenwasser ein und beklagten sich beim anderen über Verletzungen, Schmerzen und die Tatsache, dass der Tag nicht genügend Stunden hatte. Wensomer hasste es auch, ständig hungrig zu sein und wie ihr Körper anscheinend schon beim Anblick einer Honigpastete ein Pfund zunahm. Laron jammerte am liebsten darüber, dass sein Körper keine Muskelmasse zulegte, ihm keine Haare im Gesicht wuchsen und stattdessen bereits der Geruch von geröstetem Lamm Pickel auf seinen Wangen erblühen ließ.

»Da esse ich nun Fisch, Reis und schlichtes Haferbrot, um eine reine Haut zu behalten und wofür?«, murrte Laron einige Abende nach Wensomers Einstellung als Palasttänzerin. »Meine Haut ist rein, aber ich habe kein Mädchen, das sie streichelt. Warum gebe ich mir also solche Mühe?«

»Ihr könnt ja mit mir tauschen«, murmelte Wensomer. »Jeder Mann, der mich tanzen sieht, begehrt mich, aber ich bin viel zu beschäftigt und müde, um auch nur einen von ihnen in mein Bett zu holen.«

Ein Gong im Eingangsbereich kündigte Sairets Ankunft an.

»Aha, mein Folterknecht ist da«, sagte Wensomer, während sie und Laron aufstanden.

»Reiner Luxus«, antwortete Laron. »Mein Folterknecht macht keine Hausbesuche.«

»Die macht er durchaus, wenn er mit *mir* übt«, entgegnete Wensomer.

»Tja, dann, übermorgen um dieselbe Zeit?«

»Ja, bis dann.«

Nach einer kurzen und ziemlich schlaffen Umarmung machte Laron sich auf den Weg. Die Sonne war untergegangen, und Laron hätte sich mit Freuden in ein Bett fallen lassen können, um bis Sonnenaufgang durchzuschlafen. Er hatte Blutergüsse und Schmerzen, war sehr müde und sehnte sich verzweifelt nach einer Mahlzeit mit etwas Geschmack. Als er an der *Fährmannsstake* vorbeikam, stieg ihm der Geruch nach Lammpastete mit Kräutern in die Nase. Er hielt mitten im Schritt inne und dachte daran, der Versuchung nachzugeben, dann an Wensomers Bedürfnis nach moralischer Unterstützung und das Risiko, ein halbes Dutzend Pickel zu züchten, und entschied schließlich, dass Ritterlichkeit ihre Grenzen hatte und er, wenn er sein Leben riskierte, auch ein paar Pickel riskieren konnte.

Eine Viertelstunde später schob er seinen Teller weg, rülpste zufrieden und trank einen Schluck Traubensaft. Wieder sterblich zu sein war eine ziemliche Strapaze, aber gutes Essen konnte einen fast dafür entschädigen. Der Gedanke an Wensomer, die jetzt bei ihrer Tanzstunde litt, erfüllte ihn mit dem Anflug eines Schuldgefühls. Aber die Gewissheit, dass sie nie etwas über die Lamm-und-Nierenpastete erfahren würde, linderte die Gewissensbisse erheblich.

Weil er ängstlich darauf bedacht war, nicht beim Essen von etwas auch nur ansatzweise Appetitanregendem gesehen zu werden, hatte er sich in eine schattige Ecke des Raumes gesetzt. Daher sahen ihn Feran und Druskarl nicht, als sie kurz hintereinander eintraten und sich ein wenig verstohlen umsahen. Laron hielt sich die Hände vors Gesicht und beobachtete sie durch die Finger. Wenn sie sich setzten … Aber sie blieben nicht. Sie kauften einen Beutel getrocknete Feigen und zwei Schläuche mit Traubensaft und gingen dann sofort wieder nach draußen. Laron zögerte einen Moment, folgte ihnen dann aber zu den Werften am Ufer des Leir.

Die beiden verschwanden in einem Schuppen, vor dem ein Wachmann Dienst tat. Laron überlegte, ob er wohl versuchen sollte, einen Blick hineinzuwerfen. Er bemerkte, dass mindestens ein großer Hund ebenso an der Sicherheit des Schuppens interessiert war wie der Wachmann. Larons Dilemma löste sich von selbst, als die Kette vor dem flusswärtigen Tor rasselte. Sogar aus der Entfernung konnte er gut erkennen, dass vier Männer etwas Langes, Dünnes und offensichtlich sehr Leichtes nach draußen trugen. Sie wateten ins Wasser, und zwei von ihnen kletterten in das schmale, zerbrechlich wirkende Boot.

»Panyor«, und »...vor Sonnenaufgang zurück«, schnappte Laron auf, als vier in der Länge mit denen der *Shadowmoon* vergleichbare Ruder ins Wasser getaucht wurden. Das Schiff schoss mit einer Geschwindigkeit weiter in die Flussmitte, die eigentlich nichts Schwimmendes hätte erreichen dürfen, dann schwenkte es landeinwärts. Laron folgte ihm eine halbe Meile, doch die Strapazen des Nachmittags bremsten ihn ebenso rasch wie die Last der Pastete in seinem Magen. Das Ding fuhr mit der Geschwindigkeit eines Pferdes im leichten Galopp flussaufwärts! Panyor. Das war ein Binnenhafen, ein Ort, an dem die Weinkähne auf ihrer Fahrt von den Bergen im Hinterland anlegten. Die Kähne brauchten für diese Fahrt von Sonnenaufgang bis Sonnenuntergang, aber Feran hatte durchblicken lassen, das merkwürdige Boot werde die Rundreise in etwa sechs Stunden schaffen, also mehr als vier Mal schneller als ein Kahn, wenn man davon ausging, dass sie in Panyor keine Pause einlegten.

Auf dem ganzen Weg zurück zur Akademie dachte Laron über das nach, was er gesehen und gehört hatte. Falls Ferans Boot die Berge im Landesinnern in der Abenddämmerung verließ und etwa sechs Mal schneller als ein Kahn flussabwärts fuhr, würde er nach nur einem halben Tag die ankommenden Mengen und die Preise in Diomeda melden können. Aber ein berittener Bote mit Reservepferden konnte das in derselben Zeit schaffen, und mit einem Botenauton ging es noch rascher. Welche Vorteile konnte ein sehr schnelles Boot haben? Dann kam ihm plötzlich wie ein Blendungszauber die Erleuchtung. Sie konnten die kleinen Probekrüge der neuen Jahrgänge problemlos nach Diomeda bringen, ohne sie zu beschädigen. Das würde einem Reiter niemals gelingen. Neue Jahrgänge konnten dann im Voraus an die Kapitäne der Hochseehändler verkauft werden, und diese wiederum konnten den Wein direkt verkosten, ohne den Kaufleuten aus dem Inland dafür Probiergebühren zahlen zu müssen.

Laron überzeugte den Wachauton am Eingang der Akademie mit seinem Schlüssel von seiner Eintrittsbefugnis und ging zum Lernen in die Bibliothek. Im goldenen Schein der Öllampen schätzte er, dass es wohl nur ein Jahr dauern würde, bis die anderen Kaufleute ähnliche Boote wie das von Feran in Dienst stellen und starke Ruderer anwerben würden, aber ein Jahr mit einem Monopol auf Weinpreise würde reichen, um Feran als Mann von Bedeutung in Diomeda zu etablieren. Die Spione der Schiffsbauer und Kaufleute waren inzwischen sehr wahrscheinlich zum gleichen Ergebnis gekommen, und Laron vermutete, dass in anderen Schuppen am Flussufer bereits eifrig an mindestens einem Dutzend ähnlicher Rennschalen gebaut wurde.

Ein anderer Spion mit ganz anderen Auftraggebern und Interessen wartete noch lange nach Larons Verschwinden weiter am Flussufer. Er sah zwar aus wie ein obdachloser Trunkenbold und roch auch so, aber die von ihm abgelieferten Berichte waren stets äußerst zusammenhängend und klar.

In den Hafenanlagen von Panyor war es still, als Ferans Rennschale aus der Wüstennacht heranglitt. Feran dehnte und streckte sich träge, bevor er sich in die ruhigen Straßen des Flusshafens aufmachte, während Druskarl als Bootswache zurückblieb. Feran war noch nie zuvor in dem von ihm gesuchten Haus gewesen und musste sich in den nur von Mirals Licht erleuchteten Straßen ausschließlich auf die Wegbeschreibung verlassen, die er sich eingeprägt hatte. Schließlich fand er eine Tür, unter der Lampenschein nach draußen schimmerte. Er klopfte.

»Aye?«, ertönte eine Stimme.

»Toreanisches Gold«, antwortete Feran.

Feran wurde eingelassen, und der Sattelmacher führte ihn in seine Werkstatt. In einer Ecke lag etwas, das aussah wie die Rüstung eines Buckligen. Eisenbeschlagene Holzpantinen standen daneben.

»Das sieht für Euch ein wenig zu groß aus«, sagte der Handwerker.

»Das liegt daran, dass die Sachen nicht für mich sind«, erwiderte Feran, während er einen Riemen öffnete. »Gut – dicke Filzpolster und eine zweite Schicht aus Leder darunter. Das verbessert die Belüftung, müsst Ihr wissen. Ein Mann kann in der heißesten Sonne stundenlang kämpfen, wenn er eine Rüstung wie diese trägt. Jetzt zeigt mir, wie man sie zusammenpackt.«

»Was haltet Ihr davon, mir zuerst Euer Gold zu zeigen?«, erwiderte der Handwerker.

Feran zählte den Kaufpreis ab und legte noch eine Prämie drauf. Auch zusammengepackt war die Rüstung noch ein großes Bündel. Feran hievte es sich auf die Schulter.

»In welchem Gasthaus übernachtet Ihr?«, erkundigte sich der Handwerker, als Feran Anstalten machte, sein Haus zu verlassen.

»In einer Stadt dieser Größe gibt es keine große Auswahl. Warum fragt Ihr?«

»Ich habe Euch heute nicht auf einer der Barken ankommen sehen. Der Torwächter hat behauptet, dass auch keine Pferde oder Kamele gekommen sind.«

»Vielleicht bin ich ja schon gestern angekommen und habe mich einen Tag ausgeruht.«

Daran hatte der Handwerker nicht gedacht. »Der Hauptmann der Bürgerwehr ist an Eurer neuen Rüstungsart interessiert. Er möchte wissen, ob sie für Warsovran ist oder für die Loyalisten in Diomeda.«

Feran überlegte. Die Stadt lag theoretisch innerhalb des Herrschaftsgebietes Diomedas, stand aber mit großer Sicherheit auf der Seite des belagerten Königs, obwohl sie mit Warsovran Handel trieb.

»Wenn er sich mit mir darüber unterhalten möchte, findet er mich bei Hergon.« Feran nannte den Namen eines Gasthauses, an dem er unterwegs vorbeigekommen war.

Einige Minuten später schlich Feran mit einem großen Bündel auf dem Rücken aus der Dunkelheit am Rande der Hafenanlagen. Mitten im Hafen war ein großes Feuer ausgebrochen, und zwischen Alarmrufen und Geschrei ertönte eine Glocke. Druskarl hatte schon die Heckabdeckung der Rennschale geöffnet.

»Packt alles ein, beeilt Euch«, zischte Feran, während er Druskarl die drei Hauptteile herunterreichte. »Der Handwerker hat uns an die Bürgerwehr verraten. Der Hauptmann der Bürgerwehr ist loyal gegenüber dem König von Diomeda, und ich bin Toreaner. Ich habe alle Möglichkeiten im Voraus durchgespielt.«

»Sehr logisch von Euch, aber warum sind wir dann überhaupt hierhergekommen?«

»Die Stadt liegt außerhalb von Warsovrans Reichweite. Da, das ist das Letzte.«

Feran stieß die Rennschale vom Pier ab und kletterte auf seinen Sitz, während Druskal bereits ruderte.

»Wir müssen rudern wie die Dämonen von …«, begann Druskarl.

»Nein! Rudert langsam, bis wir an der Stadtmauer vorbei sind.«

»Die Bürgerwehr wird inzwischen dorthin unterwegs sein.«

»Gut.«

»Gut? Wachen mit Bögen? Bögen, mit denen Pfeile abgeschossen werden? Pfeile, die wirklich wehtun? Während wir *langsam* rudern?«

»Dieses Boot hat eine merkwürdige Form, o Eunuch des fehlenden Glaubens. Auf einer seiner Versuchsfahrten hat mir Schiffsbauer Dorimithy erklärt, dass es mehr aussieht wie ein kleines, kurzes Boot, das näher am Ufer ist, als wie ein großes, langes Boot weiter weg. Bis die Wachen sich eingeschossen haben, sind wir längst weg.«

»Sie werden uns Lanzenreiter hinterherschicken.«

»Lanzenreiter, die denken, dass wir langsam fahren. Aber wenn wir an der Stadtmauer vorbei sind, rudern wir wirklich wie die Besessenen.«

Neun Pfeile trafen die Rennschale, während sie auf dem Fluss an der Stadtmauer vorbeiglitten, doch wie von Feran vorhergesagt, gab es überwiegend Fehlschüsse. Einmal außer Sichtweite ruderten sie mit aller Kraft, sodass die Rennschale schneller über den Leir raste als alle anderen Schiffe in der Geschichte des Flusses, obwohl es niemanden gab, der diese Leistung miterlebte. Druskarl orientierte sich an Mirals Stand und schätzte, dass fast eine Stunde vergangen war, als schließlich Reiter mit brennenden Fackeln in der Ferne auftauchten.

»Jetzt sind wir erledigt, das sind ungefähr dreißig Mann«, keuchte der Eunuch.

»Rudert einfach, ich entscheide, wann wir erledigt sind«, antwortete Feran zuversichtlich.

Ein paar Minuten später konnte man die einzelnen Fackeln der Reiter schon besser auseinanderhalten. Plötzlich ruderte Feran langsamer.

»Von jetzt an lange, tiefe, leise Schläge«, flüsterte er.

»Aber dadurch werden wir noch langsamer.«

»Wir sind gerade an der Stelle vorbeigefahren, an der wir auf dem Hinweg angehalten haben, o ängstlicher Eunuch ohne Glauben. Erinnert Ihr Euch an den Sack, den ich an Land gebracht habe?«

»Ja.«

»Er enthält eine Handvoll Holzsplitter, eine kleine Axt, einen halb vollen Beutel mit Hafer, ein Paar Hufe zum Überstreifen und eine toreanische Goldmünze. Jetzt macht, was ich Euch sage und rudert leise.«

Wie Feran gehofft hatte, gingen die Reiter der Bürgerwehr davon aus, dass die Flüchtigen an Land gegangen und ihr Boot versenkt hatten, um dann auf Pferden in den Sanddünen zu verschwinden. Als die Lichter der Fackeln fast wieder aus dem

Blickfeld verschwunden waren, kehrten die Ruderer zu ihrem ursprünglichen Tempo zurück. Miral stieg immer höher am Himmel, und Druskarl beobachtete seinen Lauf.

»Bei diesem Tempo sollten wir spätestens eine Stunde vor Morgendämmerung wieder in Diomeda sein«, bemerkte Druskarl, als sie einen Markierungsstein am Ufer passierten.

»Ausgezeichnet, dann haben wir bei Tagesanbruch den Hafen längst hinter uns und sind schon ein gutes Stück die Küste entlang«, entgegnete Feran.

»Was? Was geht hier eigentlich vor?«, fragte Druskarl.

»Morgen Abend sollten wir erschöpft sein, einen Sonnenbrand haben und uns dem kleinen Hafen von Saltberry nähern.«

»Saltberry? Das liegt hundert Meilen die Küste entlang in Richtung Süden!«

»Ja, und an der Nordgrenze eines Staates, der zurzeit nicht im Krieg mit Warsovran liegt. Eine Eilgaleere wird dort auf uns warten, und wir werden nach Einbruch der Dunkelheit an Bord gehievt, um noch in derselben Stunde in See zu stechen. Schon vor langer Zeit habe ich gelernt, schneller zu sein als meine Verfolger, und das zu tun, was sie am wenigsten erwarten.«

Druskarl schüttelte den Kopf. »Ich hätte nicht gedacht, dass ich das einmal sagen würde, aber es ist eine Ehre, Euch zu begleiten«, gestand er.

Der Himmel hellte sich langsam auf, als die Rennschale den Leir entlang durch Diomeda sauste, zwar mit Pfeilen gespickt, doch dank der Strömung noch schneller als zuvor. Inzwischen war Laron zum Flussufer zurückgekehrt und sah es an den Bootsschuppen vorbeirasen, ohne auch nur langsamer zu werden. Sofort stand er auf und versuchte, die Verfolgung aufzunehmen, aber nach einer Stunde unter einer Brücke waren seine Beine noch steif und verkrampft. Als er schließlich die Flussmündung erreichte, war die Rennschale längst auf den dunklen Wassern des Hafens verschwunden.

Der Aufwand an Übung und Ausdauer, der schon bei einem fähigen Amateur für einen Volkstanz erforderlich ist, wird von Nichttänzern nur selten richtig gewürdigt. Eine Runde intensives Holzhacken ist nicht anstrengender, und das Verletzungsrisiko ist sowohl bei den besseren Tänzern als auch bei den Anfängern hoch. Als Sairets Lehrling hatte das Autonmädchen das bereits herausgefunden, aber auf der Grundlage ihres starken, tüchtigen Körpers machte sie rasche Fortschritte. Wensomer brauchte ständig neue Attraktionen für ihre Unterhaltungsvorträge bei Hof und hatte sich auf Feuerschlucken versteift. Daran war eigentlich nichts wirklich Neues, wenn man davon absah, dass alle Feuerschlucker äußerst muskulöse und eingeölte Wüstennomaden waren. Ein feuerspuckendes Mädchen würde die Toreaner wirklich verblüffen.

Nonas erste Lektion im Feuerschlucken fand im marmornen Innenhof von Wensomers Villa statt. Sairet sollte alles beaufsichtigen, hatte aber in sicherem Abstand Platz genommen. Wensomer sah ungerührt zu, wie ein Wüstennomade einen Schluck klare, stechende Flüssigkeit in den Mund nahm, um sie zwischen Zunge und Zähnen fein zerstäubt wieder auszuspeien und dann eine Fackel durch den Strahl zu ziehen, sodass plötzlich eine große Stichflamme aus seinem Mund schoss. Obwohl sie gewusst hatte, was passieren würde, schrie Nona überrascht auf. Der Nomade spie einen weiteren Flammenstrahl und zielte dabei vor die Füße seiner Schülerin. Sie sprang in die Luft und tänzelte ein paar Schritte rückwärts.

»Man darf keine Angst vor Feuer haben, wenn man es speien will«, sagte der Nomade streng.

Nona ging zur Kürbisflasche mit Wasser, füllte sich den Mund und spie die Flüssigkeit in einem dicken Strahl wieder aus.

»War das so richtig?«, fragte sie dann.

»Zu viel auf einmal. Wäre das kein Wasser gewesen, *puff*! Der halbe Innenhof würde brennen und Ihr mit.«

Das Autonmädchen nahm einen weiteren Mund voll. Diesmal war der Strahl dünner und reichte weiter. Sie versuchte es wieder und wieder. Nach dem zehnten Versuch brachte sie einen unordentlichen, aber doch durchgängig dünnen Strahl zustande.

»Besser, besser«, bemerkte der Nomade.

Nona streckte die Hand nach der Kürbisflasche aus, die der Nomade trug. Das ging dem Nomaden zu schnell für seinen Geschmack. Er blickte zu Wensomer, die zuerst mit den Achseln zuckte, dann aber nickte.

»Lasst erst einmal die Fackel beiseite«, rief Sairet. »Sie soll zuerst üben, den Spiritus richtig auszuspeien. Ihr entscheidet dann, wann sie es so gut macht, dass der Strahl angezündet werden kann.«

Der Wüstennomade verbeugte sich und reichte Nona die Flasche. Sie nahm einen Schluck in den Mund – nur um sofort alles wieder auszuspucken und die Flasche fallen zu lassen. Dann schwankte sie spuckend und stammelnd umher und rieb sich die Augen. Der Nomade hob grinsend die Flasche auf, verbiss sich aber ein lautes Lachen. Sairet hielt sich eine Hand vor den Mund. Nona wusch sich den Mund mit Wasser aus, dann drehte sie sich erneut zu dem Nomaden um und streckte die Hand nach der Flasche aus.

Indem sie kleinere Mengen in den Mund nahm, gewöhnte sie sich allmählich an den widerlichen Geschmack des hochprozentigen Alkohols und übte sich darin, die Flüssigkeit durch die Zähne zu pressen. Nach einer weiteren Viertelstunde hatte sie den Bogen einigermaßen raus, obwohl sie inzwischen durch den Geschmack und die Dämpfe blass geworden war.

»Ihr dürft den Strahl nicht langsam versiegen lassen, sonst tropft die Brennflüssigkeit auf Eure Kleidung«, rief der Nomade besorgt, nachdem ihm klar geworden war, dass seine überraschend furchtlose Schülerin entschlossen war, echtes Feuer zu speien, und zwar bald. »Beendet den Strahl abrupt und vollständig. Schürzt die Lippen, ungefähr so! Ihr müsst Sorge tragen, dass kein einziger Tropfen auf Euch fällt.«

Man brachte ihr die Fackel. Nona nahm sie in eine Hand und hielt die Flasche in der anderen. Sie nahm einen kleinen Schluck des Brandalkohols in den Mund, nachdem der Nomade sie in einen Bereich geführt hatte, in dem noch nichts von der Flüssigkeit verspritzt worden war.

»Haltet die Flamme der Fackel hoch, so. Spuckt so wie eben, aber durch die Flamme. Denkt daran, fest speien und wenn Ihr aufhören wollt, die Lippen genauso fest verschließen.«

Nona versprühte den Spiritus aus ihrem Mund, und hinter der Fackel bildete sich eine lange Stichflamme. Plötzlich ging ihr die Luft aus, aber nicht der Alkohol. Sie presste für einen Moment die Lippen fest zusammen, doch dann verlor sie die Beherrschung und schluckte etwas von dem Rest in ihrem Mund. Danach hustete sie das Übrige aus und eine große Fontäne aus gelb-roten Flammen erblühte vor ihr. Der Nomade sprang zurück, obwohl er schon vorher außerhalb der Gefahrenzone gestanden hatte. Nona stand keuchend da, dann warf sie dem Nomaden die Fackel mit dem Griff voran zu und verschränkte die Arme vor der Brust. Wensomer und Sairet applaudierten.

»Der letzte Feuerball war sehr beeindruckend«, bemerkte Sairet.

»Ein wunderbares Finale«, stimmte Wensomer zu.

Der erstaunte Nomade reichte Nona die Wasserflasche, damit sie sich den Mund auswaschen konnte. Unaufgefordert griff sie danach wieder zum Alkohol.

Der Verwalter tauchte auf, verbeugte sich vor Wensomer und flüsterte ihr etwas zu. Sie entschuldigte sich von der Übungsstunde und ging schnell in den Empfangssalon. Dort wartete Laron auf sie.

»Heil dem Morgen, ehemaliger Fürst der Vampyre«, sagte sie und verbeugte sich dabei mit einem höfischen Schnörkel.

Laron lächelte und entblößte dabei zwei lange, spitze Reißzähne. Wensomer schnappte nach Luft und zuckte zurück. Laron griff sich in den Mund und entfernte die Reißzähne, unter denen zwei ganz normale Zähne zum Vorschein kamen.

»Ich habe sie aus den Hauern von Meerdrachen geschnitzt«, erklärte er. »Sie werden jene abschrecken, welche sich für meine vergangenen Mahlzeiten rächen wollen.«

»Daran habe ich keinen Zweifel.«

»Schaut, was ich noch habe.« Er zog ein Medaillon aus seiner Jacke, das an einer Kette um seinen Hals hing. Als er es öffnete, kam ein Stück grünes Glas zum Vorschein, das von silbernen Klauen gehalten wurde.

»Glas – von der Stelle in Larmentel, wo Silbertod gewirkt hat«, erklärte Laron. »Wir haben noch andere Stücke gesammelt, aber Feran hat sie gestohlen, als er die *Shadowmoon* verließ – zusammen mit einem Okular, das einen Feuerkreis zeigt.«

»Verdammt, was für ein Jammer, dass es weg ist.«

»Andererseits ist auch mit diesem Stück Glas aus Larmentel ein Okular verbunden. Es zeigt den verstorbenen König von Gironal bei amourösen Kapriolen mit mehreren Dirnen.«

»Wirklich?«, rief Wensomer und presste die Fingerspitzen zusammen. »Ich habe von ihm gehört. Ein übergewichtiger König mit einem Hang zu üppig gebauten Kurtisanen, jedenfalls sagt man das.«

»In der Tat. Ich habe es mir angesehen – natürlich ausschließlich zu historischen Forschungszwecken.«

»Natürlich. Wie war es?«

»Erstaunlich.«

»Ich hasse Euch.«

»Aber Ihr seid nicht mehr, äh, so üppig gebaut.«

»Nach Beendigung meiner Geschäfte in Diomeda habe ich die feste Absicht, jedes einzelne meiner verlorenen einundsechzig Pfund mit großem Vergnügen wieder zuzulegen. Danach werde ich auch wieder ein Interesse am Sex von vernünftig gepolsterten Leuten haben. Welchen, äh, Preis verlangt Ihr für dieses Okular?«

»Ich hatte eigentlich die Absicht, es Euch zu schenken.«

»Wirklich, Laron, wie süß von Euch«, sagte Wensomer. »Aber warum?«

»Ich, äh … habe gegen den Geist der Ritterlichkeit verstoßen.«

»Was? Inwiefern?«

»Ich habe eine Lamm-und-Nierenpastete verspeist, als ich Euch eigentlich als Seelengefährte hätte beistehen müssen.«

Wensomer öffnete den Mund und holte tief Luft, während sie

einen Ausdruck von erstaunter Empörung in ihrem Gesicht erzeugte, und atmete dann langsam aus.

Das Feuer in ihren Augen ist erloschen, dachte Laron, als er aufschaute.

»Ich … habe möglicherweise ein kaltes Schweineschnitzel auf dem Markt gestohlen, in meinem Dekolleté nach Hause geschmuggelt und dann verspeist«, gab sie kleinlaut zu. »Es tut mir leid.«

»Aber – aber das hättet Ihr mir nicht erzählen brauchen«, stammelte der erleichterte Laron.

»Ihr habt mir ja auch von der Pastete erzählt.«

»Ich bin ein Mann, ich habe ritterliche Verpflichtungen.«

Wensomer ohrfeigte ihn spielerisch. »Frauen haben auch ritterliche Verpflichtungen«, sagte sie. »Danke, dass Ihr es mir erzählt habt.«

Beide marschierten schweigend und mit auf dem Rücken verschränkten Händen in dem Salon auf und ab.

»Ich nehme an, jetzt habe ich das Okular eigentlich nicht mehr verdient, oder?«, seufzte Wensomer.

»Seid nicht albern«, murmelte Laron.

»War es interessant?«

»Nun ja … interessanter als die Feuerkreise. Ihr könnt das Glas aus Larmentel in … äh, etwa einem Monat haben. Ich muss noch etwas daran erforschen. Es hat etwas ätherische Energie, die unerklärlicherweise allmählich schwächer wird. Dem muss ich auf den Grund gehen und dann für die Akademie eine Hausarbeit darüber schreiben. Dann gehört es Euch.«

»Laron! Ich danke Euch!«, rief Wensomer, sprang auf ihn zu und warf ihm die Arme um den Hals. »Wenn ich es mir angesehen und mindestens einen Monat anständig gegessen habe, muss ich Euch zu einer experimentellen Verifikation einladen. Fünfzehn Jahre! Ihr wart mein Streiter, lange bevor ich meinen ersten Liebhaber hatte.«

»Seitdem hattet Ihr neun Liebhaber. Einer von ihnen war ein König.«

»Was …? Ach, der. Da war ich etwas betrunken.«

Wieder schwiegen beide einige Zeit.

»Laron, wart Ihr eifersüchtig, als ich mit diesen Männern geschlafen habe?«

»Ich war tot. Eifersucht stand also nicht zur Debatte. Warum fragt Ihr?«

»Na ja, Ihr habt acht meiner früheren Liebhaber getötet und ihnen den Kopf abgerissen.«

»Sie haben Euch nicht gut behandelt.«

»Warum habt Ihr Roval verschont?«

»Als er aufwachte, machte er deutlich, dass er ehrbare Absichten hatte.«

»Was? Unsinn! Als er aufwachte, sagte er ›Ihr Götter der Mondwelten, was habe ich getan?‹. Dann schwor er, nie wieder Schnaps aus vergorenem Kartoffelbrei zu trinken. Dieses Schwein. Aber zurück zu uns ...«

»Meine Prüfungen setzen Jungfräulichkeit voraus.«

»Die Pest hole die Jungfräulichkeit.«

»Tja, in fünf Minuten könnte ich tot sein«, lachte Laron.

»Ach, schon wieder?«

»Und Ihr vielleicht auch.«

»Oh. Machen Vampyre so etwas auch?«

»Die weiblichen vielleicht. Die männlichen bekommen ihn nicht hoch.«

»Wirklich nicht?«

»Ich sollte es wissen.«

»Aber was ist jetzt?«

»Das geht Euch nichts an ... Wartet mal! Warum bin ich eigentlich hergekommen?«

»Sagt es mir.«

»Ich meine, mir ist gerade wieder eingefallen, warum ich gekommen bin. Feran und Druskarl sind letzte Nacht in einem zweisitzigen kleinen Boot in Richtung Panyor aufgebrochen.«

»Ein schrecklicher Ort, mitten in der Wüste. Letztes Jahr musste ich dort eine Nacht verbringen.«

»Sie sind vor Tagesanbruch zurückgekehrt.«

»Sie waren gar nicht in Panyor?«

»Ich habe ihr Boot gesehen«, sagte Laron nachdrücklich und sehr erleichtert, dass das Thema Sex aus ihrer Unterhaltung verschwunden war. »Es ist sehr, sehr schnell. Sogar die schnellste Eilgaleere hätte Schwierigkeiten, es auf kurze Entfernung zu überholen, und es ist auch noch um einiges wendiger.«

»Ich bin beeindruckt. Was noch?«

»Ihr Boot war mit vielen Pfeilen geschmückt, die in der Nacht zuvor noch nicht da waren. Sie sind direkt in den Hafen gerudert.«

»Wohin?«

»Das habe ich nicht gesehen. Das Ziel kann Morgenlicht gewesen sein, Warsovrans Flotte, ein fremdes Handelsschiff, ein Pier irgendwo in der Nähe oder längs der Küste nach Norden oder Süden oder auch nach Osten in Richtung Helion.«

»Das schränkt die Möglichkeiten nicht wirklich ein, oder?«

»Landeinwärts ist ausgeschlossen.«

»Ebenso wie gerade nach oben. Aber ich glaube, sie setzen bereits ihren Plan in die Tat um, wie der auch aussehen mag, und wir werden sie erst nach Helions nächstem Feuerkreis wiedersehen.«

Velander hatte aus der Ätherwelt das ganze Gespräch gesehen und gehört. Ein Teil von ihr wollte den orangen Lichtfaden loslassen, irgendwohin in die Dunkelheit gleiten und zu nichts verblassen. Laron … wie konnte er? Laron der Ritterliche, umarmte diese … ältere Frau! Sie hatte ein Schäferstündchen vorgeschlagen, eine Liaison, die auf reiner Lust beruhte. Und er hatte sie abgewiesen. Nun ja, zumindest war er dem Thema ausgewichen. Sehr ritterlich. Ja, natürlich. Das sah Laron ähnlich. Reue marterte Velanders Seele. Er würde für eine Frau in den Tod gehen, aber Velander hatte auch erlebt, wie er sie davon abgehalten hatte, einen dummen Fehler zu machen, um sich danach zu vergewissern, dass er auch ihre Gefühle nicht verletzt hatte.

Dummer Fehler? Nach siebenhundert Jahren hat er doch sicher etwas verdient. Bin das wirklich ich, die das denkt? Wie mag Sex wohl sein?, fragte sie sich. Sie hatte ihren Körper beim Liebesspiel mit Feran beobachtet. Es war ihr ... beschämend, ungeplant und unplanbar, unordentlich, schmutzig und insgesamt nicht verlockend erschienen. Auf der anderen Seite war das ja nur das, was sie tatsächlich gesehen hatte. Wie würde es zwischen Laron und Wensomer sein? Besser? Inzwischen kannten sie sich wahrscheinlich zu gut, um mehr als nur Freunde zu sein, obwohl Laron wieder lebendig war. Das musste es sein.

Velander war nicht in der Lage, Lust zu verspüren, doch Traurigkeit war eine ausreichend intellektuelle Empfindung, um auch in ihrer Existenz als körperloser Geist zur Kenntnis genommen zu werden. *Sehr dumm, Laron, es hätte schön werden können,* entschied sie in seinem Namen und beobachtete dann durch das Okular, wie Laron durch die überfüllten Straßen Diomedas zur Akademie zurückkehrte.

Die sargolanische Eilgaleere hatte Segel gesetzt und die Ruder eingezogen, während Druskarl in seiner Rüstung aus Leder und Filz auf Deck umherlief. Er war jetzt sechs Fingerbreit größer und in dickes, weißes, undurchlässiges Leder gehüllt. Eine Platte aus geschliffenem Quarz bildete sein Visier, und jeder seiner Atemzüge wurde zuerst durch einen Wasserkühler geleitet, wie er von vielen Gästen diomedanischer Tavernen benutzt wurde.

»Drei Stunden«, sagte Feran, während Druskarl weiter auf und ab ging. »Wie ist es da drin?«

»Wie es ist? Stinkig und feucht, aber nicht unerträglich«, kam die gedämpfte Antwort. »Wie lange soll der Test noch dauern?«

»Ihr habt bereits mehr als die notwendige Zeit ausgehalten. Nur noch zwei weitere Tests heute.«

Feran nagelte eine Lederjacke auf das Deck. Druskarl ging darauf zu und packte sie mit den Krallen an einem seiner Handschuhe, während er mit einem Beil unbeholfen auf die Nägel einschlug. Nach einer Minute war die Jacke befreit. Die Matrosen nahmen dem Eunuchen den Helm ab, und Feran goss ihm Wasser über den Kopf.

»Viele Schiffe aus vielen Königreichen werden sich versammeln, um den zweiten Feuerkreis zu beobachten«, sagte der Schiffskapitän mit einem Blick auf eine Schiefertafel. »Da dürften wir nicht auffallen.«

»Und Miral wird in der zweiten Hälfte der Nacht nicht am Himmel stehen«, ergänzte Feran. »Wir werden in der Schale nach Helion rudern und sie kurz vor dem Morgengrauen umdrehen und versenken. Wenn der Feuerkreis erloschen ist, wird Druskarl an Land gehen und sich auf den Weg zum Metrologischen Tempel machen. Dort wird er Silbertod finden oder so lange warten, bis er vom Himmel fällt.«

»Und wenn ich sterbe?«, fragte Druskarl.

»Dann versuche ich es noch mal, aber mit einem verbesserten Anzug«, sagte Feran. »Denn auf eines können wir uns verlassen: Solange Silbertod existiert, wird man ihn auch immer wieder einsetzen.«

Die Binnenstadt Baalder existierte wegen ihrer Lage, und was Lagen betraf, gab es kaum eine bessere. Sie lag dort, wo die Grenzen des Sargolanischen Imperiums und der Fürstentümer von Alear auf die weitgehend unregierten Nomadenregionen stießen, und an einer Stelle, an der die Wüste abrupt in das natürliche Abwehrbollwerk überging, das den Namen Fallgattergebirge trug. Die Sargolaner hatten kaum ein Interesse daran, die Stadt zu verteidigen, und niemand hatte einen Grund, sie anzugreifen. Der Handel war der einzige Grund, warum es Baalder überhaupt gab.

Obwohl Sklaverei in Sargol verboten war, wurde ein gewisser Teil dieses Geschäfts in Baalder abgewickelt. Die Leute in den Grenzgebieten waren immer geneigt, überzählige Kinder zu den äußerst attraktiven Preisen der Händler aus dem Norden zu verkaufen, und D'Alik war spezialisiert auf »heimische Ware«, wie er es nannte. Auf dieser besonderen Reise wurde ihm jedoch keine Ware dieser Art angeboten. Baalder hatte sich verändert, und so hatte er die Stadt noch nie zuvor erlebt. Eine Armee strömte hindurch.

»Ich bin jetzt seit einer Woche in der Stadt«, sagte sein Mittelsmann, der sich unter einer Markise räkelte. »Für Lieferanten von Dörrfleisch, Trockenobst und dergleichen ist der Markt hervorragend, aber der Sklavenmarkt ist keinen Fliegenschiss wert. Sie überwachen tatsächlich die Einhaltung der Gesetze, die den Sklavenhandel verbieten.«

»Aber ... aber ... warum, wohin gehen sie?«, fragte D'Alik und zeigte dabei auf eine Kolonne schwer beladener Fußsoldaten, die gerade vorbeimarschierte. »Da draußen sind doch nur fünfhundert Meilen öder Steppe und Wüste, bis man den Leir erreicht.«

»Und genau dahin sind sie unterwegs. Es heißt, der Binnenhafen Panyor sei bereits an die sargolanische Vorhut gefallen, und sie würden jeden Kahn und jedes Boot beschlagnahmen, das aus dem Liorengebirge kommt. Diomeda unterliegt einer Blockade und soll in Kürze angegriffen werden. Sobald sich die Truppen des Kaisers mit der Armee der Allianz vereint haben, werden die toreanischen Invasoren es mit der größten Armee zu tun kriegen, die Acrema je gesehen hat.«

»Ich hätte nicht gedacht, dass der Kaiser genug vom diomedanischen Monarchen hält, um ihm zu Hilfe zu eilen.«

»Richtig, aber die Toreaner sollen Prinzessin Senterri festhalten, die Tochter des Kaisers. Wohlgemerkt, die Toreaner schwören, dass sie von Wüstennomaden entführt wurde, nachdem sie Diomeda landeinwärts verlassen hatte ...«

Die Stimme des Mittelsmannes schien sich in der Ferne zu verlieren. Senterri. Sargolanische Prinzessin. Von Nomaden entführt. Die Worte bauten sich zu einer Gelegenheit von derart gewaltigen Ausmaßen auf, dass D'Alik bereits bei dem Versuch schwindlig wurde, sie auch nur zu erfassen.

»... Natürlich ist das Mädchen längst tot. Die alearischen Fürsten lassen die Armee unbehelligt passieren, weil sie so schwach sind ...«

»Genug«, bellte D'Alik. »Ich will eine Audienz beim sargolanischen Gouverneur. Sofort.«

»Beim Gouverneur!«, rief der Mittelsmann, während er sich erhob und seine Gewänder glatt strich. »Äh, ja, ich kann es versuchen, aber ...«

»Sagt ihm, ich habe Informationen über Prinzessin Senterri. Sagt ihm, ich hätte sie von Wüstennomaden gekauft. Ihre beiden Dienerinnen habe ich auch. Ihre Namen sind Perime und Dolvienne.«

Senterris Name war weithin bekannt, nicht aber der ihrer persönlichen Dienerinnen. Nur weil er ihre Namen kannte, bekam D'Alik binnen einer Stunde die Audienz beim Gouverneur. Er gab an, die Prinzessin sofort erkannt und alle drei Mädchen für fünfhundert Goldpagolen gekauft und zu ihrer eigenen Sicherheit in Madame Voldeans Akademie untergebracht zu haben.

Der Gouverneur war weniger angetan, als D'Alik erwartet hatte. Senterri war schon oft angeblich gesehen worden, aber alle Geschichten hatten sich als Betrugsversuche oder Wunschdenken herausgestellt. Andererseits hatte der Sklavenhändler gewusst, dass Senterri zwei Dienerinnen hatte. Das war bedeutsam. Im Gegensatz zum Gouverneur kannte er sogar ihre Namen.

»Ich neige dazu, Euch zu befehlen, die Mädchen auf Eure Kosten hierherzubringen«, sagte Roilean, während der Sklavenhändler vor seinem Audienzthron kniete.

»O geschätzte und großzügige Exzellenz, Sklaverei ist hier auf Eurem schönen, reichen und fruchtbaren sargolanischen Boden illegal. Wie die Wahrheit hinter der Geschichte dieser Mädchen auch immer aussehen mag, sind sie einmal hier, so sind sie frei wie der Wind, mögen sie Prinzessin und Dienerinnen oder Küchenmädchen namens Senterri, Perime und Dolvienne sein.«

»Seid Ihr ein Spieler?«, fragte der Gouverneur, der dem Sklavenhändler nicht die Ehre erweisen wollte, ihn mit seinem Namen anzusprechen.

»Geschätzte und gerechte Exzellenz, jeder Handel ist ein Spiel mit Risiken und Möglichkeiten.«

»Und Ihr seid ein Händler, also lautet die Antwort, ja. Riskiert etwas, es könnte erheiternd sein. Das Herzklopfen der Ungewissheit, der durchdringende, kalte Schmerz eines Verlustes oder auch das herrliche Triumphgefühl des Gewinnens. Bringt die Mädchen her. Wenn sie sind, was Ihr sagt, seid Ihr einhunderttausend Goldpagolen reicher. Sind sie aber nur schlaue Küchenmädchen, so verliert Ihr nur einen unbedeutenden Betrag, und sie sind frei. Was sagt Ihr?«

Während er überlegte, atmete D'Alik tiefer und länger ein, als dies anatomisch möglich sein sollte.

»Hochgeschätzte und scharfsinnige Exzellenz, Ihr seid ein äußerst gewiefter Menschenkenner. Ich lasse mich auf Euer Spiel ein und bringe die Mädchen her – so schnell wie möglich und ohne Kosten zu scheuen.«

Nona ging mit einem Messer in der Hand auf Laron los, ließ es vor seinem Gesicht durch die Luft sausen und startete dann einen Angriff auf seine Kehle. Laron bewegte einen Fuß in einem Viertelkreis, während er ihren Arm mit dem Handrücken beiseite schlug. Dann packte er ihr Handgelenk und verdrehte es. Sie schrie eher vor Überraschung als vor Schmerz auf und ließ das Messer fallen.

Roval ordnete eine Pause an. In den meisten Akademien für Kampfkunst in der Region waren die Hauptgesprächsthemen in den Erholungsphasen Muskelverletzungen, Frauen sowie Akademiepolitik. Da Nona anwesend war, kam das zweite Thema nicht in Betracht, und das dritte spielte keine Rolle, also redeten sie ganz allgemein über Schmerzen, Verstauchungen, Massagetechniken, Öle und Anatomie und tauschten ihre Erfahrungen mit Dehnübungen sowie medizinische Ratschläge. An diesem Tag war die Stimmung jedoch ernst, und es wurde wenig geplaudert. Roval würde sie verlassen.

»Ihr seid in diesem einen Monat schon sehr weit gekommen«, sagte Roval, »aber es dauert mindestens sechs Monate, sich auch nur in den Grundlagen ein ausreichendes Können anzueignen.«

»Werdet Ihr lange weg sein?«, fragte Laron.

»Vielleicht einige Wochen, vielleicht aber auch für immer.«

»Aber wie Ihr schon erwähnt habt, habe ich gerade mal angefangen, Eure Selbstverteidigungstechniken zu erlernen.«

»Ich habe Euch den Namen eines guten Lehrers genannt.«

»Der lebt in Scalticar!«

»Dann geht dorthin.«

»Ich muss hier in Diomeda studieren.«

»Dann sucht Euch einen Lehrer in Diomeda. Ich bin sicher, das wird nicht so schwierig sein. Laron, Ihr wisst jetzt genug, um sogar jemanden zu Boden zu werfen, der doppelt so schwer ist wie Ihr. Das müsste genügen, um Ärger aus dem Weg gehen zu können.«

»Habt Ihr vergessen, wie wenig ich wiege?«

Auch die nächsten Argumente brachten Roval nicht von seinem Entschluss ab. Sein Reisegepäck stand bereits fertig gepackt in einer Ecke.

»Wir beenden die Stunde mit der Abwehr eines Klammergriffs«, sagte Roval schließlich. »Nona, Ihr seid ein zweihundert Pfund schwerer, betrunkener Hafenarbeiter, der Laron den Arm auf den Rücken gedreht hat und die Absicht hat, seinen Geldbeutel zu stehlen.«

Nona trat mit ziemlich überzeugendem schwankenden Seemannsgang vor, packte Larons Handgelenk, drehte ihm den Arm auf den Rücken und stemmte ihm einen Fuß in die Kniekehle. Laron winkelte den freien Arm auf dem Rücken an, glitt mit der Hand unter Nonas Handgelenk, griff danach und verdrehte es so lange, bis die Schmerzen sie zwangen, ihn loszulassen. Dann verdrehte er ihr den Arm, bis sie sich krümmte und er sie mit der zur Faust geballten anderen Hand schlagen konnte. Er bremste den Schlag kurz vor ihrem Kopf.

»An dieser Stelle hat der große betrunkene Hafenarbeiter einen gebrochenen Ellbogen und fühlt sich ziemlich mutlos«, sagte Laron.

»Ich fühle mich wirklich mutlos!«, meldete Nona unter Schmerzen.

»Oh, das tut mir leid«, sagte Laron, während er den Druck auf ihrem Arm verringerte.

»An dieser Stelle solltet Ihr aber auch schon laufen, so schnell Euch Eure Beine tragen«, rügte Roval.

»Aber er ist am Boden und außer Gefecht.«

»Er ist am Boden, könnte aber Freunde in der Nähe haben. Außerdem sind manche Leute weniger schmerzempfindlich als andere, und er hat immer noch einen gesunden Arm.«

Laron ließ Nona aufstehen. Roval verbeugte sich und erklärte die Übungsstunde für beendet. Während Nona die Leiter herunterließ, warf er sich sein Gepäck über die Schulter.

»Könnt Ihr mir nicht verraten, wohin Ihr geht?«, fragte Laron. »Wenn Ihr mir nicht vertraut, wem dann?«

»Ich vertraue denen, die darüber Bescheid wissen müssen. Ihr müsst es nicht wissen. Versucht *nicht*, mir zu folgen.«

Rovals Abschied war ebenso kühl und emotionslos wie seine Haltung. Er verbeugte sich lediglich ein Mal vor Nona und dann vor Laron, wünschte ihnen viel Glück für die Zukunft und stieg die Leiter herunter. Laron zählte bis zwanzig und eilte dann ebenfalls nach unten. Sofort war er von drei Männern umringt. Der Stil ihrer Kleidung kam ihm vage bekannt vor.

»Ich würde nicht versuchen, dem Gelehrten Roval zu folgen, junger Herr«, ließ einer von ihnen beiläufig verlauten.

»Und ich würde nicht versuchen, seine Techniken des waffenlosen Kampfes an uns auszuprobieren«, erklärte der Zweite.

»Weil ich sein Lehrer bin und dies meine Söhne«, sagte der Dritte, der ungefähr fünfzig Jahre alt zu sein schien. »Warum begleitet Ihr uns nicht einfach für eine Stunde oder zwei ins *Met und Muscheln*?«

Verbannte aus Zurlan! Jetzt wusste Laron, wo er diese Kleidung zuletzt gesehen hatte.

Als Laron genau zwei Stunden später endlich aus der Taverne kam, war Magister Jialam sein neuer Javat-Lehrer. Magister Jialam war allerdings nicht klar, dass Laron in diesem Fall absichtlich die Schlacht verloren hatte, um den Krieg zu gewinnen. Laron ging geradewegs zum Hafen, hielt sich aber nicht mit den

Anlegestellen auf. Stattdessen ging er zu einem kleinen Steingebäude, an dessen Tür das Schild MISSIONSZENTRUM FÜR DIRNEN prangte, auf das jemand *Schwachsinn, sind beides Männer* gekritzelt hatte. Laron klopfte und wurde von einem Mann eingelassen, der die braune Kutte eines Priesters der sargolanischen Mission trug. Nach Warsovrans Ankunft hatten die metrologischen Diakone eiligst Kleidung und Aussehen verändert, doch Laron hatte Mittel und Wege, fast alles herauszufinden.

»Laron, willkommen«, begrüßte ihn der Diakon herzlich.

»Horvey, welch ein Vergnügen, diese Zufluchtsstätte zu betreten«, antwortete Laron beim Eintreten. »Wie kommt Ihr mit Euren Studien voran?«

»Gut genug. Und Ihr?«

»Langsam, aber sicher.«

Inzwischen hatte sich die Tür hinter ihm geschlossen.

»Ehrwürdiger Laron, Eure Anwesenheit ist eine Ehre für dieses Haus«, sagte Horvey leise mit einer Verbeugung.

»Aspirant Horvey, es ist eine Ehre für *mich*, in diesem Haus willkommen zu sein«, antwortete Laron.

Laron war den Diakonen in der Akademie begegnet, wo sie ebenfalls studierten. Er hatte schnell herausgefunden, wer sie in Wirklichkeit waren, und sie dazu verpflichtet, ihm zu helfen. Er hatte sich als einziger überlebender metrologischer Priester ausgegeben und sich dadurch schneller ihrer Loyalität versichert, als es sonst gewesen wäre. Der Ring von Terikel hatte diesbezüglich gewiss geholfen. Um seine Jugend zu erklären, hatte Laron behauptet, er sei in aller Eile ordiniert worden und habe einige seiner Wahlstudienfächer nicht abschließen können. Das erklärte auch seine Anwesenheit als Student in der Akademie.

»Wie von mir vermutet, Diakon Horvey, hat der Gelehrte Roval dafür gesorgt, dass ich ihm nicht folgen konnte«, sagte Laron.

»Das macht nichts, er ist von einigen unserer Klientinnen beobachtet worden. Pellien? Pellien!«

Am Ende des Flurs erschien eine Frau, deren Kleid einen sehr freizügigen Ausschnitt bis zu ihrem breiten Gürtel und einen langen Schlitz vom Saum des Rocks bis zur Hüfte ins Auge hatte. Ihre Brüste waren ungewöhnlich groß und beinah länglich.

»So nostalgisch, die alte Kluft noch einmal zu tragen«, sagte sie mit heiserer Stimme, in der ein Lächeln mitschwang.

Laron musste schlucken. Die Muskeln in seinen Kniekehlen fingen gegen seinen Willen an zu zittern. *Was habe ich als Vampyr bloß gemacht?*, fragte er sich. *Als Vampyr hatte ich beim Anblick von so viel weiblichem Fleisch jedenfalls nicht solchen Pudding in den Knien.*

»Es wird wohl am besten sein, ich lasse Euch mit Pellien allein, damit sie Bericht erstatten kann«, sagte Diakon Horvey und klopfte Laron auf die Schulter. »Je weniger ich weiß, desto weniger können sie aus mir herausfoltern, oder?«

Laron folgte Pellien auf Beinen ins Wartezimmer, die sich plötzlich anfühlten, als wären sie aus Teig geformt.

»Und Pellien, benehmt Euch!«, rief Diakon Horvey aus der Tür. »Der Ehrwürdige Laron muss ein Keuschheitsgelübde beachten.«

»Ach, und wessen Keuschheitsgelübde muss er beachten?«, fragte sie.

Laron setzte sich ans Ende einer Bank, die Hände im Schoß verschränkt. Pellien setzte sich ebenfalls auf die Bank, legte den Arm auf die Rückenlehne – und ein Bein quer über Larons Oberschenkel.

»Jetzt, wo es etwas gemütlicher ist, kann ich Euch kurz Bericht erstatten«, begann Pellien, während sie Laron das Haar zerzauste. »Der äußerst gut aussehende und beeindruckende Gelehrte Roval ist auf verschlungenen Wegen vom Etablissement der Irren Königin Sairet zum Hafen gegangen.«

»Äh, Königin?«

»Ehemalig, von Diomeda.«

»Und irre? Wie in ›nicht mehr alle Pfeile im Köcher‹?«

»Ja, aber nicht gefährlich. Kommen wir auf Roval zurück. Er ist an Bord eines Fährschiffs gegangen und von Diakon Lisgar verfolgt worden. Der mutige Diakon trug bereits sein Reisegepäck bei sich und war als Pilger verkleidet, um keine Aufmerksamkeit zu erregen. Das Schiff hat mehrere Handelsschiffe besucht, und Roval ist an Bord eines sargolanischen Küstenhändlers gegangen, der zum Auslaufen bereitgemacht wurde. Diakon Lisgar ist ihm auch dorthin gefolgt. Eine Galeere hat das Handelsschiff aus dem Hafen geschleppt, und auf offener See hat es dann einen südlichen Kurs eingeschlagen. Der Diakon hat mir durch den Kapitän der Galeere eine kurze Mitteilung zukommen lassen. Sie besagte, dass das Handelsschiff laut Fahrplan eigentlich den kleinen Hafen Saltberry anlaufen soll, er aber mitgehört hätte, wie Roval mit dem Kapitän einen Aufenthalt in einer kleinen Bucht an der Wüstenküste vereinbart hätte.«

»Habt Ihr diese, äh, Nachricht noch?«, fragte Laron und streckte eine Hand aus.

»Ja, gewiss.«

Pellien nahm seine Hand und führte sie unter den Seidenstoff, der ihre linke Brust bedeckte. Mit einem seiner Finger konnte Laron den Schlag ihres linken Herzens spüren. Mit einem anderen eine ziemlich harte Brustwarze. Erst nach einigen langen Augenblicken ging ihm auf, dass er auch ein Stück Papier fühlte, und zog unbeholfen Lisgars Nachricht heraus. *Sichelbucht*, las er. Roval hatte den Bootsmeister gebeten, die Sichelbucht anzulaufen. Er verstaute die Nachricht in seinem Beutel.

Interessant. Laron sah sich rasch um und fragte sich, wer ihn verspottete. Es war sonst niemand im Raum. Er blinzelte und schüttelte den Kopf. Ein Ausdruck der Überraschung huschte über Pelliens Gesicht.

»Das ist, äh, gute, äh, ausgezeichnete, äh, wunderbare, äh, Arbeit. Die Verfolgung Rovals, meine ich. Ich, äh, muss Euch, äh, belohnen. Äh, gut belohnen. Sehr gut sogar.«

»O nein, ich nehme kein Geld mehr von Männern. Ich lerne bei der Irren Königin Sairet Tanzen. Sie meint, ich könnte eine Stellung im Palast bekommen.«

Laron war sicher, dass sie wahrscheinlich eine große Zahl von Stellungen im Palast bekommen konnte, darunter möglicherweise auch eine, die mit Tanzen zu tun hatte.

Interessant. Das Wort erklang so leise, dass Laron eher den

Eindruck hatte, sich daran erinnert statt es wirklich gehört zu haben. Pellien erstarrte einen Moment und blinzelte dann.

»Ich, äh, muss gehen, äh, ja, das heißt. Bald, meine ich. Ich muss gehen.«

Pellien nahm das Bein von seinem Schoß. Laron stand auf. Seine Hand ließ Pellien nicht los, sondern zog ihn sogar näher zu sich.

»Laron, Ihr seid noch so … so jung. Warum lest Ihr da diese langweiligen Initiatenbücher?«, sagte sie, während sie den Ring betrachtete, den er trug.

»Ich, äh, bin älter, als ich aussehe.«

»Ihr müsst das Richtige essen.«

»Äh, komischerweise, ja. Das heißt, bis vor Kurzem.«

Diakon Horvey öffnete die Tür und spähte herein.

»Und? Habt Ihr die Transaktion erfolgreich abgeschlossen?«, erkundigte er sich mit einem argwöhnischen Blick auf Pellien.

»Das könnte man so sagen, ja«, antwortete Laron schwach.

»Und ist Laron noch im selben Zustand, in dem er den Raum betreten hat?«, fragte er Pellien dann streng.

»Seine Jungfräulichkeit ist wohlauf, falls Ihr das meint«, sagte sie, ließ Larons Hand los und stand auf. »Nun denn, Ehrwürdiger Laron, es war mir eine Ehre, für Euch zu arbeiten.«

Pellien zog an einigen Bändern an ihrer Kleidung, und sofort verschwanden die beiden Schlitze im Stoff, die so beunruhigend viel Haut enthüllt hatten. Sie griff nach einem großen Überwurf, den Laron in seiner Verwirrung überhaupt nicht wahrgenommen hatte, und sofort war das rote Kleid unter einer lehmziegelfarbenen Baumwollschicht verborgen.

»Viel, äh, ich meine, vielen Dank«, stammelte Laron mit einer Verbeugung vor Pellien.

Pellien deutete ebenfalls eine Verbeugung an, lächelte, zwinkerte und verließ dann ohne ein weiteres Wort den Raum.

»Bemerkenswerte Frau«, sagte der Diakon, nachdem sie gegangen war. »Madame Sairet sagt, sie wäre als Tänzerin sehr talentiert. Ah, aber was ihre fleischlichen Gelüste betrifft …«

»Ja?«

»Sie hasst die Hurerei, deshalb ist sie zu uns gekommen, aber sie genießt die Verführung als solche. Manchmal fühle ich mich ziemlich entmutigt. Ich glaube, sie kann einfach nichts dagegen machen.«

Wahrscheinlich macht sie es manchmal einfach nur, dachte Laron bei sich.

»Bitte empfehlt uns der Ältesten, wenn Ihr sie das nächste Mal seht«, sagte der Diakon gerade, »und wenn Ihr sie fragen könntet, ob es möglich wäre, uns zu ordinieren, wären wir extrem dankbar. Sobald Diakon Lisgar zurückkommt, werde ich unseren gemeinsamen Kontakt benachrichtigen.«

»Äh, ich danke Euch. Ich weiß die Tapferkeit des Diakons zu schätzen. Es ist wirklich für eine gute Sache.«

»Ha, ich bin nicht der Provinztrottel, für den Ihr mich haltet. Ich weiß, dass die Metrologen schon gegen Silbertod gekämpft haben, bevor Torea verbrannt ist, und ich vermute, dass unsere wenigen Überlebenden immer noch kämpfen. Möge das Glück Euch auf all Euren Wegen begleiten, Ehrwürdiger Laron. Wir sind Eure treuen und ergebenen Diener.«

Laron nahm nicht sehr viel wahr, als er sich auf den Weg zur Akademie machte, aber einmal außer Sichtweite der Mission bemerkte er eine Frau etwa von Pelliens Größe und mit einem ähnlich dunklen Sonnenschutz, die genau vor ihm ging. Als er sie überholte, wurde er etwas langsamer und sie beschleunigte ihren Schritt ein wenig. Eigentlich konnte es nicht Pellien sein, denn sie hatte nicht gewusst, welchen Weg er einschlagen würde. Andererseits hatte sie vielleicht angenommen, dass er auf direktem Weg zur Akademie zurückkehren würde. Aus dem Augenwinkel betrachtete er ihr Gesicht. *Pellien!* Eine Weile gingen sie nebeneinander her, ohne ein Wort zu wechseln, bis Pellien langsamer wurde. Als sie schließlich an einer Straßenecke stehen blieb, hielt er ebenfalls an.

»Ich, äh, muss noch weiter den Berg hinauf«, sagte er, obwohl er dabei auf die Sandalen an seinen Füßen schaute.

»Aha, und das hier ist meine Straße«, antwortete sie. »Ich habe ein Zimmer ganz in der Nähe.«

»Zu mir, äh, zur Akademie … geht es da lang«, war alles, was Laron antworten konnte.

»Vielleicht, aber meine Straße macht einen Bogen und führt auch zur Akademie.«

Sie drehte sich um und ging langsam in Richtung ihres Wohnhauses. Laron schaute ihr hinterher, versuchte eine Entscheidung zu treffen, bemerkte, dass sein Verstand völlig leer war, und folgte ihr dann im Laufschritt, bis er wieder neben ihr ging. Sie blieben nicht einmal stehen, um darüber zu sprechen, ob oder ob nicht er nun mit ihr heraufgehen würde, als sie an ihrem Haus ankamen. Laron bemerkte, dass es nicht im Rotlichtbezirk lag und von Künstlern und Reisenden bewohnt zu sein schien.

Pellien schloss die Zimmertür hinter ihm und verriegelte sie. Laron stand ängstlich da, rieb sich die Hände und fragte sich, was als Nächstes kommen würde. Nur einer Sache war er sich sicher: dass er in einer Stunde, wenn sie die Tür wieder aufsperren würde, keine Aussichten mehr haben würde, seine Prüfungen in der Akademie zu bestehen. Pellien zwinkerte ihm zu, während sie den Sonnenschutz ablegte und an den Bändern ihrer Kleidung herumspielte. Wieder fiel der Halsausschnitt bis zu dem breiten Ziegenledergürtel um ihre Taille und dieses Mal erschienen sogar zwei Schlitze, an jeder Hüfte einer. Laron schluckte.

Sehr beiläufig griff sie in ein Bücherregal aus Lehmziegeln und alten Deckplanken und zog *Definitionen und Präzedenzfälle in der Vergleichenden Anatomie* aus dem Regal. Der Titel überraschte Laron und lenkte ihn fast von dem ab, was er von ihrem Körper sehen konnte – was eine ganze Menge war.

»Also, es wird von Euch verlangt, dass Ihr so lange unberührt bleibt, bis Ihr geprüft wurdet«, sagte sie, während sie in dem Buch blätterte und dabei Laron aufreizend die rechte Hüfte zudrehte. Sie schwang die Hüften wie im Takt zu einer unhörbaren Melodie, und bei jedem Schwung kam die quälend aufreizende Form der tadellosen, glatten Beine zur Geltung.

»Äh, ich meine, ja.«

»Wird der Zustand ständig überwacht?«

»Äh, na ja, nicht wirklich, aber …«

»›Aber‹?«

»Es gibt Prüfungen auf den neunten Initiationsgrad in Yvendels Akademie, die zwingend erfordern, dass der Prüfling unbefleckt ist, was die Freuden des Fleisches betrifft – das heißt, er muss eine Probe bestehen.«

»Ah, ja, um Unterzauberer zu werden.«

»Ja, aber ich, äh, habe den starken Verdacht, dass ich gerade dabei bin, durch diese besondere Prüfung zu fallen, äh, genau in diesem Augenblick«, stammelte Laron. »Das heißt, mit Eurer Erlaubnis. Ich meine, ich will mich Euch nicht aufdrängen …«

»Aha …« Pellien schien die gesuchte Seite gefunden zu haben. »Mein Vater war Kaufmann. Bevor er auf See verschollen ist und mein Stiefvater mich als Dirne verkauft hat, habe ich die ätherischen Künste studiert.«

»Ach, deswegen die vielen Bücher?«, fragte Laron, der sich fragte, ob die auch offen sichtbar gewesen waren, als sie noch zahlende Kundschaft unterhalten hatte. »Haben sie Eurem Vater gehört?«

»Nein. In den Jahren danach ist es mir gelungen, ein paar Bücher zu kaufen, zu stehlen oder auf andere Art an mich zu bringen, aber die drehen sich alle um Heilkunst. Wenn ich keine Zauberin sein kann, will ich zumindest eine Kurtisane werden und mir dann einen Gönner suchen, der Akademie für Medizin beitreten und meinen Abschluss als Heilerin machen. Tanzen macht mich vielleicht zur Kurtisane, Laron. Seht Ihr? Alles ganz einfach – ah, ja, da haben wir es ja. ›Jungfräulichkeit … präzise Definition lässt sich nur schwer spezifizieren … Austausch ätherischer Energie … Verbindungen müssen theoretisch in der Lage sein, Nachkommenschaft zu zeugen. Daher … Mann mit weiblichem Schaf zählt nicht … Frau mit …‹ Herrje! Jedenfalls zählt es nicht. ›Beide Geschlechter mit allen Dacostiern … lange Zeit kontrovers diskutiert, aber dann von Peppard dem Plumpen in einer Veröffentlichung geklärt, die dem Siebenundachtzigsten Konzil von Sorric vorgelegt wurde. Vier Experimente mit jungfräulichen Sklaven aus Torea und Dacostia ergaben, dass sechs der acht Beteiligten anschließend in der Lage waren, gewisse ätherische Prüfungen zu bestehen, deren Voraussetzung die Jungfräulichkeit ist ...‹«

Pellien schlug das Buch zu und stellte es wieder ins Regal.

»Ihr werdet gewiss mit dem Siebenundachtzigsten Konzil von Sorric vertraut sein, Laron. Es steht auf dem Lehrplan der Metrologen, zumindest hat Diakon Lisgar mir das erzählt.«

Laron hatte vor ein paar Jahrhunderten ein paar Leute in Sorric ausgesaugt, aber seine Erinnerungen an den Ort waren vage, und er hatte nie an einem Konzil teilgenommen.

»Ja, das stimmt alles«, bluffte er.

Laron beobachtete wie hypnotisiert, wie Pellien die Daumen in den Stoff unter ihrem Gürtel hakte und nach hinten zog. Der Rock verschwand, bis Laron in dem Spiegel hinter ihr nur noch eine lange Quaste aus roter Seide genau über dem Spalt ihres Pos sah. Jetzt kamen ihre Daumen wieder nach vorn, bis nur noch ein fast bis zum Boden reichender roter Seidenstreifen zwischen ihren Schenkeln ihre dem Untergang geweihte Scham bedeckte. Larons Herzen schienen kurz davor zu stehen, aus seinem Brustkasten zu springen und sich eine weniger aufregende Zufluchtsstätte zu suchen. Schließlich griff sie an die Hüfte und hakte beide Daumen in den Gürtel über dem Nabel. Sie zog ihre Hände auseinander und nahm dabei die rote Seide mit. Ihre Brüste pressten sich gegen den Stoff und sprangen dann heraus. Doch irgendwas stimmte damit nicht ... sie saßen zu tief, und dann ... erschienen zwei weitere Brüste!

Pellien lächelte Laron an, die Daumen immer noch in den Gürtel gehakt, ihre vier äußerst wohlgeformten Brüste stolz vorgereckt. *Eine Dacostierin von dem Doppelkontinent im Westen*, dachte Laron. *Vier Brüste.* Die Männer hatten vier Hoden, zumindest hatte er das irgendwo einmal gelesen. Mittlerweile war Pellien zu ihm gekommen und löste das Band am Hals seiner Tunika. Sie zog sie ihm über die Schultern, und sie fiel zu Boden. Laron nahm all seinen Mut zusammen und strich versuchsweise mit einem Finger von ihrer Kehle abwärts zwischen ihren Brüsten hindurch und weiter bis zur Gürtelschnalle. Er zog daran, und die Schnalle sprang auf. Der Gürtel löste sich, und ihr Gewand klaffte auseinander. Sie öffnete seine Hose und griff ihm dann zwischen die Beine.

»Ah, nur zwei. Das beruhigt mein Gewissen. Laut Peppard dem Plumpen könnt Ihr Eure Jungfräulichkeit genauso wenig an mich verlieren wie an ein Schaf.«

Das war eine große Erleichterung für Laron, dem sein Interesse an der Verifizierung der Experimente von Peppard dem Plumpen mittlerweile einen gewissen Grad von Schmerzen bereitete. Pellien schüttelte ihr inzwischen überflüssiges Gewand ab und ließ es zu Boden fallen. Sie legte die Arme um Laron, und er umarmte sie ebenfalls.

»Äh, tut mir leid«, flüsterte er.

»Was denn?«, schnurrte sie.

»Dass ich so mager bin wie ein Vierzehnjähriger, obwohl ich in Wirklichkeit siebenh … äh, siebzehn bin.«

»Ehrwürdiger Laron, Ihr habt noch nicht gelernt, die Frauen selbst darüber urteilen zu lassen, was ihnen gefällt.«

Sie führte ihn zum Bett und zog ihn neben sich darauf. Die ganze Welt konzentrierte sich plötzlich auf die Stellen zwischen ihren jeweiligen Beinen.

»Sanft, keine Eile, alle Zeit der Welt«, flüsterte Pellien, als Laron von allen möglichen körperlichen und ätherischen Reizen durchflutet wurde. Blaue Funken und Ätherfäden knisterten und tanzten zwischen ihren Lenden und verstärkten ihre Empfindungen noch zusätzlich.

Velander sah ihnen durch das Okular zu, doch sogar in der Ätherwelt erzeugte die Begegnung zwischen Pellien und Laron noch verschiedene Energien. Trotz ihrer unbedeutenden, winzigen Energiereserve war es ihr bei der ersten Begegnung der beiden Liebenden zwei Mal gelungen, das Wort *interessant* zu formulieren.

Jetzt beobachtete sie das Geschehen mit Interesse und Zustimmung. *Diese Begegnung ist wirklich schön*, entschied sie und versuchte dann zu ergründen, warum sie diese Entscheidung getroffen hatte. Da war etwas zwischen den beiden – das war eine Möglichkeit. Was würde Laron für eine Geliebte tun, was Feran nicht tun würde? Dann entschied Velander, dass *Laron* ihr Seelengefährte war, nicht die Mathematik. *Seine* Verführung war *ihre* Verführung. Durch ihn hatte sie Sex so erlebt, wie er sein sollte. Wahrscheinlich würde sie bald im Nichts verblassen und wahrhaftig sterben, aber falls sie je wieder ins Leben zurückkehrte, so schwor sie vor sich und Fortuna, würde sie die eine besondere Person in Larons Leben sein und für niemand anderen als ihn existieren.

Zwei Stunden später machte Laron einen raschen Abstecher zur *Fährmannsstake* und kaufte zwei Nusspasteten, einen Beutel Austern und zwei Krüge arkendianischen Rotwein, aber es war bereits eine Stunde nach Sonnenaufgang, bevor er auch nur in Erwägung zog, zur Akademie aufzubrechen. Er lag unter Pellien und musste sie aufwecken, bevor er sich bewegen konnte.

»Ich gehe jetzt besser«, sagte er.

»Warum?«, murmelte sie.

»Ich muss es zum Frühstück in meiner Unterkunft schaffen.«

»Du hast letzte Nacht fünfzehn Austern gegessen.«

»Fünf davon haben nicht funktioniert.«

»Über mein Frühstück schreiben Leute Gedichte.«

»Dann muss ich mich damit begnügen, sie zu lesen. Die Anwesenheit beim Frühstück in der Akademie wird überprüft. Ich mag ein Priester sein, aber ich bin auch ein Student.«

»Ah.«

Ein sargolanischer Gebetsgong ertönte, als Laron Pellien neben ihrer inzwischen offenen Tür zum Abschied küsste. Das Frühstück in der Akademie fand immer kurz nach dem Schlagen des Gongs im Nachbarhaus statt.

»Du weißt, wo ich wohne«, flüsterte sie ihm ins Ohr.

»Aber du könntest Gesellschaft haben, wenn ich unangemeldet komme. Gesellschaft, die mich vielleicht verprügelt.«

»Ich habe keine anderen Liebhaber. Ich bin gerne unabhängig. Ein Junge wie du könnte nie in Erwägung ziehen, mich zu besitzen, mich zu zwingen, seine Kleider zu waschen oder Tanz und Studium aufzugeben. Betrachte dies als eine praktische Studienromanze.«

Als er sich auf den Weg zur Akademie machte, ging Laron auf, dass er nicht einmal ein schlechtes Gewissen wegen des Autons Nona gehabt hatte, seit er Pellien begegnet war. So gesehen hatte er überhaupt nicht an Nona gedacht. *Na, wenigstens beruhen meine Gefühle für sie ausschließlich auf reiner Ritterlichkeit,* dachte er, *und sind nicht durch die Leidenschaften des Fleisches geprägt.*

»Guter alter Peppard der Plumpe«, sagte er laut, während er zur Akademie schwebte, als sei er federleicht. »Irgendwann muss ich mal ein Weihrauchstäbchen zu deinem Gedenken anzünden.«

Während Laron und Pellien die Nachtstunden in energetischer Umarmung verbracht hatten, ankerte der sargolanische Küstenhändler in der Sichelbucht an der Wüstenküste. Kein Schiff erwartete ihn dort zu einem Rendezvous, und am Ufer waren auch keine Zelte oder Reiter zu sehen. Roval wurde an Land gebracht, und der Küstenhändler segelte aufs offene Meer zurück. Roval setzte sich in den Sand und beobachtete, wie Miral aufging und in den Nachthimmel stieg, an dem für die Jahreszeit untypische Wolken standen.

»Wie lange dauert es, die *Shadowmoon* wieder an die Oberfläche zu holen?«, fragte Roval die Dunkelheit, ohne sich zu bewegen.

»Mit einer sechsköpfigen Besatzung müssten wir um Mitternacht bereit zum Segeln sein«, erwiderte eine Stimme irgendwo hinter ihm.

»Sechs. Drei und ich – das wären dann *zwei* neue Männer«, sagte Roval. »Kann man ihnen trauen?«

»Ich bin vielleicht kein Mann, aber ich bin ein erfahrener Matrose und äußerst vertrauenswürdig«, sagte Terikel. »Was das sechste Besatzungsmitglied angeht, so ist es kein Seemann, aber möglicherweise vertrauenswürdig.«

Mittlerweile hatte Roval sich erhoben und umgedreht. In Mirals Licht waren fünf Gestalten zu sehen. Eine davon kniete im Sand, während zwei andere Äxte über ihr erhoben hatten.

»Ich habe gesehen, wie er heimlich den Kauffahrer verlassen hat, als Ihr an Land gegangen seid«, sagte Norrieav.

»Er behauptet, ein Metrologe zu sein«, sagte Hazlok.

Roval trat näher, stützte die Hände auf die Knie und musterte in Mirals grünem Licht das Gesicht des jungen Mannes. Er kannte ihn nicht.

»Gelehrter Meister, ich hatte nichts Böses im Sinn«, sagte der Eindringling mit zitternder Stimme.

»Leute, die nichts Böses im Sinn haben, geben sich meiner Erfahrung nach in der Regel keine so große Mühe, mir zu folgen. Wer seid Ihr, und wer ist Euer Herr?«

»Ich bin Aspirant Lisgar, Diakon in der Metrologischen Mission von Diomeda. Ich studiere als Vorbereitung auf meine Ordination an der Akademie von Madame Yvendel. Ein Priester hat mich gebeten, Euch zu folgen, aber nicht, um …«

»Lügen! Es gibt keine metrologischen Priester mehr!«, rief Hazlok.

»Ich habe seinen Ring gesehen.«

»Ringe kann man stehlen.«

»Bitte nicht so hastig«, mahnte Terikel. »Ich habe tatsächlich einen Diakon namens Lisgar in Diomeda.«

Lisgar ächzte. »Älteste?«

»Wie hat dieser Priester ausgesehen, und welchen Namen hat er genannt?«, fragte Roval.

»Der Ehrwürdige Laron sieht sehr frisch und jugendlich aus …«

»… und mager«, beendete die aufgebrachte Terikel den Satz für ihn. »Herzlichen Glückwunsch, Aspirant Lisgar, Ihr habt soeben die Dienste des nicht ganz so Ehrwürdigen Laron verlassen und an Bord der *Shadowmoon* angeheuert.«

»Mir ist aufgefallen, dass er auf der ganzen Fahrt von Diomeda hierher seekrank war«, warnte Roval. »Aber jetzt haben wir Wichtigeres zu tun, wie zum Beispiel das Wirken des Ätherflügel-Zaubers zu üben. Diese Klippen da drüben müssten hoch genug sein. Habt Ihr das Kettenhemd und die Stelzen, um die ich gebeten habe?«

»Alles weiter hinten am Strand«, sagte Terikel.

»Und Miral ist wolkenverhangen. Gut, fangen wir an, solange es noch dunkel genug ist.«

Gouverneur Roileans Posten war ursprünglich als der schlechteste aller möglichen sargolanischen Posten betrachtet worden. Es handelte sich um einen Außenposten in der Wüste, der mehr eine Marktstadt mit Zollstelle war als eine Provinzhauptstadt, und in der Bevölkerung war der Ausländeranteil höher als der der Sargolaner. Angesichts des bevorstehenden Krieges hatte sich all das verändert. Zehntausende Truppen marschierten jede Woche durch seine Stadt, und die hiesige Wirtschaft erblühte in unvorstellbarem Maß. Mit den Soldaten kamen Adelige, Kommandeure und ab und zu sogar ein Prinz oder König. Roilean bekam Audienzen bei den Reichen und Mächtigen und machte Bekanntschaften, die ihm durchaus schon bald zu einem wichtigeren und angenehmeren Posten verhelfen mochten.

An diesem speziellen Abend verbrachte Prinz Stavez, der älteste Sohn des Kaisers, eine Nacht in Baalder. Er hatte sich im Anwesen des Gouverneurs einquartiert, und Roilean hatte für das üppigste Festbankett gesorgt, das sich mit den ihm zur Verfügung stehenden Mitteln arrangieren ließ. Glücklicherweise war der Prinz ein an Bescheidenheit gewöhnter Militärkommandant und als solcher nicht besonders schwer zufriedenzustellen. Ein Dutzend ehemalige Sklaventänzerinnen unterhielten die offiziellen Gäste, während dem Prinz und seinen fünf Generälen ein gesundes und bekömmliches Mahl vorgesetzt wurde. Der Gouverneur war hin und her gerissen zwischen seiner Verpflichtung, den Zeremonienmeister zu spielen, und sich in würdevoller Pracht bedienen zu lassen, und sein Kompromiss bestand darin, seinem Stab hinter dem Rücken des Prinzen Handzeichen zu geben.

»Alles funktioniert so reibungslos«, bemerkte der Prinz beifällig. »Eure Diener handeln mit militärischer Präzision.«

»Nun ja, ich habe festgestellt, dass es für meinen militärischen Hintergrund viele praktische Anwendungsmöglichkeiten in der Verwaltung gibt, und so habe ich die Provinz geführt wie ein Bataillon.«

»Extrem vernünftig«, sagte der Prinz wohlwollend.

»Und auch das Anwesen. Meine Diener müssen jeden Morgen auf dem Hof antreten und exerzieren.«

»Wirklich? Da würde ich gern mal zusehen. Ich finde, das ganze Imperium sollte nach militärischem Vorbild organisiert werden.«

»Wirklich?«

»Ja. Euer Haushalt könnte durchaus als Modell für den Aufbau eines sargolanischen Miliz-Haushalts dienen. Vielleicht könnte Euer Schreiber eine Skizze der Organisationsstruktur des Stabes Eures Anwesens anfertigen. Es wäre mir ein Vergnügen, sie mir auf dem Feldzug gegen die Toreaner in Diomeda anzusehen.«

Dem Gouverneur rutschte das Herz in die Hose, während er das Zeichen gab, den nächsten Gang zu servieren. Er musste entweder alle bestehenden Geschwindigkeitsrekorde bei der Aufstellung einer zivilen Miliz brechen oder eine äußerst plausible Entschuldigung erfinden, warum sein Haushalt morgen früh ein Bild völliger Unordnung präsentieren würde. Gouverneur Roilean gab ein eiliges Handzeichen für *Dringende Abberufung*. Ein Diener kam pflichtbewusst zu ihm und flüsterte: *»Exzellenz, ich flüstere Euch ins Ohr.«*

»Ich bitte um Vergebung, Eure Hoheit«, sagte der Gouverneur leise. »Ich muss mich um eine Angelegenheit von extremer Bedeutung kümmern.«

Alle Anwesenden wandten sich ihm zu und starrten ihn an. Die Blicke brachten entweder Missbilligung zum Ausdruck, dass er die Seite des Prinzen verließ, ohne von ihm freigestellt worden zu sein, oder aber waren ein verschlüsselter Austausch von Blicken zur Kommunikation, wie sie nur die ältesten und mächtigsten Edelleute untereinander verwendeten. Er erwiderte das Starren, bis ihm plötzlich einfiel, dass man sich bei Hofe niemals, wirklich *niemals* aus eigenem Ermessen aus der Gegenwart einer königlichen Hoheit verabschiedete, und sein Anwesen galt hier in der Tat als Provinzhof. Roilean stand so unbeholfen da wie eine Marionette, an deren Drähten drei verschiedene Puppenspieler zogen, und eilte dann davon. Was hatte er getan? Wie hatte er so etwas Dummes tun können? Man verabschiedete sich nie ohne Erlaubnis aus der Gesellschaft eines Prinzen. Man ließ Hinweise fallen, bis man gefragt wurde, ob man sich zu entfernen wünsche, so funktionierte das! Er ging in sein privates Audienzzimmer und lief dort mehrere Minuten im Kreis umher. Er hatte sich aus der Gesellschaft eines Prinzen entfernt. Er hatte sich einen Bruch der Etikette zuschulden kommen lassen. Wahrscheinlich würde man ihn deswegen zum ersten Botschafter auf dem geschmolzenen Kontinent Torea machen. Es war so schwierig, sich an die Etikette des kaiserlichen Hofs zu erinnern, wenn man sich überwiegend begnügen musste mit der Gesellschaft von Kameltreibern, Gewürzhändlern, Dung-Fuhrleuten, Geldwechslern, Wein-Großhändlern und Sklaven-Großhändlern, die vorgaben, Samen-Großhändler zu sein … *Sklavenhändler!*

Noch während das Wort in seinem Verstand aufflammte, hatte Gouverneur Roilean bereits seine nervösen Wanderungen beendet und war unterwegs zur Tür. Als er schließlich an die Seite des Kronprinzen des Sargolanischen Imperiums zurückkehrte, hatte er seine Geschichte einschließlich Entschuldigung und Notfall-Katastrophenplan fertig ausgearbeitet.

»Hoheit, ich bitte um Vergebung, dass ich mich aus eigenem Antrieb aus Eurer Gegenwart verabschiedet habe wie ein dahergelaufener Bauerntrampel, ohne auf Eure Erlaubnis zu warten, aber es handelt sich um eine Angelegenheit von allergrößter Bedeutung.«

Etwas wie schwelendes Feuer erwachte in den Augen des Kronprinzen zum Leben.

»Wenn sie wirklich so bedeutsam ist, sollte ich ebenfalls davon erfahren«, erwiderte er. »Benötigen wir, äh, Diskretion?«

Der Gouverneur wollte auf gar keinen Fall Diskretion. Er wollte vielmehr, dass alle erfuhren, warum er sich einen so kolossalen Bruch der Etikette geleistet hatte.

»Eure Hoheit, vielleicht sparen wir Zeit, wenn gleich alle davon erfahren. Nicht, dass ich mit den Toreanern sympathisieren würde, aber mich haben Zweifel hinsichtlich des Feldzugs geplagt.«

»Zweifel?«, rief der Prinz mit einem gefährlichen Unterton.

»Ja, Eure Hoheit ... Zweifel. Ich war besorgt, denn falls die Toreaner tatsächlich mit ihrer Behauptung recht hätten, dass Wüstennomaden Prinzessin Senterri entführt hätten, würden wir nicht genug Nachdruck auf die Suche nach ihr im Inland gelegt haben, in den Städten und Dörfern, Karawanenlagern und Sklavenmärkten der Wüsten im Norden. Also habe ich meine eigenen Kontakte bemüht – und natürlich auch aus meinen eigenen bescheidenen Mitteln bezahlt. Selbstverständlich sind es nur Kameltreiber, Söldner und sogar Sklavenhändler, aber Nachricht von der Prinzessin wäre aus dem Mund eines Bettlers ebenso willkommen wie aus dem eines Herzogs ...«

»Ihr habt eine Nachricht bezüglich Prinzessin Senterri erhalten?«, fragte der Prinz, der mittlerweile schon viele hundert Male angeblich Nachricht bezüglich Prinzessin Senterri erhalten hatte.

»Ich habe etwas über ein Mädchen namens Senterri erfahren, das kürzlich auf dem Sklavenmarkt von Hadyal verkauft wurde. Diese Senterri hat feuerrote Haare und wurde in Gesellschaft zweier anderer Mädchen verkauft.«

Der Gouverneur hatte jetzt die ungeteilte Aufmerksamkeit des Prinzen und all seiner Generäle. Senterri hatte zwei Dienerinnen, und den Toreanern zufolge waren alle drei entführt worden. Dies war aber nur den hohen Adeligen und Provinzgouverneuren bekannt.

»Diese Information ist es in der Tat wert, dass ihr eine bewaffnete Patrouille nachgeht«, erwiderte der Prinz. »Lasst ein Dutzend Männer nach Hadyal schicken, um sich dort umzuhören. Lasst vor allem nach den Namen der beiden anderen Mädchen forschen. Der Name Senterri ist vielen bekannt, aber die Namen ihrer Dienerinnen sind der Filter, durch den Hochstapler entlarvt werden.«

»Mein Informant sagte, sie hießen Perime und Dolvienne.«

Der Blick des Prinzen wurde plötzlich so durchdringend, dass Gouverneur Roilean einen Moment die Hände vor das Gesicht hob. In dem Raum herrschte absolute Stille. Roilean hörte auf zu atmen.

»Gouverneur Roilean, in einer Viertelstunde werdet Ihr gemeinsam mit einem Dutzend Führer für die Straßen und Wege nach Hadyal bereit zum Aufbruch sein.« Der Prinz wandte sich an seine Generäle. »Ich will fünftausend Lanzenreiter hinter mir auf der Straße nach Norden sehen, wenn ich mit dem Gouverneur aufbreche. Vorwärts!« Er folgte ihnen, dann drehte er sich plötzlich auf dem Absatz um und blickte zurück auf den erstaunten Roilean. »Gewöhnt Euch schon mal daran, von nun an Herzog Roilean genannt zu werden«, rief er ihm zu. Dann war er verschwunden.

Laron gähnte demonstrativ, als er den Speisesaal von Madame Yvendels Akademie betrat. Er war keineswegs der Letzte, der dort eintraf, und wurde somit nicht in die Liste eingetragen, aber als er sich mit seinem Tablett setzte und zu essen anfing, wurde er sich der Tatsache bewusst, dass ihn eine Wolke von Pelliens Moschusduft umgab. Er sah sich am Tisch um. Bis auf Lavenci, die am anderen Ende saß, war er nur von Studenten umgeben. *Wenn wirklich alle noch unberührt sind, werden sie nichts mit dem Geruch anfangen können*, dachte er. Dacostier waren in Diomeda schließlich beinah unbekannt. Laron gähnte wieder, diesmal aus echter Müdigkeit. Alles in allem hatte er kaum eine Stunde in Pelliens entzückender Gesellschaft mit Schlafen vergeudet. Die Vorlesungen und Seminare würden an diesem Morgen nur schwer zu ertragen sein.

»Habt Ihr heute Nacht Öl im Namen der Wissenschaft verbrannt, Laron?«, fragte Lavenci.

Sie war eine Akademikerin, aber nur eine Dozentin. Das hochgewachsene Albinomödchen mit dem frischen, pfirsichfarbenen, aber sehr eckigen Gesicht hatte ihre langen weißblonden Haare wie immer zu einem strengen Pferdeschwanz zurückgebunden.

»Ja ... Das heißt, ja, ich habe letzte Nacht viel gelernt.«

Die Studenten an seinem Tisch packten ihre Tabletts zusammen und gingen. Laron trank seinen Traubensaft aus und aß eine Handvoll Rosinen. Kaum saß Laron allein am Tisch, als Starrakin sich ihm gegenübersetzte.

»Ich hätte nicht damit gerechnet, *dich* in der *Fährmannsstake* zu treffen«, kam der Vindicier sofort zur Sache.

Laron erwiderte den Blick, doch Starrakin ließ sich nicht niederstarren. »Ich habe letzte Nacht gelernt«, verkündete Laron.

»Was denn? Wie weit man mit einem Beutel Austern und zwei Krügen Rotwein bei einer alten Hure kommt?«

Das Wort »alt« war Starrakins Fehler. Laron hatte lediglich zur Kenntnis genommen, dass Pellien bezaubernd war, nicht aber ihr Alter. Wie alt sie war, ließ sich tatsächlich nur schwer einschätzen. Es lag vermutlich irgendwo zwischen zwanzig und vierzig. Plötzlich stand die Ehre auf dem Spiel. Die Ehre einer Frau. Die Ehre seiner Geliebten. Laron ging zum Angriff über.

»Wenn du so viel Zeit in der *Fährmannsstake* verbringst, musst du über deine Verhältnisse leben«, sagte er ruhig und gelassen.

»Du hast reichen Gönner, reichlich Gold«, erwiderte Starrakin.

»O ja, reich, sehr reich«, sagte Laron. »Und großzügig.«

»Fünf Goldpagolen mir machen schwer, mich zu erinnern, dass du in *Fährmannsstake* gewesen.«

»Ich habe da nichts getan, was fünf Pagolen Schweigegeld wert wäre.«

»Du mit Frau gegessen. *Zwei* Pasteten gekauft und *zwei* Krüge.«

»Ich war bei einer Freundin, und wir haben beim Lernen etwas gegessen.«

»Ha! Das kannst du anderen weismachen und ›Götter der Mondwelten, Schützt Unseren König‹ singen. Deine Unschuld vorbei. Wenn reicher Gönner das herausfindet, fünf Jahre Geld von dir auch weg.«

»Meine Freundin und ich haben nur zusammen gelernt …«

»Tavernenwirt gesagt, du Austern und Wein gekauft …«

»Er hat gelogen!«, schrie Laron, was ihm die Aufmerksamkeit aller sicherte, die noch im Speisesaal waren, und die meisten zurückholte, die bereits gegangen waren.

»*Du* gelogen!«, schrie Starrakin zurück, der nach dem missglückten Erpressungsversuch entschlossen war, Laron den größtmöglichen Schaden zuzufügen. »Du deinen Gönner betrogen, du niemals Zaubererprüfung bestehen, du mit alter Hure gebumst …«

Laron warf Starrakin sein Tablett ins Gesicht, sprang dann über den Tisch und landete auf dem Vindicier. Sie wechselten ein paar hektische Hiebe, dann wälzten sie sich auseinander und sprangen auf. Starrakin wog mehr als das Doppelte von Laron, und er warf sich auf ihn und versuchte es mit einer Geraden. Laron drehte sich auf dem rechten Absatz, lenkte den Hieb mit dem rechten Arm ab und packte mit der Linken das Handgelenk, während er Starrakin die linke Hüfte in den Magen rammte und den Arm herumschwang.

Starrakin überschlug sich in der Luft und krachte auf den Tisch hinter Laron. Der Tisch brach mit lautem Krachen zusammen. Laron warf sich auf Starrakin und landete drei Schläge in dessen Gesicht, bevor zwei der jüngeren Akademiker seine Arme packten, ihn festhielten und von Starrakin herunterzerrten. Der Vindicier blieb benommen, ramponiert und außer Atem am Boden liegen. Laron schrie und fluchte und forderte Starrakin zu einem Duell bei freier Wahl der Waffen heraus. Mittlerweile hatte jemand die Krankenschwester gerufen. Pellien kam mit ihrer Medikustasche und drängte sich durch die Menge, bis sie Laron erblickte.

»Bei dieser Schlägerei ging es um die Ehre einer Frau«, flüsterte Lavenci ihr zu.

»Äh, jemanden, den ich kenne?«, brachte Pellien heraus.

»Keiner von uns kennt sie, aber Laron hat den Vindicier trotzdem bewusstlos geschlagen, weil der behauptet hat, sie hätte ihn ins Bett gezerrt.«

Yvendel bahnte sich gerade einen Weg durch die Menge der Zuschauer. »Was genau ist hier eigentlich los?«, wollte sie wissen.

»Er mich angegriffen!«, rief Starrakin.

»Er hat die Ehre einer Dame angezweifelt!«, konterte Laron.

»Wer hat den ersten Schlag geführt?«, fragte Yvendel.

»Das war er!«, sagte Laron.

»Ha! Er mir zuerst Frühstückstablett ins Gesicht geworfen und mich dann in Gesicht getreten!«

Der Vindicier wurde aus den Trümmern des Tisches und auf die Beine gezogen. Laron wurde auf den Boden gestellt und losgelassen.

»Was habt Ihr zu Laron gesagt?«, fragte Yvendel.

»Ich gesagt, er letzte Nacht, äh, kenne kein höfliches Wort, alte Hure geschwängert.«

»Und auf welcher Grundlage habt Ihr …«

Larons ätherischer Feuerball explodierte auf dem Boden zwischen Starrakins Stiefeln und setzte Stiefel und Dielenbretter gleichermaßen in Brand. Starrakin sprang in die Höhe und schrie auf. Ein paar Augenblicke herrschte völlige Verwirrung, bevor die Flammen gelöscht werden konnten. Starrakin und Laron mussten vor Yvendel niederknien. Pellien kauerte im Hintergrund, die Arme zwischen ihren beiden Brustpaaren verschränkt und den Blick starr auf ein goldenes Blatt in der rechten oberen Ecke eines Wandteppichs hinter Yvendel gerichtet.

»Dies ist eine wissenschaftliche Akademie und nicht der königliche Hof«, verkündete Yvendel streng. »Diese Art von Verhalten ist ausdrücklich verboten.«

»Er hat die Ehre einer Dame infrage gestellt«, wiederholte Laron.

»In der Tat, wie ich selbst, meine Akademiker, meine Studenten, meine Köchin, meine Putzfrau, meine Wäscherin, meine Krankenschwester, die meisten meiner Nachbarn und einige Passanten deutlich hören konnten. Wer ist sie?«

»Das kann ich nicht sagen.«

»Starrakin?«

»Nicht weiß. Ich geraten. Gescherzt.«

»Also ist die Identität dieser Dame allen außer Euch unbekannt, Laron, aber Ihr habt dennoch einen Tisch zerschmettert, einen Zauber im Speisesaal gewirkt, Starrakin zusammengeschlagen, und ihn dann in Brand gesetzt, und das alles zur Verteidigung ihrer Ehre? Was bedeutet sie Euch denn nur?«

»Sie ist eine Freundin, mehr nicht. Aber wenn ich ihre Ehre nicht verteidige, wer dann?«

Pellien erschauderte, als eine Mischung aus Stolz und Schuldbewusstsein sie durchzuckte.

»*Ihr* habt Starrakin angegriffen und damit den Kampf begonnen«, schloss Yvendel. »Also habt Ihr meine Regeln für Akademie-Studenten gebrochen. Ihr müsst diese Anstalt binnen drei Tagen verlassen.«

Starrakin war so vernünftig, nicht zu grinsen. Laron überlegte kurz und traf dann rasch eine taktische Entscheidung.

»Ich kann jederzeit um eine Prüfung und einen Test meiner ätherischen Kontrolle bitten«, sagte er mit fester Stimme.

»Auf Initiationsgrad neun? Ihr werdet so sicher durch das Examen fallen, wie die Sonne vom Himmel scheint.«

»Der Himmel ist augenblicklich ziemlich bewölkt, Rektorin. Außerdem wird der Status meiner Jungfräulichkeit am dritten Tag der Prüfung bestimmt, wenn der Test auf ätherische Kontrolle vollendet ist. *Das* wird die Ehre meiner Freundin wiederherstellen.«

Yvendel befahl dem Registrator, sofort alle nötigen Vorkehrungen zu treffen. Während Pellien Starrakins Blessuren mit ihren schmerzhaftesten Salben behandelte, wuchsen ihr Schuldgefühl und die Bewunderung, die sie für Laron hegte, ganz beträchtlich.

In einem anderen Teil des Labyrinths der Akademie stand Laron Yvendel gegenüber.

»Laron, ich bin auch der Ansicht, dass der Vindicier ein Drecksack ist, aber meine Regeln sind meine Regeln. Ihr habt sie auf die öffentlichste Art gebrochen, die nur möglich ist. Ihr hättet bessere Aussichten zu bleiben, wenn Ihr auf dem Frühstückstisch mit Lavenci geschlafen hättet.«

»Ich bin nicht ihr Typ.«

»Ihr habt beinah genug Hintergrundwissen für die meisten Examen, und binnen Jahresfrist hätte ich es Euch gern versuchen lassen, aber nach nur einem Monat?«

»Es ging um die Ehre.«

»›Je länger er von seiner Ehre redete, desto schneller packte ich meine Glaswaren zusammen.‹ Nun, ich kann Euch nicht bevorzugen, ohne dass das Fragen aufwerfen würde. Aber es ist eine Schande, ich hätte einen Initiaten zehnten Grades aus Euch gemacht und dann einen Akademiker. Nächstes Jahr um diese Zeit hättet Ihr hier bereits unterrichten können.«

»Nächstes Jahr um diese Zeit bin ich vielleicht nicht mehr ganz ich selbst, Gelehrte Yvendel.«

Der Kontrast zwischen Rovals Abreise aus Diomeda und derjenigen Warsovrans hätte nicht größer sein können. Sein Flaggschiff wurde von fünfzehn Kriegsgaleeren und zehn Eilgaleeren aus Admiral Griffas Höllenfeuer-Geschwader begleitet, als es durch die Reihen der Hochsee-Kauffahrer glitt, auf deren Decks sich Kapellen mit Trommeln und Fanfaren tummelten. Die Stadt war über ein Jahrhundert einer rationalistischen merkantilen Philosophie gefolgt, was nichts anderes bedeutete, als dass Geld selten für andere Zwecke ausgegeben worden war als dafür, mehr Geld zu verdienen. Während Brücken- und Straßenbau, Abwasserkanäle und zivile und militärische Verteidigung die Ausgaben rechtfertigten, weil sie die Erwerbsfähigkeit der Stadt und ihrer Bewohner aufrechterhielten, galt das nicht für öffentliche Spektakel. Gelegentliche Schlägereien, Feuersbrünste, Hinrichtungen und königliche Vermählungen war alles, was es an kostenloser Unterhaltung gegeben hatte, und Warsovrans Invasion wurde von den meisten als größtes Spektakel seit dem großen Wirbelsturm von 3097 betrachtet.

Also war ganz Diomeda auf den Beinen, um zuzuschauen und zu jubeln, als das Höllenfeuer-Geschwader auslief. Die vierzig mitreisenden ausländischen Würdenträger unterschiedlicher Funktion, die sich Silbertods Macht auf Helion demonstrieren lassen sollten, waren bereits beeindruckt von der offenkundigen Begeisterung der Stadt für den toreanischen Eroberer. Wie immer stand Einsel neben Warsovran und rieb sich nervös die Hände.

»Dies wird allen im Morgenlicht-Palast zeigen, dass sie längst besiegt sind und ihr Palast ihr Verlies ist«, sagte Warsovran.

»Sie ergeben sich vielleicht bald, dann könnt Ihr selbst in den Palast einziehen«, schlug Einsel vor.

»Ich hoffe, das tun sie nicht. Morgenlicht hat die perfekte Größe, Form und Lage, um durch einen einzigen Feuerkreis zerstört zu werden. Auf die Weise kann ich die Asche dieses dummen, sturen Königs mit derjenigen jenes schändlichen, intriganten Miststücks vermischen, das meinen Sohn getötet hat, und zwar in einer einzigen Feuersäule, die bis in den Himmel reicht. Das werde ich tun, wenn die Armeen der Allianz eintreffen. Ich nehme an, dass sie dann umkehren und durch die Wüste zurückmarschieren werden.«

Einsel hegte schon lange den Verdacht, dass Warsovran einen solchen Einsatz Silbertods plante, hatte das Thema bisher aber geflissentlich vermieden. Jetzt versank er in ein deprimiertes und ängstliches Schweigen.

Währenddessen war der belagerte diomedanische König ebenfalls zu dem Schluss gekommen, dass öffentliche Spektakel ein sicherer Weg waren, sich beliebt zu machen. Er hatte seinen

Männern bereits vor einer Weile befohlen, ein Langstreckenkatapult aus Ersatzteilen zu bauen, und als Griffas Geschwader und die Ehrengarde der Schiffe sich zu formieren begannen, entschied er, dass dies eine ideale Gelegenheit für eine Versuchsreihe war. Das Katapult gab seinen ersten Schuss ab, einen Stein von genau abgemessenem Gewicht. Er flog weit über den Ring der Kriegsschiffe und sogar die Ehrengarde hinweg und klatschte harmlos ins offene Meer. Nur wenige bemerkten es überhaupt, und niemand verschwendete einen Gedanken daran, die Formation der zwei Schiffsreihen deswegen aufzulösen. Sechs Minuten später landete ein zweiter Schuss zwischen den beiden Linien, erregte weitaus mehr Aufmerksamkeit und löste Betroffenheit bei den Kommandeuren aus. Flaggen wurden geschwenkt, da Signalfanfaren angesichts der Kapellen nicht infrage kamen.

Warsovrans Flaggschiff segelte gerade vorbei und war in Reichweite, und hoch auf den Mauern des entfernten Palasts fand eine hastige Beratung zwischen dem König und seinen Waffenmeistern statt. War bereits der dritte Probeschuss ein kostbares, in teergetränkten Stoff gehülltes Fass mit Brandbeschleuniger wert? Der König verfügte, dass dem so sei. Das Fass wurde geladen, Warsovrans Galeere wurde angepeilt und die Höheneinstellung vorgenommen. Der Hauptmann der Geschützmannschaft gab Befehl, das Fass anzuzünden, während der Zielmeister die Hand hob.

»Achtung, drei, Achtung, zwei, Achtung, eins – Feuer!«

Das Fass schoss als dünne Linie aus schwarzem Rauch über den bewölkten Himmel und über Warsovrans Flaggschiff hinweg, traf aber dann das Deck eines Hochsee-Kauffahrers in der Ehrengarde. Das Deck ging augenblicklich in Flammen auf, Feuer erfasste die Speigatte, und Matrosen und Spielmänner, deren Kleider und Haare in Flammen standen, sprangen gleichermaßen ins Wasser. Das Flaggschiff passierte das Inferno, ohne dass die Ruderer auch nur einen Schlag aussetzten, aber der Wind blies rußigen Rauch über die große Galeere.

Im Palast wurde gejubelt, aber die Anwesenheit vieler tausend Elite-Marinesoldaten unter den Zuschauern an Land bedeutete auch, dass etwaige patriotische Diomedaner sehr viel zurückhaltender sein mussten. Das Flaggschiff war das Erste in der Reihe, und Warsovran gab den Befehl, das Tempo auf Schlachtgeschwindigkeit zu erhöhen. Als das Katapult auf dem Palastturm zu seinem vierten Schuss bereit war, hatte Warsovrans Flaggschiff sich bereits aus seiner Reichweite entfernt, aber es waren noch fünf andere Galeeren in Reichweite. Das brennende Fass flog hoch und weit und traf diesmal das Achterdeck einer der Galeeren. Drei Viertel der Offiziere hatten sich dort in voller Rüstung und Festgewandung für die Schiffsprozession versammelt und standen augenblicklich in Flammen. In dem Wissen, dass noch vier weitere Galeeren in ihrem Kielwasser schwammen, eilte ein Unteroffizier vom Hauptdeck nach achtern direkt in die Flammen, ergriff das herrenlose Ruder und ließ die Galeere auf einen der Hochsee-Kauffahrer der Ehrengarde zulaufen. Das schuf eine freie Fahrrinne für die restlichen vier Galeeren, führte aber auch dazu, dass es zu einer Kollision zwischen der getroffenen Galeere und dem Kauffahrer kam, und kurz darauf brannten beide Schiffe lichterloh und sanken.

Der Angriff war mit einem erheblichen Gesichtsverlust für Warsovran verbunden, aber was die Fahrt nach Helion betraf, so hatte er lediglich eines seiner Begleitschiffe verloren. Der Kaiser war erzürnt, aber was sein Publikum ausländischer Beobachter sagte oder dachte, interessierte ihn wenig.

»Bei unserer Rückkehr werde ich als Erstes diesen Haufen degenerierter, unnützer Architektur zu Asche verbrennen«, murmelte er Einsel zu, während er an der Heckreling stand. »Ich werde Euch Silbertod anlegen, Einsel, und damit Eure Jugend wiederherstellen. Würde Euch das gefallen?«

»Eure Majestät sind zu freundlich«, erwiderte Einsel, der das Angebot in Wahrheit überhaupt nicht schätzte.

Im Hafen setzte sich die Ehrengarde hastig in Bewegung, um aus der Reichweite des neuen Katapults zu gelangen. Die belagernden Schiffe hielten ihre Position, da sie eindeutig zugunsten der attraktiveren Ziele ignoriert wurden. Der König stand auf einer der Zinnen und schwenkte seine Axt hin und her, während Edelleute und Soldaten gleichermaßen ihre Gewänder oder Kettenhemden hoben und dem sich entfernenden Flaggschiff Warsovrans die entblößte Kehrseite zeigten.

Tausend Schritte von den Palastmauern entfernt, zielte ein sargolanischer Söldner durch ein seitlich an der Waffe angebrachtes Fernrohr. Das Fernrohr war so eingestellt worden, dass es den Abfall des Bolzens über eine Flugstrecke von tausend Schritten berücksichtigte, und zwei mit Harz aufgeklebte Seidenfäden bildeten ein Fadenkreuz in dem Fernrohr, das auf den triumphierenden König gerichtet war. Die Waffe hatte einen Eschenholzschaft, der eine Handspanne breit war, und der Bogen selbst bestand aus laminiertem Streitaxtstahl. Die Sehne war ein geflochtenes Stahlkabel, für deren Anfertigung ein Rüstmeister fünf Monate gebraucht hatte. Trotz ihrer Kraft war die Waffe so präzise gefertigt, dass die Toleranzen äußerst gering waren, und sie war zwar schwer, aber auf ein solides Dreibein montiert. Das Wasser im Hafen war unbewegt, abgesehen von den Wellen, die von den Galeeren und Kauffahrern geschlagen worden waren. Ein Lehrling achtete genau auf die ankommenden Wellen. Der Söldner legte den Finger um den Abzug.

»Sag wann«, rief der Söldner.

»Sieht gut aus – schießt, wann es euch gefällt.«

Der Söldner atmete sacht aus und drückte dann ab. Er hatte seit Tagen geübt und in der Hoffnung, die Soldaten würden es nicht bemerken, genau unter die Zinnen gezielt. Tatsächlich hatten sie den Einschlag der Bolzen bemerkt, aber angenommen, jemand schieße mit einer Waffe, die nicht ganz die nötige Reichweite habe. Der mit äußerster Präzision gefertigte Bolzen traf den König in den Bauch. Er krümmte sich, ließ die Axt fallen und fiel dann von der Mauer und den langen Weg ins Wasser.

Wäre der König nach hinten gefallen oder hätten die Verteidiger die Weitsicht besessen, so zu tun, als sei irgendein Lakai getroffen worden, hätten nur wenige geglaubt, dass der Sargolaner den König getötet hatte. Doch es sollte nicht sein. Fünf

Männer sprangen dem König hinterher und starben alle, durch den langen Sturz. Andere kletterten an Seilen die Mauer hinunter, aber mittlerweile waren die Kapitäne der Eilgaleeren alarmiert worden und nahmen mit ihren Schiffen Fahrt auf.

Zwei Eilgaleeren wurden in der hektischen Schlacht am Fundament der Palastmauern versenkt und weitere fünf beschädigt, aber am Ende wurde der Leichnam des Königs von den Toreanern geborgen. Er war so unklug gewesen, goldene Gewänder und keine Rüstung zu tragen, sodass er nach seinem Aufprall auf das Wasser auf der Oberfläche trieb. Eine Eilgaleere wurde entsandt, um das Flaggschiff zurückzuholen, und Warsovran zeigte den ehrfurchtsvollen Würdenträgern in seinem Publikum den Leichnam König Rakeras und erklärte ihnen, der ganze Vorfall sei eine List gewesen, um den König ins Freie zu locken.

Zwei Stunden später brach das Geschwader wieder nach Helion auf. An Land setzte sich der sargolanische Söldner auf eine große Waage, da sein Gewicht in Gold aufgewogen werden sollte.

»Nun, Einsel, es hat einige Leben und Schiffe gekostet, aber ich habe den König mit Erfolg herausgelockt, sodass mein Scharfschütze freie Sicht auf ihn hatte«, verkündete Warsovran zufrieden.

»Ein äußerst listiger und raffiniert ausgeklügelter Plan«, stimmte Einsel zu, »aber ich bin doch etwas überrascht, dass Ihr ihn mir vorenthalten habt.«

Die Pause, bevor Warsovran antwortete, war kaum wahrnehmbar. Der Kaiser sagte niemals »äh«. Er hielt nur kurz inne, wenn er nachdachte – und er dachte sehr schnell. Einsel wusste dies sehr wohl aufgrund seiner vielen Jahre als Hofzauberer und Vertrauter.

»Sogar Euch muss manchmal gezeigt werden, dass ich voller Überraschungen stecke«, erwiderte Warsovran jetzt.

Einsel rutschte das Herz in die Hose. Wenn der Kaiser Einsel überraschen wollte, sagte er normalweise: »Wartet ab, das wird Euch gefallen.« Warsovran improvisierte offensichtlich. Das ließ vermuten, dass Warsovran seine Pläne nicht immer vollkommen zu Ende dachte. Vermutlich war er ein Meister darin, zu seinem Verdienst zu erklären, was ihm tatsächlich Fortuna vor die Füße warf. Das bedeutete, dass er mit allergrößter Wahrscheinlichkeit auch nach Morgenlichts Zerstörung weitere gefährliche Experimente mit Silbertod anstellen würde.

Laron musste sechs Prüfungen ablegen: zwei mündliche, zwei schriftliche und zwei praktische. Da er siebenhundert Jahre alt und so etwas wie ein Teilzeitgelehrter war, hatte er eine immense Bildung erworben, die sich jetzt als sehr hilfreich erwies. *Die Theorie Ätherischer Energien* war sein Spezialgebiet, und er bestand mit Auszeichnung. *Praktische Anwendungen des Äthers* war ebenfalls kein Problem, da Laron schon Zauber gewirkt hatte, als Madame Yvendels Ur-ur-Großmutter noch als Waschfrau in Nord-Scalticar gearbeitet hatte. In der mündlichen Prüfung in *Vergleichende Anatomie* stand Laron auf verlorenem Posten, bis das Thema dacostische Physiologie zur Sprache kam. Nachdem er erkannt hatte, dass der unter seiner Kapuze verborgene Akademiker noch weniger wusste als er, fing er an zu improvisieren. Klugerweise entschied der Akademiker, einen zweiten Prüfer hinzuzuziehen. Unklugerweise wählte er die einzige Dacostierin im Personal der Akademie. Krankenschwester Pellien bekam eine Kapuze aufgesetzt und wurde in den Prüfungsraum geführt. Sie lobte Laron für eine Dissertation, die zum Teil auf seiner einen Nacht mit ihr beruhte, aber überwiegend reine Erfindung war. Das reichte, um ihn die Prüfung gerade noch bestehen zu lassen, doch mehr war auch nicht erforderlich.

Für seine Arbeit zum Thema *Gesetz und Ethik* konstruierte Laron ein Regierungssystem namens »Demokratie«, das bei einem fiktiven Volk namens Griechen zur Anwendung kam. Er bestand, weil der Prüfer, Yvendel selbst, verblüfft war über die ausgereifte Konzeption des Entwurfs. Die Tatsache, dass die Griechen und ihr Regierungssystem an einem unvorstellbar weit entfernten Ort tatsächlich existiert hatten, brauchte Yvendel nicht zu wissen – sie hätte es ohnehin nicht geglaubt.

In der letzten mündlichen Prüfung ging es um die historische Verwendung ätherischer Zauberei. Einige der von Laron zitierten Beispiele waren so obskur, dass der Prüfer nicht wusste, ob es sie tatsächlich gegeben hatte, doch Laron sprach mit überzeugender Autorität. Da er sich nicht zum Narren machen wollte, schloss der Prüfer sich dem Durchschnitt von Larons anderen Prüfungsergebnissen an und ließ ihn bestehen.

Beim sechsten Bestandteil von Madame Yvendels Abschlussprüfung ging es um die Benutzung von Äther in Angriff und Verteidigung. Dies hatte nicht den Sinn, Fertigkeiten oder raffinierte Manöver aufzubauen, sondern sollte die Fähigkeit der Studenten überprüfen, rohe Kraft in ständig zunehmender Menge zu kanalisieren. Normalerweise wäre Laron vor eine solche Prüfung erst in seinem zweiten Jahr gestellt worden.

Als er bereits bis zur Hüfte nackt am Rande der Arena eintraf, konnte er noch beobachten, wie die Krankenschwester der Akademie seinen Gegner untersuchte, den Valestrer Arenkel. Sie befand ihn für kampftauglich und drehte sich dann zu ihm um. *Pellien*, kreischte Larons Verstand. Sie bewahrte sich eine ausdruckslose Miene, während er am ganzen Leib zu zittern anfing. Ihre Berührung war diesmal kühl und professionell, obwohl sie bei der Untersuchung seiner Augen flüsterte: »*Viel Glück, Jungfrau.*« Sie befand ihn für tauglich und merkte bei ihrem Bericht an Yvendel lediglich an, dass er zur Nervosität neige.

Die Arena war eine alte Zisterne mit einem Sandboden. Die Gewölbe waren entfernt und am Rand Sitze angebracht worden. Für die Beleuchtung sorgten Olivenöllampen. Es gab keine Tür. Laron und sein Gegner kletterten über eine Leiter, die dann wieder hochgezogen wurde, in den Sand der Herausforderung. Die Regeln der Kämpfe besagten, dass jeder Teilnehmer, der die Arena nicht ohne Hilfe wieder verlassen konnte, automatisch verloren hatte. Wenn beide herausklettern konnten, wurde der Wettstreit nach Punkten durch das Urteil von Kampfrichtern entschieden.

Laron trug die rote Schärpe eines Prüflings, sein acremanischer Gegner die weiße Schärpe der Akademie. Arenkel war seit zwei Jahren Student und sah aus wie achtzehn. Außerdem war er ein Freund von Starrakin.

»Wir haben uns hier versammelt, um den roten Herausforderer zu beurteilen«, sagte Yvendel, ohne sich von ihrem Sitz zu erheben. »Seine Fähigkeiten, seine Kräfte und seine Haltung.«

Arenkel verbeugte sich vor ihr. »Ich kämpfe im Namen der Akademie für Angewandte Zauber und als ihre Verkörperung.«

Mittlerweile war Laron ziemlich klar, dass dies keine Prüfung war, sondern ein Wettkampf. Er würde erhebliche Schmerzen erleiden, wenn er verlor, und zwar als Bestrafung für das, was er Starrakin angetan hatte – der rechts neben Yvendel saß. Laron verbeugte sich vor Yvendel und warf dann einen Blick dorthin, wo Pellien saß.

»Akademiker, ich widme diese Prüfung der Ehre meiner Freundin, mit der ich nichts Schändliches getan habe. Ich gelobe, im Kampf ihre Ehre hochzuhalten.«

Es herrschte vollständige Stille. Pellien reagierte überhaupt nicht.

»Dies ist kein Turnier, Laron«, warnte Yvendel.

»Ich hoffe nicht, Gelehrte Rektorin«, erwiderte er.

Tatsächlich war es doch ein Turnier, nur wollte das niemand zugeben. Yvendel stand auf, löste ihr Halstuch und ließ es in die Arena fallen. Der hauchdünne Stoff flatterte langsam nach unten. Der Acremaner verfolgte den Fall, während er Äther in seine Hände hauchte. Laron folgte seinem Beispiel, nur beobachtete er nicht das Halstuch. Er beobachtete seinen Gegner.

Kaum hatte das Tuch den Sand berührt, fuhr Arenkel herum und ließ eine Faser peitschenartig zu Larons Bein zucken. Doch Laron sprang zur Seite, sodass sie harmlos vorbeizuckte. Der Acremaner holte die Faser wieder ein, bildete daraus ein Knäuel und warf es auf Larons Kopf. Laron bremste die Wucht mit seiner eigenen Ätherenergie und wich dabei aus, sodass das Knäuel von der runden Ziegelwand abprallte und zurückflog. Arenkel fing es mit einem dünnen roten Faden ein und formte eine Klinge, die einen Schritt lang aus seiner Hand ragte. Dann ging er damit auf Laron los.

Laron wich zurück und formte seine eigene Ätherwaffe zu einer blau schimmernden Verlängerung seines rechten Arms. Sein Gegner schlug zu. Laron parierte. Arenkel stach auf ihn ein, und Laron lenkte die Klinge ab. Arenkel schwang seine Waffe im Kreis. Laron duckte sich. Als Arenkel sich mit der Wucht seines Schwungs drehte, bildete Laron mit einem dünnen Ätherfaden eine Fußangel, und der Acremaner fiel und stieß sich den Kopf an der runden Ziegelmauer.

»Ich fordere meinen geschätzten Gegner ergebenst auf, sich zu erheben«, sagte Laron.

Arenkel rührte sich nicht.

»Ein Sturz für Rot«, verkündete ein Kampfrichter.

Mittlerweile hatten sich Pellien und Lavenci mit weit aufgerissenen Augen auf ihren Sitzen vorgebeugt. Starrakin hielt sich die geballte Faust vor den Mund und sah beunruhigt aus. Yvendel strich sich über das Kinn und nickte.

Ein Medikus stieg in den Sand hinunter, doch es dauerte eine Viertelstunde, bis Arenkel wieder für kampftüchtig befunden wurde. Laron gewann die nächsten drei Runden, indem er seinen benommenen Gegner jedesmal in die Knie zwang, aber Arenkel erholte sich langsam, während Laron allmählich ermüdete. Laron ging fünf Mal hintereinander zu Boden, gewann aber die nächste Runde, als der Acremaner zu unvorsichtig wurde.

Die Kämpfe wurden hektischer und verloren an Eleganz. Laron sah den acremanischen Studenten mit der weißen Schärpe nur noch durch eine Gewitterwolke aus blauen Funken und Schlieren. Beide schwitzten und mühten sich, und Ätherfasern hingen von ihren Lippen und Fingern, während vier Kampfrichter auf sie herabstarrten und ein fünfter am Rand auf und ab ging. Ein Zeitnehmer beobachtete das Ganze von einer Galerie aus. Der Sand zu ihren Füßen war infolge der Auseinandersetzung der vergangenen Stunde zerwühlt, und ihre Hosen waren schweißdurchtränkt. Laron hatte sich in die Zunge gebissen und Blut lief ihm über das Kinn. Arenkel durchbrach Larons Abwehr und fing seine Hand in einem Energienetz ein, doch Laron drehte sich und riss die Hand in die Höhe, wodurch er den Acremaner dazu zwang, sich zu drehen, bis er ihm den Arm über die Schulter nach hinten beugen konnte. Arenkel schrie vor Schmerzen, und Laron bereitete sich darauf vor, ihn niederzustrecken – nur um ihn loszulassen und einen Schritt beiseite zu treten. Er konnte riechen, dass der Acremaner die Kontrolle über seine Blase verloren hatte.

»Ich beantrage eine Unterbrechung«, sagte Laron.

»Rot beantragt eine Unterbrechung«, sagte der oberste Kampfrichter. »Ist Weiß einverstanden?«

»Weiß ist einverstanden«, keuchte der Acremaner.

Die Leiter wurde herabgelassen, und Arenkel kletterte hinaus, wobei Urin aus seiner Hose tropfte. Laron blieb mit verschränkten Armen stehen und rührte sich nicht von der Stelle. Schließlich kehrte der Acremaner zurück.

»Letzte Runde, fertig machen zum Wirken«, kündigte der Zeitnehmer an.

Laron entspannte sich ein wenig und beugte die Knie. Die Ätherwolke seines Gegners wallte eifrig vorwärts, als sei sie lebendig. Laron wich zur Seite aus, und die Zauber glitten aneinander vorbei. Als Arenkel nach vorn stolperte, um nicht das Gleichgewicht zu verlieren, ließ Laron sich in den Sand fallen und streckte das Bein aus, und obwohl ihm der schützende Näherungszauber seines Gegners Stiefel, Hosenbein und Haut versengte, reichte der Kontakt, um Arenkel zum Stolpern zu bringen. Sofort stellte Laron mit seiner blauen Faserwolke Kontakt her und riss den Acremanen mit dessen eigenem Fasergewirr in einem Bogen vorwärts. Von seinem eigenen Schwung getroffen, konnte Arenkel nicht mehr bremsen, und obwohl er sich in einem Akt der Verzweiflung in den Sand warf, konnte er den Aufprall auf der Mauer nicht mehr verhindern. Zwei Kampfrichter hoben weiße Fahnen.

»Die Zeit ist abgelaufen!«, rief der Zeitnehmer, als der Sand im Stundenglas auslief.

Die blauen Wolken aus Kraftfasern zogen sich in die Lippen und Fingerspitzen der beiden Initiaten zurück, während sich die Kampfrichter zur Beratung einfanden. Der oberste Kampfrichter rief die Ergebnisse einem Schreiber zu, der in der Galerie neben dem Zeitnehmer saß.

»Rot hat Weiß eine Fessel angelegt. Rot hat fintiert, Rot hat die Fessel geopfert und Kältekraft benutzt, um sich einen Vorteil zu verschaffen. Rot hat die Runde kurz vor Ablauf der festgesetzten Zeit gewonnen. Rot hatte das überlegene Kältegleichgewicht. Weiß hatte die überlegene Wortkraft. Rot hatte die überlegene Wortkontrolle.«

Yvendel erhob sich und zeigte auf die Leiter. »Die Runden sind vorbei, lasst die Leiter herab.«

Beide Kämpfer konnten ohne Hilfe aus der Arena steigen und gingen hinter den Richtern und Akademikern, aber an der Spitze der anderen Studenten zu einem Auditorium in der Nähe. Die Kampfrichter riefen zunächst Larons Gegner auf.

»Weiß, Euer Plädoyer?«, fragte der oberste Kampfrichter.

»Ich mit reiner Wortkraft gekämpft. Ich Rot auf die Knie gezwungen, äh, elf Mal. Auszeit wurde gefordert. Weiß sollte erklärter Sieger sein.«

Jetzt richteten sich alle Augen auf Laron.

»Rot, Euer Plädoyer?«

»Ich habe mir ein Bild von meinem Gegner gemacht und Nachteile in Kauf genommen, um seine Schwächen zu erkennen. Ich habe fünf Bodenkontakte und eine Berührung erzwungen und die erste Runde durch Sturz gewonnen. Außerdem habe ich meine Ausdauer durch den Gewinn der letzten Runde bewiesen. Meiner Einschätzung nach wurde seine Wortkontrolle nachlässig und seine gesamte Einstellung zu selbstsicher, je öfter er mich auf die Knie zwang. Das habe ich im Angesicht einer anscheinend sicheren Niederlage zu meinem Vorteil ausgenutzt. Ich sollte zum Sieger erklärt werden.«

Vier der Kampfrichter kehrten auf ihre Plätze zurück, und ihr Sprecher wandte sich der Galerie und dem protokollführenden Schreiber zu.

»Das Ergenis lautet elf Kniefälle und eine Auszeit für Weiß, fünf Kniefälle, eine Berührung und ein Sturz für Rot. Mein Richterspruch lautet, dass Weiß zu sehr darauf aus war, zu punkten und im wirklichen Leben in der ersten Runde gestorben wäre. Rot hat einen überlegenen Gegner studiert und dann seine Beobachtungen zu seinem Vorteil genutzt. Ich sehe Rot im Vorteil. Schreiber, verkündet das Ergebnis.«

»Weiß: elf Kniefälle und eine Auszeit, also vierzehn Punkte. Rot: fünf Kniefälle, eine Berührung und ein Sturz und somit fünfzehn Punkte.«

»Ich erkläre Rot zum Sieger«, schloss der oberste Kampfrichter.

Es wurde nicht gejubelt oder geklatscht. Alle fünf Kampfrichter und der Initiat aus Acrema verbeugten sich vor Laron, der die Geste erwiderte. Die Kampfrichter verließen das Auditorium, während der schwarzhäutige Acremaner Laron auf dessen verschwitzten Rücken klopfte.

»Guter Kampf, mein Herr«, sagte er.

»Äh, danke.«

»Für die Auszeit, besonderer Dank.«

»Keine Ursache.«

»Sehr peinlich.«

»Wisst Ihr, wie es jetzt weitergeht?«

»Mein Herr, ich nicht. Ihr vier Prüfungen bestanden, äh, für die viele Studenten fünf Jahre brauchen, äh, für Vorbereitung. Manche auch nach zehn noch nicht bestehen. Ihr Euch verteidigen könnt. Sehr wichtig. Jetzt letzte Runde. Nicht Test, nicht Prüfung. Feuerprobe. Äh, lernen gefordert, äh, aber nur Jungfrau kann lernen.«

Arenkel verbeugte sich hastig und entfernte sich dann eilig. Die Rektorin führte Laron in eine kleine Kammer, die nur mit einem großen und bequem aussehenden Sessel und einer gepolsterten Bank mit einem Dutzend solider Lederriemen möbliert war. Ein Kristallkelch mit einer trüben blauen Flüssigkeit wurde von Lavenci hereingebracht.

»Trinkt«, befahl Yvendel.

Laron trank. Die Flüssigkeit war alkoholisch, bitter und widerlich, mit einem Hauch von Pfirsichgeschmack. Lavenci verließ den Raum mit Kelch und Tablett. Die Tür schloss sich hinter ihr und wurde von außen verriegelt.

»Zieht Euch aus«, sagte Yvendel.

Laron zog an der Schnur an seiner schweißnassen Baumwollhose und legte sie ab. Die Rektorin betrachtete seinen mageren, nackten Körper von oben bis unten, als sei er ein gebrauchtes Möbelstück, das nicht ganz ihren Erwartungen entsprach.

»Legt Euch hin«, sagte Yvendel und zeigte auf die Bank.

Laron legte sich hin, und sie schnallte ihn an der Bank fest. Er malte sich verrückte erotische Rituale aus, bei denen die Rektorin ihre Gewänder ablegte und seinen wehrlosen Leib bestieg. Doch nichts dergleichen fand statt. Sie ging lediglich zu dem Sessel, setzte sich und stützte das Kinn auf die Fingerspitzen.

»Fliegt«, sagte Yvendel kryptisch.

Der Raum begann sich plötzlich zu drehen, doch Laron hatte bereits den Kontakt zu seinem Körper verloren und konnte nicht mehr sprechen. Alles verschwand aus seinen Gedanken bis auf ein einziges Wort. *Fliegt*. Er konnte etwas spüren, das sich anfühlte, als rausche er unter einem blauen Himmelsgewölbe und über einem riesigen funkelnden Ozean durch warme Luft. Die Sonne war dem Zenith nah. Laron hatte Arme, aber seine Beine kontrollierten nur noch die Fähigkeit, den Körper zu drehen. Er schaute auf seine Arme, die ausgestreckt waren. Flossen. Große lange Flossen. Er war ein Flossenflügler. Versuchsweise schlug er ein paarmal damit, legte sich in eine Kurve, verlor an Höhe, kletterte wieder. Er war ein wenig plump, konnte sich aber in der Luft halten.

Er flog eine Weile, die ihm wie eine halbe Stunde vorkam. Mittlerweile war ihm unangenehm warm. Musste er feucht bleiben? Er sollte fliegen, nicht schwimmen, aber Flossenflügler mussten ab und zu ins Wasser eintauchen, um nass zu bleiben und nicht zu überhitzen. Andererseits war er kein Flossenflügler. Was war er? Er kletterte ein wenig höher, und dabei fiel ihm auf, dass sein Lungensack schmerzte. Tatsächlich fühlte er sich brennend heiß an. Was sollte er tun? Fliegen, bis er starb? Er sagte sich, dass dies alles nur eine Allegorie sei. Das Wasser musste eine vaginale Zufluchtsstätte sein, während er abgesehen von seinen Flossen sehr wahrscheinlich eine phallische Gestalt hatte.

Eine weitere halbe Stunde verstrich. Mittlerweile schmerzten die Gelenke am Flossenansatz, und er war so heiß und ausgedörrt, dass jede Bewegung seines Körpers anstrengend war. Er ließ sich tiefer zu den Wellen sinken. Gischttropfen trafen ihn. Er sank noch tiefer und tanzte auf den Wellenkämmen. Das war immer noch Fliegen, sagte er sich, aber sein Lungensack war immer noch eine Kugel aus geschmolzenem Blei unter seinen Rippen, und sein Rücken war so trocken wie Wüstensand. War es auch noch Fliegen, *durch* die Wellen zu brechen? Laron kletterte wieder höher, schlug emsig mit den Flossen, um schneller zu werden, tauchte ab und raste durch einen Wellenkamm – während gleichzeitig ein riesiger Schatten über ihn wegflog und nach der Gischt krallte, die er soeben aufgewirbelt hatte.

In einem Anfall von Panik schraubte Laron sich wieder in die Höhe, während der riesige Lederflügler sich in eine Kurve legte und wendete. *Fliegt.* Von einer riesigen geflügelten Echse gefressen zu werden, würde dem Fliegen bald ein Ende bereiten. Er starrte das Tier einen Moment fasziniert an. Es hatte etwas Verlockendes, Hypnotisches an sich, doch seine Ängste fegten all das beiseite. Mit dem Lederflügler im Nacken legte er die Flossen an und stürzte dem Wasser entgegen, um den Sturzflug dann im letzten Augenblick abzufangen und dicht über dem Wasser zwischen zwei Wellenbergen durchzufliegen. Ein riesiger Kopf voller Zähne am Ende eines Schlangenhalses schoss zu ihm empor, schloss sich einen Moment um ihn – um ihn dann hoch in die Luft zu schleudern, als der Lederflügler gegen den Hals des Meerdrachens prallte.

Ramponiert, blutend und mit einer eingerissenen Flosse umkreiste Laron die kämpfenden Giganten, die reichlich Gischt aufwirbelten. Die Tropfen waren kühl auf seiner Haut, doch allzu bald verschwand der Lederflügler unter Wasser. Laron musste weiterfliegen. *Das ist wie etwas aus meiner jüngsten Vergangenheit, eine lange Seereise,* sagte er sich, während die Sonne seinen zerschundenen Leib wieder ausdörrte. Er konnte sich nur an wenige konkrete Einzelheiten erinnern, nur an brennenden Durst, quälendes Sehnen und kein Ende in Sicht …

Laron schlug die Augen auf und sah, wie Yvendel die Riemen löste. Als er sich aufsetzen wollte, fiel er beinah von der Bank, und Yvendel musste ihn stützen, während er seine Beine vorsichtig mit seinem Gewicht belastete.

»Wie fühlt Ihr Euch?«, fragte sie, als er ein paar zaghafte Schritte machte.

»Als hätte ich noch nie im Leben ein Paar Beine besessen, Gelehrte Rektorin. Was sollte das alles?«

»Ihr habt ein paar Grundlagen der Beherrschung gelernt. Das sind spezielle Techniken meiner Akademie. Sie müssen ohne Hilfe erlernt werden und können nicht unterrichtet werden.«

»Und, habe ich sie gelernt?«, fragte er, während seine Gedanken zu einem kürzlichen Unterrichtskurs in Verführung mit Pellien sowie zu einigen früheren monosexuellen Experimenten mit seinem frisch zum Leben erweckten Körper zurückwanderten.

»Gerade mal so«, sagte Yvendel streng.

»Wie meint Ihr das?«

»Der marginale Status Eurer Jungfräulichkeit war klar zu erkennen. Beschreibt, was Ihr gesehen und erlebt habt.«

Laron folgte ihrer Anweisung und Yvendel hörte ihm bis zum Ende ungerührt zu.

»Nun, Ihr hattet recht, das Meer war eine Parallele zum Sex. Die anderen Dinge waren Gefahren und Ablenkungen, mit denen Unberührte zurechtkommen müssen. Jungfrauen erkennen den richtigen Weg in der Allegorie. In diesem Fall war es der Lederflügler.«

»Was?«

»Ihr habt mich schon verstanden. Ihr hättet keine Furcht vor der Keuschheit – in Form des Lederflüglers – haben dürfen, weil Ihr noch keine Erlebnisse des Verschlungenwerdens hattet. Nicht-Jungfrauen tauchen ins Meer und haben keine Furcht davor, vom Meerdrachen verschlungen zu werden. Das steht aber im direkten Widerspruch zum Befehl zu fliegen.«

»Ich … ich kann nicht ganz folgen. Ich *sollte* gefressen werden?«

»Ihr solltet vom *richtigen* Raubtier gefressen werden, und das war der Lederflügler. Ihr hättet den Lederflügler gestärkt, wie Ihr zur Stärkung des Ganzen beitragt, wenn Ihr Mitglied eines religiösen oder magischen Ordens werdet. Der größere Leib sorgt dafür, dass Ihr auch fliegt. Wenn Ihr hingegen allein fliegt, holen Euch Elend und Erschöpfung schließlich vom Himmel. Ihr müsst dem Verlust Eurer Unberührtheit näher gekommen sein, als Wissenschaft und Einfallsreichtum sich vorstellen können, und sie doch irgendwie behalten haben. Die sexuell Erfahrenen stürzen sich schnell ins Wasser, um sich zu erfrischen, und zwar mit der Begründung, es sei nötig, um flugfähig zu bleiben. Der Befehl lautet aber zu *fliegen* und nicht, sich die Befähigung zum Fliegen zu erhalten. Euer Flug durch die Wellen war ein Liebäugeln mit dem Ozean, ohne sich wirklich hineinzustürzen. Niemand ist je geflogen, ohne gefressen zu werden, aber Ihr seid geflogen, also habt Ihr bestanden. Wozu Ihr in der Lage sein werdet, wenn Ihr diese Fähigkeit das nächste Mal einsetzt, wird interessant zu beobachten sein, aber das ist Eure Sache – ebenso wie das, was Ihr mit wem auch immer getan habt.«

»Ich verstehe«, sagte Laron mit einem Gefühl großen Unbehagens. »Was heißt das für mich?«

»Es heißt, dass Ihr ein Unterzauberer des neunten Initiationsgrades seid. Nun, da Ihr diese Beherrschung gelernt habt, könnt Ihr sie für den Rest Eures Lebens benutzen. Ihr könnt sie nicht verlernen.«

»Und wenn ich nicht mehr unberührt gewesen wäre?«, fragte Laron.

»Das hätte ich bemerkt. Es ist absolut offensichtlich.«

»Oh.«

Laron ließ sich das durch den Kopf gehen. Er war an einem ihm unbekannten Standard gemessen worden und war für würdig befunden worden. Er empfand einen kurzen Anflug von Selbstgefälligkeit ähnlich dem Augenblick, als er die Tür der Akademie angezündet hatte. Plötzlich kamen ihm wieder Zweifel.

»Gelehrte Rektorin, habt Ihr je von Peppard dem Plumpen gehört?«

»Ja. Er hat gewisse Experimente durchgeführt, um die Grenzen der Jungfräulichkeit zu definieren.«

»Mit Dacostiern.«

»Ja. Er hat bewiesen, dass man seine Jungfräulichkeit an Dacostier ebenso leicht verlieren kann wie an Mitglieder der eigenen Rasse.«

Laron blinzelte. Er hatte ein Gefühl, als habe ihm gerade jemand den Boden unter den Füßen weggezogen.

»Äh, was ist mit denen, die *glauben*, sie hätten sich ihre Unschuld bewahrt, obwohl sie sich daran erinnern können, den eigentlichen Akt vollzogen zu haben?«

»Ihr meint, wie diese albernen Jungen und Mädchen, die glauben, sie können sie bewahren, wenn sie es im Stehen tun? Das müsste in einem zukünftigen Experiment ermittelt werden.«

Nicht mehr nötig, dachte Laron, der sich ziemlich betrogen vorkam. Er hatte die letzte Feuerprobe nur über sich ergehen lassen und bestanden, weil er davon überzeugt gewesen war, dass er technisch gesehen noch Jungfrau war und mit einem Mädchen seiner eigenen Rasse noch neue Dinge im Bett erleben konnte.

Yvendel blieb plötzlich stehen und sperrte den Mund auf. Laron blieb ebenfalls stehen.

»Habt Ihr in letzter Zeit zufällig Experimente ausgeführt, bei denen es um Ätherische Energien, Eure Unschuld und eine Dacostierin ging?«, fragte sie.

»Ich, ich, ich … Was bringt Euch auf diesen Gedanken?«

»Eure Fragen zum Thema.«

»Oh! Äh, ja, ich habe tatsächlich in letzter Zeit einige Studien über dacostische Anatomie betrieben. Daher auch mein, ähm, gutes Ergebnis bei der Prüfung zu … diesem Thema.«

»Ah, ja, natürlich. Außerdem gibt es nur eine Dacostierin in ganz Diomeda, und das ist die Akademie-Krankenschwester. Hättet Ihr zu der Zeit, als Ihr Euren Einkauf in der *Fährmannsstake* getätigt habt, mit ihr Experimente in praktischer Anatomie ausgeführt, um dann andere Studenten zwecks Verteidigung der Ehre jener Dacostierin zusammengeschlagen, wäre ihre Identität sehr bald offensichtlich geworden, oder?«

»Ich habe nie behauptet, dass sie Dacostierin ist«, stammelte Laron.

»Ich auch nicht.«

Sie betraten einen anderen Raum, in dem nur eine einzige Öllampe brannte. Ein gekacheltes Becken war in den Boden eingelassen.

»Wird das wieder ein wasserallegorisches Ritual?«, fragte Laron.

Yvendel versetzte ihm einen Stoß, und er stürzte unelegant in das klare, kalte Wasser, um daraus vor Schock keuchend wieder aufzutauchen.

»Das ist ein Bad. Ihr riecht wie eine Ruderbank auf einer Schlachtgaleere. Seife, ein Handtuch und saubere Gewänder liegen auf dem Sims in der Ecke. Macht davon Gebrauch.«

Laron tauchte eine Viertelstunde später wieder auf, erschöpft, verschrammt, desorientiert und verwirrt, aber nichtsdestoweniger sauber. Pellien trat ein und bedeutete ihm, ihr zu folgen.

»Noch nie hat jemand für meinen guten Namen gekämpft«, gestand die Krankenschwester. »Das hat vermutlich etwas damit zu tun, dass ich nie einen guten Namen hatte.«

»Das war der Weg der Ehre«, erwiderte Laron mechanisch und fügte dann hinzu: »Also wirklich, Peppard der Plumpe!«

»Ach, es tut mir leid«, sagte sie. »Ich, äh, hätte nicht gedacht, dass man Euren Status so rasch überprüfen würde – ätherisch, meine ich.«

»Aber Ihr wusstet, dass es irgendwann passieren würde.«

»Nun … äh, ja.«

»Aber ich habe geglaubt, ich könnte meine Jungfräulichkeit nicht an Euch verlieren, und das hat mich gerettet.«

»Nun ja. Gerade so.«

»Ich bin nicht beeindruckt.«

»Ihr hättet jederzeit nein sagen können!«

»Wie eine Motte sich jederzeit vom Lampenlicht abwenden könnte. Aber sie tun es nie.«

»Es tut mir leid.«

Laron versuchte erst gar nicht, seine finstere Miene zu verbergen. Schließlich war er definitiv der Ansicht, dass man ihm unrecht getan hatte. Sie marschierten schweigend zwei Dutzend Schritte durch die Korridore.

»Laron, vor drei Tagen, als ich einige beeindruckende Schrammen und Quetschungen an einem Mann behandelt habe, der doppelt so schwer und kräftig ist wie Ihr, musste ich mir immer wieder klarmachen, dass der Kampf in meinem Namen stattgefunden hatte. Noch nie hat jemand für mich gekämpft, Laron, und ich … ich kann nur hoffen, dass das Erlebnis, mit mir zu schlafen, für Euch genauso schön war wie für mich. Während ich Starrakins Schnitte und Kratzer mit meinen unangenehmsten Salben und Ölen behandelte, habe ich Euch für einen kurzen, überschäumenden, herrlichen Augenblick geliebt. Seht Ihr? Ihr habt etwas in mir geweckt, was ich bei mir nie für möglich gehalten hätte.«

Sie blieben vor einer Tür stehen. *Das ist alles viel zu unwahrscheinlich für Worte*, dachte Laron, *obwohl es so ungeheuer romantisch ist. Was will sie wirklich?*

»Bitte versucht irgendwann, eines Tages, mir zu verzeihen, dass ich Euch getäuscht habe«, bat Pellien.

Laron runzelte die Stirn und presste die Lippen aufeinander. »Irgendwann«, sagte er zögernd. »Eines Tages.«

»Ich danke Euch. Und ich werde Fortuna noch dafür danken, den Schaden repariert zu haben.«

Sie legte Laron eine Hand in den Nacken und küsste ihn sehr zart auf die Lippen, dann flüsterte sie: *»Mein tapferer, ritterlicher Held.«*

Als sie sich zurückzog, schnippte sie mit den Fingern, als wolle sie einen Zauber brechen. *Sie meint es ehrlich, sie meint es wirklich ehrlich*, dachte Laron, während in ihm das Schuldgefühl darüber, an ihr gezweifelt zu haben mit der Erleichterung darüber kämpfte, dass er seine Zweifel für sich behalten hatte.

»Gelehrter Laron, hinter dieser Tür findet eine Feier Euch zu Ehren statt«, verkündete Pellien mit breitem Lächeln. »Geht hinein und feiert, Zauberer!«

Keine Tricks, keine Forderungen, keine Bitten, kein Flehen, keine Messer, nicht einmal ein Zauber. Vielleicht meinte sie es wirklich und wahrhaftig ernst.

Sie öffnete die Tür. Dahinter lag der Speisesaal, der für das Fest umdekoriert und geschmückt worden war. Alle anderen Studenten und Akademiker waren ebenso anwesend, ebenso wie Yvendel. Bei Larons Eintreten begannen alle laut zu applaudieren.

Der Schreiber der Akademie heischte mit einem Räuspern um Aufmerksamkeit.

»Laron von Scalticar, auch bekannt als Laron d'Tyrll-ny, Ihr habt den neunten Initiationsgrad erworben, das heißt, Ihr seid ein Unterzauberer dieses Initiationsgrades, da Ihr gewisse Prüfungen bestanden, Euer Wissen und die entsprechenden Fähigkeiten demonstriert und Eure Unberührtheit unter Beweis gestellt habt. Wie vereinbart, werdet ihr von Eurem hinterlegten Geld fünf Silberpagolen an Euren werten Gegner, jeweils zehn Pagolen an die Kampfrichter, fünfzehn Pagolen an den Oberkampfrichter, eine Pagole Verwaltungsaufwand und zwanzig Pagolen an die Diomedanische Organisation der Initiaten zahlen. Seid Ihr damit einverstanden?«

»Ich bin einverstanden«, rief Laron, während er über eine Schramme an seinem Kinn rieb.

»Antwortet mit ja oder nein.«

»Ja.«

»Der Registrator hat Euer Zeugnis mit Ring und Siegel erstellt. Registrator?«

»Hier.«

»Ein Zeugnis, ausgestellt auf Euren Namen. Ein Siegelzylinder, geschnitzt aus dem Zahn eines Meerdrachen, an einem Lederband.«

»Seid vorsichtig, was Ihr damit unterzeichnet«, sagte der Registrator, der Larons scheinbarer Jugend und fehlender Reife misstraute.

»Endlich, ein Ring aus Elektrum.«

»Er weist Euch als Unterzauberer aus«, fügte der Registrator hinzu.

»Und jetzt esst und trinkt. Das alles findet Euch zu Ehren statt.«

Nachdem Laron das Zeugnis sicher in seinem Beutel verstaut, sich den Siegelzylinder am Band um den Hals gelegt und den neuen Ring übergestreift hatte, trank er einen Schluck Rotwein.

»Das Schönste daran, ein Unterzauberer zu sein, ist die Tatsache, dass die Unberührtheit bei weiteren Prüfungen keinen Vorteil mehr bringt«, sagte der Oberkampfrichter freundlich. »Viele machen sich schon vorher nicht die Mühe, sich ihre Jungfräulichkeit zu bewahren, und glauben dennoch, dass sie den blauen Wein der Scheidewege ungestraft trinken können.«

»Erstaunlich«, sagte Laron mit einem angedeuteten Achselzucken.

»Ja, sie verbringen Jahre mit ihrem Studium und denken, dass niemand es bemerkt, und dann *zack!* Die Frauen, tja ... da fehlt mir, äh, die Erfahrung aus erster Hand. Die Männer trinken den Wein und springen direkt in, äh, das Meer. Aber nicht jedes Mal. Ich kann mich noch an eine junge Dame erinnern, die von einem Klassenkameraden betrunken gemacht und dann verführt wurde, und zwar ganz kurz vor ihrer Prüfung. Reine Dummheit, wenn Ihr mich fragt. Jedenfalls konnte sie sich nicht mehr an, äh, den Vorgang erinnern und hat sich in der Prüfung der Enthaltsamkeit hingegeben.«

»Verblüffend«, erwiderte Laron in dem Wissen, dass seine Geschichte weitaus seltsamer war.

»*Er* hat natürlich nicht bestanden. Hat seine Eltern ein Vermögen gekostet. Sie haben versucht, das Mädchen zu verklagen, aber dann haben die Eltern des Mädchens den Jungen wegen des böswilligen Vorsatzes verklagt, mit dem er sie fast die Studiengebühren für fünf Jahre gekostet hätte.«

»Wie unbedacht von ihm.«

»Genau. Nun ja, solltet Ihr die Absicht haben, von Eurer neuen Freiheit Gebrauch zu machen, tut es mit Bedacht. In Diomeda sind die Roten Pocken ausgebrochen. Wohl wegen der vielen Matrosen und Soldaten aus Torea, wenn Ihr mich fragt. Äh, habt Ihr denn nun die Absicht, äh ...«

»Die Enthaltsamkeit kann mehr Zuflucht denn Bürde sein.«

»Ah, gut formuliert.«

Lavenci tauchte aus der Menge auf. Die vollen Lippen der hochgewachsenen, eckigen Albinofrau waren leuchtend rot geschminkt. Sie hatte ihn schon immer an ein Raubtier erinnert und sah ihn jetzt merkwürdig abschätzend an. Sie hatte ihm die Grundlagen der Zauberworte und Zauberprotokolle beigebracht, und ihrer Einschätzung nach verfügte er über einen hohen Grad latenter ätherischer Kontrolle.

»Laron, ich muss gestehen, ich hätte nicht gedacht, dass Ihr heute bestehen würdet«, sagte sie mit kräftiger, aber nicht einschüchternder Stimme. »Ihr könnt Eure Bemessungstabellen und Hochrechnungen aus meinem Büro abholen, wenn Ihr die Akademie verlassen wollt.«

»Aber, ich *muss* die Akademie verlassen«, sagte Laron, der mittlerweile beinah so etwas wie eine Abneigung gegen Entscheidungen entwickelt hatte. »Ich bin ausgeschlossen worden.«

»O nein. Ihr könntet als Lehrer bleiben. Ihr seid lediglich als Student ausgeschlossen worden. In einigen Prüfungsfächern habt Ihr aber nur knapp bestanden, also solltet Ihr Eure diesbezüglichen Studien noch ein wenig vertiefen.«

Diese Spitzfindigkeit überraschte Laron. »Oh. Tja, ich weiß es noch nicht.«

»Nehmt trotzdem Eure Tabellen an Euch. Ihr könnt sie jederzeit zurückbringen, falls Ihr Euch zum Bleiben entschließt.«

Sie führte Laron durch eine kleine Tür, die zu einem Fußweg zwischen den Dächern der Akademie führte. Schließlich landeten sie vor einer Tür in der Schräge eines mit Ziegeln gedeckten Dachs. Lavenci rüttelte daran, doch die Tür war von der anderen Seite verriegelt.

»Ach, verdammt, Abkürzungen erweisen sich meistens als der längste Weg«, seufzte sie. »Tut mir leid, dass ich Euch hierhergeschleppt habe, ich weiß, wie müde Ihr sein müsst.«

Sie setzte sich auf eine kleine, moosbewachsene Ziegelmauer. Laron, der seit seinem Bad eine Stunde gestanden hatte, war dankbar, ihrem Beispiel folgen zu können. Lavenci lehnte sich zurück und schaute zum stark bewölkten Himmel empor.

»Es heißt, der Rauch des brennenden Toreas habe das Wetter verändert«, sagte Lavenci.

Laron schaute ebenfalls zum Himmel empor. »Rektorin Yvendel sagt, Staub und Rauch würden weniger Sonnenstrahlen durchlassen und deswegen würde es kälter«, sagte er.

»Ist Euch schon mal aufgefallen, dass man in den Wolken über einer großen Stadt wie Diomeda den Widerschein der Leuchtfeuer und Fackeln an den Straßenecken sehen kann?«, fragte Lavenci.

Laron war es aufgefallen. Über dem Dach war ein wenig Licht, gerade genug, um Umrisse auszumachen. Er legte sich auf den Rücken und schaute zum Himmel. Einen Moment später schob sich ein riesiger dunkler Schatten in sein Gesichtsfeld, und ein Larons Ansicht nach unnatürlich großer Mund presste sich auf seine Lippen und Nase, während Lavenci sich auf ihn wälzte. Eine ganze Weile konnte Laron kaum atmen. Während er nach Luft rang, nahm er zur Kenntnis, dass äußerst erfahrene Finger seine Hosenschnur öffneten. Lavenci umarmte Laron und rutschte mit ihm über das mossbedeckte Dach. Seine Hose blieb, wo sie war, und sie hatte bereits ihre Röcke gehoben. *Wahrscheinlich ein Abschlussritual, es wird vielleicht von mir erwartet*, dachte Laron, dessen Interesse an den Vorgängen langsam erwachte. Lavenci reagierte darauf, indem sie sich auf ihn hockte und seine Beine zwischen den ihren einklemmte.

Wensomer kam zu spät zum Empfang, sicherte sich einen Pokal mit Wein und einen eingelegten Hähnchenschenkel und suchte dann Yvendel.

»Ich habe gehört, dass mein Schützling bestanden hat«, sagte sie strahlend.

»Ja, und er war sogar noch unberührt«, sagte Yvendel. »Ziemlich überraschend, wenn man bedenkt, dass er ein Schützling von dir ist.«

»Das beweist nur, dass Ihr nicht all diesen skurrilen Gerüchten glauben solltet, die über mich im Umlauf sind«, lachte Wensomer. »Wo ist er denn jetzt? Ich kann ihn nirgendwo sehen.«

Yvendel zeigte auf die kleine Tür, die auf das Dach führte, und Wensomer machte sich sofort auf den Weg, den Weinpokal noch in der Hand.

Augenblicke später war ein durchdringender Aufschrei von draußen zu hören, dem das Klirren eines zerschellenden Weinpokals folgte. Wensomer kam zurück, schlug die Tür hinter sich zu und lehnte sich dann dagegen. Der Ausdruck bleichen Schocks wich rasch der Röte zunehmender Wut.

»*Wirklich*, Mutter, das ist zu *viel*!«, keuchte sie, indem sie Yvendel direkt ansah.

»Was meinst du, Tochter?«, fragte Yvendel.

»Ich bin nur eine Stunde zu spät zu dieser Feier gekommen, und, und, und …«

»Die Süßigkeiten waren schon aufgegessen?«

Wensomer ging langsam auf Yvendel zu. »Er war *mein* Schützling!«

»Und doch war er noch unberührt. Ich war tatsächlich äußerst verblüfft, als er das blaue Elixier trank und …«

Die Tür öffnete sich. Die gesamte Festgemeinde drehte sich zu Laron und Lavenci um, die sich mühten, möglichst unauffällig einzutreten. Alle fingen an zu klatschen.

»Eine verdammte Stunde«, fauchte Wensomer. »Das muss ein Rekord sein.«

»Äh, nein«, sagte der Registrator. »Den Rekord hält Rektorin Yvendel.«

»Die damals noch nicht Rektorin war«, sagte der Schreiber.

»Es war in der Badestube.«

»Damals hat sie einen neuen Initiaten verführt.«

»Und es mit ihm getrieben.«

»Das war einunddreißig-zehn.«

»Nein, einunddreißig-zwölf, in dem Jahr vor der Geburt von …«

Die Stimme verlor sich. Wensomers Augen verengten sich zu

Schlitzen. Einunddreißig-dreizehn war *ihr* Geburtsjahr. »Wer nur durch Schaden klug werden will, muss eben leiden«, sagte Yvendel.

»Die Pest auf Euch alle!«, schnauzte Wensomer.

»Nur weil einige von uns ihre Leidenschaften nicht von den Dächern posaunen, liebe Tochter, darfst du nicht annehmen, dass sie nicht brennen. Warum fasst ein Schmied alles nur mit seiner Zange an? Ob heiß oder kalt, Eisen sieht immer gleich aus.«

»Ich glaube, heute Abend ist schon genug heißes Eisen angefasst worden. Wir haben etwas zu besprechen, Laron. Besucht mich morgen in meiner Villa.« Damit rauschte Wensomer aus dem Saal und knallte die massive Tür hinter sich zu. Es dauerte einige Zeit, bis die Gespräche nicht mehr in einem zaghaften Flüsterton geführt wurden, sondern wieder normale Lautstärke annahmen.

3

Reise mit Verzögerungen

Laron war ziemlich besorgt, als er in Wensomers Empfangssalon geführt wurde. Seine Gönnerin war über sein Verhalten auf dem Dach der Akademie eindeutig empört gewesen. Inzwischen argwöhnte er, dass sie zur Abschlussfeier gekommen war, um ihn zu sich nach Hause einzuladen und ihre lange und sonderbare Beziehung auch sexuell zu vollziehen. Andererseits hatte er irgendwie den Eindruck, Lavenci sei für derartige Aktivitäten die bessere Wahl.

Er saß still da und dachte über seine Zukunft nach. Einerseits war da Silbertod und die Frage, welcher mörderische Irre wohl der sicherste Hüter dieser infernalischen Vorrichtung wäre. Andererseits war da Wensomer und die Frage, was sie wohl in der nächsten Stunde oder so mit Acremas jüngstem Zauberer anzustellen gedachte. Falls sie mehr von ihm erwartete als das Heben seiner Augenbrauen würde er sich wahrscheinlich zum Narren machen. In den letzten vier Tagen hatte er einen Kampf, ein Duell, eine Initiations-Feuerprobe, vier Prüfungen, eine Nacht mit Schwester Pellien und dann eine halbe Stunde gefolgt vom Rest der Nacht mit Dozentin Lavenci durchlebt. Was er gegenwärtig mehr als alles andere wollte, waren zwölf Stunden ungestörter Schlaf.

Der Verwalter kehrte zurück, verbeugte sich und bat Laron, ihm zu folgen. Laron wurde in einen der beiden Türme der Villa und in einen spärlich möblierten, weiß gekalkten Raum geführt, in dem Wensomer ihn erwartete. Der Verwalter zog sich zurück.

»Einen guten, äh, späten Morgen, Gelehrte Wensomer«, murmelte Laron.

Anstelle einer Begrüßung ging die Zauberin zu einer von zwei Bänken und schlug ein Laken zurück. Angeschnallt darauf lag ein offenbar toter Mann von vielleicht dreißig Jahren. Über beiden Herzen waren Stichwunden zu sehen, und er hatte einen heftigen Schlag an den Kopf bekommen. Ansonsten war es ein gut proportionierter Körper mit Vollbart, breiter, behaarter Brust und beeindruckenden Bizeps.

»Der wird bald Euch gehören«, verkündete Wensomer.

Laron merkte auf. »Nun ja, ich muss zugeben, dass ich so einen noch nicht habe, aber ...«

»Ich meine, ich kann Eure Orakelkugel darauf wirken. Meine Theorie lautet, dass Ihr in Eurer Orakelkugel noch die Seele eines Vampyrs habt. Silbertod hat nur Euren Körper wieder lebendig gemacht. Ihr werdet bald wieder ein Vampyr sein.«

Laron betrachtete den Leichnam erneut. Er streckte eine Hand aus und berührte den Arm. Die Haut war kalt.

»Er ist nicht länger als drei Stunden tot. Gr'Atos Araks Nekrotische Waren hat mir dafür elf Goldpagolen abgenommen. In weiteren drei Stunden wird er kaum noch eine wert sein.«

Laron warf einen Blick auf die Genitalien des Leichnams.

»Nicht sonderlich gut bestückt, oder? Ich meine, da habe ich ja mehr vorzuweisen.«

»Ihr habt Eure ›Bestückung‹ sieben Jahrhunderte nicht benutzt und werdet auch diese nicht benutzen, also was schert es Euch? Ihr werdet phantastische Kraft haben, Unsterblichkeit und die Fähigkeit, jeden Grobian, Strauchdieb und Schurken mit seinem Namen auf der Speisekarte anzureden. Außerdem werdet Ihr erwachsen sein, breite Schultern haben und auf eine raue Art gutaussehend sein. Legt Eure Kleider ab und legt Euch auf die andere Bank, wenn es recht ist.«

»Ich soll mich ausziehen?«

»Ja.«

»Nackt?«

»Das ist die gebräuchlichste Bedeutung des Worts ›ausziehen‹, jedenfalls im allgemeinen Sprachgebrauch.«

»Warum?«

»Was geht Euch das an?«

»Ihr könntet, äh, Euch an mir zu schaffen machen.«

»Wenn es mir möglich ist, das zu tun, seid es nicht mehr Ihr, also sollte Euch das gar nicht betreffen. Gehen wir es jetzt an oder nicht?«

Laron zog sich aus und legte sich hin. Er schloss die Augen. Wensomer sprach ein paar Zauberworte, und es knisterte leise, als sie die ätherischen Energien formte. Er verspürte ein Kribbeln, als sie den Zauber auf seinen Kopf wirkte, und dann erloschen alle Sinneswahrnehmungen, und er hing in einem metallisch-violetten Nichts.

Wensomer legte den von Äther umgebenen Stirnreif mit der Orakelkugel neben den Leichnam und hob ein Augenlid. Zufrieden hielt sie Laron den Handrücken vor die Nase und spürte seinen Atem, während sie mit der anderen Hand seinen Puls fühlte. Alles war normal. Sie nahm seinen Penis zwischen Daumen und Zeigefinger, hob ihn an, schüttelte den Kopf und sagte: »Welch eine Verschwendung.« Dann hob sie ihre Gewänder, schwang sich auf die Bank, setzte sich rittlings auf Laron und hauchte einen feinen, funkelnden Zauber in ihre Hände. Sie stützte sich mit den Händen rechts und links neben seinem Kopf ab und drückte ihre Stirn auf seine. Langsam verschmolz ihr Geist mit Larons.

»Hallo – ist jemand zu Hause?«, erkundigte sie sich wortlos.

Nur Echos ihrer eigenen Worte antworteten ihr. Als sie tiefer sondierte, stieß sie auf Widerstand. Der Körper hatte einen Namen, daher konnte sie in ihm nicht mehr als ein Besucher sein. Versuchsweise schlug sie die Augen auf und schaute in ihr regloses Gesicht direkt über sich, das mit dem Energienetz ihres Zaubers überzogen war.

»Herr…je … du … bist … hübsch«, brachte sie mit Larons unvertrauten Lippen und seiner Zunge heraus.

Jetzt überraschte sie ein ihr völlig unbekanntes Rühren zwischen den Beinen. *Ah, das empfindet ihr Männer also, wenn wir euch erregen*, dachte sie. *Was man im Namen der kalten Wissenschaften nicht alles auf sich nimmt.*

Wensomer schüttelte ihren eigenen Kopf, als sie sich von dem anderen Körper gelöst hatte. Es gab keine alte Seele mehr darin, die von Laron siebenhundert Jahre unterdrückt worden war. Diese Seele hatte sich verabschiedet, bevor die Orakelkugel an diesen Körper gebunden worden war. Sie erhob sich von der Bank, griff in einen Spind daneben und entnahm ihm zwei Paar Handschellen. Der frische Leichnam war durch kaltes Eisen gesichert, als sie schließlich den Stirnreif nahm, einen weiteren Zauber sprach und ihn dem toten Kopf überstreifte. Sie trat zurück. Vor ihren Augen heilten die Wunden in der Brust und am Kopf unter einem Flimmern ätherischer Kraftlinien. Jeden Augenblick würde Miral aufgehen. Sie sah ein Augenlid flattern.

Laron versuchte sich mit einem undeutlichen Heulen aufzurichten. Holz splitterte unter den Kettengliedern, aber die Ketten hielten den Bemühungen des Vampyrs stand. Schließlich blieb er still liegen.

»Wie immer, ein Erfolg«, sagte Wensomer. »Ihr bleibt hier angekettet, bis Miral untergeht, dann bringt jemand von Gr'Atos Araks Nekrotischer Ware Euren Leichnam auf dem Fluss ins Landesinnere und lädt in dort ab. In ein oder zwei Tagen müsste die Armee der alliierten Königreiche vorbeikommen, und dann habt Ihr reichlich Vieh, von dem Ihr Euch nähren könnt. Vielleicht verleiht Warsovran Euch sogar einen Orden – wer weiß?«

Der Vampyr Laron drehte den Kopf, schaute zum Körper des Jungen und holte völlig unnötig Luft.

»Wwwenssmerr«, sagte Laron undeutlich durch Lippen, die er nie zuvor benutzt hatte. »G-gehen. Zu-zu-zurück.«

»Wie meint Ihr das? Ich lebe hier. Die Villa hat mich siebenundzwanzigtausend Goldpagolen gekostet. Ich musste zur falschen Jahreszeit kaufen – jedenfalls hat mir das der Ehrliche Jerrik versichert.«

Der Kiefer des Vampyrs arbeitete wieder. Lange Reißzähne funkelten im mittäglichen Licht, das durch die Fenster des Turms fiel.

»I-ii-ich. Geh … z-z-zurück. Le-bendig.«

»In diesen Körper? Nachdem ich elf Goldpagolen für diesen Leichnam bezahlt habe? Ihr wollt alt werden und sterben wie alle anderen? Ist Euch klar, dass Ihr immer noch die Seele eines Vampyrs habt und Ihr, wenn Ihr sterbt, wieder ein Untoter werdet? Wenn Ihr an Altersschwäche sterbt, könntet Ihr ein äußerst unattraktiver Vampyr werden. Ich nehme an, jemand könnte einen Säuberungszauber auf Eure Orakelkugel wirken, um Eure Seele freizusetzen, damit sie ihrer eigentlichen Bestimmung folgen kann, aber …«

»Will z-zurück!«, beharrte Laron, der seine Zunge bereits etwas besser beherrschte.

Wensomer entfernte den Stirnreif mit einem entsprechenden Zauber, dann setzte sie ihn Laron wieder auf und trat zurück. Er schlug die Augen auf, schüttelte den Kopf und richtete sich leicht schwankend auf.

»Wie fühlt Ihr Euch?«, fragte Wensomer.

»Besser.« Er vergewisserte sich eilig, dass er Zähne anstatt Fänge hatte. »Besser, aber komisch. An manchen Stellen komischer als an anderen. Man könnte beinahe sagen, strahlend.«

Er betrachtete das Sonnenlicht und die Schatten, die es durch das Turmfenster warf. »Vom Gefühl her sind nur ein paar Minuten verstrichen, aber ich schätze, dass die Prozedur über eine Stunde gedauert hat. Was habt Ihr so lange mit mir gemacht?«

»In dieser Stunde war es nicht mehr Euer Körper, Laron der Ritterliche und Einigermaßen Gut Ausgestattete. Ich bin mit dem Kopf des Körpers verschmolzen und habe nachgesehen, ob die Seele des vorigen Besitzers noch da ist.«

Dieser Gedanke war Laron gar nicht gekommen. Er schwang die Beine auf den Boden und stieg hastig in seine Hose.

»Und, war sie?«, fragte Laron.

»Glaubt mir, wenn sie noch da gewesen wäre, hätte mir mein Sinn für Ethik nicht gestattet, Euch in diesen mageren jungen Körper zurückzuschicken, der nichtsdestoweniger reichlich Potenzial hat. Ihr habt in der Tat Glück. Beinah wärt Ihr in dem da gelandet.«

Sie zeigte auf den Leichnam, dessen Wunden sich nun wieder öffneten, da die ätherischen Kräfte der Seele des Vampyrs ihn verlassen hatten.

Laron schauderte. »Ethik. Ha! Ich habe das Gefühl, Eure Ethik hatte kein Problem damit, die Herrschaft über diesen Körper zu übernehmen und es Euch mit ihm zu besorgen!«

»Das, junger Mann, geht nur mich und mein Gewissen etwas an.«

Laron zog seine Jacke an und schnallte sich die Axt um. »Jedenfalls vielen Dank, dass Ihr das für mich getan habt«, sagte er schließlich in widerstrebender Anerkennung. »Ich bezahle für die Entwertung der Leiche. Zehn Pagolen, hattet Ihr gesagt?«, fragte er, indem er nach seinem Beutel griff.

»Ich glaube, Ihr werdet feststellen, dass sie bereits fehlen.«

Laron runzelte die Stirn und ließ seinen Beutel los. »In diesem Fall sollte ich Euch wahrscheinlich verlassen und das Ergebnis dieses einzigartigen und erbaulichen Experiments aufschreiben.«

»Nur eine Frage. *Warum* habt Ihr die Sterblichkeit und das Leben gewählt, nachdem Ihr wieder in Euren alten Zustand zurückversetzt wart? War es die Sehnsucht, noch einmal die Freuden des lebendigen Fleisches mit Schwester Pellien oder Dozentin Lavenci zu genießen, die Euren Sinneswandel bewirkt hat?«

Laron grinste freundlich, dann hob er seine kürzlich erleichterte Börse. »Was ist Euch die Antwort wert?«

Wensomer fiel die Kinnlade herunter. »Wert? Mir? Nach allem, was ich für Euch getan habe?«

»Und *mit mir*. Ihr habt viel gelernt, und zwar umsonst. Ihr habt die Leiche bezahlt bekommen, also schätze ich, dass Ihr mir bereits, sagen wir, sechs Pagolen voraus seid.«

»Sechs Pagolen!«

»Ganz zu schweigen von der Benutzung meines Körpers für, äh, was auch immer die Bezeichnung für männliche Hurerei ist.«

»Des Körpers, den Ihr zu diesem Zeitpunkt verlassen hattet.«

»*Aha!* Also *habt* Ihr es getan!«

»Ich habe Tests durchgeführt, mehr nicht.«

»›Tests‹! Ich habe schon die Bezeichnungen ›Bumsen‹, ›Kuscheln‹, ›intime Unterhaltung‹ und ›zeugungsbezogene Erholungsaktivitäten‹ gehört, aber noch nie ›*Tests*‹.«

»Eine Pagole.«

»Eine Pagole! Dank mir seid Ihr die erste Frau in der Geschichte, die Sex aus der Warte eines Mannes erlebt hat – umsonst. Und jetzt wollt Ihr *meine* faszinierenden, unschätzbaren und bahnbrechenden Erlebnisse erfahren, und zwar auch umsonst?«

»Ich bin nicht daran interessiert, was Ihr mit Pellien und Lavenci angestellt habt, ich will nur wissen, warum Ihr die Gelegenheit nicht genutzt habt, wieder untot zu sein. Zwei Pagolen.«

»Fünf.«

»Drei!«

»Vier oder gar nichts!«

»Vier, wenn Ihr dieses Glasding aus Larmentel drauflegt, in dem ein Abdruck von Silbertod verewigt ist.«

»Das hat Feran gestohlen. Was ist mit dem Okular des Königs von Gironal?«

»Abgemacht!«

Laron ging zu einem Fenster, stützte sich auf die Ellbogen und betrachtete die Stadt. Wolken zogen vor der Sonne auf, und Regen drohte. Diomeda musste man bei Sonnenlicht betrachten, denn bei trübem Wetter sah die Stadt seltsam krank aus. Wensomer kam zu ihm, schaute ebenfalls hinaus und lehnte sich in der Enge an ihn.

»Nun?«, fragte sie, während sie ihn mit der Hüfte anstieß.

»Unsicherheit.«

»Unsicherheit? Nur Unsicherheit?«

»Ja.«

»Inwiefern?«

»Untot zu sein, war etwas sehr Sicheres. Ich wusste ganz genau, was ich konnte und nicht konnte. Ich habe mich nie verändert und wusste, dass meine Absichten Frauen gegenüber ehrenhaft waren, weil ich ihnen nichts anderes bieten konnte als ehrenhafte Absichten. Sicher, dieser Körper hinter uns ist hervorragend, aber ich weiß, dass er heute in hundert Jahren noch absolut genauso sein wird, und das wird irgendwann langweilig. Unsterblichkeit bedeutet nicht, ewig zu leben, Unsterblichkeit ist einfach totale und absolute Gewissheit.«

»Aber zu schlafen und hilflos zu sein, wenn Miral nicht am Himmel steht, muss doch unsicher gewesen sein. Würde man Euch in dieser Zeit die Orakelkugel abnehmen und einen Austreibungszauber darauf wirken, würdet Ihr wirklich und wahrhaftig sterben.«

»Nein, das war *absolut* sicher. Als Vampyr musste ich einfach überleben. Ich habe nicht gesagt, dass es mir gefallen hat. Leben ist Unsicherheit. Gewissheit über alles ist schlimmer als der Tod. Ich habe ein paar Probleme, mich daran zu gewöhnen, wieder am Leben zu sein, aber … Wensomer, als ich gerade wieder ein Vampyr war, ist mir klar geworden, dass ich nie mehr neben jemandem stehen würde, der mich in die Arme nimmt, seine Lippen mit der kribbelnden Weichheit des besten Massagezaubers auf meine drückt und mir dann sagt, dass ich ihr tapferer und ritterlicher Held bin. Leute konnten Mitgefühl und Dankbarkeit für mich empfinden, als ich untot war, aber niemals Zärtlichkeit.«

Wensomer versuchte ein Schluchzen zu unterdrücken. Als Laron sich zu ihr umdrehte, sah er, dass ihr Tränen über die Wangen liefen.

»Verdammt, Laron, ich *bin* am Leben, aber ich hatte *noch nie* die Möglichkeit, einen Mann ›meinen tapferen, ritterlichen Helden‹ zu nennen.«

Laron legte ihr behutsam einen Arm um die Schultern. »Ja,

nun, äh, vielleicht verbringt Ihr zu viel Zeit in den falschen Tavernen?«

Sie stieß ihn noch einmal mit der Hüfte an, dann legte sie einen Arm um ihn. »Man trifft solche Männer nicht in Tavernen, Laron. Fragt mich nicht, woher ich das weiß.«

Laron hielt das kleine Stück Glas aus Larmentel in die Höhe und bedachte Wensomer mit einem wissenden Lächeln.

»Schmutzige Bilder?«, sagte sie.

»Nun, ja. Möchtet Ihr sie gerne haben?«

»Ich muss mal wieder lachen. Warum nicht?«

»Habt Ihr ein Amulett, woran ich das Okular binden kann? Ich habe meine Untersuchungen des Ätherverlusts in dem Glas noch nicht abgeschlossen.«

Wensomer löste einen granatartigen Stein aus einer silbernen Klauenspange in ihrem Nabel und ließ ihn in Larons Hand fallen. »Der hat mal einem mächtigen Zauberer gehört, der von einem sehr viel mächtigeren ätherischen Lederflügler getötet und gefressen wurde – das heißt, der Stein, nicht die Fassung.«

»Das hoffe ich doch«, erwiderte Laron.

»Er blieb neunzig Jahre im Bauch der Kreatur, bis sie alt und fast blind war. Sie wurde so etwas wie ein Gewohnheitstier, und dann baute jemand eine Burg auf einem Berggipfel, wo sie jeden Sommer nistete. Im folgenden Sommer flog sie geradewegs vor einen Turm, klemmte sich den Kopf in einem Schlafzimmerfenster ein und brach sich das Genick. Als die Bestie in Stücke gehackt wurde, um sie besser beseitigen zu können, fand man den Stein. Er ist von einer intensiven und düsteren Solidität in der Ätherwelt.«

»Oh. Wie seid Ihr an den Stein gekommen?«

Wensomer runzelte die Stirn und schaute hierhin und dorthin. Schließlich ließ sie die Schultern ein wenig hängen und schaute an die Decke. »Ich habe in dem Turmzimmer geschlafen, und Roval …«

»Das reicht! Mehr will ich gar nicht wissen.«

Laron wirkte ein feines Äthernetz und streifte es über die Glasscherbe aus Larmentel. Die Basis des Okulars manifestierte sich nun als bläulicher Lichtpunkt, der aber in Wensomers rotem Stein versank, als er das Netz in die Hand nahm. Schließlich ballte er die Faust um den Stein, und als er die Faust wieder öffnete, war das Netz verschwunden.

Velander beobachtete die Vorgänge mit zunehmendem Grauen. Das ätherische Netz an der Basis des Okulars war zu grob, um so eine schwache und diffuse Präsenz wie sie zu registrieren. Sie blieb in der Dunkelheit der Ätherwelt und klammerte sich an die Faser aus orangem Licht.

Wenn der Tod kommt, werde ich das gar nicht bemerken, sagte sie sich. *Er wird nicht mehr sein als ein kurzes Gefühl des Eindösens, das dann in nichts übergeht. Vielleicht habe ich es verdient. Ein ganzer Kontinent wurde vernichtet, aber ich habe nur daran gedacht, mich an Terikel zu rächen. Was ist dann also das Böse? Das wahre Böse? Terikel hat niemals aufgehört, gegen Warsovran und seine Feuerkreise zu kämpfen. Sie hat sogar für die Fahrt der* Shadowmoon *nach Torea bezahlt. Serionese hat nur Spiele gespielt und versucht, sich mit Krümeln von Macht zu umgeben, wie eine Elster bunten Stoff und Glas für ihr Nest sammelt.*

Velander fragte sich, ob sie nun wahnsinnig wurde, bevor sie endgültig starb. *Ich habe Feran nie leiden können*, entschied sie. *Vielleicht, wenn ich Terikel mit jemanden Netteres überrascht hätte? Laron vielleicht? Der arme Laron, aber wenigstens hat er den dornigen Weg verlassen und den Weg zum Glück gefunden. Er hat für Pelliens guten Namen gekämpft. Das hätte sonst niemand getan. Würde er auch für mich kämpfen, wenn er wüsste, dass es mich noch gibt? Und Terikel – sie war eine Spionin der Metrologen. Hat die Älteste sie in Ferans Bett befohlen? Erschien Feran ihr ebenso widerwärtig wie mir? Es muss wohl so gewesen sein. Wir waren Seelengefährten, sie muss ebenso empfunden haben wie ich. Sie muss Feran auch gehasst haben. Sie muss es allein aus Pflichtgefühl getan haben. Die arme Terikel. Zuerst von Feran besudelt, dann von allen gemieden. Außer von Laron. Am Ende, wenn alle anderen ihrer Wege gegangen sind, ist immer nur noch Laron da. Wenn ich vergehe und sterbe, wird das Glas, an dem meine Seele verankert ist, an Larons Brust ruhen. Er wird bei mir sein, ich werde nicht allein sterben.*

Bin ich also wahnsinnig geworden? Weil ich mich jedesmal freue, wenn Laron verführt wird? Weil ich mich danach sehne, dass Terikel mir verzeiht, weil ich bereit bin, sie auf Knien anzuflehen, wieder meine Seelengefährtin zu sein? Oder bin ich zum ersten Mal seit vielen, vielen Jahren wirklich bei Verstand? Wahrscheinlich bin ich bei Verstand. Plötzlich ist alles so klar und gewiss. Laron, ich bin nicht würdig, Euch zu lieben, aber ich verehre Euch. Stünde es in meiner Macht, würde ich Ihr sein. *Sollte sich mir irgendeine Gelegenheit ergeben, Euch auf dem dunklen und finsteren Pfad zu dienen, auf dem ich wandle, ich werde sie ohne Bedenken beim Schopfe packen.*

Hadyal war ein so kleiner Ort, dass das Eintreffen der Kamelkarawane sich im Nu herumgesprochen hatte. Von den Dienstmädchen und Eunuchen in Madame Voldeans Schule erfuhr Dolvienne außerdem, dass sie nach Süden unterwegs war, nach Baalder. Das war eine sargolanische Stadt, auch wenn sie heiß, trocken und gefährlich war und dort mehr Wüstenvolk und Nomaden wohnten als Sargolaner. Sie hatte einen sargolanischen Gouverneur und war der nördlichste Außenposten des Imperiums. Es bedeutete gewiss Sicherheit, wenn sie und ihre beiden Gefährtinnen dorthin gelangen konnten.

Dolvienne hielt beständig Augen und Ohren offen. Sie kannte den Rhythmus von Madame Voldeans Schule, sie kannte die Wege der meisten Wachen, und sie wusste, wer jeden Tag kam und ging. Die Dämmerung ging bereits in Dunkelheit über, als ein Reiter eintraf. Sofort kauerte Dolvienne hinter einem ihrer Gucklöcher nieder und sah im Fackellicht einer Wache Toragev absteigen. Er band sein Pferd an ein Geländer und befahl der Wache, einen Hafersack zu holen. *Toragev hat Autorität*, machte sie sich noch einmal klar. Sie eilte zurück in ihr Zimmer, holte eine kleine Lampe und schlug hektisch mit der Zunderbüchse

Funken, bis eine Flamme brannte. Als Toragev schließlich die Treppe heraufkam, war sie im Flur und fegte ihn aus. Sie verbeugte sich tief, als sie ihn erblickte.

»Guten Abend, schöne und hingebungsvolle Dolvienne«, sagte er mit einem formvollendeten Schwung seines Umhangs.

»Meister Toragev, guten Abend«, erwiderte sie höflich.

»Begleitet mich in Euer Zimmer, ich habe etwas mit Euch zu besprechen«, sagte er ohne weitere Vorrede.

Er war verstohlen und vorsichtig, als er ihr Zimmer betrat, als hätte er dort nichts zu suchen. Er nahm Dolviennes Arm und führte sie zum Fenster.

»Der Rauch und der rote Schein da drüben stammt von den Feuern des Karawanenlagers«, sagte er, und zeigte durch das Gitterwerk. »Sie ist gerade aus Zalmek eingetroffen und ist auf dem Weg nach Baalder im Süden.«

»Das Baalder im Sargolanischen Imperium?«, sagte Dolvienne mit einer sehr guten Imitation von Hoffnung und Unschuld.

»Ja. Baalder ist zweihundert Meilen entfernt, quer durch die Wüste. In weniger als einer Woche wird die Karawane Eure Heimat erreichen.«

»Es wäre wirklich unsagbar schön, sie morgen zu begleiten.«

»Wenn Ihr heute Nacht zusammenpackt, könntet Ihr morgen aufbrechen.«

»Morgen?«, keuchte Dolvienne. »Aufbrechen?«

»Ja.«

»Ich ... habe nichts zu packen«, sagte sie aufgeregt. »Ich brauche nur andere Kleider, eine Verkleidung.«

»Ja, aber dafür ist bereits gesorgt. Seht her.«

Er zog ein Bündel unter seinem Umhang hervor und schüttelte es aus. Es handelte sich um Kaftan und Burnus eines Mannes.

»Aber wie soll ich von hier entfliehen?«, fragte Dolvienne. »Der Eingang wird von bewaffneten Eunuchen bewacht.«

»Ihr braucht nicht zu fliehen. Schließlich habe ich Eure Besitzurkunde. Wir können einfach gehen.«

»Einfach so? So leicht?«, rief sie.

»Meine liebe Dolvienne, so leicht ist es nie. Nur eine von Euch dreien darf gehen. Wenn es stimmt, was Eure angebliche Herrin behauptet, dann werden die anderen beiden freigekauft, nachdem die, äh, Flüchtige Baalder erreicht hat. Wisst Ihr, um Eure Geschichte zu prüfen, müsst Ihr der Obhut des sargolanischen Gouverneurs in Baalder übergeben werden.«

»Das verstehe ich nicht.«

»Offiziell gibt es im Sargolanischen Reich keine Sklaven, obwohl es durchaus einen inoffiziellen Handel mit ihnen gibt. Das bedeutet, mein Herr verliert eine Sklavin, wenn Ihr nicht das seid, was Ihr zu sein behauptet, und mein Herr würde mir den Preis dafür vom Lohn abziehen, darauf könnt Ihr Euch verlassen.«

»Ihr habt unsere Dokumente, Ihr wisst, wer wir sind.«

»Ich weiß auch, dass man Dokumente fälschen kann.«

Dolvienne wusste mit Sicherheit, dass Dokumente gefälscht werden konnten. Schließlich war ihr Zertifikat von Sairets Tanzschule in Senterris Handschrift verfasst, aber andererseits hatte seit ihrer Entführung noch niemand von Senterri verlangt, etwas zu schreiben, also hatte sie bis jetzt kein Vergleich verraten können.

»Was könnte Euch von unserer Aufrichtigkeit überzeugen?«, fragte Dolvienne, die jetzt sehr überzeugend flehte. »Wir haben nichts, was wir als Sicherheit geben könnten.«

»Eine Sache gibt es«, sagte Toragev, indem er sich ans Fenster lehnte. »Ihr drei seid alle unberührt, und dieses äußerst zerbrechliche Gut hat in den Königreichen des fernen Nordens einen sehr hohen Wert. Andererseits wird das Mädchen, das nach Baalder geht, ganz sicher kein Eigentum meines geschätzten Herrn und Meisters bleiben, also ist dann auch ihre Jungfernschaft nicht mehr von Bedeutung. Wer auch immer von Euch dreien geht, muss mich zuerst eine Stunde in ihrem Bett unterhalten.«

Dolvienne schluckte und trat zurück. Einige Augenblicke blieben beide vollkommen stumm und reglos.

»Nun?«, fragte Toragev. »Seid *Ihr* bereit zu bezahlen?«

»Ich … ich bin nicht sonderlich angetan«, sagte sie zögernd. »Aber wir sind drei. Was sagen die anderen beiden?«

»Ihr seid lustig, ich bin gerade erst angekommen!«, lachte Toragev. »Ich habe die Absicht, mit ihnen zu reden und Euch dann Gelegenheit zu geben, die Sache gemeinsam zu besprechen.«

Er ging, und Dolvienne hörte, wie ihre Tür von außen verriegelt wurde. Sie lief in ihrem Zimmer hin und her, wählte Wäsche aus und ballte sie zusammen. Mit aus der Übung erwachsenem Geschick fertigte sie eine Puppe für ihr Bett und zog sich danach an. Wenige Minuten später war sie sechs Fingerbreit größer, trug einen dunklen Kapuzenumhang aus gefärbtem Bettlaken und hielt eine leichte Axt in der Hand, deren Schaft aus einer Gardinenstange und deren Kopf aus Pergament und Leim bestand. Sie trank aus einer Phiole etwas mit scharfem Geruch und spie es sofort wieder aus, um danach ein paar Sekunden zu japsen und zu keuchen, bis sie endlich wieder Luft bekam.

Die Dienerin zog an ihrer Tür. Es knackte leise, als das Harz nachgab, das den Riegel hielt. Dolvienne blieb einen Moment in der Tür stehen. Irgendwo in der Nähe redeten Leute.

»Bei wem ist er jetzt?«, flüsterte Dolvienne bei sich, deren Stimme jetzt nach Einwirkung der ätzenden Politur tiefer und heiserer klang. »Seid Ihr das, Königliche Hoheit, oder ist es Perime?«

Am anderen Ende des Korridors, vor der Treppe, saßen zwei Eunuchen-Wachen und würfelten im Licht einer einzelnen Lampe.

»Perime würde für Euch sterben, meine Prinzessin, sie würde sogar noch mehr tun, wenn sie könnte. Wenn Ihr ruft, ist sie da, wenn Ihr etwas sagt, stimmt sie zu, aber sie ist so gefährlich wie eine Ausflugsbarke auf einem Fluss, bei dem in der Ferne Stromschnellen rauschen. Und was werdet Ihr tun? Ihr habt ein gutes Herz, aber es hat die Lektionen der Welt noch nicht gelernt, und daher fehlt es ihm an Weisheit. Wenn Ihr frei sein wollt, gibt es keinen anderen Weg. Dies ist kein Verrat, das schwöre ich.«

In dem Bewusstsein, dass ihre Entschlossenheit jeden Augenblick in Verzagtheit umschlagen konnte, trat Dolvienne in ihren Stiefeln aus Stoff, Pergament und Leim auf den Flur. Die Eunuchen sahen eine vermummte Gestalt von Toragevs Größe in der Dunkelheit auf sich zukommen. Beide beugten sich eilig vor und berührten mit der Stirn den Boden, als Toragev sie passierte.

»Guten Abend, Meister«, sagten sie im Chor.

»Guten Abend«, ertönte das heisere Flüstern eines Mannes, der nicht sonderlich versessen darauf war, dass sein Aufbruch bemerkt wurde.

Sobald die Gestalt das Stockwerk darunter erreicht hatte und unterwegs Richtung Hof war, grinsten die Eunuchen einander an und kicherten schließlich vor sich hin. Der ältere Diener, der an der Tür zum Hof döste, erhob sich steif, löste den Riegel und öffnete die Tür. Er warf einen finsteren Blick auf Dolviennes Rücken, als sie nach draußen ging, ohne ihm ein Kupferstück zuzuwerfen, und beschloss, dass ihm in D'Aliks Anwesenheit eine unbedachte Bemerkung über diesen Besuch entfahren würde. Die beiden Eunuchen am anderen Tor sahen, wie Toragev seinem Pferd mit geübten Bewegungen den Hafersack abnahm und über den Balken warf, dann die Zügel löste und geschmeidig in den Sattel sprang.

»Scheint, als wäre er eine anständige Ladung losgeworden«, sagte einer der beiden hämisch, dann hoben sie den Balken und stießen einen Torflügel auf.

Dolvienne ritt auf Toragevs Pferd durch das Tor, dann wandte sie sich in die Richtung des Lagerplatzes der Karawane, während die Wachen das Tor hinter ihr schlossen. Das Verlangen, das Pferd zum Galopp anzutreiben, war fast schmerzhaft, aber sie ritt trotzdem durch die dunkle Stadt, wie man es von Toragev erwartet hätte. Zuerst hielt sie auf das Feld zu, auf dem die Karawane lagerte, dann umrundete sie es. Die Straße nach Süden war mit den Überresten eines Torbogens gekennzeichnet, und dahinter erhob sich ein Erdwall, der als Stadtmauer diente. Dolvienne folgte der Straße zu einer Lücke im Wall. Die Wachen kamen träge auf die Beine, als sie sich näherte, aber sie warf ihnen ein paar Kupferstücke zu, die sie aus dem Münzgürtel ihrer Tanzkleidung geschnitten hatte, und ritt an ihnen vorbei, ohne das Pferd im Geringsten zu zügeln.

Nachdem sie die Stadt verlassen hatte, trieb Dolvienne unter Mirals Licht ihr Pferd zu einem leichten Galopp. Die ganze Zeit erwartete sie ängstlich einen Gong oder eine Fanfare zu hören, die ihre Flucht verkündete, doch ihr folgte lediglich Stille. Eine Stunde von der Stadt entfernt sah sie eine weitere Gruppe von Reitern kommen, doch die beachteten sie nicht, und sie wich ihnen in einem größeren Bogen aus. *Zweihundert Meilen*, dachte sie immer wieder, während sie ritt. Hundertfünfzig zum Brunnen in Zavi. Den konnte sie vielleicht gerade noch erreichen, ohne das Pferd umzubringen. Wenn der Wärter die restlichen Kupferstücke annahm, die sie aus dem Münzgürtel von Madame Voldean geschnitten hatte, konnte sie Wasser und etwas zu essen kaufen und Baalder vielleicht in einem letzten verzweifelten Gewaltritt erreichen. Toragevs Pferd war stark, und sie wog sehr viel weniger als der Verwalter.

Senterri schluckte, als Toragev ihr seinen Plan dargelegt hatte. Seitdem sie Diomeda verlassen hatten, war allen dreien öfter Gewalt angedroht worden, als sie zählen konnten, aber ihnen war nie etwas Schlimmeres passiert, als ausgezogen und untersucht, sowie von potenziellen Käufern betatscht zu werden.

»Wer wird also die Reise unternehmen?«, fragte er abschließend. »Eine von Euch dreien oder keine von Euch dreien? Ich habe eine Verkleidung, äh, in meiner Satteltasche. Wir können noch in dieser Stunde aufbrechen.«

»Wenn es etwas, *irgend*etwas gibt, das Euch von meiner Aufrichtigkeit überzeugen kann, ich würde es tun«, sagte Senterri.

»Ihr könnt tatsächlich einen Beweis anbieten«, sagte Toragev, indem er die Arme in der hiesigen Geste für harmlose Absichten weit ausbreitete. »Ihr seid alle drei unberührt, von Madame Voldean persönlich garantiert. Das steht bei den Adeligen und Hoheiten der nördlichen Königreiche hoch im Kurs. Wer von Euch dreien nach Baalder geht, wird danach kein Eigentum des geschätzten Sklavenhändlers D'Alik sein, also wird die Frage nach ihrer Unschuld nicht mehr von Bedeutung sein.«

Senterris Gesichtsausdruck konnte man entnehmen, dass ihr klar geworden war, worauf Toragevs Vorschlag hinauslief.

»Ja, Mylady«, schloss der Verwalter. »Das Mädchen, das Ihr auswählt, nach Baalder zu gehen, muss mich zuerst in ihrem Bett willkommen heißen.«

Senterri schrak vor dem Verwalter zurück, und er folgte ihr nicht. Stattdessen verschränkte er die Arme und ging langsam zur Tür.

»Wartet!«, sagte sie scharf. »Was ... Nein, nein, ich meine, wie haben meine Dienerinnen ... Haben sie ...«

»Sie waren beide entsetzt«, lachte Toragev. »Ich muss wirklich hässlich sein. Aber nichtsdestoweniger waren beide bereit, das Opfer zu bringen, das ich in aller Bescheidenheit verlangt habe. Sie sind Euch so treu ergeben, dass ich beinah geneigt bin zu glauben, dass Ihr tatsächlich eine reiche sargolanische Lady seid und die beiden Eure Dienerinnen.«

Senterri baute sich vor der Tür auf und verschränkte die Arme.

»Perime und Dolvienne *sind* meine Dienerinnen«, sagte sie so ruhig es ihr möglich war. »Perime und ich sind zusammen aufgewachsen. Dolvienne ist in meinen Diensten, seit sie siebzehn ist. Wir stehen einander sehr nah. Wie Schwestern. Die Schwestern, die ich nie hatte. Ich habe vier Brüder und keine Schwester. Versteht Ihr, wie es ist, wenn man einander so nah steht?«

»Ich hatte in der Tat schon oft mit Sklavenfamilien zu tun, ich weiß, wie stark solche Bande sein können. Ich habe außerdem schon viele Flüchtlinge verfolgt. Mir ist noch nie jemand entkommen, Ihr seht also, dass ich einen ziemlichen Ruf zu bewahren habe.«

»Ich bin bereit, Euch für unsere Freiheit zu bezahlen!«, beharrte Senterri mit geballten Fäusten. »Ich bin sogar bereit, großzügig zu bezahlen.«

»Und ich gehe ein großes Risiko ein. D'Aliks Zorn kann schrecklich sein. Ich beeile mich hinzuzufügen, dass dies für mich nicht ausschließlich ein Akt intensiver, aber kurzer Freude sein wird. Vielmehr ist es ein Akt des Vertrauens. Jetzt werde ich Euch drei zusammenbringen, um die Angelegenheit zu erörtern. Die Entscheidung liegt ganz bei Euch. Tretet bitte beiseite …«

»Genug!«, rief Senterri. »Es reicht. Haltet Perime und Dolvienne aus der Sache heraus.«

»Was? Es gibt keinen Grund …«

»Ich bin … verantwortlich für die Dienerinnen.«

Sie löste den Riemen an ihrer Schulter. Das Gewand fiel auf den Boden und enthüllte zwei volle, feste Brüste. Senterri machte sich am Knoten ihrer Baumwollhose zu schaffen.

»Seid Ihr auch ganz sicher?«, fragte Toragev, während er sich nervös die Hände rieb.

Senterris Baumwollhose fiel zu Boden.

»Mein Bett ist das Eure«, sagte sie unsicher. »Mir fehlen die Vorzüge Eurer Erfahrung in diesen Aktivitäten, Herr Verwalter, aber wenn ich es bin, das Ihr wollt, dann sollt Ihr mich haben.«

Die beiden Wachen an der Treppe warfen einen Blick durch das Fenster auf Miral, dann auf einen Schatten, den das Gitter auf den Boden warf. Er berührte den Fuß eines Ziertisches.

»Es wird Zeit«, verkündete der racitalische Eunuch.

»Zeit?«, fragte der vindicische Eunuch und gähnte.

»Der Schatten vom Gitter berührt das Tischbein. Es wird Zeit für die Runde.«

Sie schlossen und verriegelten die Tür an der Treppe, dann machten sie sich auf den Weg durch den Korridor. Schon wenige Fuß jenseits des Lichtkreises ihrer kleinen Lampe war es so dunkel wie in einem Pechfass. Alles Öl in der Stadt musste mit Kamelkarawanen gebracht werden, also wurde es nur sehr sparsam und in sehr kleinen Lampen verbrannt. In den ersten zwei Dritteln des Korridors war alles in Ordnung.

Sie blieben vor Dolviennes Tür stehen und griffen nach dem Riegel. Er war lose und hing nur in der Fassung am Rahmen. Sie eilten hinein, die Lampe hoch erhoben. Sie brauchten nicht lange, um festzustellen, dass die Gestalt im Bett nur eine Puppe aus Kleidern war.

»Sie war bei Einbruch der Dunkelheit noch hier, und seitdem ist nur D'Aliks Verwalter gekommen und gegangen«, sagte der Vindicier.

»Sie wird bei einer ihrer Freundinnen sein«, sagte der andere Eunuch, »und mit ihr vergleichende Betrachtungen über Toragevs Leistung anstellen.«

Der Riegel vor Perimes Tür war sicher. Sie lösten ihn und traten ein.

»Meister, ich habe mir die Freiheit genommen, schon die Verkleidung anzulegen …«, begann sie, dann ächzte sie und verstummte.

Zuerst hatten die Eunuchen den Eindruck, ein kleiner vermummter Mann stehe neben dem Bett, aber die Stimme gehörte dem Sklavenmädchen. Das Bett war zerwühlt.

»Schnapp sie dir und nimm sie mit!«, blaffte der vindicische Eunuch. »Dahinter steckt mehr als Weibergeschwätz.«

Nun gründlich alarmiert stießen sie Senterris Tür auf und platzten in ihr Zimmer. Einen Augenblick sahen sie ein Bild vor sich, das wie von einem Maler gezeichnet wirkte. Toragev, halb angezogen. Senterri nackt auf dem Bett, die Arme um die Knie geschlungen, mit verängstigtem Gesichtsausdruck. Auf dem Boden verstreute Kleidung.

Senterri versuchte sich zu bedecken. Perime ging plötzlich auf, dass sie ihrer Herrin nichts dadurch erspart hatte, dass sie den Verwalter in ihr Bett gelassen und sich so große Mühe gegeben hatte, ihn zu erfreuen. Alles war nur ein gemeiner Trick. Senterri dämmerte langsam, dass Perime in Verkleidung vor ihr stand. Auch sie durchschaute schlagartig die Wahrheit. Was sie Toragev hatte geben wollen, hätte überhaupt keine Gegenleistung erbracht.

Toragev lachte, während sein Blick zwischen Perime und Senterri hin und her wanderte.

»Wenn ihr nur eure Gesichter sehen könntet …«, begann er.

Der Griff des Eunuchen um Perimes Arm hatte sich vor Verblüffung gelockert. Perime riss sich los, zog dem Eunuchen in einer fließenden Bewegung die Axt aus dem Gürtel und stürmte mit einem Wutschrei auf Toragev los. Der Verwalter hielt die herabsausende Axt auf, indem er den Schaft mit hoch erhobenem Arm blockierte, dann wich er zur Seite aus und entriss ihr die Waffe. Als das Mädchen bäuchlings auf Senterris Bett fiel, übernahmen Toragevs Reflexe nach jahrelanger Erfahrung mit bewaffneten und wütenden Sklaven die Kontrolle. Die Axt sauste auf ihren Rücken nieder und durchschlug das Rückgrat und die Verbindungsarterien zwischen ihren beiden Herzen.

D'Alik hatte sich trotz der drei angeworbenen Wachen bei dem Gedanken, die Nacht durchzureiten, unwohl gefühlt. Doch es stand sehr viel auf dem Spiel, also schien es das Risiko wert zu sein. Als der einsame Reiter die Gruppe im leichten Galopp passierte, war der Sklavenhändler ziemlich überrascht.

»Der ist entweder ein flüchtiger Verbrecher oder entschlossen, ein Opfer zu werden«, rief er der Wache neben sich zu.

»Ich gebe ihm fünf Meilen«, rief der Mann zurück, und beide lachten trotz ihrer Erschöpfung.

Mittlerweile waren sie der Stadt so nah, dass D'Alik nicht mehr lagern wollte. Sie trieben ihre erschöpften Tiere weiter an, und erreichten die Wüstenstadt drei Stunden nach Sonnenuntergang. In Madame Voldeans Haus brannte eine ungewöhnliche Zahl von Lichtern, doch D'Alik musste die Glocke am Außentor lange läuten, bis er schließlich eingelassen wurde.

D'Alik lehnte Madame Voldeans Einladung ab, sich zu setzen, als er ihr Audienzzimmer betrat. Zwei Eunuchen flankierten das Kissen, auf dem sie saß. Sie war bereits über sechzig, sah aber viel jünger aus, weil sie sich den größten Teil ihres Lebens vor der Sonne geschützt hatte.

»Ich will eine Erklärung«, sagte der Sklavenhändler ruhig. »Jemand aus meinem Bestand ist tot.«

»Euer Verwalter hat sie getötet«, erwiderte die Leiterin der Sklavenschule, erläuterte aber nichts Näheres, weil dies als Zeichen von Schwäche ausgelegt werden mochte.

»Wie waren die Umstände?«, fragte D'Alik.

»Heute Morgen ist eine Karawane aus dem Norden eingetroffen. Sie brachte die Nachricht, dass wegen der Sache mit Diomeda alle Wege nach Norden geschlossen wurden. Während ich beim Abendessen war, traf Euer Verwalter ein, und ich lud ihn ein, mir nach dem Abendessen bei Wein und Trauben Gesellschaft zu leisten. Er zeigte mir ein Schreiben von Euch, das besagte, falls sich der Markt für die Mädchen änderte, sollten sie entsprechend der sich bietenden Möglichkeiten umgeschult werden. Toragev war der Ansicht, bei den Offizieren der Allianz-Armee werde eine große Nachfrage nach gebildeten Dirnen herrschen.«

»Ich nehme an, er hat Euch wissen lassen, dass er den Unterricht persönlich beginnen will?«

»Ja, durchaus. Ihr habt dieses Vorgehen auch früher schon gutgeheißen.«

»Fahrt fort.«

»Anscheinend hat er es mit seiner üblichen Masche versucht, so zu tun, als biete er ihnen eine Gelegenheit zur Flucht an als Gegenleistung für willfährige und intime Unterhaltung. Perime war einverstanden. Dann ging er in Senterris Zimmer. In der Zwischenzeit haben die Wachen ihren Rundgang begonnen und trafen Perime in der Verkleidung eines fahrenden Handwerkers an. Sie nahmen sie in Gewahrsam und eilten weiter zu Senterris Zimmer, die sie in sehr intimer Gesellschaft mit Toragev antrafen. Es war ein äußerst gefühlsbetonter Moment.«

»Und Ihr, Madame Voldean, habt ein Talent zur Untertreibung. Fahrt bitte fort.«

»Perime riss einer Wache die Axt aus dem Gürtel und griff Euren Verwalter an. Er hat sie entwaffnet und die Axt in ihrem Rücken begraben. Sie war augenblicklich tot. Weil er nicht der Besitzer der Sklavin war, ließ ich ihn sofort einsperren, denn in der Satzung der Gilde der Sklavenhändler heißt es …«

»Das reicht! Wo ist Senterri?«

»Schläft in einem freien Zimmer. Zuerst hat sie sich an Perimes Leichnam geklammert und sie angefleht, wieder zum Leben zu erwachen. Schließlich ist es uns gelungen, ihr einen Schlaftrunk einzuflößen und Perimes Blut von ihr abzuwaschen. Sie …«

»Gebt Ihr etwas zum Wachwerden. Ich will, dass sie und Dolvienne in einer halben Stunde reisefertig sind.«

»Äh, wir glauben, dass Dolvienne geflohen ist.«

Die anschließende Pause hatte die Spannung eines schussbereiten Bogens.

»Ihr *glaubt,* sie ist geflohen«, sagte D'Alik sehr langsam.

»Sie ist vielleicht noch auf dem Anwesen. Wir vermuten, dass sie die Nägel gelöst hat, mit denen der Riegel an der Tür befestigt war, und ihn mit Harz wieder angeklebt hat. Die Wachen haben jemandem, den sie für Toragev hielten, nach draußen gelassen. Ach ja, und sein Pferd ist verschwunden.«

D'Alik schloss einen Moment die Augen. »Falls Ihr nicht glaubt, dass sich das Pferd auch auf dem Anwesen versteckt hat, möchte ich die Vermutung wagen, dass sie das Pferd meines Verwalters genommen hat und in die Wüste … geflohen … ist.«

Der Sklavenhändler erinnerte sich plötzlich an ein ziemlich großes Pferd mit einem ziemlich kleinen Reiter, der nach Süden geritten war. Das musste Dolvienne gewesen sein. Er drehte sich um, ging zur Tür und riss sie auf. Der Anführer seiner Eskorte wartete draußen.

»Nehmt drei Männer und frische Pferde und folgt im Galopp der Straße nach Süden«, blaffte er. »Wenn Ihr einen einsamen Reiter einholt, ein Mädchen mit einem Sklavenkragen, tötet sie. Ihre Haut ist weiß, die Haare sind schwarz und lockig. Sie reitet nach Baalder und hat Toragevs Pferd. Wenn Ihr ihren Kopf zurückbringt, erwarten jeden von Euch zehn Goldpagolen.«

»Sofort, Herr. Ein unerfahrenes Mädchen wird nicht weit kommen.«

»Wenn Ihr sie nicht erwischt, macht Euch nicht die Mühe zurückzukehren.«

D'Alik kehrte zu Madame Voldean zurück.

»Ich möchte gern ein Wort mit Toragev wechseln. Unter vier Augen«, verkündete er.

»Er ist in Perimes Zimmer an einen Stuhl gefesselt. Ihre Leiche ist noch …«

»Bringt mich hin. Sofort.«

Eine Viertelstunde später verließ D'Alik Perimes Zimmer wieder und verriegelte die Tür hinter sich. Er ging zu den Eunuchen an der Treppe.

»Ich gehe jetzt«, sagte er. »Wo ist das Sklavenmädchen Senterri?«

»Madame Voldean hat sie unten bei sich und versucht sie zu wecken.«

»Lasst das Mädchen zu meinem Pferd bringen. Sie kommt mit mir, und zwar sofort! Auch wenn sie hinter meinem Sattel festgebunden werden muss.«

Senterri war immerhin so wach, dass sie hinter D'Alik sitzen und sich festhalten konnte, als er durch das Tor ritt und in der Dunkelheit dahinter verschwand. Mittlerweile war der Himmel wolkenverhangen. Gelegentlich prasselten dicke Regentropfen in den Staub. Als der Morgen graute, grollte Donner und grelle Blitze zuckten über den Himmel. Ein älterer Initiat sagte, das kündige eine Katastrophe an. Tatsächlich war er der Torwächter von Madame Voldeans Schule, und noch bevor sie zum Frühstück Platz nahm, hatte er seine Stellung gekündigt, eine kleine Tasche gepackt und sich so schnell er humpeln konnte auf den Weg nach Westen gemacht.

Gegen Mittag regnete es stetig. Madame Voldean war nach dem Frühstück wieder zu Bett gegangen, müde von den Aufregungen der Nacht. Sie wurde von einer noch in der Ausbildung befindlichen Sklavin geweckt, die tropfnass war.

»Was fällt dir ein, Wasser auf meinen besten racitalischen Teppich zu tropfen?«, wollte Madame Voldean wissen.

»Herrin, bitte – Männer wollen Euch sprechen«, plapperte das Mädchen.

»Was für Männer …?«

Die Tür flog auf, und fünf Kavalleristen stürmten herein. Sie packten Madame Voldean und schleppten sie nach draußen in den Flur. Dort lagen drei tote Wacheunuchen, die von mindestens einem Dutzend weiterer Kavalleristen umringt waren. Madame Voldean wurde nach draußen in den Hof geführt, wo weitere vier Leichen vor mehreren berittenen sargolanischen Adeligen im roten Matsch und Regenwasser lagen. Bei ihnen war ein Mädchen, ramponiert und klatschnass. Madame Voldean erkannte mit einem jähen Anfall von so durchdringender Übelkeit, dass beinah ihre beiden Herzen stehenblieben, dass es Dolvienne war.

»Sie ist eine entlaufene Sklavin!«, rief Madame Voldean mehr aus Reflex als Vernunft.

Als Antwort zwangen ihre Häscher sie auf die Knie. Ein sargolanischer Kavalleriehauptmann kam durch die offene Tür nach draußen, und weitere Sargolaner folgten ihm. Zwei von ihnen trugen Perimes Leichnam. Dolvienne schrie ein Mal auf und war dann wieder still. Als Nächstes wurde Toragevs Leichnam nach draußen getragen.

»Lady Perime ist tot«, verkündete der Hauptmann. »Wir können die Prinzessin nicht finden, aber dafür haben wir diesen Leichnam entdeckt.«

»Wer ist das?«, fragte Prinz Stavez, der neben Dolvienne stand.

»Eure Hoheit, dieser Mann ist Toragev, der Verwalter eines Sklavenhändlers«, sagte Dolvienne. »Er hat uns gestern besucht und uns einen angeblichen Fluchtplan aufgetischt. Der Preis für seinen Plan beinhaltete Sex.«

Ihre Worte und die Miene des Prinzen halfen Madame Voldean, ihre Beurteilung der Lage mit der Realität in Einklang zu bringen. Die Stadt befand sich in sargolanischer Hand. Dass sich die Bürgerwehr der Stadt kampflos ergeben hatte, was ganz offensichtlich der Fall war, konnte nur bedeuten, dass die Sargolaner absolut in der Überzahl waren. Prinzessin Senterri aus dem Sargolanischen Reich persönlich war in der Schule für Häusliche und Exotische Fähigkeiten eingesperrt gewesen, hatte niedere Arbeiten ausführen müssen und mehrere leichtere Prügelstrafen erhalten und war dann von Toragev verführt worden. Schlimmer konnte es kaum sein. Die Leiterin der Schule für Häusliche und Exotische Fertigkeiten beschloss, ihre Geschichte so gut wie möglich auszuschmücken.

»Toragev, der Verwalter, hat Perime geschändet, als sie seinem Plan nicht zustimmen wollte«, plapperte Madame Voldean. »Dann hat er Perime getötet, als sie versucht hat, Senterri zu verteidigen. Er …«

Madame Voldean wurde am Hals gepackt und ihr Gesicht nach unten in den roten Schlamm gedrückt. Nach dem längsten Augenblick ihres Lebens wurde sie wieder hochgezogen.

»Es heißt ›*Ihre Hoheit*‹«, sagte Dolvienne schneidend. »Fahrt fort.«

Madame Voldean spie eine Mischung aus rotem Schlamm und Pferdeäpfeln aus. »Der Verwalter hat Ihre Hoheit geschändet – äh, das heißt, wir glauben, dass er es getan hat –, bevor meine Wachen ihr zu Hilfe eilen konnten …«

»Was?«, brüllte Prinz Stavez, indem er seine Axt zückte und hochhob. Er sehnte sich danach, jemanden zu finden, den er töten konnte, um die Schande seiner Schwester zu rächen.

»Aber wir haben ihn daran gehindert, sie auch noch zu töten, wir haben sie gerettet, ja, das haben wir. Ich habe Befehl gegeben, den Verwalter fesseln zu lassen, und die Wachen haben ihn dann gefesselt, und, und …« Sie schaute auf Toragevs Leichnam. D'Alik hatte ihn offenbar vor seinem Aufbruch getötet, aber wer wusste das schon? »Und dann habe ich seine Hinrichtung angeordnet.«

Mit einem Aufschrei ohnmächtiger Wut sprang der Prinz von seinem Pferd und schlug mit der Axt auf Toragevs Leichnam ein.

»Wo ist Ihre Hoheit?« fragte Dolvienne, während alle dem Prinzen zusahen.

»Der Sklavenhändler D'Alik ist eine Stunde nach diesen Geschehnissen aus dem Süden eingetroffen. Er verlangte die Herausgabe Ihrer Hoheit, und, äh, da ich nicht wusste, dass Ihre Hoheit, äh, Ihre Hoheit war, musste ich seinem Befehl Folge leisten. Er muss sie – Ihre Hoheit – in sein eigenes Haus gebracht haben.«

»Da ist er nicht«, meldete jemand hinter der Reihe der Adeligen. »Sein Stallknecht sagte, er wäre gegen Mitternacht gekommen, hätte all sein Gold und ein paar Vorräte in eine Satteltasche gepackt und sei dann wieder gegangen. Niemand hat gesehen, in welche Richtung er geritten ist.«

Nach allem, was Madame Voldean mitbekam, schien Dolvienne einen ziemlichen Einfluss auf den Befehlshaber zu haben, wer immer das auch war. Das Mädchen überlegte eine Weile, während alle im strömenden Regen warteten. Sie auf einen Tee in ihr Haus einzuladen, würde offenbar wenig nützen. Außerdem wäre es nicht besonders diplomatisch gewesen, eine ehemalige Sklavin/Edelfrau nach drinnen auf einen Tee einzuladen, der von Sklaven zubereitet werden musste. Madame Voldean hatte seit Jahrzehnten keinen Tee mehr gekocht und war ein wenig unsicher, was die Zubereitung betraf.

Mittlerweile hatte der Prinz aufgehört, auf Toragevs Leichnam einzuhacken. Das größte der verbliebenen Stücke hätte mühelos in eine relativ kleine Satteltasche gepasst.

»Bringt die Überreste von diesem … diesem Ding hier in die Sklavenschule zurück«, befahl er. »Gießt Lampenöl darin aus und verbrennt alles. Wenn wir diesen Ort verlassen, darf keine Spur mehr von dem Körper übrig sein, der meiner Schwester Gewalt angetan hat.«

»Eure Hoheit!«, setzte Madame Voldean zu einem Protest an.

Da fuhr der Prinz herum, schlug mit seiner Axt zu und trennte ihr den Kopf von den Schultern.

»Dolvienne, Ihr werdet die Sklavenhändler von den Sklaven trennen«, befahl er, während er die Klinge im Schlamm abwischte. »Die Sklaven werden nach Baalder gebracht, bekommen jeweils fünf Pagolen und werden dann freigelassen. Alle anderen werden hingerichtet.«

»Mylord, Eure Hoheit …«, begann Dolvienne.

»Ich bin wahnsinnig vor Kummer und Zorn!«, schrie er. »Ich *will* Tod, und ich werde Tod *bekommen*. Die Zweite, Fünfte und Neunte Jagdbrigade folgen den drei anderen Straßen, die aus diesem Ort führen. Sofort!«

Die Kommandeure der genannten Einheiten ritten durch Regen und Schlamm davon. Dolvienne ging in die Schule und kehrte mit Kleidung und Kämmen zurück, die Senterri gehört hatten. Prinz Stavez riss sie ihr aus den Händen, drückte die Sachen an die Brust, fiel dann in Regen und Schlamm auf die Knie und fing hysterisch an zu weinen. Die Schule für Häusliche und Exotische Fertigkeiten ging in Flammen auf. Dolvienne identifizierte die echten Sklaven aus der Schule und die Lanzenreiter exekutierten alle anderen. Schließlich erhob sich der Prinz und schwang sich wieder aufs Pferd.

»Die Toreaner hatten ganz eindeutig nichts mit der ursprünglichen Entführung Ihrer Hoheit zu tun«, sagte er zu Dolvienne. »Daher ist es eine Frage der Ehre, diesen Krieg aufzuhalten. Sofort. Ich reite nach Osten und befehle unseren Truppen den Rückzug. Wollt Ihr ebenfalls mitkommen, Lady Dolvienne?«

»Ihre Hoheit würde es so wollen«, erwiderte sie.

»Gouverneur Roilean!«, rief er, und der Gouverneur trieb sein Pferd nach vorn. »Ihr übernehmt hier das Kommando über die restlichen Männer. Löscht dieses Dorf aus. Jeder Stein soll zu Staub zermahlen werden. Der Ort, an dem meiner Schwester so viel Würdelosigkeit und Schande widerfahren ist, muss aufhören zu existieren!«

Die Sargolaner hatten so schnell reagiert, wie es Sterblichen nur möglich war, aber doch nicht schnell genug. Die Regenfälle hatten die Schluchten der Wüste bereits in reißende Ströme verwandelt, und D'Alik hatte seinen Ritt vor der Überflutung begonnen. Der größte Teil seines Vermögens war in Grundbesitz und Sklaven angelegt, und leider war nichts davon sonderlich transportabel. Er hatte siebzig Goldpagolen in seinen Satteltaschen, dazu ein paar Edelsteine, ein Pferd und Senterri. Senterri war sehr viel mehr wert als die durchschnittliche Sklavin. Tatsächlich kannte D'Alik einen Käufer, der hundert Goldpagolen für sie zahlen würde. Danach konnte er sich in die Berge absetzen, wo er sich unter einem anderen Namen eine Existenz als Weinhändler aufgebaut hatte.

»Wohin reiten wir?«, fragte Senterri, als sie für den Rest der Nacht unter einem Felsüberhang Unterschlupf gefunden hatten.

»Nach Urok am Leir. Dort kenne ich einen Käufer für Euch.«

»Einen Käufer? Wie viel wird er bezahlen?«

»Hundert Goldpagolen.«

»Aber … aber mein Vater würde das Tausendfache für meine Rückkehr bezahlen.«

»Eure Hoheit, die Geschichte, dass mein Verwalter Euch geschändet hat, ist mittlerweile in ganz Hadyal bekannt. *Mein* Verwalter. Diese Geschichte wird sehr bald Sargol erreichen. Das bedeutet, das ganze Sargolanische Reich wird sich ein Bein ausreißen, um meinen Kopf auf eine Speerspitze zu spießen. Eine Prinzessin wurde geschändet. Diese Prinzessin seid Ihr.«

»Aber warum sollte Euch jemand die Schuld geben?«

»Ich habe Toragev befugt, unter bestimmten Umständen meine Sklavinnen als Dirnen auszubilden. Diese Umstände haben sich während meiner Abwesenheit ergeben, also bin ich schuldig. Außerdem ist er tot, und ich lebe noch – also kann ich auch noch gefoltert werden.«

»Euer Verwalter … ist tot?«

»Ja. Ich habe ihn getötet, weil er mich dadurch, dass er Euch bestiegen hat, hunderttausend Pagolen gekostet hat. Mit mir ist nicht zu spaßen. Beraubt mich jetzt auch noch der hundert Pagolen, die Ihr mir noch einbringen könnt, und die Konsequenzen wären nicht auszudenken.«

Senterri musste nicht lange nachdenken, um zu dem Schluss zu kommen, dass ihr Leben an einem sehr dünnen Faden hing, den D'Alik in seinen Händen hielt. Er brauchte sie nur zurückzulassen, und sie würde bald sterben.

»Wer wird mich kaufen?«

»Ein reicher nomadischer Karawanenführer. Er will eine königliche Dynastie von Wüstenprinzen gründen und hat mir hundert Goldpagolen für jede Frau von königlichem Geblüt versprochen, die in gebährfähigem Alter ist. Wenn Ihr Euch benehmt, wird man Euch sehr gut behandeln. Tatsächlich wird man Euch wie eine Prinzessin behandeln.«

Die sargolanische Eilgaleere *Wellenreiter* ankerte in Sichtweite von Helions Leuchtfeuer. Dreihundert Fuß Ankertau hielten sie gegen die Strömung in Position. Eine von Warsovrans Galeeren glitt träge vorbei und vergewisserte sich, dass alle Beobachterschiffe außerhalb des Zehn-Meilen-Kreises ankerten. Man hatte kein Geheimnis aus der Tatsache gemacht, dass es exakt vierundsechzig Tage nach dem ersten einen zweiten Feuerkreis geben würde. Tatsächlich waren Warsovrans Mittelsmänner und Kauffahrer sogar damit hausieren gegangen. Soweit es den Kaiser betraf, konnten gar nicht genug Leute vor seiner Macht zittern. Während das toreanische Schiff in der Dunkelheit verschwand, berührten Mirals Ringe den Horizont. Die Besatzung enthüllte Ferans Rennschale.

»Vorsichtig, vorsichtig!«, blaffte Feran, während sie arbeiteten. »Die Seiten sind kaum stabiler als Pergament.«

Zerbrechlich mochte das Boot sein, aber es war auch extrem leicht und stromlinienförmig wie eine Speerspitze. Druskarls gepolsterter Anzug wurde an Bord gebracht, dann senkte man das Boot vorsichtig auf die ruhige See. Mirals Scheibe sank unter den Horizont und ließ nur den leuchtenden Bogen eines Rings zurück. Feran und Druskarl nahmen mit der Vorsicht von Leuten, die über ein schlafendes Krokodil hinwegsteigen, ihre Plätze ein, dann wurden ihnen die Ruder nach unten gereicht.

»Wir müssten zwei Stunden nach der Explosion des Feuerkreises wieder zurück sein«, rief Feran, während die Strömung die Schale von der Eilgaleere wegtrieb. »Mit etwas Glück gibt es keine Verfolger.«

»Seid Ihr sicher, dass Silbertod nach diesem zweiten Feuerkreis vom Himmel fallen wird?«, rief der sargolanische Kapitän.

»Ja. Das hier ist nicht nur eine Demonstration«, erwiderte Feran. »Warsovran verfeinert seine Herrschaft über das Ding.«

Feran und Druskarl fingen an zu rudern, und nach ein paar Schlägen hatten sie sich von der Galeere entfernt und steuerten direkt auf Helions Navigations-Leuchtfeuer zu.

»Wir sollten innerhalb der nächsten Stunde dort sein«, japste Feran, während sie ruderten.

»Ihr vertraut sehr darauf, dass Silbertod nach diesem Feuerkreis herunterfällt«, bemerkte Druskarl.

»Wenn nicht, verstecken wir uns einfach den ganzen Tag und kehren nach Einbruch der Dunkelheit zum Schiff zurück. Dann gibt es eine andere Gelegenheit.«

»Ihr habt nie gesagt, warum Ihr glaubt, dass Silbertod vom Himmel fallen wird.«

Feran antwortete nicht.

»Feran! Es ist nicht so, als könnte ich herumlaufen und es jedem erzählen.«

»Es waren die Grabungen«, gestand Feran widerstrebend.

»Die Grabungen? Die Unterwasser-Schutzräume, welche die Inselbewohner anlegen mussten?«

»Nein, die nicht. Von meinem Versteck habe ich beobachtet, wie Warsovrans Landvermesser einen großen Bogen über der Landenge zwischen Helions zwei Bergen markiert haben. Sein Zentrum ist genau sieben Zehntel einer Meile vom Metrologischen Tempel entfernt und hundert Schritte breit. Primitive Arithmetik zeigt, dass die Insulaner und Marinesoldaten dieses Gebiet in vierundsechzig Tagen zehn Fuß tief ausheben können, sodass der gesamte Rand des zweiten Feuerkreises vollständig auf dem Wasser läge. Die Explosion erfolgt am Vormittag, also bei Flut.«

»Deswegen ist Helion also für alle Schiffe und Botenautonen gesperrt«, sagte Druskarl, der von Ferans Schlussfolgerungen beeindruckt war. »Warsovran ist in dieser Zeit äußerst verwundbar.«

Sobald das Leuchtfeuer im Schatten von Helions kleinerem Berggipfel verschwand, verlangsamten sie den Schlag und ruderten mit langen, tiefen und ruhigen Zügen weiter. Neben den Weinbergen des ehemaligen Tempels gab es eine kleine Bucht, und dort hielten sie an. Während sie bis zur Hüfte im flachen Wasser standen, banden sie die Ruder an den Seiten der Schale fest und packten Druskarls schweren Anzug aus. Druskarl watete in noch flacheres Wasser, um ihn anzulegen und Feran wählte mehrere große, schwere Steine aus, an denen er Schnüre festband. Als Druskarl nur noch den Helm aufzusetzen brauchte, trugen sie sechs der Steine ins tiefere Wasser und drehten die Schale um. Während Druskarl den größten Stein festhielt, band Feran ihn so an der Schale fest, dass er auf der Mitte lag. Das Gewicht eines Steins reichte nicht aus, um die Schale zu versenken, aber nach dem fünften Stein lag sie beinah unter der Wasseroberfläche. Der sechste Stein reichte, um sie zu versenken und sicher auf dem Boden zu verankern. Mittlerweile erleuchteten die ersten Strahlen der Morgendämmerung den Himmel hinter dem kleineren Gipfel.

Eine Patrouillengaleere glitt mit hell brennenden Positionsfackeln vorbei, aber die beiden Eindringlinge waren zwischen den Felsen und Schatten nicht sichtbarer als Treibholz.

»Wir sollten ins Boot tauchen«, sagte Druskarl. »Das war bestimmt nicht die letzte Patrouillenfahrt.«

»Nein, wir sollten etwas Seegras sammeln und es uns an der Oberfläche auf den Kopf legen, bis die Sonne die achte Stunde anzeigt. Die Luft im Boot muss vielleicht den ganzen Tag reichen.«

»Also bezweifelt Ihr Eure Berechnungen?«, fragte Druskarl, der immer noch die entfernte Galeere beobachtete.

»Nein, aber wenn die Ausgrabungen nicht reichen, bekommen wir Silbertod vielleicht nicht.«

»Wir könnten bei Tageslicht fliehen.«

»Aye, und Warsovran wüsste dann, dass jemand ein Tauchboot hat, das schneller als eine Eilgaleere ist. Ihr könnt sicher sein, dass er beim nächsten Feuerkreis seine gesamte Flotte um Helion bereit haben wird, und vergesst nicht, dass die leichtesten Eilgaleeren bei unruhiger See über mittlere Entfernungen schneller sind als unsere Schale.«

Kurz nachdem die Sonne über dem kleineren Gipfel stand, näherte sich die nächste Patrouillengaleere. In der Bucht waren nur zwei Klumpen Seegras zu sehen, die auf den Wellen trieben. Die Galeere glitt weiter. Sie umkreiste den kleineren Gipfel, der jetzt mit seinen umliegenden Weinbergen eine von Helion getrennte Insel war. Die Insulaner und Marinesoldaten hatten aufgehört zu arbeiten, und Warsovrans Landvermesser und Baumeister hatten Wort gehalten und ihr Werk vollendet. Als Ansporn hatte man ihnen einen Blick aus nächster Nähe auf den letzten Feuerkreis versprochen, falls der Kanal nicht rechtzeitig fertig geworden wäre.

Am Westhang von Helions Hauptgipfel saßen auf einem großen Felsen sechs Beobachter mit einem Krug Wein und einem halben Käse. Wie bei einigen der anderen Insulaner, die den Kanal gegraben hatten, waren Gesichter und Hände zum Schutz vor der Sonne mit einer Mischung aus Olivenöl und weißem Lehm eingeschmiert. Außerdem diente dies als praktische und willkommene Tarnung. Ihr Blick auf die Insel, die nun Südhelion hieß, beinhaltete auch die Aussicht auf Warsovran und dessen offizielle Gesellschaft, die dem neu gegrabenen Kanal zweihundert Schritt näher waren. Sie beobachteten, wie eine Schlachtgaleere in den schmalen Kanal einlief, ihn vorsichtig durchfuhr und dann das offene Meer ansteuerte.

»Er muss tiefer als zehn Fuß sein, wenn die Galeere so leicht durchkommt«, sagte Roval.

»Für wie tief haltet Ihr ihn?«, fragte Norrieav.

»Für so tief, wie die Helionesen graben konnten«, erwiderte Terikel.

»Ich hatte eigentlich gedacht, ich würde nie wieder einen von diesen Feuerkreisen sehen«, murmelte Hazlok.

»Ich hatte schon geglaubt, dass ich den ersten nicht überleben würde«, fügte D'Atro hinzu.

»Wird das einen Feuerkreis aufhalten?«, fragte der Diakon.

»Auf der *Shadowmoon*, eine Meile weiter auf See und zehn Fuß tief auf dem Grund, wären wir sicherer«, sagte D'Atro.

»Wir hätten nicht genug Atemluft für einen ganzen Tag«, erklärte Norrieav.

Roval erhob sich, streckte sich und schaute mit in die Hüften gestemmten Händen zur Sonne empor.

»Beinah die neunte Stunde nach Mitternacht«, bemerkte er, dann warf er einen Blick auf Warsovran, seine Leibgarde und das Publikum. »Es wird Zeit, dass ich näher herankomme.«

»Näher?«, rief Norrieav. »Euer Blick auf etwas von der Größe des Feuerkreises wird sich durch ein paar Schritte mehr oder weniger nicht groß verbessern oder verschlechtern.«

»Ich will hören, was gesagt wird.«

»Wahrscheinlich wird es kaum mehr sein als, ›Scheiße, seht Euch das an!‹«

»Das mag sein, wie es will, ich gehe trotzdem. Vergesst nicht: wenn Ihr seht, wie Warsovrans Leute sich hinter diesen Wall ducken, geht hinter den Felsen in Deckung und schließt die Augen.«

Roval schritt den grasbewachsenen Hang hinab. Er war Warsovran bereits so nah gekommen, dass er dessen Gesicht erkennen konnte, als er von zwei Marinesoldaten aufgehalten wurde.

»Heda, Inselbewohner, zurück, woher du gekommen bist!«, befahl einer von ihnen und zeigte auf die Anhöhe.

»Aber ich will den Feuerkreis nicht verpassen«, protestierte Roval.

»Du müsstest schon in Diomeda sein, um ihn zu verpassen.«

»Habe ich dich schon mal gesehen?«, fragte der zweite Soldat.

»Das kann ich nicht sagen«, erwiderte Roval gelassen.

»Ich kann mich nicht an dich erinnern.«

»Vielleicht wirke ich wegen der Öl-Lehm-Paste im Gesicht fremd.«

»Ich kann mich nicht erinnern, dass jemand mit einem kahlrasierten Schädel am Kanal gegraben hat.«

»Ich habe ihn mir erst heute Morgen zur Feier der Fertigstellung des Kanals rasiert.«

»Dann hast du also am Kanal mitgegraben?«

»Aye, wie jeder hier auf Helion.«

»Dann müssten deine Hände schwielig sein. Zeig sie mir.«

Rovals Hände wiesen von einer Woche Arbeit in der Takelage der *Shadowmoon* ein paar Blasen auf, aber nicht die Art Schwielen, wie er sie nach vierundsechzig Tagen Grabarbeit gehabt hätte.

Der Feuerkreis rettete ihn.

»He, die Adeligen ducken sich hinter die Mauer«, rief der andere Marinesoldat.

Jeder auf der Insel hatte einen Haufen Steine, Erde oder Felsen, um dahinter Schutz zu suchen, und die Marinesoldaten waren keine Ausnahme. Sie warfen sich in einen flachen Graben, ließen den Speer fallen und legten sich flach auf den Bauch. Roval tat es ihnen nach.

»Raus mit dir, das ist unserer!«, rief der Marinesoldat, auf dem Roval lag.

»Ich dachte, Ihr wolltet meine Hände sehen.«

»Die Pocken können deine Hände holen …«

Strahlendes, lautloses Licht löschte alles andere aus. Der nächste Sinneseindruck, den Roval registrierte, war der Geruch von verbranntem Gras. Ein Donnerschlag und eine Bodenwelle hob sie in einem Durcheinander aus Felsen und Staub in die Höhe, dann kam eine Druckwelle und hob sie erneut an. Roval erstickte die schwelenden Stellen auf seiner Jacke, während er das blendende Weiß aus seinen Augen zu blinzeln versuchte. Eine Säule aus Rauch, Dampf und Flammen schien bis zum Himmel zu reichen, und ringsumher grollte ein beständiger Donner. Als er sich auf die Knie erhob, legte sich eine Hand auf seine Schulter und drehte ihn herum. Es war Warsovran.

»Geh dorthin und hilf mit – die Mauer ist auf die Botschafter gestürzt!«, schrie der Kaiser. Dann trat er die beiden Marinesoldaten, die immer noch mit über dem Helm verschränkten Händen auf dem Bauch lagen.

Unter der dampfenden Oberfläche, ein paar Schritte vor Südhelion, erhitzte sich das Wasser.

»Noch mehr davon, und wir sind Gulasch«, warnte Druskarl.

»Das war lächerlich im Vergleich zu den Feuerkreisen, die Torea zerstört haben«, versicherte ihm Feran. »Die heiße Luft über diesem relativ kleinen Gebiet wird sich rasch verteilen. Zeit zum Auftauchen.«

»Es ist noch zu früh«, warnte Druskarl, obwohl er in der beengten Finsternis bereits nach dem Helm tastete. »Die Oberfläche wird noch glühend heiß sein.«

»Alles im Leben ist zu früh oder zu spät«, erwiderte Feran. »Also besser zu früh. Außerdem habt Ihr den Anzug und das Kühlgerät. Auf der ganzen Welt gibt es nur einen Mann, der in diesem Augenblick auf Helions Südinsel herumlaufen kann, und dieser Mann seid Ihr.«

Druskarl trat unter der Schale hervor und setzte sich in Bewegung. Der Anzug enthielt genug Atemluft für zwei oder drei Minuten. Danach würde er die Leitungen zu dem Wasserkühler auf seinem Rücken öffnen müssen. Sein Kopf tauchte aus dem Wasser auf und in ein Szenario aus dichtem Dampf und peitschenden Windböen ein. Er rammte einen Kurzspeer durch das seichte Wasser in den Meeresboden.

»Dreitausendsechshundert Fuß davon«, sagte er, während er ans Ufer stelzte.

Wie ein Blinder mit seinem Stock tastete Druskarl sich mit dem Eisenstab seinen Weg durch das Inferno aus Rauch und Dampf. Nach vielleicht dreihundert Fuß öffnete er seine Luftschläuche und atmete die Luft, die durch die Behältnisse mit Kühlwasser auf seinem Rücken geleitet wurde. Sie war immer noch glühend heiß und kam ihm wie Dampf vor, aber ein paar Schritte weiter war er noch immer nicht zusammengebrochen, also nahm er an, dass Ferans Gerät wohl funktionierte.

Nach tausend Fuß wurde die turbulente Luft etwas klarer, und er erreichte einen ebenen Abschnitt. Dies war die Straße zum Tempel, die Straße, die durch die Weinberge geführt hatte. Zur Rechten war die ehemalige Landenge, links der Tempel. Er rammte seinen Eisenstab als Markierung zwischen zwei Felsen und wandte sich dann nach links. Jetzt kam er schneller voran, aber die Hitze forderte langsam ihren Tribut. Die äußerste Lederschicht in den Gelenken des Anzugs war bereits verkohlt und bröckelte ab, und die Hitze drang durch den Stahl, das Leder und den Filz, der ihn vor einem schnellen, unendlich schmerzhaften Tod schützte. Die Kristallplatte in seinem Visier beschlug ständig, und er betätigte den Hebel an der Seite des Helms, mit dem ein inliegendes Wischerblatt bedient wurde.

Ein Steinhaufen und umgestürzte Säulen ragten aus dem wirbelnden Staub und Rauch in die Höhe. Wenn Silbertod auf ein Gebäude gefallen war, hatte er praktisch keine Aussichten, ihn zu finden, auch weil ihn in der Hitze nun immer schneller Kraft und Luft verließen. In der Mitte des kleinen Tempelkomplexes lag ein freier Platz, wie er sich erinnerte, aber würde Silbertod diesen Platz auch als Mitte betrachten? Die Straße führte zwischen zwei Säulen durch, die parallel umgefallen waren.

Alles war mit Asche, in der Hitze geborstenen Felsen und kleinen Teichen von geschmolzenen Sachen bedeckt. Silbertod würde nicht leicht zu finden sein … aber dann sah er Silbertod plötzlich vor sich.

In der Düsternis und den wirbelnden Wolken erblickte er eine eindeutig abgegrenzte Form, eine riesige Kugel. Druskarl starrte darauf und beinah sofort fiel ihm auf, dass sie rasch schrumpfte und sich senkte. Der Eunuch stolperte darauf zu und fragte sich, wie lange es wohl dauern würde, bis Silbertod wieder ein Hemd aus Kettengliedern und Panzerplatten war, und ob er den Zeitraum bis dahin wohl überleben konnte. *Deswegen ist Silbertod nicht im Glassee mitten in den Ruinen von Larmentel versunken*, ging Druskarl plötzlich auf. *Er ist langsam herabgesunken und hat die Oberfläche erst erreicht, als sie hart wurde. Vielleicht ist er extra so erschaffen worden, weil er sonst praktisch nicht geborgen werden könnte.* Die Kugel hatte einen Durchmesser von zehn Fuß und schrumpfte immer noch, als sie die gebackenen Pflastersteine berührte.

Dann gab es einen grellen Blitz, und als Druskarl die Sterne aus seinem Gesichtsfeld wegblinzelte, sah er, dass Silbertod nur noch ein funkelndes Kettenhemd aus Metall war. Er schien alle Aktivitäten eingestellt zu haben. Druskarl nahm einen Fleischerhaken von seinem Gürtel, bückte sich, so tief es der steife Anzug gestattete, und hob mit dem Haken die sagenhafte, aber gefährliche Beute auf.

Ohne einen richtigen Blick auf Silbertod zu werfen, drehte Druskarl sich langsam um – aber wo war die Straße? Er rang eine Welle der Panik nieder, betätigte noch einmal den Innenwischer seines Visiers und marschierte dann am Rand des Platzes entlang. Es gab mehrere verlockende Breschen in den Gebäuderuinen, doch er ging weiter, bis er die parallel liegenden Säulen gefunden hatte. Wieder auf der Straße, ging er langsamer als zuvor und atmete dabei durch das sich rapide erhitzende Wasser auf seinem Rücken etwas, was sich anfühlte wie reines Feuer. Wieder und wieder wischte er über das Visier, aber je mehr sich der böige Wind legte, desto dichter schienen Rauch und Dampf zu werden. Tatsächlich übersah er den Eisenstab in der Düsternis sogar, stieß aber im Vorbeigehen mit dem Arm dagegen und hörte das Klirren, als der Stab zu Boden fiel.

Druskarl wandte sich nach rechts und schlurfte weiter, jetzt wieder über unebenes Gelände, wobei er hoffte und betete, dass er in gerader Linie marschierte. Er schien bergab zu gehen, und bergab war der Weg zum Wasser. Die Ledergelenke an den Knien lösten sich langsam auf. Er spürte, wie seine Haut in der heißen Luft verbrannt wurde. Als er sich ans Visier griff, um den Wischer zu bedienen, zerbröckelte das gesamte rechte Ellbogengelenk zu Staub. Er roch verbranntes Fleisch in der Dampfmischung, die er atmete. Er spürte den rechten Arm nicht mehr und konnte daher auch den Wischer nicht mehr bedienen.

Blind ging er weiter, zwang seine Beine, die er kaum noch spüren konnte, sich zu bewegen. Das Licht hinter seinem beschlagenen Visier wurde heller, dann fiel er mit einem Klatschen zu Boden.

Druskarl bekam kaum noch mit, dass plötzlich Feran mit einem kleinen Atemgerät und einem wassergetränkten Anzug aus Leder neben ihm war.

»Ihr habt es geschafft!«, ertönte Ferans gedämpfte Stimme. »Ihr habt Silbertod geholt.«

Feran schnitt Druskarls verkohlte, vollkommen ruinierte Isolierungen und Schutzschichten weg, während sie im seichten Wasser nebeneinanderlagen.

»Nehmt ihn, lasst mich«, keuchte Druskarl, als der Helm sich löste und schob Feran mit dem linken Arm weg.

»Niemals!«, lachte Feran triumphierend, während er sich erhob, um sich dann rittlings auf den Eunuchen zu hocken. »Ihr gehört zum Plan.«

Er rammte Druskarl unter den Rippen ein Messer in die Brust, riss es nach oben und schnitt ihm beide Herzen auf. Druskarl erschlaffte, während sein Blut ins Wasser rann. Feran richtete ihn zu sitzender Haltung auf, dann zog er ihm das Metallgewebe Silbertods über den Kopf. Gegen einen lebendigen und sich wehrenden Druskarl hätte sich Feran nie durchsetzen können, so aber steckte nach kaum einer Minute der verbrannte, geschwärzte rechte Arm im zweiten Ärmel, und das Gewebe fing an zu schimmern und zerschmolz zu einer silbernen Haut.

Feran ließ sich in das warme seichte Wasser fallen und sah zu. Kurz darauf erhob sich eine glänzende, silbrige Gestalt, die immer noch die verkohlten, bröckelnden Hosenbeine der isolierenden Rüstung trug.

»Diene mir!«, befahl Feran mit fester Stimme. »Ich bin Feran Holzholm.«

Silbertod verbeugte sich.

»Deine Hände haben mich angelegt«, verkündete der dienstbare Geist mit hohl klingender Stimme. »Gebiete über mich, denn ich diene und beschütze.«

»Dein Wirt ist beschädigt. Wie lange wird es dauern, ihn zu reparieren und dein volles Potenzial zu erreichen?«

»Augenblicke.«

Feran tauchte und löste die Gewichte, welche die Rennschale am Boden hielten. Sie tauchte auf, und er packte die Ruder aus.

»Der Wirt wurde optimiert«, meldete Silbertod.

Roval hatte dem Trupp der Marinesoldaten geholfen, mehrere Botschafter unter der eingestürzten Mauer auszugraben. Ein paar hatten gebrochene Knochen, aber keiner war getötet worden. Alle waren tief beeindruckt, und mehrere sagten, sie würden Verträge mit Warsovran empfehlen, sobald es ihnen möglich sei, ihren jeweiligen Herrschern Depeschen zu schicken. Langsam verteilte sich der Rauch, während Marinesoldaten und Bedienstete mit Bahren, Salben und Verbänden in der Gegend herumliefen.

Die gesamte Oberfläche von Südhelion war bis auf den nackten Felsen abgebrannt, und ein Hochsee-Kauffahrer, der direkt vor der Küste geankert hatte, war verschwunden. Nördlich des Kanals war nichts geschmolzen, aber an mehreren Stellen hatte Gras Feuer gefangen, und der Karren eines Obsthändlers sowie mehrere Fuhrwerke brannten durch die extreme Hitze der Feuerwand, die über den Kanal gestrahlt hatte.

Plötzlich stieß jemand einen Ruf aus und zeigte aufs Meer vor der Küste. Ein langes, schmales Boot glitt im Bogen um die gemarterte Küste Südhelions. Warsovran ächzte und murmelte dann einen heftigen Fluch.

»Ihr bleibt alle hier!«, schrie er nach kurzer Überlegung. »Du nicht!«, blaffte er Roval an, während er ihn auf die Seite zog. »Du, Lehmgesicht. Sprichst du Diomedanisch?«

Roval zuckte die Achseln und hob die Hände. »Glorreicher Kaiser, ich bin nur ein armer Fischer, ich spreche nur Vidarisch«, erwiderte Roval.

»Kein Diomedanisch – dann bist du mein Mann«, sagte Warsovran auf Vidarisch. »Begleite mich.«

Roval hielt den Bug der Schale fest, während Feran und Silbertod ausstiegen, dann zog er das Boot auf den Sand.

»Lehmgesicht«, sagte Warsovran auf Vidarisch. »Nimm meine Axt. Wenn jemand in Hörweite kommt, töte ihn.«

»Ja, Kaiser, Glorreicher Kaiser«, erwiderte Roval.

Roval entfernte sich ungefähr dreißig Fuß weit, blieb dann mit dem Rücken zu ihnen stehen und hob die Axt, um sie ab und zu hin und her zu schwenken.

»Könnt Ihr Diomedanisch?«, fragte Warsovran, indem er hinter sich zeigte. »Der Bauerntölpel hier kann es nicht.«

»Ich spreche es nicht nur wie ein Eingeborener, ich *bin* ein Eingeborener«, erwiderte Feran.

»Dann können wir drei reden. Ich bin Kaiser Warsovran.«

»Für einen Kaiser seht Ihr noch sehr jung aus.«

»Ich habe Silbertod einmal getragen. Er verringert das Alter seines Wirts um etwa zwei Jahrzehnte.«

»Und die Alterung setzt erst nach einem weiteren Jahrzehnt wieder ein«, fügte Feran hinzu.

»Ich … Tatsächlich? Ich meine, woher … Wer *seid* Ihr?«

»Viele kennen mich als Feran Holzholm. Als Ihr meinen Tod befohlen habt, kanntet Ihr mich als Chiffre.«

Warsovran schloss einen Moment die Augen. Seiner Erfahrung nach neigten Leute mit einer derartigen Geschichte in der Regel zur Rachsucht.

»Und? Ihr habt versucht, mich zu betrügen, wie ich versucht habe, Euch zu betrügen«, konterte Warsovran, dessen Antwort sehr viel ehrlicher war als die meisten.

»Ganz recht. Um wieder zu meiner Identität zurückzukehren, früher kannten mich viele als Nare'f As-bar.«

Da Roval ihnen den Rücken zudrehte, konnten weder Feran noch Warsovran sehen, wie ihm die Kinnlade herunterfiel.

»Also hat Silbertod *Euch* auch die Jahre und Narben genommen?«

»O ja, aber ein wenig *zu* gut. Bei meiner Geburt hat Fortuna mich nur mit schwachen ätherischen Kräften gesegnet. Fünfzehn Jahre lang war ich ein Niemand. Ich war lediglich ein Stallbursche, als mich eines Tages ein Pferd trat und mir den Schädel brach. Nach einem Monat erlangte ich das Bewusstsein wieder und hatte ein Potenzial, das mir schließlich den zwölften Initiationsgrad ermöglichte. Eine ruhmvolle Laufbahn als Zauberer lag vor mir, aber nachdem Silbertod mich geheilt hatte, reichten meine Kräfte wieder nur für den ersten Initiationsgrad oder sogar noch weniger. Nach einem Leben der Macht war mir außer meiner wiederhergestellten Jugend nichts geblieben. Ist es da ein Wunder, dass ich mir solche Mühe gegeben habe, als Entschädigung Silbertods Herr und Gebieter zu werden?«

Dieser diomedanische Zauberer müsste mittlerweile über neunzig sein, dachte Roval, aber die Fakten passten zusammen. Es war eine Tatsache, dass ihn seit Jahren niemand mehr gesehen hatte. Der Mann hatte einen verunstalteten Schädel gehabt, das war allgemein bekannt. Ferans willentliche Herrschaft über die ätherischen Kräfte war quasi gleich null. Das war eine Tatsache, die Roval aus erster Hand erfahren hatte.

»Ihr habt Silbertod getragen?«, fragte Warsovran.

»Kurz, nachdem wir ihn aus seinem Schrein und von seinen Wächtern befreit hatten. Ich hatte den Fehler gemacht, meinem, äh, Kollegen zu gestatten, ihn mir anzulegen. Bis dahin hatten wir keine Ahnung, wie er funktioniert. Mein Begleiter hat damit eine Burg auf einer kleinen Insel in einem See zerstört. Ihm war nicht klar, dass der Besitzer der Burg nicht zu Hause war, sondern vielmehr gerade zurückkehrte. Er hatte eine ziemlich große Abteilung von Lanzenreitern bei sich. Sie überfielen uns aus dem Hinterhalt und töteten meinen Gefährten, während der auf das Abkühlen der Insel wartete. Fortuna sei Dank hatte Silbertod mir in der Zeit als sein Wirt sechzig Jahre genommen, und so gab ich mich als schwachsinniger junger Diener meines Gefährten aus und wurde nach einer Tracht Prügel lediglich davongejagt. Ich sah aus der Ferne zu, wie meine Feinde zur Insel ruderten, nachdem sie abgekühlt war und auch wie sie mit Silbertod zurückkehrten. Ja, ich hatte Silbertod verloren, aber ich hatte auch erfahren, dass er Unsterblichkeit ebenso wie Unbesiegbarkeit verleihen kann.«

»Und jetzt seid *Ihr* sein Gebieter.«

»O ja.«

»Aber Ihr müsst ihn tragen, um wieder jung zu werden.«

»Das, ehemaliger Kaiser Warsovran, liegt noch fünf oder sechs Jahrzehnte in der Zukunft. In der Zwischenzeit brauche ich Diener, und gute Diener sind schwer zu bekommen. Ihr werdet mir helfen, in Acrema ein neues Reich zu gründen.«

Warsovran überlegte kurz. »Und als Gegenleistung?«

»Ihr werdet mein erster Diener sein – natürlich abgesehen von Silbertod. Außerdem dürft Ihr weiterleben.«

Warsovran brauchte nur die Dauer eines tiefen Atemzugs, um sich zu entscheiden.

»Eure Bedingungen sind extrem attraktiv, Kaiser Feran Holzholm.«

»Hervorragend. Zunächst werdet Ihr ein paar Kleinigkeiten für mich regeln. Ein gewisser Jugendlicher namens Laron, der gegenwärtig in Madame Yvendels Akademie für Angewandte Zauberei studiert, ist in Gewahrsam zu nehmen und mir auszuliefern. Eine junge Frau namens Velander oder Nona in Vindic ist ebenfalls zu verhaften und mir auszuliefern, ebenso wie eine metrologische Priesterin namens Terikel, die in Scalticar weilt.«

»Es gibt noch Metrologen?«

»O ja. Außerdem will ich gewisse Vorrichtungen besorgt, Gebäude errichtet und Zauberer versammelt haben. Die Rennschale soll mit mir auf Eurem Flaggschiff nach Diomeda gebracht werden, und auf dem Rückweg nach Diomeda werden sich jede Nacht drei andere Mädchen um mich kümmern. Ihr fahrt in einer Eilgaleere voraus und werdet in der Stadt einen passenden Empfang für mich vorbereiten. Ist das alles klar?«

»Absolut.«

»Noch eins. Ihr werdet mich immer mit ›Gebieter‹ anreden. Lasst durchblicken, dass Ihr schon immer in meinem Namen gearbeitet habt und ich mich nun endlich entschieden habe, an die Öffentlichkeit zu treten.«

Dreißig Fuß entfernt hörte Roval das Zischen von Warsovrans Atem. Doch Warsovran überlegte und entschied sehr rasch, denn es war klar, dass er keine andere Möglichkeit hatte, als zu kapitulieren – einstweilen.

»Ich bin einverstanden – Gebieter.«

»Lasst Eure persönliche Barke herbringen, und bringt mich auf Euer Flaggschiff – mit meiner Rennschale im Schlepptau. Ich will an Bord sein, wenn es die sargolanische Galeere *Wellenreiter* rammt. Sorgt dafür, dass es keine Überlebenden gibt.«

»Ich werde mich persönlich darum kümmern, Gebieter.«

»Danach sind mir Seidengewänder sowie Euer bestes Essen und die besten Getränke zu bringen. Bewirten sollen mich nur Frauen. Keine Männer oder Eunuchen. Alles, was sich mir mit einem Tablett oder Pokal nähert und keine Brüste hat, wird den Haien zum Fraß vorgeworfen.«

»Ja, Gebieter.«

Warsovran ließ Feran mit Silbertod am Strand stehen und ging zu Roval, der immer noch mit dem Rücken zu ihnen stand und den entfernten Zuschauern ab und zu mit seiner Axt zuwinkte.

»Du, Lehmgesicht. Gib mir meine Axt zurück.«

Roval drehte sich um und realisierte einen Augenblick, bevor er die Axt zurückgeben wollte, dass der Kaiser Diomedanisch gesprochen hatte. Roval überlegte sehr, sehr schnell.

»Ich habe Euch nicht verstanden«, sagte er ehrerbietig.

»Die Axt! Gebt sie her!«, befahl Warsovran, jetzt auf Vidarisch.

Roval verbeugte sich und präsentierte Warsovran die Axt auf beiden Händen, den Schaft voraus. Warsovran zeigte auf Port Wayside.

»Nun geh.«

Roval verbeugte sich noch einmal und wich dann seitlich aus, als Warsovran an ihm vorbeieilte und seinen Männern dabei auf Diomedanisch Befehle zurief. Als Warsovran beim Gouverneur der Insel angekommen war, schrie er jedoch nicht mehr.

»Niemand darf die Insel verlassen, außer auf meinen Befehl«, sagte er schnell und leise. »Außerdem werde ich Galeeren aussenden, um auch die Schiffe in Sichtweite festzuhalten. Auch die dürfen nur auf meinen Befehl freigegeben werden. Jeder Insulaner und Marinesoldat muss befragt werden, was er zwischen gestern Mittag und diesem Augenblick gesehen hat. Jedes Besatzungsmitglied eines jeden Schiffs, von den Kapitänen bis zu den Schiffsjungen, muss ebenfalls vernommen werden. Diese Insel steht ab sofort unter totaler Blockade. Weder Schiffe noch Autonen dürfen sie verlassen, bis ich diese Anordnung widerrufe. Alle eintreffenden Schiffe werden interniert. Morgen früh beim ersten Licht sollen die Soldaten jeden Quadratfuß auf Südhelion nach Hinweisen darauf absuchen, wie dieser Witzbold sich Silbertod aneignen konnte, während die Insel noch so heiß war. Habt Ihr alles verstanden?«

»Ja, Eure Majestät.«

»Nein, nein ... einstweilen nur ›Kommandant‹, wenn Euch etwas am Leben liegt.«

Sobald er sicher war, dass ihn niemand mehr beachtete, schlenderte Roval langsam den Hang empor, wo der Rest der Besatzung der *Shadowmoon* hinter ihrem Aussichtsfelsen wartete.

»Wir haben ein Problem, das zu glauben euch schwerfallen dürfte«, verkündete er, als er sie erreichte.

Einsel hatte eine Reihe von Experimenten angeordnet, um den Feuerkreis vom Ufer Nordhelions aus zu studieren. Manche waren ätherischer Art und beinhalteten Aufzeichnungsokulare und Auslöserautonen, andere entsprangen den kalten Wissenschaften. Es gab Stoffe und Gewebe verschiedener Farbe und Dicke, offene Phiolen mit Flüssigkeiten, an Federn befestigte Windfahnen und einiges dergleichen mehr. Zwei Marinesoldaten standen in der Nähe Wache. Der Zauberer schaute sich um und bemerkte einen Insulaner, der auf einem Felsen saß und aus einem Weinkrug trank, während er die Verwüstung betrachtete, die einmal Südhelion gewesen war. Der Felsen, auf dem er saß, war mit großer Sorgfalt und viele Wochen zuvor ausgewählt worden.

»Wachen, ich brauche Hilfe!«, rief Einsel. »Holt den Faulenzer da drüben, der auf dem Felsen sitzt.«

Die Wachen brachten den Insulaner zu ihm, dessen Gesicht

mit einer Mischung aus Lehm und Öl überzogen war. Dann zogen sie sich auf ihre Posten zurück, um Einsel nicht auch noch bei seiner Arbeit helfen zu müssen.

»Ich habe beunruhigende Neuigkeiten, Gelehrter Roval«, begann Einsel.

»Ich weiß schon alles«, erwiderte Roval. »Ich war der mit der Axt, der zehn Schritt entfernt stand, als Warsovran mit Feran gesprochen hat.«

»Meine Güte, Ihr kommt wirklich in der Welt herum, he-he. Was ist schiefgegangen? Unserer Schätzung nach hätten mindestens zwölf Stunden vergehen müssen, bevor die Insel wieder begehbar ist.«

»Ich weiß, aber es gibt immer noch andere Herangehensweisen. Ich hatte etwas vorbereitet, um mir Silbertod kurz nach Sonnenuntergang zu holen. Die Methode war die der Gelehrten Wensomer … aber das spielt jetzt alles keine Rolle mehr. Werdet Ihr mit Warsovran nach Diomeda vorausfahren?«

»Ja, gleich nachdem er die sargolanische Galeere versenkt hat, auf der Feran gekommen ist.«

»Er führt den Angriff persönlich?«

»Ja.«

»Ich verstehe. Gelehrter Einsel, ich habe den Verdacht, dass Euer Gebieter mit Ferans Geheimnis zurückkehren wird. Solltet Ihr ebenfalls erfahren, wie er es gemacht hat, sorgt dafür, dass die Gelehrte Wensomer gleich nach Eurer Rückkehr nach Diomeda davon erfährt.«

Die *Kygar* bohrte sich begleitet von einem Pfeilhagel und Feuertöpfen der Ballisten tief in die Seite der *Wellenreiter*. Die Enterbrücken schwangen herab, gruben ihre Stacheln in das Deck der *Wellenreiter* und verbanden die beiden Schiffe miteinander. Von drei Mitgliedern seiner persönlichen Leibgarde flankiert, stürmte Warsovran als einer der Ersten auf die sargolanische Galeere. Sie kämpften sich nach achtern zu den Türen im Achterdeck durch.

»Arthen, Tionel, bewacht die Tür!«, sagte Warsovran, während er die Holzpaneele eintrat. »Gratz, du begleitest mich.«

Sie töteten zwei Matrosen, bevor sie in die Kapitänskabine eindrangen, wo der Navigator Karten und Tabellen verbrannte. Er wich durch den Rauch zum verrammelten Bullauge zurück und achtete darauf, die Flammen zwischen sich und Warsovran zu halten.

»Du! Hast du Feran Holzholms geheime Hilfsmittel gesehen?«, wollte Warsovran auf Diomedanisch wissen.

»Ich ... Ja«, erwiderte der verängstigte Navigator. »Was soll das alles?«

»Willst du leben?«

»Ich bin Herzog Fujillios von Sargol treu ergeben«, sagte der Navigator entschlossen.

»Dein Herzog interessiert mich einen Dreck!«, fauchte Warsovran. »Wirst du mir dieses Hilfsmittel beschreiben im Tausch gegen dein Leben?«

Hoffnung machte sich auf den Zügen des Mannes breit.

»Nur, wenn ich meinen Herzog und Kaiser nicht verraten muss.«

Er verstummte, als Warsovran herumwirbelte und seine Axt im Hals seines eigenen Marinesoldaten vergrub.

»Zieh seine Rüstung an, setz seinen Helm auf, dann wirf den Leichnam durch das Bullauge und begleite mich«, sagte Warsovran, während er einen Blick nach hinten durch die Tür und den schmalen Kajütgang warf. »Sobald wir an Deck sind, halte den Mund und bleib in meiner Nähe.«

Die Einheimischen hatten völlige Freiheit auf der Nordinsel, solange niemand versuchte, Helion zu verlassen. In der Tat hatte niemand ein sonderliches Interesse daran, die Südinsel zu besuchen. Die Besatzung der *Shadowmoon* verbrachte den Rest des Tages damit, gestrandetes Treibholz zu sammeln, und tauschte es dann sogar für zwei Krüge Wein und ein halbes Dutzend Räucherfische ein. Sie beobachteten, wie das Flaggschiff und seine Eskorte nach Westen segelten. Zwei Stunden später ging die Sonne unter. Miral stand hoch am Himmel und stieg immer noch.

»Es wird noch lange dauern, bis wir hinausschwimmen können«, sagte Terikel.

»Nein, das lohnt das Warten nicht«, sagte Norrieav. »Miral geht erst zwei Stunden vor Morgengrauen unter. Beim ersten Licht wären wir immer noch nicht weit genug weg.«

»Und die *Shadowmoon* kann man mit einer von Schnecken geruderten Badewanne einholen«, sagte Hazlok.

»Betrunkenen Schnecken«, fügte D'Atro hinzu.

»Führt das irgendwohin?«, fragte Terikel.

»Nach allem, was heute Morgen passiert ist, wird es im Umkreis von hundert Meilen keine Haie geben«, sagte Roval. »In einer halben Stunde können wir mit Atemröhren an den patrouillierenden Galeeren vorbei zur *Shadowmoon* schwimmen.«

»Die *Shadowmoon* wird in Mirals Licht zu sehen sein, sobald sie aufgetaucht ist«, warnte D'Atro.

»Wir sollten es vielleicht darauf ankommen lassen«, sagte Terikel.

Ein Stück entfernt in Richtung der Garnison der Marinesoldaten blitzte etwas hell auf, und ein Fleck aus orangem Licht erhob sich auf flackernden, in ein Äthernetz gehüllten Flügeln in den sich verdunkelnden Himmel. Er schraubte sich in die Höhe, legte sich in eine Kurve und stürzte dann steil nach unten. Plötzlich sprühten Funken und brennende Fetzen.

»Ein Raubauton«, bemerkte Roval. »Jemand hat versucht, einen Botenauton nach Westen zu schicken, und Warsovrans Zauberer waren darauf vorbereitet.«

»Wer?«, fragte Norrieav.

»Außer uns sind noch andere Beobachter auf Helion«, räumte Terikel ein.

»Wer?«, fragte Roval.

»Das geht Euch nichts an. Nun gut, wir werden nicht warten. Wir schwimmen jetzt hinaus, während sie den Himmel beobachten und die Insel absuchen.«

Durch eine Dreiecksmessung mit Miral und dem Leuchtfeuer als Ankerpunkte konnten sie die Stelle festlegen, wo die *Shadowmoon* versenkt worden war. An dem Schoner war ein Bojennetz befestigt, das Roval mit einem mitgeführten Schlepphaken bald darauf einfing. Alle sechs Schwimmer tauchten zum Boot und lösten die Gewichte. Die *Shadowmoon* tauchte wieder auf.

»Die Strömung trägt uns nach Westen, also lasst die Masten unten«, sagte Roval, während sie das Schiff flottmachten und mit dem Ausschöpfen begannen.

»Was? Seid Ihr wahnsinnig?«, wollte Terikel wissen. »Der Wind bläst genau richtig.«

»Macht einfach weiter«, rief Roval.

»Ehrwürdige Älteste!«, rief ihr Diakon vom Achterdeck. »Eine Galeere dreht bei und hält auf uns zu.«

Roval fluchte und verstärkte seine Bemühungen, das Wasser auszuschöpfen.

»Wir müssen wieder sinken!«, sagte Norrieav.

»Nein! Werft die Ankersteine aus.«

»Was? Wir sind tot, wenn wir nicht sinken. Die Galeere wird …«

»Nein. Schöpft das Boot leer und trinkt alle dabei so viel Wein wie möglich. Terikel.«

»Wein?«, rief Norrieav. »Warum auch noch das Gesetz der Seefahrt brechen, wo wir doch schon der Spionage schuldig sind? Uns erwartet ohnehin die Todesstrafe.«

»Terikel, öffnet den versiegelten Spind, und bezieht die Kapitänskoje mit trockener Bettwäsche«, befahl Roval. »Und dann zieht Euch aus.«

»Ich soll mich ausziehen?«, fragte Terikel nach. Alle anderen fragten sich ebenfalls, ob sie sich verhört hatten.

»Ja, zieht Euch aus. Ihr und ich werden gleich eine extrem hastige Affäre vorspielen.«

Als die Galeere *Seafire* die *Shadowmoon* erreichte, lag der Schoner mit heruntergeklappten Masten vor Anker. Die Besatzung der Galeere hörte schon von weitem Gesang. Als die Galeere längsseits ging, sahen sie drei Besatzungsmitglieder auf dem Hauptdeck liegen, während sich ein viertes über die Reling übergab. Ein Mann, bei dem es sich um einen dunkelhäutigen Acremaner zu handeln schien, rührte sich, rappelte sich schwankend auf und winkte dem Galeerenkapitän mit einem Krug zu.

»Wo ist denn jetzt dieser verfluchte Feuerkreis?«, grölte der Acremaner.

Der Kapitän und sein Soldatenhauptmann sahen einander einen Moment an, dann hoben sie den Blick zu den Sternen.

Eine Planke wurde auf das Deck der *Shadowmoon* herabgelassen, und ein Dutzend Marinesoldaten eilte an Bord. Augenblicke später wurden Roval und Terikel aus der Kapitänskabine gezerrt. Sie waren nackt und nicht nüchterner als die vier Besatzungsmitglieder. Schließlich kehrte der ranghöchste Offizier der Entermannschaft an Bord der Galeere zurück und erstattete dem Kapitän Bericht.

»Der Schoner ist die *Pfeilschuss*, Kapitän. Ihre Fracht besteht aus Lampen- und Olivenöl, wurde aber von einem Kaufmann namens Garretten gemietet, um ihn selbst und eine Dame von, äh, zweifelhafter Tugend nach Helion zu bringen, um den Feuerkreis zu sehen. Das hat ihn siebenhundertfünfzig scalticarische … Den Namen der Währung habe ich nicht richtig verstanden, aber jedenfalls hat er diese Summe ausgegeben, um diesen Haufen Feuerholz und seine Mannschaft – und ich benutze dieses Wort in einem sehr weiten Sinn – anzuwerben, sie hierherzubringen.«

»Habt Ihr ihnen gesagt, dass der Feuerkreis heute Morgen stattgefunden hat?«

»Ja, Herr Kapitän. Sie weigern sich, es zu glauben.«

Der Galeerenkapitän schloss die Augen und holte tief Luft.

»Wir nehmen sie ins Schlepptau. Sie ankern in Port Wayside, bis Nachricht aus Diomeda kommt, dass die festgehaltenen Schiffe wieder freie Fahrt haben.«

An Bord der umgetauften *Shadowmoon* wirkte Roval einen Zauber, während Terikel mit einem mittelgroßen Fisch rang. Er hatte zwei extrem lange Flossen.

»Seid Ihr sicher, dass das funktioniert?«, murmelte Terikel voller Ekel.

»Nein, aber wenn Ihr mir keinen ausgewachsenen Jagdfalken als Wirt für meinen Botenauton zur Verfügung stellen könnt, haben wir keine andere Wahl. Jetzt haltet ihn hoch.«

Der Fisch hatte breite Flügelflossen und einen Lungensack, der ihn in die Lage versetzte, mehrere Stunden am Stück zu fliegen. Dabei musste er in regelmäßigen Abständen ins Wasser zurückkehren, um seine Haut zu befeuchten, aber in punkto Geschwindigkeit konnte er sich durchaus mit einer Seemöwe messen. Roval stellte den Auton so ein, dass er drei Stunden nach Westen schwimmen und sich dann in die Luft erheben würde. Er breitete die Hände aus, um so das Geflecht aus blauen Fasern zu dehnen, dann warf er es über den Fisch. Die Fasern bedeckten dessen Körper, und ein schwaches Leuchten breitete sich auf den Flügelflossen aus. Der Fisch hörte auf, sich zu wehren und Terikel warf ihn durch das heckwärtige Bullauge der Kapitänskabine ins Wasser.

»Wenn er aus dem Wasser aufsteigt, müsste er eigentlich außer Sicht sein«, sagte Roval.

»Was für eine Erleichterung«, sagte Terikel und wischte sich die Hände ab. »Und jetzt?«

»Jetzt müsst Ihr noch einen Köder wirken. Wir brauchen einen zweiten Flossenflügler.«

Warsovrans Zauberer wirkten ihre Jägerautonen in einem großen Bogen rings um das Flottengeschwader, und einer hatte das Glück, Rovals ersten Fisch auszumachen, der unbeirrt in Richtung Diomeda flog. Der Jäger ging in den Sturzflug. Der Auton des Flossenflüglers spürte sein Nahen, wich aus und entkam, allerdings von den Krallen des Jägers verletzt. Der Raubauton beendete seinen Sturzflug, schlug heftig mit den Flügeln und gewann wieder an Höhe. Bei seinem zweiten Angriff sank der verzauberte Falke langsamer herab, die Krallen weit gespreizt, aber diesmal setzte der Flossenflügler zu einem steilen Sturzflug an.

Der Falke folgte. Der Flossenflügler legte die Flügel an den Körper und fiel wie ein Stein. Der Falke folgte ihm.

Die Autonen, die Zauberer wirkten, um Tiere zu kontrollieren, waren oft erstaunlich komplex, aber es mangelte ihnen an gesundem Menschenverstand und Instinkt. Der Auton des Falken ging davon aus, dass alles in der Luft entweder ein Vogel oder ein Lederflügler war. Die Vorstellung, dass ein Fisch fliegen konnte, war zu komplex für ihn. Der Flossenflügler durchbrach die dunkle Wasseroberfläche und verschwand. Der Raubauton fing den Sturzflug des Falken ab und kreiste in der Gewissheit, dass seine Beute nicht länger als ein paar Sekunden unter Wasser bleiben konnte. Je länger der Bote brauchte, um wieder aufzutauchen, desto intensiver hielt der Falke nach einem auf den Wellen schwimmenden Vogel Ausschau. Doch der Flossenflügler schwang sich erst nach zehn Minuten wieder in die Luft und flog weiter nach Westen, diesmal dicht über den Wellen. Der Raubauton war so auf seine Wache fixiert, dass ihm auch ein zweiter Flossenflügler entging, der hoch über ihn hinweg ebenfalls nach Westen flog.

Warsovran hatte seinen eigenen Auton nach Westen gesandt, der etwas früher als Rovals in Diomeda eintraf und einen halben Tag nach der Armee der Allianz, die am Wüstenhorizont im Osten der Stadt aufgetaucht war. Eine Abteilung Kavallerie hatte sich sofort von der Hauptstreitmacht gelöst und die Außenbezirke Diomedas angegriffen. In der Stadt war jeder Marinesoldat und jedes Mitglied der Miliz, das einen Speer halten konnte, auf die Erdschanzen beordert worden, die als Stadtmauer dienten. Nach kurzem, brutalem Kampf wurden die Angreifer zurückgeschlagen, aber damit blieb noch immer das Problem der Hauptstreitmacht. Der Befehlshaber der Marinesoldaten ließ jeden verfügbaren Mann auf den Schanzen postieren, um die feindlichen Anführer zu beeindrucken, und diese Taktik erzielte die gewünschte Wirkung. Sie schlugen ein Lager auf und planten den nächsten Angriff mit größerer Sorgfalt.

Admiral Forteron ließ vier Jagdautonen aufsteigen, um alle Boten – ob freundlich oder feindlich – daran zu hindern, in die Stadt einzudringen. Dann bekam ein in aller Eile zusammengestelltes Geschwader von Eilgaleeren den Auftrag, die Zufahrtswege zum Hafen zu patrouillieren und den Hafen vollständig zu sperren. Die Besatzungen aller anderen Kriegsschiffe wurden an Land und zu den Erdwällen beordert.

An Bord der Eilgaleere *Wassernymphe* hielt sich der sargolanische Navigator in der einzigen Kabine auf und skizzierte den Anzug aus Leder, den er Druskarl bei Ferans Tests hatte tragen sehen. Insbesondere versuchte er sich an Einzelheiten des Luft kühlenden Kruges zu erinnern, der auf den Rücken des Anzugs geschnallt war. Warsovran und Einsel standen im Bug abseits der Mannschaft und der Ruderer an Deck und unterhielten sich leise über ihren neuen Gebieter.

»Feran Holzholm ist ebenso wankelmütig wie meine Ex-Gemahlin«, murmelte Warsovran, während er sich mit einer dicken Schriftrolle vor die Stirn klopfte.

»Rechtlich gesehen ist sie immer noch Eure Gemahlin, mein Kaiser«, erinnerte ihn Einsel.

»Ihr habt recht, Einsel. Sollte ich mich von ihr scheiden lassen, bevor ich sie töte? Das ist eine Frage, über die sich nachzudenken lohnt. Aber gegenwärtig ist Feran Holzholm mein Problem. Er ist wankelmütig und impulsiv, und das ist gut. Wenn er genügend gereizt wird, könnte er eine Dummheit machen.«

»Dann sollten wir ihn besser mit Vorsicht behandeln.«

»O nein, wir sollten ihm das Leben zur Hölle machen, bis ihm der Geduldsfaden reißt.«

»Und er einen Feuerkreis befiehlt?«, fragte Einsel trübsinnig.

»Ja, genau, und danach … Der sargolanische Navigator hat Holzholms Geheimnis verraten. Er hat eine stark isolierte Rüstung mit einer Vorrichtung zum Kühlen der Atemluft benutzt. Mit so einer Lederrüstung könnte ich einen Tag nach unserer Rückkehr nach Diomeda aufwarten.«

»Aber wie soll man atmen? Das Geheimnis der Kühlvorrichtung bleibt ungeklärt.«

»Ha! Ein großer, auf den Rücken geschnallter Krug könnte gerade genug Luft für den Weg enthalten.«

»*Könnte*. Große Tonkrüge sind sehr schwer.«

»Und ich bin sehr stark. Wir werden diesen Feran Holzholm mit Beleidigungen reizen, die angeblich vom Morgenlicht-Palast stammen. Es wird nicht lange dauern, bis er Silbertod gegen den Palast einsetzt. Dann töten wir ihn, und ich werde als Erster bei Silbertod sein.«

»Mein Kaiser, er hat ein Tauchboot benutzt. Angenommen, er setzt sich darin eines Nachts heimlich mit Silbertod ab, löscht Morgenlicht aus, bevor wir es überhaupt richtig zur Kenntnis genommen haben, und holt ihn sich dann wieder. Außerdem ist eine Armee unterwegs, um Diomeda zu belagern und es dem ehemaligen … Nun der ehemalige König ist tot, aber es gibt einen Erben. Angenommen Holzholm kommt zu dem Schluss, dass ganz Acrema ihn ebenso hasst wie die Leute in Morgenlicht, und Silbertod an Land entfesselt?«

»Und? In vierundsechzig Tagen können wir einen Kanal um das Zentrum der Explosion graben und mit Wasser füllen lassen.«

»Nein, das ist Wahnsinn! Angenommen der Boden ist felsig oder der Graben müsste über einen Berghang verlaufen? Ganz Acrema, Vindic, Racital, Nord-Scalticar und sogar ein Teil Toreas würden verbrennen, bevor der Feuerkreis erlischt – und das auch nur unter der Annahme, dass die Karten stimmen und Eis und Schnee in Scalticar dieselbe Wirkung auf den Feuerkreis haben wie Wasser.«

»Es ist das Risiko wert …«

»Was? Nein!«, protestierte Einsel.

»Redet leise und habt Vertrauen in meine Berechnungen. Wir werden auf jeden Fall versuchen, den kleinen Drecksack dazu zu provozieren, Silbertod zu entfesseln. Wo er das tut, ist mir egal. Torea hat mir mehr bedeutet als mir Acrema je bedeuten könnte. Außerdem ist Silbertod zurückzugewinnen ebenso der

Schlüssel zu Unsterblichkeit wie zu unbegrenzter Macht. Einsel, Einsel, ich weiß, was für ein ängstlicher Mann Ihr seid, aber vergesst nicht, dass Ihr an meiner Seite und in Sicherheit sein werdet. Wenn Silbertod in den Ebenen hinter Diomeda außer Kontrolle gerät, lasse ich einen Unterwasser-Schutzbunker im Hafenbecken anlegen und überdaure die letzten Feuerkreise dort. Umgedrehte und versenkte Schiffsrümpfe reichen. Zweitausend Männer, fünfzig diomedanische Frauen für jeden von ihnen, Proviant und Werkzeug ... Ja, ich könnte eine neue Welt aufbauen. Vielleicht wäre das sogar das Vernünftigste.«

Als Warsovran nach achtern ging, um nachzusehen, welche Fortschritte die Zeichnungen des Sargolaners machten, blieb Einsel im Bug und starrte nach Westen. Der Himmel war bewölkt, und Regen drohte, doch er sah nur Feuer.

Hoch in der Luft und einige Meilen über dem Meer vor Diomeda ging der Flossenflügler, der Rovals Botenauton war, langsam in Sinkflug. Einer der patrouillierenden Raubautonen spürte ihn, schätzte Geschwindigkeit und Richtung ein und stürzte sich dann in lang gezogenem Bogen auf ihn. Rovals Flossenflügler hatte bei jenem ersten Angriff Verletzungen davongetragen und war kurz davor, in der Luft zu sterben. Er legte die Flügel an und tauchte ab. Der Falke folgte ihm. Ein zweiter Jäger brach seinen Patrouillendienst ab, um Deckung zu fliegen. Der Flossenflügler tauchte ins Meer, aber mittlerweile war heller Tag, und der Falke konnte die Umrisse des weiter auf Diomeda zuschwimmenden Fisches sehen. Der Falke bremste seinen Flug so weit ab, dass er sich gerade noch in der Luft halten konnte, und folgte. Der zweite Flossenflügler rammte den Falken mit einer Geschwindigkeit von über neunzig Meilen in der Stunde und löschte dadurch beide in einem leuchtenden Blitz und einer Wolke aus Funken und verkohlten Federn aus.

Der zweite Jagdauton stieß herab. Ihm war zwar bewusst, dass der erste getötet worden war, nicht aber, dass dieser einen Fisch gejagt hatte, der untertauchen und unter Wasser große

Strecken zurücklegen konnte. Er umkreiste die verkohlten Überreste seines toten Kameraden und wartete darauf, dass der erste Botenvogel wieder auftauchte.

Der erste Flossenflügler tauchte erst im Hafen von Diomeda wieder auf, so weit jenseits der Grenzen des Patrouillenkreises, dass die Jägerautonen ihn nicht spürten. Der Fisch war mittlerweile sehr schwach und kaum noch in der Lage, sich über den regengepeitschten Wellen zu halten, und erst beim dritten Versuch gelang es ihm, sich wieder in die Luft zu erheben. Mit heraushängenden Eingeweiden schlug der Auton mit den Flügeln und mühte sich, Höhe zu gewinnen. Er flog kaum höher als die Masten über die Schlachtflotte hinweg, dann über schlammige Straßen, orientierte sich an einigen der großen Villen und entdeckte schließlich in der Ferne sein Ziel. Die Anstrengung, diese letzten drei Dutzend Fuß an Höhe zu gewinnen, tötete den Flossenflügler, doch der Auton hielt die Flügel ausgebreitet, ging in einen Gleitflug über, während er sich eines der oberen Turmfenster als Ziel auswählte, und legte sich in eine leichte Kurve.

Er durchschlug die Zedernholzläden vor dem Fenster und einen Vorhang dahinter und landete auf dem Bett, auf dem sich die nackte Wensomer eines tanzübungsfreien Morgens erfreute. Ihr Kreischen weckte den gesamten Haushalt und zusätzlich einen Großteil der Nachbarschaft.

»... und ich würde dringend raten, dafür zu sorgen, dass Laron auf dem ersten neutralen Frachter nach Süden untergebracht wird. Tut es noch in dieser Stunde. Feran könnte beschließen, seine eigenen Autonen dem Geschwader vorauszuschicken. Möge das Glück mit Euch sein, Mylady.«

Der Sprecher war ein kleines durchsichtig-oranges Ebenbild Rovals, das zwischen Wensomers ausgestreckten Händen stand.

»Wollt Ihr es noch einmal sehen?«, fragte Wensomer Yvendel.

»Ich habe es schon beim ersten Mal verstanden«, erwiderte die Rektorin Yvendel.

Wensomer führte die Hände zusammen, und die Energien des Autonen lösten sich in ihrer Haut auf.

»Es gibt eine Menge zu überlegen«, sagte sie.

»Angefangen mit Laron. Wir müssen ihn an Bord eines Schiffes bringen.«

»Eines Schiffes? Der Hafen ist gesperrt.«

»Oh. Ja. Nun, wenn ein Schiff zu fliehen versucht und versenkt wird, können wir die Passagierliste fälschen und Laron daraufsetzen.«

»Und wo wird Laron sich in der Zwischenzeit tatsächlich aufhalten, o höchst verschlagene Mutter?«

»Ich sage es nur ungern, aber sehr wahrscheinlich in deiner Villa, wo er diesen toten Fisch als Bettgefährten ersetzen wird, o meine höchst eigentümliche Tochter.«

Bedauerlicherweise tat ihnen kein Schiffskapitän den Gefallen zu versuchen, die Blockade zu durchbrechen. Laron und Wensomer nahmen ein spätes Frühstück im oberen Sonnenzimmer ihrer Villa ein, nur dass die Sonne hinter für die Jahreszeit untypischen Wolken verborgen war und wieder Regen drohte. Die Notwendigkeit, einen ausländischen Staat zu erreichen, wurde ausgiebig besprochen. Zwar war die nächste Grenze nur eine Tagesreise per Schiff entfernt, aber etwa drei Meilen westlich der Stadtbefestigungen lagerte eine relativ große ausländische Präsenz, was das Reisen erschwerte. Andererseits gab es einen befestigten Palast auf einer Insel in Diomedas Hafen, der technisch gesehen unter ausländischer Kontrolle stand.

»Ihr braucht nur Jarrem dem Kahlen in der Zinnflöte fünf Goldpagolen zu bezahlen«, regte Wensomer an.

»Und dann?«

»Schickt er Euch zu Chok-Tas, dem Schiffsbauer bei den Werften am Fluss.«

»Und dann?«

»Kauft Ihr ein kleines, schnelles Kanu für dreißig Goldpagolen.«

»Dreißig!«

»Dann geht Ihr an Bord dieses Ruderboots, und zwar mit einem Messer und einem Schlafsack, der Euer Gewicht in Steinen enthält.«

»In Steinen?«

»Dann wartet Ihr unter der Brücke der Königlichen Esplanade, bis Miral untergegangen ist.«

»Und dann rudere ich zum Inselpalast und bringe dem Kronprinzen die Steine mit Euren besten Empfehlungen?«

»Nein, Ihr schneidet ein kleines Loch in die lederne Außenhaut des Kanus, geht über Bord und lasst das Kanu von der Strömung in den Hafen treiben. Wenn es die Flusseinmündung verlässt, werden die dort stationierten Wachen es mit Pfeilen beschießen, solange es im Lichtschein der Fackeln ist. Bis sie ein Boot zu Wasser gelassen haben, um die Verfolgung aufzunehmen, ist das Kanu längst gesunken.«

»Und ich treibe bis zum Hals im Wasser, friere und bin fünfunddreißig Goldpagolen ärmer.«

»Exakt. Dann bedeckt Ihr Euch mit Schlamm, klettert aus dem Fluss und meldet den Wachen an der Einmündung, man hätte Euch zusammengeschlagen, ausgeraubt und in den Leir geworfen. Die Wachen werden sagen, ›Verpiss dich, du stinkender Bengel‹, oder etwas in der Art. Genau das werdet Ihr tun und hierher zurückkehren. Dann werdet Ihr gebadet und in dieser Villa versteckt, und wenn Feran in Diomeda eintrifft und Chok-Tas der Schiffsbauer schließlich von Jarrem dem Kahlen verraten wird, wird er gestehen, dass er Euch für fünf Silberpagolen ein Kanu vermietet hat, in dem Ihr mit ausnehmend schwerem Gepäck irgendwann nach Mitternacht losgerudert seid, und Ihr ihm das Kanu nie zurückgebracht habt.«

»Feran wird daraus schließen, dass ich Zuflucht im Inselpalast gesucht habe.«

»Ja.«

»Feran wird den Palast und seine achthundert Verteidiger mit einem einzigen Feuerkreis in einen Aschehaufen verwandeln.«

»Nein.«

»Der Palast hat einen Durchmesser von einer Viertelmeile und ist von Wasser umgeben – er wäre ein leichtes und verführerisches Ziel.«

»Feran würde im Augenblick der Erteilung dieses Befehls Silbertods Schutz verlieren. Warsovran würde Feran in diesem Fall in winzige, höchstens aprikosengroße Stücke hacken lassen und sich Silbertod nach Lust und Laune zurückholen. Feran wird darauf nicht sonderlich erpicht sein, also gehe ich davon aus, dass er Silbertod dazu benutzen wird, die Belagerungsarmee so einzuschüchtern, dass sie abzieht, um dann Warsovran zu befehlen, den Palast mit einem direkten Angriff einzunehmen. Warsovran wird ungefähr zehn Wochen brauchen, um die nötige Anzahl schwimmender Katapulte bauen zu lassen, und danach …«

»Stürmen sie den Palast, kehren dort das Unterste zuoberst, finden heraus, dass ich nicht da bin, und setzen eine so große Belohnung aus, dass selbst *Ihr* versucht sein werdet, mich in einen Haufen Goldpagolen umzuwandeln.«

»Laron, Laron, ein Großteil des Lebens ist lediglich der Versuch, im Angesicht von Hunger, Krankheit, Krieg oder langweiligen, unangemeldet zum Essen hereinschneienden Verwandten einen Tag oder zwei länger zu leben. Habt Vertrauen, dass sich etwas ergeben wird. Glaubt mir, Laron: Irgendwas *wird* sich ergeben.«

»In der Zwischenzeit läuft das Autonmädchen im Körper der verstorbenen Velander herum, und Feran hat in Bezug auf diesen Körper einige nicht wirklich gesunde Absichten. Und zwar unabhängig davon, wer ihn gerade bewohnt. Nona *muss* hierhergebracht und versteckt werden.«

»Nona? Das Autonmädchen? *Hierher*? Eher nicht!«

»Warum?«

»Sobald die Sonne unter- und Miral aufgegangen ist, werdet Ihr mit ihr aufs Dach gehen und es mit ihr treiben. Ich habe Euch in der Akademie mit dieser, dieser … Frau gesehen!«

»Lavenci.«

»Nona kann bei Madame Sairet bleiben.«

»Madame Sairet nimmt sie mit auf den Markt, wo sie gesehen werden kann. Wenn wir sie darum bäten, sie zu verstecken, würde Sairet misstrauisch werden.«

»Laron, Ihr wollt sie nur hierherholen, um mit Ihr zu tun, was Ihr mit mir tun solltet.«

»Keineswegs.«

»Ich habe alles, was sie hat. Es ist nur tiefer, breiter und wiegt mehr.«

Laron nahm den Schal von seinem Kopf und tippte an etwas Unsichtbares. Der Stirnreif und die violette Kugel an seinem Kopf wurden sichtbar.

»Habt Ihr so eine?«

Die Toreaner waren die Meister der Orakelkugel-Zauberei gewesen, aber die meisten der für ihr Verständnis unerlässlichen Mechanismen, Texte und Personen waren zusammen mit dem Kontinent verbrannt. Wensomer war ernsthaft in Versuchung. Die Vorrichtung, die Nona trug, war von unschätzbarem Wert, sowohl in Gold als auch in wissenschaftlicher Hinsicht.

»Ich glaube, es lässt sich arrangieren, dass Nona von ihrem nächsten Ausflug zum Markt nicht mehr zurückkehrt. Freiberuflich tätige Sklavenhändler, wisst Ihr? Man kann nie wissen, wo sie das nächste Mal zuschlagen.«

»Admiral Forteron hat die Sklaverei verboten …«

»*Illegale* freiberuflich tätige Sklavenhändler, man weiß nie, wo sie das nächste Mal zuschlagen. Sairet wird außer sich sein, aber ich werde sie trösten.«

»Warum verbreitet Ihr nicht das Gerücht, dass sie mit mir zum Inselpalast geflohen ist? Das wird Feran noch weniger Anreiz geben, Diomeda durchsuchen zu lassen.«

Wensomer strich sich einen Moment über das Kinn. »Ich mache es, aber nur, wenn Ihr versprecht, in getrennten Zimmern zu schlafen und nicht mit …«

»Wensomer! Velanders Körper ist vielleicht zwanzig Jahre alt, aber Nonas Seele existiert erst seit ein paar Monaten! Sie ist ein Auton, sie hat kein Interesse an Sex – und soweit es mich betrifft, ist sie meine kleine Schwester.«

Wensomer nickte versonnen und traf dann eine Entscheidung. Sie erhob sich und marschierte mit auf dem Rücken verschränkten Händen auf und ab. Laron hatte das Kinn auf die verschränkten Hände gestützt und sah ihr dabei zu.

»Laron, wider besseres Wissen gebe ich mein Einverständnis. Bis heute Abend wird Nona in einem der Türme der Villa sicher in einem *Einzel*bett liegen. In der Zwischenzeit werdet Ihr im Schlamm unter der Brücke der Königlichen Esplanade stehen.«

Laron hatte Wensomer bis jetzt nichts von seinen kurzen Gesprächen mit einem ganz anderen Teil des Autonmädchens erzählt, die er immer dann führte, wenn er einen starken Wachauton oder ein ätherisches Feld zum Anzapfen fand oder wenn ein Gewitter im Gange war. *Soll ich es ihr sagen oder es sie selbst herausfinden lassen?*, fragte er sich. Es würde äußerst befriedigend sein, einmal vor Wensomer überlegenes Wissen zu demonstrieren.

Es war weder die Jahreszeit für Gewitter noch die für Regen, aber eigentlich fiel in keiner von Diomedas Jahreszeiten viel Regen. In der warmen Jahreszeit regnete es überhaupt nicht, in der heißen gab es regelmäßig Wirbelstürme, aber ansonsten bezog die Stadt sämtliches Frischwasser aus dem Leir. Oder *über* den Leir. Einwohner, die sich nervös fragten, was die Königreiche flussaufwärts wohl in den Fluss warfen, schütteten oder pinkelten, neigten dazu, Fässer mit Schmelzwasser aus dem Schnee der Berge im Landesinneren importieren zu lassen. Doch die Gemüsegärten, Dattelpalmen, Feigenbäume, Weinberge und Pferdetröge wurden alle mit Flusswasser versorgt, und sogar der Schlick, der als Nährboden für das Gemüse und als Rohmaterial für Lehmziegel benutzt wurde, stammte aus dem Fluss.

Der Pegel des Flusses stieg. Normalerweise führte er jedes Jahr, wenn auf den Bergen im Landesinneren schwere Regenfälle niedergingen, fünf Fuß Hochwasser und dann standen die Flussauen rings um Diomeda ein paar Wochen lang unter Wasser. Jetzt war der Fluss bereits zwei Fuß höher gestiegen. Die meisten Leute argwöhnten, dass die Wolken, die sich über Diomeda abregneten, auch große Mengen nicht jahreszeitgemäßen Regen auf die Berge niedergehen lassen könnten. Die Bewohner zitterten in der lauen Luft der einstmals heißen Jahreszeit und unternahmen tägliche Wanderungen zu den Hochwasserstandsmarken am Fluss. Mit Ausnahme der exklusiveren Villen, Anwesen und Paläste – die auf Hügeln errichtet waren – lag die gesamte Stadt in einer Ebene, die sich genau einen Fuß über den Höchststand des jährlichen Hochwassers erhob.

Wensomer schaute vom höheren der zwei Türme ihrer Villa auf den Fluss. Nona saß hinter ihr. Der Fluss führte nicht nur Hochwasser, er änderte auch langsam die Farbe zu einem vollen, schlammigen Rot. Wensomer wandte sich wieder an Nona, die mit im Schoß verschränkten Händen dasaß. Wenn man ihr nicht auftrug, etwas zu tun, tat sie nichts.

»Bitte sei so gut und legt den Schal ab«, befahl Wensomer.

Nona gehorchte. Laron hatte den Stirnreif so konfiguriert, dass er sichtbar war. An ihrer Stirn lag eine violette Kugel in einem violetten Stirnreif aus silbrigem Metall, dessen Enden auf unheimliche Art mit der Haut ihrer Stirn verschmolzen, während der Rest in den Haaren verschwand.

Laron war im Regen auf dem Dach und setzte einen komplizierten Mechanismus aus Kristallen, Metallspiralen, Meerdrachen-Elfenbein, geschliffenem Grünstein und Barren aus reinem Kupfer zusammen. Mit Autonen überzogene Fledermäuse trugen Drähte hoch in den Himmel. Schließlich kam er tropfnass zurück.

»Ich scheine ätherische Energie aus den Wolken zapfen zu können, ohne dass der Blitz einschlägt«, verkündete er.

»Ich bin sehr erleichtert, das zu hören«, erwiderte Wensomer.

»Dieses Kissen ist jetzt direkt im Brennpunkt der ätherischen Kristallinduktoren auf dem Dach. Nona, sei bitte so gut und setz dich darauf.«

Nona stand auf, ging zum Kissen und setzte sich. Sie wand sich unbehaglich, als habe sich eine Ameise in ihren Gewändern verirrt.

»Du weißt, dass ich deine neue Beschützerin bin, nicht wahr?«, fragte Wensomer.

»Ja, Eure Ladyschaft.«

»Ich habe beschlossen, dich zu meiner persönlichen Dienerin zu machen.«

»Ja, Eure Ladyschaft.«

»Würde dir das gefallen?«

»Ja, Eure Ladyschaft.«

»Warst du jemals mit einem Mann im Bett?«

»Nein, Eure Ladyschaft.«

Interessant, überlegte Wensomer. *Keine Erinnerung daran, als der Sukkubus den Körper beherrscht hat. Weniger eine saubere Tafel, sondern niemand da, der die Kreide hält.*

»Was bist du, Nona?«

»Ein Auton, Eure Ladyschaft.«

Wensomer wartete weiter. Nona blieb Nona. Laron lief hektisch hin und her und veränderte Einstellungen. Wensomer lehnte sich zurück und trommelte mit den Fingerspitzen auf ihrer Sessellehne.

Velander duckte sich, als das Ding vor ihr aufragte. Es hatte Elemente kalten, schneidenden Hungers an sich und war ziemlich stark. *Beinah ein Raubelementar*, dachte sie, *aber nicht ganz.* Es konzentrierte sich auf sie.

»Du bist sehr schwach, aber auch sehr komplex«, stellte es ohne jede Feindseligkeit fest.

»Ich war einmal lebendig«, sagte Velander.

»Willst du damit sagen, dass du ein Geist bist?«

»Ich sterbe, sehr langsam.«

Das Ding umkreiste die beinah verschwindend schwache Achse und untersuchte Velander.

»Kann ich helfen?«, fragte es schließlich.

Das Angebot überraschte Velander völlig. *Helfen.* Auf eine kuriose Weise half das Ding bereits. Mit ihm zu sprechen half dabei, das zu konzentrieren, was noch von ihr übrig war. Es war wie ein großer, unbeholfener Welpe, der überallhin ätherische Energie ausstrahlte. Velander badete darin wie eine Katze, die sich im Garten im Sonnenschein räkelte.

»Nur reden, nah sein«, sagte sie. »Deine Lebenskraft … belebt mich.«

Das Ding kam näher. Ein erfahrener Schattenwanderer hätte seine Energien nicht so vergeudet. Die meisten waren so beherrscht, dass sie kaum zu sehen waren.

»Ich habe mich verirrt«, gab das Ding zu. »Mein Weltname ist Elltee. Ich bin eine … Gelehrte.«

»Ich bin Velander. Früher war ich Priesterin. Woher kommst du, und was versuchst du zu finden?«

»Ein Zauberer hat mit mir gesprochen. Er verrät mir Geheimnisse als Gegenleistung für die Geheimnisse der kalten Wissenschaften meiner Welt. Ich … ich fürchte, ich habe mit einer neuen Einstellung an meinem Stirnreif experimenriert, als er mich diesmal gerufen hat. Anstatt in der Orakelkugel und dem Körper zu landen, in die ich gerufen wurde, habe ich mich hier wiedergefunden.«

»Elltee, bitte bleib bei mir. Ich verrate dir Geheimnisse und Fähigkeiten ohne Gegenleistung. Ich war so lange alleine.«

»Velander, ich habe keine Kontrolle darüber, wie lange ich an diesem Ort bleibe, aber sag mir, wie ich dir helfen kann, solange ich bei dir bin. Ich werde tun, was ich kann.«

Wensomer hatte zwei kleine Süßigkeiten verzehrt, einen halben Krug Wein getrunken, ein wenig in einem Buch über Verführungszauber gelesen und war dann eingeschlafen, bevor Laron endlich einen triumphierenden Schrei ausstieß und in den Raum zurückeilte.

»Die Kleine muss an den Einstellungen ihres Stirnreifs herumgespielt haben!«, verkündete er, als Wensomer ihren Kopf schüttelte und sich aufrichtete. »Ich hatte die ganze Zeit Kontakt, aber die Fokussierung hat nicht gestimmt.«

Er nahm eine Einstellung an Nonas Stirnreif vor. Abrupt wand sie sich mit durchgebogenem Rücken in einem Krampfanfall. Laron hielt Wensomer zurück, und Augenblicke später richtete Nona sich auf. Sie schaute sich langsam um, als sehe sie den Raum zum ersten Mal.

»Elltee?«, fragte Laron.

»Laron! Manchmal kann ich das alles gar nicht glauben.«

Wensomer wusste sofort, dass dies nicht Nona war. Das Ding strahlte Energie und Selbstbewusstsein aus.

»Wo wart Ihr?«

»An einem dunklen Ort voller Funken und schattenhafter Gestalten. Ich habe mit einer verschwommenen Blase an einem leuchtend orangen Faden gesprochen. Sie sagte, sie wäre ein Geist.«

»Was? Ihr wart Schattenwandeln?«

»Ja, so hat sie es auch genannt.«

»Elltee, Ihr solltet niemals mit fremden Elementaren reden. Sie können Euch in die Irre führen und sogar töten. Es war vielleicht ein Sukkubus und kein Geist.«

»O nein, dafür war sie viel zu nett. Fast schon ein ›Nerd‹, um ehrlich zu sein.«

»›Nerd‹?«, wiederholte Laron das unverständliche Wort.

»*Nerd.* Ich dachte, ich denke und rede in der Sprache meines Wirts.«

»Nicht wenn es dieses Wort nicht gibt.«

»Ein Nerd ist in diesem Fall ein Gelehrter oder Naturphilosoph, der ein Fachidiot mit sehr begrenzten sozialen Fertigkeiten ist. Sie neigen dazu, sich selbst etwas zu ernst zu nehmen …«

»Nicht jetzt!«, schnauzte Laron. »Ich muss Euch ein paar wichtige Fragen stellen.«

»Was Ihr wollt.«

»*Nerd*«, sagte Wensomer, indem sie das Wort auf der Zunge zergehen ließ wie eine leckere Süßigkeit. »Das beschreibt eine bestürzend große Anzahl von Zauberern.«

»Wer ist Eure Freundin?«, fragte Elltee, indem sie sich von Laron abwandte.

»›Freundin‹ ist übertrieben, aber sie heißt Wensomer. Eigentlich will sie die Fragen stellen.«

Er sah Wensomer an und zuckte die Achseln.

»Wo seid Ihr geboren?«, fragte Wensomer.

»Im ›Royal Memorial Hospital‹ im ›November 1988‹.«

Mehrere Wörter waren nicht übertragbar und entstammten offenbar einer Kultur, Sprache, Welt und Zeit, die mit ihrer wenig gemeinsam hatte.

»Wie alt seid Ihr?«, fragte Wensomer.

»Elf«, erwiderte sie und fügte dann hinzu: »Jahre.«

»Was sind die fortschrittlichsten Äthermaschinen, wo Ihr geboren seid?«

»Da gibt es keine Äthermaschinen. Aber wir benutzen eine Art Äther, die ›Elektrizität‹ genannt wird.«

Wensomer schüttelte den Kopf und gab sich alle Mühe, ihr Erstaunen zu verbergen. Andererseits hatte sie nichts erfahren, was sich ein cleverer Schwindler nicht auch ausgedacht haben konnte.

»Könnt Ihr dann einige Eurer fortschrittlichsten Maschinen nennen?«

»›Weltraumfähren‹, ›Roboter‹, ›Supercomputer‹, das ›Internet‹, ›Laser‹, ›Atombomben‹, ›Komm-Satelliten‹, ›Handys‹, Sprechende ›Automaten‹ ...«

»Schon gut, das reicht!«, rief Wensomer.

Kaum ein Wort war verständlich. Irgendwas-*Fähren. Soll das bedeuten, dass sie dort sehr fortschrittliche Fährdienste haben?*, fragte sich Wensomer. Und Sprechende *Irgendwas.* Vielleicht waren das so etwas wie Maschinen, die Kindern Geschichten erzählten, während die Eltern die Ernte einbrachten. *Sprechende.* Vielleicht war es sogar eine Maschine, die Zauber wirken – und vielleicht sogar speichern – konnte. *Das* wäre in der Tat eine fortschrittliche Maschine. Aber sie hatte gesagt, dass es in ihrer Welt keine Äthermaschinen gab. Es waren zu viele Worte, die keinen Sinn ergaben. Der Elementar konnte von großem Wert sein, war aber auch wie ein Buch fortgeschrittener Zauber in einer toten Sprache – und ohne Bilder oder Diagramme. Hier war eindeutig ein längeres und sorgfältigeres Studium vonnöten.

Wensomer traf eine Entscheidung. »Was sind Eure letzten Erinnerungen an die Welt, auf der Ihr geboren seid?«, fragte sie.

»Ich habe meine ›Hausaufgaben‹ gemacht, auf meinem ›Laptop‹, und war dabei im ›Internet‹.«

»Und wie lange ist das her?«

»Das war gerade erst, kurz bevor ich plötzlich hier neben dem Geist aufgetaucht bin.«

Wensomer fiel die Kinnlade herunter. Sie schloss den Mund wieder, schluckte und blinzelte. Dieses Vorkommnis war in der Geschichte der Welt ohne Beispiel. Die Orakelkugeln konnten Essenz und Erinnerungen einer Seele vom Moment der Abbildung an umfassen, aber niemals danach. Dieses Mädchen war nicht nur eine Abbildung, sie war eine Abbildung, die an ein Lebewesen gekoppelt war. Wensomer kam ein Gedanke.

»Elltee, wie viele Mondwelten umkreisen die Herrscherwelt deiner Welt?«

»Keine.«

»Was?«

»Keine.«

»Äh, wie viele Sonnen umkreisen deine Welt?«

»Keine.«

Wensomer fuhr sich mit der Hand an die Stirn. Dies war entweder der größte Schwindel in der Geschichte, oder sie hatte so sehr den Boden unter den Füßen verloren, dass …

»Wie viele Mondwelten gibt es am Himmel Eurer Welt?«

»Eine.«

Vor Erleichterung sanken Wensomers Schultern herab.

»Und spendet sie Licht und Wärme?«

»Nein, das macht die Sonne.«

»Aber Ihr habt gesagt, es gäbe keine Sonnen.«

»Ich habe gesagt, dass keine Sonnen meine Welt umkreisen. Meine Welt umkreist eine Sonne.«

Eine Welt mit einer riesigen Sonne in gewaltiger Entfernung.

Wensomer fragte sich jetzt, ob Laron ihr vielleicht einen gewaltigen Streich spielte. Wenn nicht … Wensomer ging plötzlich zu einem Schreibtisch und kritzelte etwas auf Schilfpapier.

»Fantastisch«, sagte sie bei sich. »Anstelle einer Sonne, die Miral umkreist, umkreist die Welt des Mädchens eine Sonne.«

Laron rang das triumphierende Lächeln nieder, das seine Lippen aufwärts zu ziehen versuchte.

»Nein, Miral umkreist auch eine Sonne.«

Wensomer öffnete den Mund, um *Ketzerei* zu sagen, konnte sich aber gerade noch zurückhalten.

»Woher wisst Ihr das, wenn der Himmel Eurer Welt so anders ist?«

»An unserem Himmel gibt es vier von den Welten, die Ihr Herrscherwelten nennt. ›Jupiter‹, ›Saturn‹, ›Uranus‹ und ›Neptun‹. ›Jupiter‹ hat vier große Mondwelten und viele kleinere. ›Saturn‹ hat Ringe wie Miral. All diese Herrscherwelten umkreisen unsere Sonne in sehr großer Entfernung und sind sehr kalt. Unsere Welt umkreist die Sonne in kleinerem Abstand, wie Miral, und ist warm genug für Leben.«

Ohne Elltees Ausführung völlig zu begreifen, schrieb Wensomer alles auf. An diesem Tag hatte sich das Universum verändert. Draußen sorgten sich die Leute wegen eines ansteigenden Flusses und einer Belagerungsarmee, doch in diesem Turm geriet die Himmelsordnung durcheinander. Sie redete mit etwas, das über das Wissen eines Gottes verfügte. »Was fragte man einen Gott?«

»Was ist Äther, was ist die Quelle unserer Magie?«

»Unsere Wissenschaften kennen Miral als ›Gasriesen‹ mit gewaltigen ›Magnetfeldern‹ und ›Strahlengürteln‹, aber er kreist innerhalb der ›Habitatzone‹ der Sonne, was Eurer Welt die Fähigkeit verleiht, einen ›Treibhauseffekt‹ zu entwickeln. Eure Welt umkreist Miral innerhalb seiner ›Strahlengürtel‹ und der gewaltigen dort gespeicherten Energien, also ist das Leben auf Eurem ›Planeten‹ mittlerweile von ihnen abhängig. Würde mein eigener Körper auf diese Welt geschickt, würde ich vermutlich wenige Minuten später an ›Strahlenvergiftung‹ sterben.«

»Würde ich auf Eurer Welt sterben?«, fragte Wensomer, die dem letzten Satz ein wenig Bedeutung abringen konnte.

»Ich glaube schon. Ihr braucht den Äther wahrscheinlich genauso wie Nahrung, Wasser und Luft. Auf meiner Welt gibt es davon nicht viel.«

Alle wichtigen Wörter blieben für Wensomer unverständlich. Sie seufzte und legte die Feder nieder. Plötzlich schrie Elltee auf.

»›Laron, alles fängt an zu flackern und löst sich auf‹«, begann sie, dann brach sie wieder zusammen und wurde völlig schlaff.

Vom Dach ertönte ein lautes Knistern gefolgt von einem Knall. Laron eilte davon, um der Sache auf den Grund zu gehen, und der stechende Geruch nach etwas Verbranntem trieb zu Wensomer herab. Nona schüttelte den Kopf und richtete sich auf.

»Eure Ladyschaft? Soll ich Euch aufwarten?«

»Ich … ich fühle mich ein wenig schwach. Ich muss mich jetzt ausruhen«, sagte Wensomer. »Geh und such meinen Verwalter. Er soll dich im kleineren Turm unterbringen.«

Nona ging. Wensomer ging ihre Notizen durch, schrieb ein paar Zahlen auf eine Tafel, zog mehrere Texte zurate, nahm ein paar Berechnungen mit Hilfe eines Rechenbretts vor, nur um ungläubig dreinzuschauen und sich die Augen zu reiben, als sie das Ergebnis sah. Schließlich kam Laron wieder herunter, und zwar mit seiner Apparatur, die nass und geschwärzt war.

»Die ätherischen Isolatoren aus Bernstein sind ausgebrannt und geborsten«, berichtete er. »Dadurch wurden alle meine Zauber aufgehoben, die Autonen haben sich aufgelöst und die Fledermäuse sind entkommen. Zum Glück sind die Sachen, die ich mir aus der Akademie geliehen habe, nicht allzu schwer beschädigt worden – bis auf den Bernstein.«

»Weiß Mutter, dass Ihr Euch das alles aus ihrer Akademie geborgt habt?«

»Äh, nein, und die Sachen zurückzubringen dürfte schwierig werden.«

»O nein, lasst mich das machen. Jetzt möchte *ich sie* einmal wütend erleben. Laron, habt Ihr eine Ahnung, wie viel ätherische Energie nötig ist, um eine Verbindung zu einer Kreatur auf einer anderen Mondwelt herzustellen und aufrechtzuerhalten?«

»Eurem Tonfall nach zu urteilen, eine ganze Menge«, erwiderte der Jüngling.

»Die Zahl ist allerdings gewaltig. Die Toreaner haben ebenfalls Gewitter angezapft, um das zu tun. Deswegen lag ihre Konzentrikarische Arena in einem Gebiet, das wegen seiner Gewitter berüchtigt war. Aber das hier ist etwas anderes. Nona ist mit etwas verbunden, das nicht von den Mondwelten stammt.« Wensomer zeigte durch das Fenster und in den Nachthimmel, von dem es immer noch regnete. »Ich würde sagen, sie ist mit den Sternen verbunden.«

»Also glaubt Ihr mir jetzt? Elltee und ich stammen von derselben Welt.«

»Laron, *das* glaube ich nicht! Sie stammt aus einem glitzernden Paradies der Wissenschaft und Macht. *Ihr* stammt aus einer Gesellschaft mit einem Niveau kaum über dem der behaarten, ungebildeten Schweineficker von der Bantriokinsel.«

»Augenblick mal …«

»Es sei denn, Eure Welt hat sich in den letzten siebenhundert Jahren auf fantastische Weise verändert. Systematisches Wissen erkenne ich, wenn ich es höre, auch wenn ich nicht alle Begriffe verstehe. Also gibt es eine Verbindung zwischen Nonas Orakelkugel und einer anderen auf einer so weit entfernten Welt, dass wir nicht einmal Namen für die gewaltigen Zahlen haben, die nötig sind, um die Anzahl der Meilen zwischen ihnen zu beschreiben. Aber eines weiß ich genau: Würde man Nona Silbertod anlegen, würde ihre Orakelkugel ätherische Energie in einem Maß aufsaugen, wie wir es seit der Verbrennung Toreas nicht mehr erlebt haben. Wisst Ihr noch, was die Zeugen berichtet haben, die beim Wirken der Feuerkreise anwesend waren? Silbertod sagte, ›Diese Tat liegt an der Grenze meiner Fähigkeiten‹, oder so ähnlich. Legt ihn Nona an, und ich wette meinen Sitz im Hohen Zirkel, dass er das nicht übersteht.«

»Nicht übersteht?«, wiederholte Laron spöttisch. »Das Ding hat die Hitze überlebt, die einen ganzen Kontinent geschmolzen hat, und Ihr sagt, *Nona*, ein Autonmädchen, kann ihn zerstören?«

»Nicht zerstören. Blockieren. Silbertod existiert nicht richtig, Laron. Er ist nur Energie und Organisation, in eine Form gebracht von uralten Ätherzauberern, die ganz offensichtlich eine weit bessere Akademie besucht haben als ich. Silbertod zu blockieren wäre so, als würde man eine Ritze in einen gewaltigen Damm aus Erde kratzen. Ein wenig Wasser würde durchsickern und dabei etwas Erde wegspülen und somit die Ritze vergrößern. Ein oder zwei Tage später würde es dann keinen Damm und auch keinen See mehr geben.«

»Das klingt zu leicht, zu bequem«, sagte Laron, der jeder Problemlösung misstraute, die nicht mit einer Menge Leiden einherging.

»Ich glaube nicht. Warsovran hat einen Rachefeldzug gegen die Metrologen geführt. Es wurde eine Geschichte in Umlauf gebracht, nach der sie irgendwas planten, das mit der Kaiserin zu tun hatte, aber … na ja, nachdem ich gehört habe, was Euer Elementar zu sagen hatte, glaube ich, er ist gegen die Metrologen vorgegangen, weil sie mit einer Möglichkeit experimentiert haben, wie man Silbertod zerstören könnte. Und zwar mit eben der Orakelkugel, die Nona trägt. Silbertod hat ganz Torea zerstört, Laron. Wir müssen den Geistern von Toreas besten Zauberern helfen, aus dem Grab zurückzuschlagen und Silbertod zur Strecke zu bringen.«

4

FAHRT AN DEN ABGRUND

Warsovrans Eilgaleere erreichte Diomeda zwei Tage vor dem Flaggschiff mit Feran an Bord. Er gab nur eine kurze Verlautbarung mit dem Tenor, Silbertod habe einen neuen Herrn, keiner könne gegen ihn bestehen, aber Silbertod sei immer noch ihr Verbündeter.

»Durch den Einsatz kluger Apparaturen ist er zu Silbertod gelangt, als der Boden noch heiß genug war, um Blei zu schmelzen«, sagte Warsovran zu Admiral Forteron. »Das sind die Apparaturen.«

Forteron studierte die Zeichnungen von der Hitzeschutz-Rüstung und der Rennschale. Das Boot barg eigentlich keine Geheimnisse, es war nur eine bis zur Perfektion verfeinerte Idee. Die Hitzeschutz-Rüstung war etwas anderes. Ein mittelgroßer Tonkrug war wie der Rucksack eines Wanderers auf ihren Rücken geschnallt, und ein Schlauch führte zur Gesichtsmaske. Sein Zweck bestand offensichtlich darin, die Luft zu kühlen, bevor sie geatmet wurde, aber es gab keine Einzelheiten hinsichtlich der Funktionsweise.

»Es ist schwer zu glauben, dass ein so junger Mann über so viel Wissen in den kalten Wissenschaften verfügt«, schloss Forteron.

»Er ist kein junger Mann. Er hat einmal Silbertod getragen, und davor war er ein über achtzigjähriger Zauberer. Nare'f Asbar hat er geheißen. Nare von der scalticarischen Akademie von As-bar – obwohl er behauptet, Diomedaner zu sein, also wer weiß?«

»Wie ist er so als Gebieter?«

»Ungefähr so überspannt wie eine Bogensehne kurz vor dem Zerreißen. Gebt gut Acht, was Ihr sagt und tut, wenn Ihr in seiner Nähe seid. Begegnet ihm mit derselben Ehrerbietung wie mir.«

»Habt Ihr einen Plan, Majestät?«

»O ja. Er ist klug und einfallsreich, aber auch aufbrausend und leicht erregbar. Das kann ich ausnutzen und mir Silbertod zurückholen. In der Zwischenzeit trommelt ein paar Dutzend geschickte Handwerker zusammen und lasst sie das hier anfertigen.«

»Über den Atemkrug sind keine Einzelheiten bekannt.«

»Sagt den Handwerkern, dass eine mit glühenden Kohlen ausgelegte Grube vorbereitet wird. Sagt ihnen, jeder von ihnen muss in dieser Grube im Kreis herumlaufen, bis einer es eine halbe Stunde lang überlebt. Der erste Test findet in zwei Tagen statt. Einsel hat das Kommando in allen technischen Fragen. Er ist gerade mit dem sargolanischen Navigator draußen. Gebt ihm alles, was er braucht.«

Der Regen fiel weiter, als Forteron und Einsel sich daranmachten, die Handwerker zu versammeln. Es war ein Dauerregen, der die Stadt schlammig und unbehaglich machte. Wegen der hohen Luftfeuchtigkeit klebte den Leuten die Kleidung am Leib. Bis zum Mittag war ein Lagerhaus geräumt und unter Bewachung gestellt worden, und die ersten Teile aus Filz und Leder wurden geschnitten. Als der bewölkte Nachmittag in den wolkenverhangenen Abend überging, lief ein Handwerker von Warsovrans Größe und Statur in einem ersten Prototyp eines Anzugs aus Filz und Leder herum, während seine Kollegen an einem Helm arbeiteten. Um Mitternacht konnte er unter einem Gerüst stehen, während Marinesoldaten eine volle Minute lang Bottiche mit siedendem Öl über ihm leerten, dann ging er über ein Bett aus glühenden Kohlen. Nachdem er all das bewerkstelligt hatte, brach er zusammen.

Am folgenden Morgen kam Forteron vorbei, um sich über die Fortschritte zu informieren. Einsel hatte ebenso wenig geschlafen wie die Handwerker.

»Die eisenbeschlagenen Pantinen funktionieren ebenso wie die Isolation aus Filz und Leder«, berichtete Einsel. »Eine Platte aus Quarzkristall bildet das Visier und wird von innen durch zwei an Bleigewichten befestigten Lederwischern von Beschlag freigehalten. Man schiebt sie von einer Seite zur anderen und wischt so die Platte sauber. Die Hände bedienen zwei Schmiedezangen, deren Griffe mit Filz umwickelt sind. Sie dienen einerseits als Gehhilfe und ermöglichen es andererseits, Silbertod aufzuheben.«

»Sehr, sehr beeindruckend«, sagte Forteron, während er zusah, wie ein Marinesoldat auf den glühenden Kohlen herumlief.

»Es gibt nur ein Problem«, sagte Einsel. »Der Träger hat nur die Luft unter seinem Helm. Nach drei Minuten …«

Der Soldat, der den Anzug testete, brach zusammen und fiel mit dem Gesicht voran in die Kohlen. Er wurde mit langen Schürhaken aus der Glut gezogen.

»Aber Ihr habt hier geschrieben, der Anzug hätte den glühenden Kohlen eine ganze Viertelstunde widerstanden, während ihn Flammenwerfer mit brennendem Lampenöl geröstet hätten.«

»Ja, aber dabei wurde ständig mit einem Blasebalg kalte Luft durch ein langes Kupferrohr gepumpt.«

»Nicht sehr praktikabel in den Nachwehen eines Feuerkreises.«

»Richtig, aber in zwei Tagen haben wir zumindest einen Anzug, der der Hitze eine halbe Stunde lang widerstehen kann.«

»Das wird kaum ein Trost für den Handwerker sein, der ausgelost wird, den Anzug eine halbe Stunde in der brennenden Grube zu tragen.«

»Nun ja, ich hatte eine Idee, eine genial einfache Idee. Seht Euch das mal an.«

Die Zeichnung, die Einsel Forteron vorlegte, schien einen grotesk deformierten Buckligen mit einem gewaltigen Bierbauch zu zeigen.

»Äh, diesen Mann kenne ich nicht.«

»Nein, nein, das sind nur Hohlräume, nicht mehr als Luft, die von Leder, Filz und Zinn umgeben ist. Ich habe den Kopf eines Marinesoldaten in einen Segeltuchsack dieses Volumens stecken lassen, und laut Sanduhr konnte er damit über eine Dreiviertelstunde herumlaufen. Kurz gesagt, wir können das für den Halbstundentest morgen benutzen. Ich lasse von den Leuten dieser Schicht so etwas anfertigen.«

»Ich habe diesbezüglich eine Nachricht von Warsovran. Der Test findet morgen früh statt, eine Stunde vor Sonnenaufgang.«

Einsels Züge zeigten Bestürzung. »So bald?«

»Kaiser Feran wird dem letzten Botenauton vom Flaggschiff zufolge nicht lange nach Sonnenaufgang erwartet. Danach kann Wardovran sich wohl nicht mehr so frei und unbeobachtet bewegen, wie es ihm lieb wäre. Ich glaube, das hier wird funktionieren. Lasst diesem Modell entsprechend drei Anzüge anfertigen. Einen für Eure Tests, einen für morgen früh und einen, der für Warsovran im Palast versteckt wird.«

Mit der Skizze in der Hand lehnte sich Einsel zurück und seufzte. »He-he, das ist unglaublich hässlich«, sagte er. »Der mächtige Warsovran, ein bierbäuchiger Buckliger.«

»Ganz im Gegenteil, Einsel, es handelt sich um eine extrem elegante Konstruktion, weit besser als Holzholms komplexer Apparat zur Luftkühlung. Als Ingenieur gehört Ihr zum Besten vom Besten, was Larmentel je hervorgebracht hat.«

»Larmentel?«, rief Einsel, der vor Stolz über das unerwartete Kompliment rot anlief. »Admiral, meint Ihr das wirklich ernst?«

»Ich bin vielleicht kein Ingenieur, Gelehrter Einsel, aber ich habe Tausende davon angeworben, entlassen, gekauft und verkauft. Ich kann Qualität erkennen.«

»Ich wollte Ingenieur werden, als ich klein war, aber als mein ätherisches Potenzial entdeckt wurde, hat man mich gleich zu einem Meister für angewandte Zauberei geschickt.«

»Vielleicht wird man einmal ›Ingenieur‹ auf Euren Grabstein meißeln. Nur darauf kommt es wirklich an.«

Forteron erhob sich zum Gehen, doch Einsel hielt ihn am Arm fest, bevor er sich entfernen konnte. Der Zauberer sah sich hektisch um und vergewisserte sich, dass niemand in Hörweite war.

»Admiral, ich muss Euch etwas erzählen, etwas, das meine Größe um genau diese Höhe reduzieren könnte«, sagte er, indem er sich an den Kopf tippte.

Forteron betrachtete ihn ruhig, die Hände in die Hüften gestemmt. »Als Euer Freund, Gelehrter Einsel, muss ich Euch warnen, dass ich meinem Herrscher treu ergeben bin. Angesichts der Sache mit unserem gegenwärtigen Staatsoberhaupt verspreche ich aber, Euch zuzuhören und diskret zu sein.«

»Es geht nicht um Holzholm, sondern um Warsovran. Sein Plan besteht darin, Kaiser Feran so zu reizen, dass er Morgenlicht auslöscht. Dann will er sich mit der hitzebeständigen Rüstung, die wir entwickeln sollen, Silbertod holen.«

»Und? Das hätte uns auch ein Gremium aus Dorftrotteln unter dem Vorsitz Admiral Griffas sagen können.«

»Aber Warsovran hat die Absicht, ihn noch einmal einzusetzen, und zwar gegen die Armee, die gegenwärtig vor Diomedas Wällen und Schanzen lagert.«

»Niemals! Er würde wachsen und Acrema innerhalb von zehn dutzend Tagen vollkommen verbrennen, vielleicht sogar die ganze Welt. Warsovran ist kein Narr. Außerdem packt diese Armee ein und zieht binnen einer Woche ab, wenn sie sieht, wie Morgenlicht geröstet wird.«

»Vielleicht ist er kein Narr, aber er ist auf jeden Fall ein brillanter Irrer! Er will die Armee mit einem Feuerkreis vernichten, während sie in den Flussauen lagert, und dann Wasser aus dem Leir umleiten, um alles unter Wasser zu setzen, bevor vierundsechzig Tage später der zweite Feuerkreis stattfindet.«

»Die Auen kann man nur einen Fuß hoch überfluten. Wird das reichen?«

»Das wissen wir nicht!«, schrie Einsel mit geballten Fäusten, um sich dann verlegen umzusehen und die gaffenden Marinesoldaten und Handwerker mit einer Handbewegung zur Weiterarbeit aufzufordern. »Hört zu, Warsovran muss von Silbertod entfernt werden – getrennt werden, meine ich.«

»Eigentlich meint Ihr doch, er muss getötet werden.«

»Neutralisiert.«

»Getötet.«

»Unschädlich gemacht.«

»Getötet.«

»›Getötet‹ ist so ein extremes Wort«, seufzte Einsel.

»Seine Leibgarde aus Initiaten, Ätherschmieden und Marinesoldaten ist ein beinah ebenso guter Schutz wie Silbertod, Einsel. Außerdem weiß ich nicht, ob ich wirklich etwas mit dieser Sache zu tun haben will. Selbst wenn ich einverstanden wäre, Admiral Griffa ist für seine Sicherheit verantwortlich. Der Mann mag ein Hornochse sein, aber er ist ein gründlicher und penibler Hornochse.«

»Ihr könntet Eure eigene Garde gegen Warsovran vorgehen lassen.«

»Nein, das könnte ich nicht. Meine Garde ist ebenso loyal wie ich, aber ihre Loyalität gilt dem Herrscher. Ich habe keine Ahnung, wie es um ihre persönliche Loyalität mir gegenüber bestellt ist, weil meine eigene Loyalität niemals infrage stand. Es ist durchaus möglich, dass ich eine Stunde nach einem etwaigen Versuch, meine Gardisten als Attentäter anzuwerben, bereits dem Scharfrichter des Palasts dabei behilflich wäre, den Einwohnern Diomedas noch mehr kostenlose Unterhaltung zu bieten.«

»Dann wollt Ihr mir nicht helfen?«, fragte Einsel, indem er sich ängstlich die Hände rieb.

»Ich *kann* nicht.«

Forteron wollte diesen Ort und all seine moralischen Dilemmata verlassen, aber sein Pflichtgefühl hielt ihn auf seinem Posten. Nicht Pflichtgefühl Warsovran oder gar Feran gegenüber, sondern den Leuten gegenüber, die unter seinem Befehl standen. Für die beiden anderen Männer waren die Soldaten und Matrosen nur grobe Werkzeuge, Mittel zum Zweck, aber für Forteron waren sie so kostbar wie ein Satz fein geschliffene Präzisionsmeißel. Der Admiral wollte, dass mit ihnen etwas geschaffen und bewahrt wurde, das ebenso schön, nützlich und dauerhaft war wie ein voll bewaffneter Hochsee-Kauffahrer. Würde Warsovran sie ruinieren, indem er mit ihnen Holz hackte?

»Wenn die Feuerkreise außer Kontrolle gerieten, wie würde Warsovran selbst überleben?«, fragte Forteron.

»Oh, er hat die Absicht, ein paar Schiffsrümpfe im Wasser umzudrehen und im Hafenbecken beschweren zu lassen. Nahrung, Trinkwasser, Schafe, Hühner, Saatgut und Werkzeuge wären an Bord. Und zweitausend Männer.«

»Zweitausend? Unter diesen Bedingungen könnte die Flotte alle Toreaner unter meinem Befehl aufnehmen.«

»Warsovran will jedem Mann fünfzig Frauen geben, he-he. Er will unter dem kalten, aschehaltigen Himmel unserer zerstörten Welt ein neues gewaltiges Imperium errichten.«

Warsovran hatte seine Befehlshaber immer gelehrt, so zu denken, wie er denken würde, und das arbeitete jetzt gegen ihn. Forteron konnte sich leicht vorstellen, dass Warsovran tatsächlich genau diesen Plan verfolgte und dabei neun von zehn überlebenden toreanischen Marinesoldaten lebendig verbrennen würden.

»Einsel, ich kann Euch nicht helfen«, sagte der Admiral trotzdem.

Einsel schloss die Augen und schwankte. Sein Gesicht verzog sich zu einer Grimasse, die echte Schmerzen verriet.

»Werdet Ihr nicht zumindest wiederholen …«

»Ich bin noch nicht fertig. Ich verspreche Euch aber, Silbertod in Besitz zu nehmen, sollte es Euch irgendwie gelingen, Kaiser Feran dazu zu bringen, einen Feuerkreis zu wirken. In dieser Angelegenheit werde ich mich gewiss gegen Warsovran stellen – und ich verspreche auch, Silbertod niemals einzusetzen.«

Einsel strahlte vor Erleichterung und Dankbarkeit. Er verbeugte sich wiederholt vor Forteron, während er sich die Hände rieb. »Mein guter und tapferer Admiral, dieser Versuchung müsst Ihr vielleicht nicht lange widerstehen. Gewisse zauberkundige Bekannte von mir könnten eine Methode gefunden haben, Silbertods interne Mechanismen zu stören, bis seine Energie verbraucht ist und er versagt. Das könnte eine kleine Explosion zur Folge haben, aber nichts Katastrophales.«

»Wie klein ist ›klein‹?«

»Betrachtet das Schauspiel aus einem Abstand von nicht unter einer Meile.«

»Das nennt Ihr klein?«

»Solltet Ihr das Glück haben, in den Besitz von Silbertod zu kommen, wird man Kontakt mit Euch aufnehmen. Aber da wäre noch eine Sache.«

»Ja?«

»Ergreift die Macht. Werdet König von Diomeda. Wir brauchen nach diesen beiden Narren einen weisen Herrscher.«

»Leichter gesagt als getan. Niemand ist Holzholm treu ergeben, also ist er in dem Augenblick tot, wenn er seinen ersten Feuerkreis wirkt. Warsovran ist aber ein anderer Fall. Der größte Teil der Flotte verehrt ihn.«

»Aber die Soldaten wissen nicht, was wir wissen.«

»Genau. Aber wenn Ihr dafür sorgen könnt, dass sein Leben endet, ergreife ich die Macht und Ihr werdet im Augenblick seines Todes zum Hofingenieur ernannt.«

Die zwei Tage Vorwarnung bis zu Ferans Ankunft hatten den Würdenträgern in Diomeda einen straffen Zeitplan auferlegt, aber andererseits bedurfte es zu seinem Empfang lediglich jubelnder Menschenmassen, einer Ehrengarde aus Schiffen, diverser Reihen von Marinesoldaten und Milizen, einiger Dutzend Tanzmädchen und eines wirklich beeindruckendes Fests. Für die meisten dieser Dinge war es nur erforderlich, die richtigen Leute zur richtigen Zeit in der richtigen Kleidung an den richtigen Ort zu bringen. Dementsprechend war, als also das Flaggschiff im frühmorgendlichen Regen gesichtet wurde, jeder mehr oder weniger an seinem Platz.

Auf dem Weg zum Hafen kehrte Einsel bei Harbers Schusswaffen ein und ging direkt zu einem Gestell mit Armbrüsten. Er nickte dem Inhaber zu, suchte sich eines der kleineren Exemplare im Angebot aus und nahm es mit ziemlich zittriger Hand herunter.

»Geht das Geschäft gut, he-he?«, fragte Einsel mit einer Stimme, die noch mehr zitterte als seine Hände, während er einen Bolzen aus seinem Gewand fischte.

»Oh, es ging noch nie besser. Der Krieg, wisst Ihr?«

Einsel legte den Bolzen in den Schusskanal. Er passte genau.

»Ich nehme die hier, wenn es recht ist«, sagte er zu Harber.

»Ich habe noch nie jemanden gesehen, der eine Armbrust für einen Bolzen kauft.«

»Es ist ein Familienerbstück. Das Einzige, was ich von Torea hierher gerettet habe.«

»Der Bolzen hat eine sehr schwere Spitze für so einen kleinen Schaft. Wollt Ihr damit etwas Besonderes töten?«

»Mein Großvater … das heißt, er hat ihn verfehlt bei, äh, einem Attentatsversuch.«

»Aha, also bringt er Euch Glück, weil er ihn verfehlt hat.«

»Ja … äh, ja. Er bringt Glück. Und gerade jetzt brauche ich Glück. Die ganze Welt braucht Glück, bei Licht betrachtet.«

»Warum wollt Ihr ihn dann verschießen?«

»Damit ich etwas verfehlen kann. Wie viel?«

»Tja, sie hat mich drei Pagolen gekostet, aber ich habe eine Menge Verbesserungen …«

»Zehn Pagolen, und würdet Ihr sie bitte spannen?«

»Ich soll die Armbrust spannen? Wie lange wollt Ihr sie in dem Zustand belassen?«

»Eine Stunde, vielleicht zwei.«

»Was? Das wird sie ruinieren!«

»Tja, dann solltet Ihr mir besser eine zweite Sehne verkaufen, he-he.«

Einsel zählte die Goldmünzen ab, dann drückte er einen kleinen Tropfen Harz in den Schusskanal, passte den Bolzen ein und drückte ihn sanft an, sodass er nicht herausfallen konnte. Er verbarg die Armbrust unter seinem Regenumhang, dann schlug er ihn beiseite und hob die Armbrust für einen schnellen Schuss.

»Hm, an Eurer Stelle würde ich sie mit der anderen Hand stabilisieren«, sagte der Inhaber.

»Ah, äh, danke für den Rat.«

Einsel versuchte es noch einmal und dann noch ein drittes Mal. Sie kamen überein, dass die kleine Armbrust sich in beiden Händen sehr viel besser anfühlte.

»Also wollt Ihr auf ein nahes Ziel schießen. Zehn Fuß vielleicht?«

»Woher wisst Ihr das?«

»Ihr zielt gerade.«

»Äh, ja. Ja.«

»Solche Dinge fallen mir auf.« Harbers Augen verengten sich. »Ihr wollt doch keine Dummheiten mit dem Ding machen, oder?«

»Nein, nein. Natürlich nicht. Eigentlich will ich damit die vernünftigste Tat meines ganzen Lebens begehen, he-he.«

»Aha. Na, dann ist ja alles in Ordnung.«

Nur wenige Dinge sind so gefährlich wie eine sehr furchtsame Person, die obendrein noch extrem verängstigt ist. Einsel war so eine Person, aber er hatte auf seine Art einen sehr starken Willen. Er hatte beschlossen, dass Warsovran sterben musste. Einsel hatte einen hohen ätherischen Grad als Zauberer, aber Warsovran hatte Initiaten mit noch höheren Graden als den Hofzauberer, und diese bewachten ihn zusätzlich zu seinen anderen persönlichen Leibwächtern. Ein Zauber, eine Axt, ein Armbrustbolzen – all das konnte aufgehalten werden. Ein Ballistenschuss einer Schlachtgaleere kam vielleicht an Warsovrans Leibwachen vorbei, aber Ballisten waren fünfzehn Fuß lang und zehn breit, benötigten eine Besatzung von vier Mann und waren auf das Deck einer Schlachtgaleere genagelt. Sie standen nicht auf der Liste der Waffen, die für einen einzelnen Attentäter infrage kamen. Es gab jedoch eine weitaus gefährlichere

Waffe, die dem kleinen Zauberer zur Verfügung stand. Angst um die Welt, Angst um die Zukunft, Angst, dass seine einunddreißig Traktate über ätherisches Gestalten und sein biografischer Eintrag in *Bemerkenswerte Zauberer an den Ufern des Plazidischen Ozeans* nie von niemandem je wieder gelesen würden, und schließlich seine Angst um die Zukunft eines unehelichen Kindes, für das er Unterhalt bezahlte, obwohl er die Vaterschaft immer energisch bestritten hatte.

Dem Flaggschiff kam bei dessen Einfahrt in den Hafen ein Boot entgegen, und die Beobachter am Ufer sahen, wie mehrere Bündel an Bord gehievt wurden. Dann fuhr die Galeere weiter zum Pier und legte an. Alle warteten im strömenden Regen. Der neue Kaiser tauchte nicht auf. Ein Herold erschien mit einem Dekret, das verkündete, der Regen sei zu ignorieren und alle Regenumhänge seien zu entfernen. Eine weitere Viertelstunde verstrich. Mittlerweile waren alle vollkommen durchnässt.

Schließlich schritt Feran mit Silbertod im Schlepptau den Landesteg hinunter. Welche Kräfte die mächtige ätherische Maschine auch immer hatte, den Regen konnte oder wollte sie nicht stoppen. Feran trug außerordentlich beeindruckende Seidengewänder, einen juwelenbesetzten Gürtel, eine mit erlesenen Verzierungen geschmückte diomedanische Streitaxt und schwarze Reitstiefel aus der Haut eines riesigen Lederflüglers. Alle verneigten sich vor ihm, und Wasser lief in Rinnsälen aus den Gewändern der vielen tausend Wartenden.

»Ich sehe den Vampyr Laron nicht«, verkündete Feran, die Hände in die Hüften gestemmt. »Ich habe Euch befohlen, ihn festzunehmen. Er sollte bei meiner Ankunft hier auf mich warten.«

»Zu meinem Bedauern muss ich Eure Majestät davon in Kenntnis setzen, dass der Vampyr vor einer Woche zum Inselpalast Morgenlicht geflohen ist«, erwiderte Warsovran, ohne aufzuschauen.

»Ich will den Vampyr, keine Ausflüchte!«, schrie Feran zurück.

An einer anderern Stelle im Hafen war ein Fass auf ein neues schwimmendes Katapult geladen und für einen Probeschuss vorbereitet worden. Es schwamm hinter dem Morgenlicht-Palast, und der Regen verbarg es vor Blicken vom Ufer. Die Besatzung verfügte jedoch über sehr genaue Maßangaben in Bezug auf den Hafen, und das Fass in der Schlinge wog ein Zehntel der Steine, die es normalerweise verschoss. Eine Galeere schleppte die Barke, auf der das Katapult montiert war. Es war durchaus in Reichweite von Morgenlichts eigenen Katapulten und die Verteidiger warteten mit ihren Feuerkesseln auf die beste Schussmöglichkeit. Als die Barke näher kam, schoss sie.

Das Fass flog zwischen den beiden Türmen von Morgenlicht hindurch, schraubte sich über eine der Blockade-Galeeren hinweg und ging dann langsam nieder. Das Ziel war offensichtlich der Landesteg neben dem Flaggschiff. Silbertod entdeckte das nahende Geschoss, drehte sich um und schlitzte es mitten im Flug mit einem Strahl ätherischen Feuers auf. Nach einer Millisekunden dauernden Spektralanalyse seines Inhalts entschied Silbertod, dass er keine Gefahr für seinen Gebieter darstelle, und drehte sich wieder um. Sekunden später wurden Feran und alle anderen wartenden Würdenträger mit einer sorgfältig homogenisierten Mischung aus Urin und Fäkalien bespritzt.

Feran schrie vor Wut und Empörung.

»Silbertod, wer hat das getan?«, kreischte er, sobald er wieder zusammenhängend reden konnte.

»Das Geschoss kam von einer Stelle auf oder in der Nähe der Insel mit dem Palast namens Morgenlicht«, ertönte die kategorisch hohle Erwiderung.

»Diese Schweine, diese dreckigen Wanzen! Silbertod, ver…« In einem bemerkenswerten Akt der Selbstbeherrschung zügelte Feran sein Temperament. »Silbertod, verzichte auf alle Gegenmaßnahmen«, fügte er langsam und deutlich hinzu.

Warsovran trat vor, wobei er seine Enttäuschung mühsam beherrschte.

»Eure Exaltierte Majestät, bei unserer Einfahrt wurde eine Botschaft mit Flaggensignalen vom ehemaligen diomedanischen

Prinzen und Thronfolger in den Hafen gesandt«, verkündete er. »Sie lautete, ›Scheiße aus dem Anus des Prinzen von Diomeda und der Ältesten Aller Metrologen auf dich und deinen winzigen verunstalteten Penis.‹«

Die Botschaft, von Warsovran komponiert, sollte eigentlich ganz allgemein beleidigend sein. Ihm war nicht klar, dass die gegenwärtige Älteste Aller Metrologen sich einmal in einer Position befunden hatte, die ihr eine Einschätzung der Größe und Form von Ferans Penis durchaus ermöglichte. In blinder Wut wandte Feran sich dem Wasser zu und blickte auf zwei in der Nähe des vom Regen weichgezeichneten Morgenlicht-Palasts brennende Kriegsschiffe. Andere Schiffe in der Nähe wechselten jetzt Schüsse mit den Verteidigern, und brennendes Öl tropfte harmlos die hohen Steinmauern herunter.

Feran war zu weit getrieben worden, und niemand wusste das besser als Einsel. In den nächsten Augenblicken würde Silbertod entfesselt werden. Kurz danach würden die größten verbliebenen Teile von Feran bequem in einen mittelgroßen Bierkrug passen, und Warsovran würde in eine hitzebeständige Rüstung steigen, die Einsel persönlich konstruiert hatte, um sich Silbertod zurückzuholen.

Die Armbrust unter Einsels Umhang war eine kleine Jagd-Armbrust, die sonst dazu benutzt wurde, Vögel mit gepolsterten Bolzen zu betäuben. Er hatte seinen eigenen panzerbrechenden Bolzen um sicherzugehen noch mit Gift eingestrichen. Einsel hatte zwar solche Armbrüste bei gesellschaftlichen Jagdausflügen schon benutzt, war aber kein guter Schütze.

Warsovran wurde von Griffa und Forteron flankiert. Die Admiräle standen etwa einen Schritt von ihrem Oberbefehlshaber entfernt. Einsel stand hinter Forteron, als er sein erstes Gebet seit zwei Jahrzehnten flüsterte – gerichtet an Fortuna –, tief Luft holte, den Mut verlor, dann die Augen schloss und absichtlich alle Gedanken aus seinem Bewusstsein verjagte, um handeln zu können, bevor sein Entschluss wanken konnte. Einsel wischte seinen Regenumhang beiseite und hob die Armbrust, während er an der Lücke zwischen Forteron und Warsovran vorbeisprang und dann auf Feran schoss. Einen Augenblick, bevor er seinen Schuss abgab, hatten bereits drei von Warsovrans Wachen seinen Rücken mit Armbrustbolzen gespickt und so seine ohnehin fragwürdige Zielgenauigkeit noch weiter verringert. Er verfehlte Silbertods Gebieter, aber nach einem Flug von zweihundert Schritten traf der Bolzen tatsächlich eine Seemöwe im Flug und tötete sie auf der Stelle. Doch das anvisierte Ziel allein, und seine mörderische Absicht waren mehr als genug, um Silbertods Aufmerksamkeit zu wecken.

Aus Silbertods Augen zuckte ein greller Blitz aus reinem Weiß, und zwei Strahlen sonnenheißer Energie tasteten nach Einsel. Dabei schnitten sie auch diagonal durch mehrere unschuldige Zuschauer. Warsovran, Admiral Griffa und sechs Marinesoldaten, die hinter ihnen Wache standen, fielen in einem Gewirr aus dampfenden Gliedmaßen, Blut und Eingeweiden zu Boden. Einsel sah Warsovrans Kopf platzen, als die Strahlen ihn durchbohrten und das kochende Gehirn den Schädel sprengte. In dem Augenblick zwischen Warsovrans Tod und Einsels eigenem Ableben dachte der kleine Zauberer nicht an sein Kind und auch nicht daran, die Welt zu retten. Seine Jahre als Warsovrans erster Hofzauberer waren vergessen, und keiner seiner Gedanken galt seinen einunddreißig Traktaten über ätherisches Gestalten oder dem biografischen Eintrag in *Bemerkenswerte Zauberer an den Ufern des Plazidischen Ozeans*. Als Silbertods Strahlen Einsel durchbohrten, sah er vor seinen brechenden Augen eine Statue auf irgendeinem Platz in Diomeda mit der Inschrift *Rax Einsel, Erster Ingenieur des Diomedanischen Hofes*.

Silbertods Strahlen erloschen. Das Schiff am Pier hinter dem Haufen Leichenteile brach auseinander, seine Takelage krachte auf das Deck, dann sank es langsam. Für einige lange Sekunden wagte niemand der Überlebenden, sich zu rühren. Nur sehr wenige wagten zu atmen.

»Bringt mich in meinen Palast«, befahl Feran, wischte sich einen Brocken widerlichen Schlamms aus dem Gesicht und bedachte Morgenlicht mit einem wütenden Funkeln. »*Damit* befasse ich mich später.«

Forteron gab Befehle, und ein Dutzend Träger kamen mit einem zweisitzigen Sänftensessel angelaufen. Feran und Silbertod stiegen ein, und die Prozession zum provisorischen Palast begann.

»Ich kann kaum glauben, dass der Zauberer so dumm war, den Gebieter dieses Dämons zu bedrohen«, murmelte der Kommandant der Marinesoldaten Forteron zu, während sie der Prozession beim Abmarsch zusahen. »Die Soldaten hinter sich, Silbertod vor sich – welche Aussichten hatte er schon?«

»Nennt ihn ›Kaiser Feran‹, wenn Euch etwas am Leben liegt«, warnte Forteron. »Silbertod ist sein Diener, und Silbertod ist unbesiegbar.«

»Also ist er unser neuer Herrscher? Er gefällt mir nicht besonders.«

»Sehr scharfsinnig von Euch. Aber es gibt Hoffnung. Das Repertoire der Kunststücke seines Dieners ist sehr begrenzt.«

»Aha. Was können wir also tun?«

»Uns *das* mal genauer ansehen«, erwiderte Forteron mit einer Geste hinter sich, wo die Rennschale von einem Dutzend weiterer Marinesoldaten an Land gebracht und abtransportiert wurde.

Forterons Blick wanderte zu dem in drei Stücke geschnittenen Einsel. Seine Hände hielten noch die kleine Vogeljagd-Armbrust fest umklammert. *Im Kampf gefallen*, dachte der Admiral, während er sich äußerlich eine finstere Miene bewahrte. Dann fielen ihm Einsels Worte des vergangenen Tages wieder ein: »Solltet Ihr das Glück haben, in den Besitz von Silbertod zu kommen, wird man Kontakt mit Euch aufnehmen.« *Man*, nicht *ich*. Einsel hatte gewusst, dass er wohl sterben würde, und hatte von vorneherein die Absicht gehabt, Silbertod zu provozieren und Warsovran ins Kreuzfeuer zu bekommen. Forteron stellte fest, dass der Gedanke, wie einsam und verzweifelt der Zauberer sich gefühlt haben musste, ihn rührte.

Forteron sank auf ein Knie und hob Einsels abgetrennten Kopf auf. Die Augen waren offen und weit vorgetreten, aber seine Miene war seltsam friedlich.

»Armer Einsel, leider kannten wir uns kaum«, sagte Forteron.

»Pardon, Herr Admiral?«, sagte der Kommandant der Marinesoldaten.

»Lasst diese Überreste sorgfältig sortieren«, erwiderte Forteron. »Wenn sie bestattet sind, will ich kein Durcheinander bei der Frage, welche Teile von wem wo begraben wurden.« Er stand auf und reichte dem Oberbefehlshaber Einsels Kopf. »Lasst unverzüglich Profil- und Konturskizzen von diesem Mann anfertigen und bringt sie mir.«

Die Patrouillenautonen wurden zurückgerufen, sobald das Flaggschiff angelegt hatte. Kaum eine halbe Stunde später ließ Wensomer eine Autontaube in den Regen los, die unbehelligt aufs Meer und in östlicher Richtung nach Helion flog.

Ferans Machtdemonstration blieb auch den in der Menge verteilten Spionen der Allianz nicht verborgen. Am Nachmittag trafen ein Unterhändler und sein Gefolge unter dem Schutz eines Waffenstillstands in der Stadt ein und baten um eine Audienz. Feran verkündete, er sei gekommen, um persönlich die direkte Kontrolle über diesen Feldzug zu übernehmen, den sein Stellvertreter Warsovran so völlig verpfuscht habe. Der Unterhändler kehrte zur Armee der Allianz zurück und meldete den Führungswechsel. Er meldete außerdem, Kaiser Feran habe die Absicht, noch an diesem Abend den Hof zusammenzurufen. Der Unterhändler wurde dann in die Stadt zurückgeschickt, um Bericht über alle Dekrete zu erstatten, die der neue Kaiser erlassen mochte.

Die Invasion aus Torea war für die Allianz der Kern der Sache, obwohl die Sargolaner auch ihre Prinzessin zurückhaben wollten. Doch man durfte trotz allem den Fakt nicht unberücksichtigt lassen, dass die Eroberer eine Waffe von der Größe eines Menschen besaßen, die Schiffe entzweischneiden konnte. Dann waren da noch die Feuerkreise, über die andere Gesandte und

Botschafter ständig redeten. Sie waren natürlich tödlich, obwohl mehrere zauberkundige Ratgeber darauf beharrten, Feran werde nicht wagen, sie auf dem Festland einzusetzen. Die Anführer der Allianz berieten sich. Alle waren der Meinung, dass die Verifizierung der Theorie ihrer zauberkundigen Ratgeber einen sehr, sehr hohen Preis fordern konnte. Sie beschlossen, den Kurs einzuschlagen, den alle vernünftigen militärischen Befehlshaber bevorzugen: jemand anders kämpfen zu lassen.

Der Pegel des Leir stieg währenddessen beständig. Am Abend stand er vier Fuß über der saisonalen Höchstmarke, und der Regen fiel immer noch stetig. Auf der Palastinsel draußen im Hafen gab jemand mit einer Pfeife ein paar verschlüsselte Signale von sich. Wenig später begleiteten die Wachen des Kronprinzen einen Schwimmer von draußen herein, der aufgeblasene Ferkelhäute um die Oberarme trug und durchdringend nach Haischutzmittel roch. Kronprinz Selva wartete am Belagerungstor, als der Schwimmer den Palast betrat.

»Welche Neuigkeiten und von wem?«, fragte der Prinz.

»Ihr müsst den Plan Meerdrache noch heute Nacht ausführen, auf Befehl der Allianz«, verkündete der Schwimmer.

»Meerdrache? Heute Nacht? Aber ein Nachtangriff wäre ohne Beispiel. Vor Morgengrauen, ja. Aber in der Nacht?«

»Der Leir steigt schnell und ist über die Ufer getreten. Die Verteidiger in Diomeda denken, dass die Stadt jetzt einen mehrere Meilen breiten Burggraben hat, aber eben dieses Wasser wird ihnen zum Verhängnis. Ihr müsst heute Nacht angreifen und jeden Mann im Palast einsetzen.«

Der Plan war über viele Wochen im Geheimen ausgearbeitet worden und nur einer von mehreren. Alle hatten phantasievolle Namen, und alle Namen gaben einen Hinweis auf das Wesen des Plans. Meerdrache sah vor, dass die Verteidiger des Palasts zu den vertäuten Kriegsschiffen schwammen und sie mit Schläuchen voll Öl in Brand setzten. Wenn die toreanischen Soldaten deswegen die Schanzwälle der Stadt verließen und zum Hafen eilten, um sich darum zu kümmern, würde die Armee der Allianz die Befestigungen angreifen.

»Ohne Licht und unter dieser Wolkendecke wird es schwierig, den Angriff zu koordinieren«, warnte Selva.

»Oh, es wird ein Signal geben, das Ihr nicht übersehen könnt. Es wird die gesamte Stadt erleuchten«, erwiderte der Schwimmer.

Prinz Selva hegte weiterhin seine Zweifel, aber mit nur achthundert Mann hinter sich musste er kooperieren, wenn er die Herrschaft über seine Stadt wieder übernehmen wollte. »Was ist mit diesem Waffending? Das heute Morgen das Schiff entzweigeschnitten hat?«

»Ein Trick. Er wurde mit Drähten und einem Schiff bewerkstelligt, das sie schon vorher durchgesägt hatten«, behauptete der Schwimmer.

Es war eine lahme Erklärung, aber der Prinz wollte sie schließlich glauben.

»Also gut, ich gebe den Befehl.«

Auf dem diomedanischen Festland lag der echte Bote der Allianz mit Foltermalen in einer Zelle, und Forteron und Sairet beobachteten ihn durch einen Sehschlitz in der Tür. »Er hat verraten, dass der Angriff morgen früh erfolgt«, sagte Forteron. »Nachdem die Palastverteidiger zu den vertäuten Schiffen der Schlachtflotte geschwommen sind, haben die Anführer der Allianz die Absicht, in Barken über die überfluteten Flussauen anzugreifen.«

»Ihre Pläne sind unerheblich«, erwiderte Sairet. »Ihr wurdet gewarnt, und der Plan kann sowieso bestenfalls als verzweifelt bezeichnet werden.«

»Und wie habt Ihr von diesem Spion erfahren?«

»Ich bin Tänzerin, noch dazu eine mit Zugang zum Hof. Jemand war der Ansicht, ich könnte loyal genug sein, um für die Allianz und das Königshaus von Diomeda zu spionieren. Aber wie Ihr seht, bin ich stattdessen gleich zu Euch gekommen.«

»Wer war dieser Jemand?«

»Ein Neuankömmling, der nicht wusste, dass ich vor fünfzehn Jahren vom Usurpator meines königlichen Gemahls auf die Straße geworfen worden bin.«

»Also hat sich der verstorbene König fünfzehn Jahre lang auf dem Thron gehalten?«

»Ja, und es hat ihm großes Vergnügen bereitet, mich zur Bauchtänzerin degradiert zu sehen, die für Kupferstücke auf dem Marktplatz tanzte und die Frauen der müßiggängerischen Reichen darin unterrichtete, sich vor ihren abgestumpften Männern zu winden.«

Forteron verbeugte sich, dann küsste er ihre Hand. »Ich bin nicht der Oberbefehlshaber der Toreaner, Mylady, aber ich werde Euch alle Dankbarkeit erweisen, die in meiner Macht steht. Noch in dieser Nacht werde ich Euch Kaiser Feran empfehlen, wenn er seinen ersten Hof hält.«

»Nein! Nein, bitte, tut nichts, was Aufmerksamkeit auf mich lenken könnte. Noch nicht. Erringt zuerst Euren Sieg. Es wird auch mein Sieg sein, und das ist Belohnung genug. Welche Befehle habt Ihr Morgenlicht mit Eurem Ersatzkurier überbracht?«

»Dieselben«, sagte Forteron mit einem listigen Lächeln.

»Was?«

»Warum nicht?«

Sairet dachte über seine Frage nach. »In der Tat, warum nicht? Ihr lasst also vor dem Morgengrauen ein paar Handelskähne in Brand stecken, nachdem Ihr die Schlachtflotte bereits flussaufwärts oder die Küste entlang verschoben habt.«

»Ja. Die Armee in den Flussauen wird in dem Glauben angreifen, dass unsere Verteidiger in den Hafen geeilt sind. Ich könnte mir vorstellen, dass wir ihnen einen enthusiastischen Empfang bereiten werden.«

Die erschöpfte Autontaube fiel auf das Deck der *Shadowmoon*, kaum noch in der Lage, sich zu rühren. Die Patrouillenautonen waren nicht gewirkt worden, um Boten am Erreichen Helions zu hindern, denn wie hätten sonst Nachrichten von Warsovran – oder wer gerade die Befehle gab – empfangen werden sollen?

Die Besatzung würfelte im Schein der Lampen, während Terikel Fische mit Bildern von Äther-Insekten zum Springen veranlasste. Roval hielt Wache auf dem Achterdeck und war als Erster bei dem Vogel. Er löste den Zauber und reichte Terikel die Taube.

»Heute Nacht wird es einen Feuerkreis geben, ich kann nicht sagen, wann er explodiert«, sagte ein Abbild von Wensomers Gesicht, das über Rovals Händen schwebte. »Und zwar über der Garnison der Marinesoldaten auf Helion. Versucht Silbertod als Erste zu erreichen. Benutzt die *Shadowmoon*, wie sie am besten benutzt werden sollte. Wenn es vor der zweiten Stunde nach Mitternacht keinen Feuerkreis gibt, bin ich entweder tot oder es gab eine Planänderung. Vielleicht bin ich sogar Gebieterin von Silbertod.«

»Die Garnison«, sagte Terikel stirnrunzelnd. »Die ist unweit des geografischen Mittelpunkts von Helion auf der Hauptinsel, also … müssen vier Feuerkreise detonieren, bevor Silbertod herunterfällt. Vierundsechzig, zweidunddreißig, sechzehn und acht Tage, das sind zusammen hundertzwanzig Tage.«

»Wensomer als Gebieterin von Silbertod!«, hauchte Roval. »Das sind Aussichten!«

»Zehn Dutzend Tage, das ergibt keinen Sinn. Feran oder Warsovran können mit der gesamten diomedanischen Flotte in nur acht Tagen hier sein. Die Garnison liegt auf den Überresten der Landenge, wenn also ein Feuerkreis darüber explodiert, ein wie großer Teil der Fläche läge dann über Wasser?«

»Mehr als die Hälfte«, erwiderte Roval. »Vielleicht gibt es nur einen Feuerkreis. Vielleicht bekommen wir tatsächlich eine zweite Chance.«

Feran verbrachte den ganzen Morgen in einer Reihe von Bädern. In Bädern aus Milch, Bädern aus Wein, Bädern aus Rosenwasser und Bädern aus Duftölen. Gegen Mittag ließ er einen der rangniedrigen Befehlshaber der Marinesoldaten antreten, einen Mann namens Takeram. Er beförderte ihn um fünf Ränge und betraute ihn mit Bildung und Führung der kaiserlichen Geheimmiliz. Außerdem übertrug er ihm eine Reihe von Aufgaben, die er bis Sonnenuntergang auszuführen hatte. Feran hatte seine Wahl nach vielen Gesprächen mit hohen Offizieren sehr sorgfältig getroffen. Takeram war als ehrgeizig bekannt und glaubte, von Vorgesetzten bei Beförderungen ständig zugunsten weniger begabter Soldaten übergangen worden zu sein. Für Ferans Zwecke war er perfekt geeignet.

Am Nachmittag suchten Takerams Milizen die Bootsschuppen der Schiffsbauer am Fluss auf. Hier fanden sie denjenigen, der Ferans ursprüngliche Rennschale konstruiert hatte und inzwischen nicht nur mehr davon baute, sondern auch anderen Schiffsbauern Kurse gab. Takeram trennte ihm mit einer Axt den Kopf vom Körper und ließ die anderen Schiffsbauer in den Bootsschuppen sperren, der dann versiegelt und in Brand gesetzt wurde.

Feran dagegen verbrachte den ganzen Nachmittag in Gesellschaft einer Reihe von Mädchen in seinen Palastgemächern, und bei Sonnenuntergang war er, wie vorauszusehen, erschöpft und rasch eingeschlafen. Nicht einmal Takeram war geneigt, ihn mit seinem Bericht zu stören. Stattdessen befahl er einer von Ferans Kurtisanen, die Schriftrolle mit seinem Bericht auf einem Kissen neben dem kaiserlichen Bett zu deponieren.

An anderer Stelle im improvisierten Palast waren hektische und aufwändige Vorbereitungen für Ferans ersten Hof im Gange. Abgesehen von Forteron, einigen Adeligen und den Abgesandten der Allianz duldete Feran niemanden an seinem Hof außer Frauen und Mädchen. Nur die schwereren Tabletts wurden von Eunuchen getragen. Daher waren die Häuser der Reichen nach Mädchen, Frauen und Eunuchen mit Erfahrung im höfischen Leben und in der Etikette durchsucht worden, während Köche, Bäcker und Schneider mit drohend erhobenen Axtklingen zwischen den Schulterblättern herangebracht wurden. Musiker und Tänzerinnen waren nicht knapp in Diomeda, und als frisch ernannte Hoftanzlehrerin hatte Sairet keine Mühe, eine der besten Truppe zusammenzustellen, die es an den Küsten des Plazidischen Ozeans je gegeben hatte.

Der Sonnenuntergang blieb hinter dichten Wolken und prasselndem Regen verborgen. In Diomeda gab es nur wenige Häuser, die nicht aus Lehmziegeln erbaut waren, und in der Stadt, die bis jetzt kaum mehr als fünf Tage Regen pro Jahr erlebt hatte, wurde die ständige Nässe langsam zu einem ernsten Problem. Dächer aus Lehm und Gras wurden leck, Wasserfluten unterspülten Straßen und schwächten die Mauern, und in der ganzen Stadt brannte kaum noch ein Feuer. Die Bootsschuppen am Flussufer waren größtenteils immun gegen die Sturzbäche und das steigende Hochwasser. Sie waren auf Stützen aus Holz oder Stein errichtet, um der jährlichen Überflutung zu widerstehen, und es gab reichlich Segel, die man über die Dächer legen konnte. Auf den Schanzen am Stadtrand lagerten Forterons Marinesoldaten in festen Zelten zwischen vernünftig angelegten Entwässerungsgräben. Viele Feldzüge in Torea hatten im Regen stattgefunden, noch dazu in einem kälteren Klima als diesem. Eine Meile entfernt suchte die Armee der Allianz ebenfalls Schutz unter Zelten, aber auf einem viel schlechter entwässerten Boden.

Die Villen der Reichen waren in der Regel aus Stein, und es gab reichlich Diener, um die eventuell auftretenden undichten Stellen zu stopfen. Im provisorischen Palast wurde der Thronraum in aller Eile für seinen neuen Monarchen vorbereitet. Die kostbarsten Teppiche und Wandbehänge waren aus anderen Villen requiriert worden, und man hatte speziell für Ferans Abmessungen einen Thron aus parfümiertem Zedernholz zurechtgezimmert. Alle anderen würden auf Kissen stehen oder liegen. Der neue Kaiser dultete nicht, dass irgendjemand außer ihm selbst saß.

Um elf erwachte Feran schließlich. Mit Anerkennung las er Takerams Bericht. Takeram hatte bei einer geheimen, unangekündigten Durchsuchung des Palasts in Admiral Forterons Quartier eine äußerst seltsame Lederrüstung gefunden, und zwar zusammen mit Skizzen des Zauberers Einsel, also des gescheiterten Attentäters mit der Armbrust. *Das könnte die Grundlage einer ziemlich lebhaften Unterhaltung am Hof sein*, überlegte Feran zufrieden. Dann ließ er sich noch einmal baden und ankleiden. Er war geneigt, seine neuen Höflinge warten zu lassen, aber er war gleichzeitig erpicht darauf, endlich über sie zu herrschen. Der Kaiser verlangte eine Navigationskarte des Hafens von Diomeda und nahm mit Befriedigung zur Kenntnis, dass es südöstlich des Inselpalasts eine seichte Stelle und eine Sandbank gab. Das würde sich später noch als sehr nützlich erweisen.

Die Mitglieder des Hofes waren sofort nach Ferans Erwachen zusammengerufen worden, aber alle hatten mit einer langen Wartezeit gerechnet. Die Proben der Musiker, Feuerschlucker, Bauchtänzerinnen und Jongleure boten Forteron, dem Kommandanten der Marinesoldaten, mehreren toreanischen Adeligen und den Gesandten eine willkommene Ablenkung. Herzog Terracict aus einem der alliierten nördlichen Königreiche hatte sich freiwillig in die Gefahr begeben, als Geisel genommen zu werden, um sich ein Bild von den Feinden und ihrem frisch eingetroffenen Herrscher machen zu können.

Ein komplexes und raffiniertes System aus Husten, Klatschen und Gesten signalisierte Ferans Ankunft. Toreanische Marinesoldaten hinter einem Vorhang bliesen in Fanfaren und verkündeten damit offiziell sein Eintreffen. Feran schlenderte durch den Saal, erklomm die Stufen aus Sandstein und Marmor und setzte sich auf den Thron. Silbertod folgte ihm und baute sich zu seiner Rechten auf. Der neue Kaiser trug eine Goldkrone, die von einem geschickten Goldschmied mit rascher Auffassungsgabe aus den Tiaren von vier diomedanischen Edelfrauen improvisiert worden war. Sie sah lächerlich aus, aber niemand wagte zu lachen.

Forteron stand mit einer Schriftrolle zur Linken des Throns und fing auf ein Nicken Ferans an zu lesen.

»›Die Angelegenheiten, die Seiner Königlichen Majestät Kaiser Feran Holzholm zu Gehör gebracht wurden, lauteten wie folgt: Forderungen seitens der Allianz hinsichtlich der sofortigen Übergabe Diomedas an seinen rechtmäßigen Herrscher; Appelle zur Linderung der Not, die der nicht jahreszeitgemäße Regen für die Einwohner Diomedas mit sich bringt; eine Forderung, die Steuern zu erhöhen, um Unterbringung, Versorgung und

Ausrüstung der zu Diomedas Verteidigung eingesetzten Marinesoldaten zu finanzieren; eine Eingabe gewisser Kaufleute, die um Schutz vor Freibeutern bitten, welche im Nordwesten des Racitalischen Meeres ihr Unwesen …‹«

»Genug«, sagte Feran, indem er träge eine Hand hob, um Schweigen zu gebieten. »Ich geruhe, nein, nein, nein und nein zu sagen. Jetzt bringt die Tanzmädchen, auf dass sie die Düsternis des Wetters in dieser Nacht vertreiben mögen.«

Alle hatten Handlungen von mehr Tragweite vom neuen Kaiser erwartet, aber klugerweise verbargen sie ihre Enttäuschung. Ein Tablett mit einem Weinpokal wurde gebracht, den Feran erst annahm, nachdem Silbertod seinen Inhalt auf Gift geprüft hatte. Dann wurde der Bereich vor dem Thron freigeräumt. Den Tänzerinnen war am Nachmittag eine leichte Mahlzeit gestattet worden, bevor sie von Dienern vorbereitet worden waren. Die erste Vorführung war von einer Mädchentruppe, dann folgte Wensomer. Die Mädchen tanzten und Feran betrachtete sie lüstern. Anschließend wählte er drei aus, die sich am Fuße seines Throns auf den Boden legen durften.

Eines der Serviermädchen mit einem Tablett voller Süßigkeiten näherte sich Wensomer und flüsterte, während die Zauberin eine aussuchte. »Der Kaiser ist bereit, was wird Euer Lied sein?«

»›Meerestraum‹«, erwiderte Wensomer.

Das Mädchen ging sofort wieder, obwohl andere Tänzerinnen sie zu sich winkten. Wensomer legte die Süßigkeit unangetastet beiseite. Ein Gong ertönte hinter Ferans Thron, und die Musik setzte ein.

Wensomer erhob sich zu den ersten Takten von »Meerestraum« vom Boden, als sei sie eine Welle, die an Höhe gewann, während sie sich dem Ufer näherte. Sie benutzte die getragene Einleitung, um Wellenbewegungen durch ihre ausgestreckten Arme zu senden, als kräusele sich eine ruhige Wasseroberfläche, während ihre Hüften hin und her pendelten. Das erzeugte einen äußerst verwirrenden und schwierigen Doppelrichtungseffekt, der alle Aufmerksamkeit fesselte, vor allem die der Tänzerinnen. Sogar Sairet starrte sie erstaunt an.

Als der erste Tempowechsel kam, bewegte Wensomer sich im Kreis, bückte sich, erhob sich wieder und tanzte diesmal größere Wellen, wieder mit der Doppelbewegung und den Wogen, die sich ihre Arme entlang ausbreiteten. Das Tempo nahm stetig zu, und sie ließ den Oberkörper aus der Hüfte kreisen. Haare, Perlenschnüre und Gazeschleier wirbelten um sie herum wie Gischt, die über Klippen spritzte.

Wieder ein Wechsel des Tempos, das jetzt plötzlich langsamer wurde. Nun schien Wensomer unter Wasser zu sein, denn sie zog ihre Schleier nur langsam durch die Luft, versetzte sie aber gleichzeitig in Wellenbewegungen, als trieben sie im Wasser. Ihr Körper erbebte in Rhythmen und Gegenrhythmen wie ein Seegraswedel zwischen Felsen und Oberfläche.

Abgesehen von der Musik und den Geräuschen des Tanzes herrschte im Thronsaal vollkommene Stille. Die Musiker hinter den Vorhängen hatten jedoch Ahnung, wie sich der Auftritt entwickelte. Feran, Forteron, die Adeligen und alle anderen folgten dagegen jeder Bewegung Wensomers, während Silbertod keine Notiz davon zu nehmen schien.

Dies war mehr als der Tanz einer Tänzerin oder eine verlockende, verführerische Darbietung. Dies war ein Spektakel, ein Tanz, der zu jedem Anwesenden sprach. Wensomer wandte sich in einer Sprache an sie, die sie alle verstanden, und Wensomer erzählte ihnen von der schieren Schönheit der Bewegung um ihrer selbst willen: vom Tanz, der lüsterne Monarchen verführte, durch Marktfeste wirbelte und sich in der Abgeschiedenheit ehelicher Schlafgemächer wiegte. Alle lasen Wensomers Bewegungen, als seien sie erlesen komponierte Verse – sie wiegten sich voller Sympathie im Takt, sie wurden das Wasser, auf dem sie die Welle war, als sei sie ein Elementar in einem sterblichen Körper. Gemeinsam kommunizierten ihrer aller Bewegungen, was Wensomers Körper sagte – ohne zu wissen, dass es ein uraltes scalticarisches Körpersprachengedicht war!

Die Musik endete mit einem sich verlierenden Wirbel auf einer Tontrommel, während Wensomer sich über den Boden wälzte und Schärpe und Schleier dabei hinter sich herzog wie eine Welle auf dem Rückzug ins Meer, die sich an einem Strand totgelaufen hat. Wensomer blieb im Zentrum der Aufmerksamkeit vor Feran und seinem Hof liegen. Die Musik hatte aufgehört, also erhob sie sich und begann mit einer tiefen, gewundenen Verbeugung von links nach rechts. Bei dieser Bewegung fing Feran an zu applaudieren, und alle fielen ein. Jeder Zuschauer stand jetzt unter Wensomers Einfluss. Sie kontrollierte niemanden, aber alle waren fast zwanghaft darauf bedacht, ihr zu gefallen. Sie klatschten rhythmisch und ohne Unterlass. Silbertod blieb ungerührt. Wensomer balancierte auf dem schmalen Grat zwischen Einfluss und Kontrolle. Jeder Versuch, Feran zu kontrollieren, hätte ihr augenblicklich den Tod durch seinen Wächter gebracht, aber die Tatsache, dass sie noch lebte, bedeutete, dass sie erfolgreich gewesen war.

Mit immer noch kreisenden Hüften glitt Wensomer förmlich vor Ferans Thron. Feran erhob sich und ging über die Stufen hinunter zu ihr. Der Applaus tobte weiter.

»Ihr gefallt mir«, gurrte sie. »Wer seid Ihr?«

»Ich bin der Kaiser, ich bin Silbertods Gebieter«, erwiderte Feran mechanisch.

Wensomer warf einen Blick auf Silbertod. Sie legte den Kopf auf die Seite und runzelte die Stirn.

»Was kann er?«, fragte sie.

»Er kann diesen Kontinent auslöschen«, sagte Feran und klang ein wenig stolz.

»Aber mir gefällt dieser Kontinent.«

»Er kann meine Feinde vernichten, ich bin sein Gebieter«, erläuterte er eifrig.

»Sein Gebieter? Dann lasst ihn etwas für mich tun.«

»Ich kann ihn jeden töten lassen, der mir missfällt.«

»Ha! Was ist daran so besonders? Viele Männer haben sich *meinetwegen* gegenseitig getötet, und *ich* bin nur eine Tänzerin. Ich glaube, Ihr seid Silbertods Diener. Ein Diener kann mich nicht beeindrucken.«

»Ich gebiete über Silbertod!«, rief Feran, mit einer Stimme, die vor Nervosität sehr hell klang.

Wensomer versetzte ihre Arme wieder in wellenförmige Bewegungen und ließ die Hüften im Takt zum anhaltenden Beifall des Hofes kreisen. »Dann lasst ihn tanzen, vielleicht beeindruckt mich das.«

»Silbertod tu es, tanz für uns.«

»Ausgeschlossene Funktion.«

»Befehlt ihm, dem Regen Einhalt zu gebieten.«

»Silbertod, gebiete dem Regen Einhalt«, rief Feran mit einem flehentlichen Unterton.

»Ausgeschlossene Funktion.«

»Dann soll er mich in die Arme nehmen und mit mir über den Wolken fliegen, damit ich die Sterne sehen kann.«

»Tu, was sie sagt, Silbertod«, rief Feran wieder, und in das Flehen mischte sich ein Anflug von Verzweiflung.

»Ausgeschlossene Funktion.«

Wensomer kicherte, wiegte sich dabei aber weiterhin in den Hüften. Mit einem sich wellenförmig bewegenden Arm zeigte sie nach Osten, wo Helion lag. »Ihr seid kein Toreaner, oder?«, fragte sie.

»Nein, ich bin von hier.«

»Ich hasse die Toreaner. Sie haben ihren Kontinent verbrannt und sind für dieses schreckliche Wetter verantwortlich.«

»Ich hasse sie auch«, erklärte Feran in dem verzweifelten Bemühen, ihr zu gefallen.

»Und doch könnt Ihr die Toreaner in Diomeda nicht vernichten.«

»Nein, dabei würde Acrema auch vernichtet.«

»Nun, auf der Insel Helion gibt es eine Garnison der Toreaner. Kann Silbertod unsere Feinde dort vernichten?«

Der aus der Sprache des Tanzes und des Körpers gewirkte Zauber war stark, aber Wensomer war nicht klar, *wie* stark, schließlich hatte sie diesen Tanzzauber zum ersten Mal benutzt. Feran wurde fast zerrissen von dem Bedürfnis, ihr zu gefallen. Er öffnete den Mund, um Silbertod nach Helion zu beordern, aber Wensomers Zauber hatte seine Beherrschung und sein Urteilsvermögen zu stark untergraben. Feran verging beinah in dem Bestreben, ihre Anerkennung zu gewinnen, doch wie konnte sie ein acht Segeltage im Osten liegender Feuerkreis beeindrucken?

Er erblickte Morgenlicht, dessen Fenster von brennenden Lampen erleuchtet waren, um die Illusion aufrechtzuerhalten, der Palast sei voller Leben, während sich die Verteidiger in Wirklichkeit auf dem Weg zur toreanischen Flotte befanden. Morgenlichts Bewohner waren ganz entschieden seine Feinde, und ein Feuerkreis über Morgenlicht würde in der Tat ein spektakuläres Schauspiel bieten.

»Silbertod, vernichte meine Feinde in Morgenlicht!«, rief Feran und zeigte auf den Inselpalast.

Wensomer fiel die Kinnlade herunter, und ihre Zunge formte bereits ein *Nein!*, aber sie hatte alle möglichen Reaktionen Ferans vorher durchdacht und für jede einen Notplan entwickelt. Dies war bedauerlich, aber in Morgenlicht lebten nur achthundert Personen – weniger, als in der Garnison von Port Wayside. Schließlich war dies Krieg – letztendlich hieß es achthundert Leben oder die ganze Welt. Sie setzte ihre Wellenbewegungen im Rhythmus des Klatschens fort, obwohl sie fast zu atmen aufgehört hatte.

»Diese Tat liegt an der Grenze meiner Fähigkeiten«, warnte Silbertod.

»Tu es!«

»Gehen wir nach draußen und sehen es uns an«, gurrte Wensomer.

Feran ging voran zum nächsten Balkon. Der gesamte Hof klatschte weiter. Feran wachte auf und schüttelte den Kopf, als habe er einen Moment gedöst. Er stand draußen auf einem Balkon im Regen und war durchnässt. Wie lange war er bereits hier? Er fuhr herum und lief wieder hinein. Alle im Saal klatschten noch wie in Trance. Weder Druskarl noch Silbertod waren irgendwo zu sehen. Auch die Tänzerin war verschwunden.

Betrogen! Das Wort hallte schrill durch Ferans Verstand. *Ein Zauber.* Der gesamte Hof war davon betroffen. *Forteron, er sei verdammt …* Aber auch Forteron klatschte noch mit strahlendem, leerem Gesicht. Silbertod hätte Feran vor allen Zaubern beschützen müssen. *Wie hatte die Frau das gemacht?* Dann kam ihm die Erleuchtung. Sie hatte ihn nicht angegriffen. Sie hatte die Sprache des Tanzes benutzt, um ihn zu verführen. Sie hatte niemals die Absicht gehabt, ihm Schaden zuzufügen. Und so hatte sie sogar Silbertods Macht unterwandert.

Welcher Natur dieser Zauber auch war, er war offensichtlich instabil. Jedes plötzliche Geräusch und jede Bewegung würde den Bann brechen. Feran schlich sich im Rhythmus des Klatschens zur nächsten Tür. Er fasste Takeram am Arm und ging hindurch. Das Klatschen hielt an. Dann gab Feran Takeram eine Ohrfeige und brach damit Wensomers Bann.

»Holt die Lederrüstung, die Ihr in Forterons Quartier gefunden habt«, rief Feran, während er und Takeram eine Treppe hinunterpolterten. »Nehmt zwanzig Marinesoldaten, holt meine Rennschale aus dem Palasthof und schafft alles zur Brücke der Esplanade! Beeilt Euch! Lasst den Palast umstellen. Niemand darf ihn verlassen. Dann schickt eine Abteilung zum Haus dieser letzten Tänzerin. Lasst sie töten!«

In der Ätherwelt nahm Velander den Feuerkreis als grell aufflackernde orange Linie wahr. Sie wusste, dass sie sich diesmal in einer sehr großen Stadt befanden, da sie die wimmelnden ätherischen Formen der Zauber, Mechanismen und Autonen sehen konnte. Diesmal würde es das Ende der Welt bedeuten. Sie spürte, wie sie langsam den Verstand verlor, während die Energie der Glasscherbe nach und nach dem Ende entgegenging. *Nicht mehr lange*, dachte sie, und es würde eine Erleichterung sein.

Druskarl lag auf dem Boden neben dem Thron. Er griff sich zwischen die Beine und überprüfte seinen Hodensack. Es waren Hoden darin. Er konnte sich an alles, was geschehen war, nachdem Feran ihn erstochen und seinem Leichnam Silbertod übergestreift hatte, erinnern. Wensomers Tanz hatte ihm nichts bedeutet, aber mittlerweile hegte er den Verdacht, dass sie Feran hereingelegt hatte. Der gesamte Hof klatschte langsam und rhythmisch. Die Leute standen offenbar unter dem Einfluss eines so mächtigen und dabei so raffinierten Zaubers, dass er Silbertods Aufmerksamkeit entgangen war.

Langsam, sehr langsam, schlich Druskarl sich in den Schatten hinter dem Thron. Zwei schnelle, lautlose Hiebe ließen einen acremanischen Bediensteten bewusstlos zu Boden sinken, und Sekunden später trug Druskarl dessen Gewänder und Tablett. Wenige Minuten später hatte der ehemalige Eunuch den Palast verlassen und floh in die verregnete Dunkelheit. Nur eine Minute später wurden die Palasttore hinter ihm geschlossen.

Als Feran und seine Marinesoldaten den Palast verließen, hatte Wensomers Zauber sich so weit abgeschwächt, dass die Leute des Hofes leicht verwirrt wieder zu Sinnen kamen. Feran und Silbertod waren verschwunden, ebenso wie die Tänzerin.

»Ein überragender Tanz«, sagte Forteron zu Sairet. »Offensichtlich konnte es der kleine Teufel gar nicht abwarten, sie für eine ganz andere Vorstellung vorsprechen zu lassen.«

In diesem Augenblick stürzte einer von Forterons Adjutanten in den Raum, verbeugte sich und lief zum Admiral.

»Admiral, es gibt etwas, das Ihr wissen solltet«, zischte er, während er sich auf ein Knie sinken ließ.

Wensomer stand auf einem Balkon am höchsten Turm der Palastvilla. Sie hatte rasch überlegt und dann einige Entscheidungen getroffen, die sie noch Minuten zuvor als moralisch anrüchig verdammt hätte. Der Regen prasselte durch ihr fadenscheiniges Kostüm auf ihre Haut, während sie Energien als leuchtende Fasern in ihre Hände hauchte, die sich auf jeder Handfläche zu einem hohen, schlanken Stachel zusammenballten. Dies war ein schwieriger und erschöpfender Zauber, der auch durch die Tatsache, dass sie ihn schon einmal gewirkt hatte, nicht weniger anstrengend wurde. Die Stacheln waren jeweils hundert Fuß lang, als sie schließlich begann, formerische Worte zu sprechen. Die Basis der zwei Stacheln formte sich zu einem Harnisch mit Halteschlaufen und Handgriffen. Die Stacheln selbst verbreiterten sich und verblassten langsam. Noch bevor sie sich vollständig zu Flügeln ausgebildet hatten, streifte Wensomer sich die schwach leuchtende Maschine aus reiner Energie und Plasma bereits über. Als sie die Arme senkte, spürte sie die Last des Regens auf der riesigen Fläche ihrer zweihundert Fuß langen Flügel.

Wensomer sprang. Einen Moment verlor sie rapide an Höhe, doch dann glitt sie über die dunkle Stadt. In Diomeda gab es auch in den besten Zeiten nur an wenigen Straßenecken öffentliche Fackelbeleuchtung, und aufgrund des Regens brannten sie schon seit Tagen gar nicht mehr. Die Zauberin rauschte durch stechende Regentropfen und orientierte sich mit Hilfe des Lampenscheins, der aus den Fenstern einiger Türme fiel und am Navigationsleuchtfeuer der Stadt, das auf einem Hügel unter einem steinernen Schutzdach loderte. Es war schwierig, die Höhe zu halten, da es nur wenige warme Luftströmungen gab, um Wensomer Auftrieb zu verleihen. Und mit den riesigen Flügeln zu schlagen, war vollkommen ausgeschlossen.

Die düsteren Schatten von Kuppeln, Türmen, Baumwipfeln und Zinnen glitten unter ihr vorüber, und sie flog durch einige Rauchwolken, die nach siedendem Öl, verbranntem Fett und gebackenem Brot rochen. Sie hörte den dünnen, schrillen Schrei von jemandem, der zufällig im richtigen Moment hochgeschaut hatte und sie vorbeigleiten sah. Ein kleines dunkles Flugwesen wich Wensomer mit lautem Quieken aus, bevor es in der Finsternis verschwand. Wensomer ging auf, dass ihr die Gegend nicht mehr bekannt vorkam. Sie hatte die Orientierung verloren. Dann kam das Leuchtfeuer wieder in Sicht, und sie entdeckte die riesige Finsternis des Meeres, kurz bevor sie die erleuchteten Fenster Morgenlichts und die matten Positionslichter der drei Patrouillengaleeren im Hafen sah. Auch wenn es nicht mehr lange dauern würde, verlöre sie bei einer Geschwindigkeit von über fünfzig Meilen pro Stunde in der Kälte des Windes und dem Stechen der Regentropfen sehr schnell an Kraft. Schließlich sah sie die helle Lampe, die ihr in einem Fenster des höheren der beiden Türme ihrer Villa als Leuchtfeuer dienen sollte.

Das Dach ihres Turms rauschte ihr entgegen. Wensomer hob die Flügel, ließ die Beine herunterhängen und sank in einem Beinah-Trudeln fast senkrecht herab, bis ihre nackten Füße auf den nassen Platten des flachen Turmdachs landeten. Laron lief durch den Regen zu ihr.

»Silbertod ist entfesselt worden«, begann sie.

»Gut, gut, die *Shadowmoon* ist bereits an Ort und Stelle, also müssen wir nur noch Nona zu …«

»Nicht über Helion, über Morgenlicht!«, rief Wensomer. »Holt Nona, beeilt Euch und bringt die kleine Armbrust aus meinem Sonnenzimmer mit – und Met! Bringt mir einen Krug von meinem stärksten Met!«

Wensomer blieb in ihrer dünnen Tanzkleidung draußen im Regen stehen und wartete. Nach dankenswert kurzer Zeit kehrte Laron mit Nona, dem Met und der Armbrust zurück.

»Setzt mir den Krug an die Lippen«, sagte Wensomer mit klappernden Zähnen. »Meine Hände sind anderweitig beschäftigt.«

»Wollt Ihr wirklich trinken und dann noch fliegen?«, fragte Laron, während er den Korken entfernte.

»Verdammt, Laron, ich glaube kaum, dass jemand in der Lage sein wird, mich deswegen festzunehmen! Nona, steig auf meinen Rücken.«

Sie musste Nona nichts zweimal sagen. Laron schlang dem Autonmädchen die Halteschlaufe der Armbrust um die Schulter, als sie hinter Wensomer trat, dann legte Nona von hinten die Arme um Wensomer und verschränkte die Beine um die Hüften der Zauberin. Laron hielt Wensomer den Krug an die Lippen, und sie trank gierig unter viel Husten, Keuchen und Spucken.

»Nein, leg mir die Arme nicht um den Hals, halt dich an diesen leuchtenden Dingern an meinen Schultern fest«, rief Wensomer Nona zu. »Bist du bereit?«

»Bereit wofür, Herrin?«

»Laron, Ihr müsst mit Schwierigkeiten rechnen. Versucht zu fliehen, falls …«

Unten auf der Straße hörte man plötzlich Geschrei und einen Tumult. Wensomer sprang.

Sie hatte damit gerechnet, dass Nona kreischen würde, aber das Autonmädchen hielt sich nur genau wie befohlen fest. Wensomers Villa war nicht so hoch wie der provisorische Palast, aber die ätherischen Flügel waren der Aufgabe gewachsen. Regen stach ihre Haut, während sie nach Spuren von Aufwinden suchte, um Höhe zu gewinnen. Sie schaffte jedoch nur einen flachen Gleitflug, und das war mit Nonas zusätzlichem Gewicht auf dem Rücken nicht genug.

In Wensomers Villa aß Laron rasch ein paar Knoblauchzehen, dann öffnete er den Männern von Ferans neuer Geheimmiliz die sich rasch in Splitter auflösende Tür. Er trug einen Hausmantel über seiner Kleidung.

»Abendgrüße, Befreier!«, sagte er mit etwas, das einen sargolanischen Akzent imitieren sollte, sich aber eher nach starker Erkältung und massiver Verstopfung anhörte. »Ich sehr gut sprechen Diomeda. Neuer Verwalter von Haus ich sein …«

»Aus dem Weg, Froschfresser!«, brüllte der Hauptmann des Trupps, indem er Laron packte und in den Regen stieß, bevor er seine Männer ins Haus führte. Laron hastete davon und warf unterwegs den Hausmantel weg.

Wensomer glitt in einer Höhe von nur hundert Fuß über die Strände am Südrand von Diomeda, als es einen blendenden Lichtblitz gab und sich plötzlich eine immense Säule aus Dampf, Rauch und Staub vor ihr auftürmte. Die Erscheinung reichte vom Meer bis zu den Wolken und erleuchtete die Stadt und die gesamte umliegende Landschaft. Ihr Zentrum war Morgenlicht, oder vielmehr das, was bis gerade eben der Inselpalast gewesen war. Augenblicke später wurde Wensomer von einer Druckwelle erfasst, die ihre Flügel wölbte und an den Rändern nach oben blies. Flügel aus Äther können nicht brechen, und sie hatte sie rasch wieder ausgebreitet. Plötzlich gab es infolge der Hitze des Feuerkreises Unmengen von Aufwinden. Wensomer schraubte sich höher, musste kurz um Kontrolle ringen, und legte sich dann in eine lang gezogene Kurve, um mit der Umkreisung der grausigen Säule aus Dampf, Feuer und Asche zu beginnen.

»Das ist die heiße Luft von den Resten der Insel«, rief Wensomer Nona zu. »Wir müssen sie umkreisen und die Aufwinde nutzen, um unsere Flughöhe zu halten.«

Da ihr keine Frage gestellt worden war, antwortete Nona nicht. Wensomer schraubte sich weiter in die Höhe und hielt dabei die linke Flügelspitze immer der sich verdunkelnden Säule aus heißer Luft zugewandt. Um die Zeit abzuschätzen, die einigermaßen fitte Männer benötigten, um mit einer sperrigen Lederrüstung vom Palast zum Hafen zu laufen und dann vom Hafen nach Morgenlicht zu rudern, zählte sie seit ihrem Aufbruch leise vor sich hin. Als sie schließlich glaubte, sie habe lang genug gewartet, zogen sie ihre Kreise in warmem, wallendem Nebel, und Wensomer hatte Schwierigkeiten, sich zu orientieren. Der Regen peitschte noch immer Schultern, Kopf, Ohren und Arme, aber die Hitze des Feuerkreises hatte zumindest die Kälte des Windes verjagt. In Spiralen ließ sie sich tiefer sinken.

Als Feran im Hafen ankam, keuchte er vor Erschöpfung, aber die Verzweiflung trieb ihn weiter. Takeram half ihm in die klobige Hitzeschutz-Rüstung, die für einen etwas größeren Mann gefertigt worden war. Mehrere Marinesoldaten hievten ihn in die Rennschale.

Silbertod explodierte draußen über der Insel. Die Marinesoldaten sahen einander furchtsam an.

»Jetzt tretet zurück, ihr alle!«, rief Feran durch sein offenes Visier über den Donner hinweg, der rings herum grollte. »Nein,

Ihr nicht, Takeram. Kommt näher, hört zu, ich habe noch mehr Befehle.«

»Eure Majestät?«

»Klemmt Eure Fackel hier in das Gitter.«

»Erledigt, Eure Majestät.«

Feran schlug Takeram die lange Schmiedezange über den Kopf, die aus dem Arm der Rüstung ragte. Benommen fiel der Kommandant der Geheimmiliz über die Rennschale. Ein zweiter Schlag beendete sein Leben. Feran ergriff die Riemen, so gut er dies mit den Zangen konnte, und fing an zu rudern. Die anderen sahen nur ein Durcheinander strampelnder Gliedmaßen, bevor das Boot sich in Bewegung setzte. Hinter sich sah Feran andere Gestalten am Ufer auftauchen. Dann hallten Geschrei und Axtklirren durch den Hafen.

Schemenhafte Formen klatschten in der Nähe ins Wasser oder pfiffen über ihn hinweg. *Pfeile*, dachte Feran, als ihn immer mehr Geschosse umschwirrten. Forteron zeigte seine wahre Gesinnung und hatte Takerams Geheimmiliz ganz offenbar in deprimierend kurzer Zeit aus dem Weg geräumt. *Ich hätte ihn töten sollen, als er in Trance war*, dachte Feran finster, als ein Pfeil das Heck seines Bootes traf. Aber auch mit nur einem Ruderer und einem Leichnam, dessen Arme und Beine im Wasser hingen, war die Rennschale noch schnell – obwohl die Bogenschützen dank der Fackel einen Anhaltspunkt hatten, wo sich ihr Ziel befand. Nach zwei Minuten hatte Feran die Flussmündung verlassen. Die Schlachtflotte auf der Südseite des Hafens schien in Flammen zu stehen. Vor ihm verblasste der Schein des Feuerkreises langsam, doch obwohl die Insel unter Dampfwolken und regennasser Dunkelheit verborgen lag, war sie doch groß genug, um sie nicht zu verfehlen.

Dreihundert Fuß über ihm sah Wensomer den Schein einer Fackel, der sich auf Morgenlicht zubewegte.

»Nur eine Person in ganz Diomeda würde der Insel in einer Nacht wie dieser einen Besuch abstatten«, rief sie Nona zu.

Eine Sandbank ragte neben Morgenlichts Insel aus dem Wasser. Sie hatte sich im Südosten der Insel gebildet, und sie war Ferans Ziel. Die Schale lief in der Dunkelheit auf Grund, und Feran hievte sich hinaus und trieb einen Stachelanker in den Sand. Dann nahm er die Pechfackel und watete an Land. Das langsam in seinen Anzug sickernde Wasser war unangenehm warm, aber die Strömung vermischte bereits mit kaltem Wasser von weiter weg mit dem Ring aus fast kochendem Wasser rings um die Insel.

Wensomer glitt dicht über das Wasser, und ihre Flügelspitze kollidierte mit der Rennschale. Hätte sie sich etwas höher in der Luft befunden, hätte sie sich vielleicht fangen können, aber bei einer Höhe von nicht mehr als einem Fuß über dem Meer blieb ihr nichts als ein Sturz ins Wasser. Sie und Nona erhoben sich aus dem knietiefen warmen Wasser.

»Eure Ladyschaft, die Armbrust ist weg«, meldete Nona.

»Was? Wo ist sie?«

»Bei dem Absturz ist die Schlaufe gerissen. Ich suche sie …«

»Nein! Das könnte in dieser Dunkelheit Stunden dauern. Komm mit.«

Wensomer absorbierte ihre Flügel, während sie aus dem Wasser watete. Es dauerte nicht lange, bis sie die Schale und Takerams Leichnam gefunden hatten.

»Ich glaube, wir haben etwas Verdächtiges gefunden«, keuchte Wensomer, während sie das Boot und dessen toten Passagier untersuchte.

»Der Mann ist bewaffnet«, sagte Nona, indem sie das Messer des Soldaten zog.

»Ein Dolch«, stellte Wensomer fest und zeigte dann auf den Gürtel des Mannes. »Beachte, dass seine Axt fehlt. Überleg mal, wer sie haben könnte.«

»Feran?«

»Deine Fähigkeiten in deduktiver Logik könnten meinen eines Tages gleichkommen, Autonmädchen. Schneid ein Loch in die Seite des Boots und schieb es ins Meer. Danach warten wir.«

Der Morgenlicht-Palast war eigentlich eine quadratische befestigte Mauer mit Türmen und Sälen darin gewesen, mit Gärten und Lagerhäusern in der Mitte, die ausreichend für jede Belagerung waren. Diese waren entweder von Anfang an flach gewesen oder von Silbertod eingeebnet worden. Die Hauptmauern waren nach außen kollabiert. So hatte Feran einen geraden und relativ leichten Fußmarsch zu der Stelle, wo Silbertod herabgesunken war. Er vergeudete kostbare Augenblicke in der Finsternis mit der Suche, doch schließlich fand er das magische Kettenhemd auf den Steinplatten. Er hob seine Beute auf und machte sich auf den Rückweg. Der Anzug begann langsam zu kokeln und zu schwelen, doch der Marsch war nur halb so weit wie der für Druskarl auf Helion, und Feran hatte sich auf dem ebenen Grund weit schneller bewegen können. Daher war er bereits fünf Minuten, nachdem er Fuß an Land gesetzt hatte, wieder zurück am Wasser.

Die Schale war weg. Feran setzte den Helm ab und hielt die Fackel in die Höhe. Kein Boot, kein Leichnam. Er rammte die Fackel in den Sandboden und streifte den Rest der Rüstung ab. Er konnte im Nu mit Silbertod auf der leeren Lederrüstung im Schlepptau nach Diomeda schwimmen und einen neuen Wirt für ihn suchen, aber wo war die Schale?

Eine Bewegung fiel ihm ins Auge, Gestalten, die aus der Dunkelheit wateten. Zwei Frauen. Eine in der gebundenen Bluse und Hose einer Hausdienerin … Velander! Und die andere war die Tänzerin von seinem Hof!

»Wir haben ihm eine schöne Seebestattung spendiert«, sagte Wensomer. »Das schien uns das Richtige zu sein, wo er doch tot war und alles.«

Feran streifte sich Silbertod über den Kopf, dann schüttelte er die Arme in die Ärmel.

»Ah, Velander und meine schlaue Tänzerin«, erwiderte er.

Wensomer hauchte einen Zauber in ihre Hände.

»Hier ist eine interessante Tatsache: Silbertod kann niemanden als Wirt in Besitz nehmen, der ihn sich *selbst* überstreift, und er ist ein ziemlich gutes Kettenhemd«, verkündete Feran fast belustigt. »Um Silbertod wieder zu meinem aktiven Diener zu machen, brauche ich ihm nur einen Körper zu geben. Stellt sich jemand zur Verfügung?«

Er zog seine Axt.

»Meine Mutter hat mir den Rat gegeben, meinen Körper niemals einem Mann zur Verfügung zu stellen, ohne zuerst seinen Penis zu prüfen«, erwiderte Wensomer.

Die Beleidigung am Morgen hatte Feran so tief getroffen, wie es sonst nichts vermochte. Seine Miene wurde ausdruckslos, und er watete den beiden Frauen zielstrebig entgegen.

Wensomer warf den Ball aus leuchtend roten Fasern, den sie geformt hatte. Die Energien hätten über Ferans Kopf platzen, sich um seinen Hals wickeln und ihn erwürgen müssen. Stattdessen wurde der Ball nach unten gezogen und verschwand in Silbertods klirrendem Metall. Feran lachte. Wensomer wich zurück, hauchte mehr Äther in ihre Hände und formte diesmal eine lange, leuchtende Peitsche, mit der sie nach Ferans Knien schlug. Die Spitze zuckte aufwärts und bohrte sich in Silbertod, der dann den Rest der Peitsche in sich hineinsog. Wensomer wurde von den Beinen gerissen, bevor sie loslassen konnte, und Äther strömte aus ihr und verschwand in Silbertod. In aller Eile keuchte sie ein Zauberwort, das die ätherische Peitsche zerriss, doch der dramatische Ätherverlust hatte sie geschwächt. Während Feran auf sie zukam, ließ sie einen weiteren Zauber als grellen Blitz explodieren und wich nach seitlich aus, während Feran geblendet vorbeistolperte und blindlings auf das Wasser einschlug.

»Nett, aber wie viele davon könnt Ihr wirken?«, lachte Feran, während er die tanzenden Sterne vor seinen Augen wegblinzelte.

Wensomer beantwortete die Frage mit einem weiteren Blitz, aber diesmal hatte Feran ein Auge geschlossen, bevor der Zauber explodierte. Wensomer wandte sich zur Flucht und rannte. Feran folgte ihr, bis sie stolperte und fiel. Er hob die Axt über den Kopf – und ein Dolch flog durch die Luft und bohrte sich in seinen Handrücken. In den vergangenen Monaten hatte Nona ein wenig Javat gelernt, und durch ihre Hilfe bei Larons Lektionen hatte sie vor allem gelernt, anzugreifen.

Feran fluchte und ließ die Axt fallen. Wensomer trat mit einem Bein nach ihm und traf mehr durch Glück als Vorsatz seine Hoden. Feran taumelte zurück. Dann zog er das Messer aus seiner Hand und verfolgte Wensomer, die in tieferes Wasser floh. Plötzlich fiel ihm wieder ein, dass er die Axt fallen gelassen hatte. Er versuchte seine Schritte zurückzuverfolgen, doch im dunklen Wasser und Dampf und im Licht einer einzigen Fackel war es ein hoffnungsloses Unterfangen.

Aber Feran war noch lange nicht geschlagen. Er musste nur mit Silbertod Diomeda erreichen, wo es keinen Mangel an Wirtskörpern gab. Er ging zu der Stelle zurück, wo er den Lederanzug abgelegt hatte, nur um sich vor der inzwischen unbewaffneten Nona wiederzufinden. Nicht mehr in der Stimmung, sich ablenken zu lassen, watete Feran geradewegs auf sie zu, das Messer mit der Spitze nach oben in der Hand.

»Bleib oder stirb, das ist vollkommen egal.«

Feran stach mit links zu, doch Nona drehte sich weg und schlug seine Dolchhand mit einer Hand beiseite, während ihre andere einen Treffer auf seinem Nasenrücken landete. Feran sah einen leuchtend blauen Stern mindestens so hell wie Wensomers Zauber, spürte, wie sein Bein sich irgendwo verfing, und ging mit dem Handgelenk zwischen ihren Händen zu Boden. Nona hielt immer noch sein Handgelenk und wirbelte ihren ganzen Körper unter ihren Armen hindurch, um so ihrem weitaus stärkeren Gegner den Arm auf den Rücken zu drehen, während Feran fiel. Feran atmete Wasser ein, versuchte sich auf dem anderen Arm zu erheben und brach dann wieder zusammen, als Nona ihm ein Knie in den Rücken rammte. Er ließ das Messer fallen, schluckte Wasser, versuchte sich wieder zu erheben und brach dann unter Nonas Gewicht zusammen.

In gewisser Weise war Nona verwirrt. Feran kämpfte nicht so, wie Roval es Laron beigebracht hatte. Feran hörte einfach auf, sich zu wehren und wurde schlaff. Roval hatte gesagt, man solle bis zweihundert zählen, wenn man jemanden ersticken wollte, und vor Tricks auf der Hut sein. Nona umklammerte Ferans Arm noch fester, und er fing wieder an zu strampeln. Diesmal waren seine Bewegungen jedoch schon schwächer.

Aus der Dunkelheit weiter weg war das Platschen und Schwappen von Wasser zu hören, dann ertönte Wensomers Stimme: »Nona! Lass dich nicht von ihm erwischen, ich habe seine Axt gefunden!«

Nona dachte nach wie der gut konstruierte Auton, der sie war. Der Befehl lautete, sich nicht erwischen zu lassen, nicht aber, sich von Feran fernzuhalten. *Sie* hatte *ihn* erwischt, also konnte sie logischerweise bleiben und ihn weiter am Boden festhalten.

»Ja, Herrin.«

»Wo ist er?«

»In der Nähe der Fackel, Herrin.«

Wensomer kam aus der Dunkelheit und hielt die Axt auf eine überraschend professionelle Art. Sie schaute sich hektisch um.

»Nona! Wo ist er?«

»Unter mir.«

»Was! Geh weg! Geh zurück!«

Nona tat, wie ihr geheißen, und zog sich mit lautem Wasserplatschen vom Wasser zurück. Mit seinem letzten Fünkchen Kraft bäumte Feran sich auf. Wensomer schlug nach der Stelle, wo sein Kopf zu sein schien. Die Axtklinge fuhr in seinen Nacken und durchtrennte Muskeln, Sehnen, Venen und Arterien, bevor sie in der nur halb durchtrennten Luftröhre steckenblieb.

Wensomer beugte sich im dunklen, blutigen Wasser mit der Axt in der rechten Hand über Feran. Sie war immer noch mit ihrem Münzgürtel und den Überresten ihres Seidenkostüms bekleidet, sah aber nicht im Geringsten wie eine Hoftänzerin aus.

»Was … wie …«, japste sie.

»Ich wollte ihn ertränken, Herrin.«

Wensomer sank auf die Knie und fing an zu lachen, und bald mischten sich auch Tränen mit dem Meerwasser auf ihrem Gesicht.

»Herrin? Habe ich einen Witz gemacht?«

Wensomer schüttelte den Kopf, was einen Sprühregen aus feinen Wassertröpfchen auf die dunklen Wellen niedergehen ließ. »Nein, der einzige Witz hier bin ich. Beeil dich, zieh ihm Silbertod aus.«

»Ja, Herrin.«

»Wie hast du ihn überhaupt so weit bekommen?«

»Mit einer Technik, die ich von Roval gelernt habe.«

»Was? Der Mistkerl hat *mir* keinerlei Javat-Techniken beigebracht, trotz unserer vielen gemeinsamen Jahre.«

Angesichts des Zustands von Ferans Körper und seinem definitiven Mangel an Kooperation war es leichter gesagt als getan, ihm Silbertod abzustreifen. Schließlich standen sie gemeinsam im Licht der zischenden Fackel, während Wensomer Silbertod in die Höhe hielt.

»Ich brauche ihn Feran nur wieder anzulegen«, sagte Wensomer. »Weil es meine Hand wäre, würde ich Gebieterin von Silbertod sein, und er würde als sein Wirt wieder zum Leben erweckt.«

Sie hatte keine Frage gestellt, also sagte Nona nichts.

»Aber nein«, fuhr Wensomer fort. »Man darf mir die Herrschaft über Silbertod nicht anvertrauen. Niemand darf über solche Macht gebieten. Außerdem hat dieser Drecksack den Tod verdient. Er muss über hundert Jahre alt sein, und das ist genug Leben für jeden. Silbertod muss zerstört werden, und ich glaube, ich kenne den einzigen Weg. *Du* musst Silbertod tragen, mein kleines Autonmädchen.«

»Ja, Herrin«, erwiderte Nona und streckte die Arme aus, um sich das Kettenhemd überstreifen zu lassen.

»Bist du gar nicht neugierig, warum?«

»Nein, Herrin.«

»Es könnte dich umbringen. Bist du nicht besorgt?«

»Nein, Herrin.«

Wensomer hörte das Platschen von sich nähernden Rudern. Ohne eine weitere Frage streifte sie Nona das Metallhemd über.

»Eines Tages musst du mir zeigen, wie es dir gelungen ist, die kleine Ratte fertigzumachen«, murmelte Wensomer, während Nona ihre Arme in das Kettengeflecht der Ärmel schüttelte.

»Das ist ganz einfach, Herrin …«

Sie brach abrupt ab. Silbertod hatte damit begonnen, sie als Wirt zu assimilieren.

»Aber nicht in diesem Leben. Es tut mir leid, Nona, ich würde gern etwas anderes hoffen, aber ich glaube, wir werden uns nie wieder unterhalten.«

Wie bei den anderen zuvor zerfloss Silbertod unter der Kleidung des Mädchens zu einer zusammenhängenden Haut, doch anstatt Wensomer seine Dienste anzubieten, wurde er starr und fing schwach an zu leuchten. Violette Lichtschimmer zuckten über seine Oberfläche, und Nonas Kleidung fing an zu rauchen und zu schwelen. Der fallende Regen zischte beim Kontakt mit ihr, als sei sie aus heißen Kohlen gemacht, und das Wasser rings um ihre Füße fing an zu schäumen. Wensomer wich zurück und duckte sich ins dunkle Wasser, als sie Schreie von dem sich nähernden Boot hörte.

»Da, das leuchtende Ding«, rief jemand mit dem Akzent eines diomedanischen Adeligen.

Ein halbes Dutzend niedrige Boote tauchten aus dem dichten Regen und wallenden Rauch auf. Sie waren so gebaut, dass sie ein möglichst niedriges Profil boten, und die Ruderer lagen beinah flach im Boot. Wensomer erkannte rasch, dass dies königstreue Adelige waren, die sich offenbar bei der Vernichtung des Palasts nicht darin aufgehalten hatten.

»Er ist weg, er ist tatsächlich weg«, fuhr der Sprecher fort. »Der ganze Palast, in einem einzigen Augenblick ausgelöscht.«

»Das da!«, rief jemand anders. »Der Schein, das ist keine Fackel.«

»Das ist, was sie Silbertod genannt haben, Eure Hoheit«, sagte jemand anders.

»Dann stimmt es also. Dieses verfluchte Ding kann einen Palast zerstören … oder einen Kontinent.«

»Silbertod sieht irgendwie falsch aus«, sagte eine Frau mit einer scharfen Stimme und einem starken damarischen Akzent.

Die Personen im ersten Boot stiegen aus und versammelten sich um Silbertod.

»Kann mich jemand hören?«, rief der Edelmann. »Wer ist Silbertods Gebieter?«

Wensomer verharrte geduckt im Wasser.

»Hoheit, seht her!«, rief einer der Ruderer. »Ein Leichnam.«

… *Hoheit?*, dachte Wensomer. *Prinz Selva.* Sie richteten Feran auf und hoben seinen halb abgetrennten Kopf in die Höhe.

»Das ist dieser neue Kaiser, den habe ich am Pier gesehen. Er war Silbertods Gebieter.«

»Aber jetzt ist er es offensichtlich nicht mehr. Ich frage mich, ob man sich Silbertod nun einfach nehmen kann.«

Wensomer sah, wie eine Gestalt ein Ruder nahm und Silbertod damit anstieß. Ruder und Ruderer explodierten in einem Chaos aus blutigen Körperteilen und Splittern.

»Bleibt zurück«, rief die ehemalige Kaiserin überflüssigerweise.

»Was ist passiert?«, fragte Selva.

»Es heißt, dass man verwundbar ist, wenn man Silbertod benutzt«, sagte Warsovrans ehemalige Frau, Kaiserin und Zauberin, die von einem der anderen Boote heranwatete.

»Der Kerl hier war sein Gebieter, ich erkenne ihn von heute Morgen am Pier wieder«, sagte der Ruderer.

»Was glaubt Ihr, was passiert ist, Gelehrter Paditan?«

Paditan, dachte Wensomer, als noch jemand heranwatete. *Der Hofzauberer von Diomeda.* Die schlaksige, eckige Gestalt, umkreiste den leuchtenden Silbertod mit auf dem Rücken verschränkten Händen.

»Jemand hat diesen Trottel Feran in dem Augenblick getötet, als er Silbertod diesem Mädchen überstreifen wollte!«, schloss er. »Zaltus, hat ihn zuvor nicht ein Mann getragen?«

»Aye, und das ist kein Mann«, sagte Zaltus, indem er Nona eingehend von oben bis unten betrachtete.

»Eure Hoheit, Silbertod hat jetzt einen Wirt, aber keinen Gebieter.«

»Silbertod, ich bin dein neuer Gebieter!«, blökte Prinz Selva sofort. »Gehorche mir!«

Silbertod reagierte in keiner Weise. Wensomer nickte versonnen.

»Er muss blockiert sein, wie eine Wassermühle mit gebrochener Achse«, sagte Paditan. »Niemand kann ihn berühren, niemand kann sein Gebieter sein.«

»Und die toreanische Schlachtflotte ist nicht mehr da und hat nur diese Attrappen zurückgelassen. Zum Glück haben wir erst Kundschafter losgeschickt …«

Ein Pfeil im Rücken unterbrach Zaltus. Er taumelte ein paar Schritte und fiel – genau auf Silbertod. Es gab eine weitere blutige Explosion, doch mittlerweile beschossen sich zwei Geschwader von kleinen Booten.

»Hoheit, ergreift die Flucht!«, rief jemand in dem Durcheinander. »Wir halten sie auf.«

Forterons Männer waren in konventionellen, langsameren Booten unterwegs, dafür aber fünfmal zahlreicher, und sie besaßen weit mehr Bogenschützen. In nicht mehr als zwei Minuten war der Teil des diomedanischen Geschwaders, der nicht geflohen war, ausgelöscht. Forteron watete alleine zum Strand und blieb vor Silbertod stehen. Wensomer sah, wie er einen Pfeil aus einem Leichnam zog und ihn nach der grell leuchtenden Gestalt warf. Der Schaft verging in Asche und Splittern. Forteron kniete im Wasser und hielt Ferans Kopf an den Haaren in die Höhe, als ein Offizier kam, um Meldung zu machen.

»Der diomedanische Prinz ist nicht unter den Toten, Admiral, und eines ihrer Schleichboote ist entkommen. Fünf der unseren haben die Verfolgung aufgenommen, aber diese Schleichboote sind sehr schnell.«

»Dann habe ich den Verdacht, dass Ihr nun *mich* Prinz von Diomeda nennen könnt«, erwiderte Forteron. »Seht her.«

»Feran Holzholm, tot! Aber wie? Silbertod konnte Schiffe entzweischneiden, um ihn zu schützen.«

Forteron ließ Ferans Haare los und erhob sich.

»Der Prinz von Diomeda muss einen Vertrag mit Feran geschlossen haben, als wir angriffen. Ich konnte Feran in dem Augenblick töten, als er Silbertod diesem Mädchen anlegte, kaum einen Herzschlag, bevor Silbertod aktiv wurde. Jetzt hat das Ding einen toten Gebieter. Seid Ihr auch dieser Ansicht?«

Es gab natürlich einige Ungereimtheiten in dieser Version der Ereignisse. Warum hatte Silbertod beispielsweise schon vor ihrem Angriff geleuchtet, wenn Feran zu der Zeit erst versucht hatte, ihn dem Mädchen anzulegen? Und Forteron war mit einem Speer bewaffnet gewesen, während Feran ganz offensichtlich von einem Axthieb getötet worden war. Doch Forteron war der Kommandant, und der Offizier gehörte der königlichen Elitegarde an. Er ließ sich auf ein Knie nieder und verbeugte sich vor Forteron.

»Genauso war es, Eure *Hoheit*.«

Forteron lächelte, dann sahen beide auf Silbertod.

»Also kann man über ihn nicht mehr herrschen?«, fragte der Offizier.

»Gebt Acht. Silbertod, ich bin dein neuer Gebieter, Gehorche mir! Silbertod! Wer ist dein Gebieter?«

Es gab nicht die kleinste Reaktion.

»Wie lange wird er so bleiben?«, fragte der Offizier.

»Bis seine Energie verbraucht ist, dann wird er zerbrechen. Einsel hatte die Theorie, dass er explodieren könnte, wenn das passiert.«

»Wie ein Feuerkreis?«

»Nein, aber es wäre trotzdem weise, einigen Abstand zu wahren.« Forteron zeigte auf Ferans Leichnam. »Es wäre außerdem klug, die am Wasser gelegenen Bereiche Diomedas evakuieren zu lassen. Alarmiert die Miliz und unterrichtet sie davon, dass es noch eine Explosion geben könnte. Sorgt dafür, dass die ganze Stadt es erfährt, und gebt bekannt, dass ich für ihre Sicherheit sorgen werde. Jetzt ruft ein Boot herbei und nehmt den Leichnam des verstorbenen Kaisers an Bord. Ich will ihn in einer Parade durch die Stadt und dann zu den Wällen tragen lassen, damit alle Soldaten ihn sehen können. Sie sollen wissen, dass *ich* jetzt Diomeda regiere.«

Als Forteron und seine Männer verschwunden waren, watete Wensomer zu der leuchtenden Statue zurück, die einmal der Silbertod und Nona gewesen waren. Die über die Oberfläche kriechenden Energien sahen auf gespenstische Weise ungesund aus. Nona war immer noch mit etwas auf einer anderen Welt verbunden, und immense ätherische Energien wurden durch diesen Mechanismus abgezogen. Die Belastung würde ganz sicher bald irreparablen Schaden anrichten, selbst bei einem so mächtigen Wesen wie Silbertod.

»Und wenn das passiert, was dann?«, fragte Wensomer das leuchtende Ding vor ihr. »Wirst du mich mitnehmen? Na, wenn das Autonmädchen dem Tod ins Angesicht schauen kann, dann kann ich es auch.«

Der Regen und das Wasser wurden kälter. Zusätzlich war Wensomer mittlerweile schon ziemlich lange im Wasser. Silbertod sah immer instabiler aus, flackerte und wechselte die Farben. Was würde geschehen, wenn er schließlich die Stabilität verlor? Wahrscheinlich würde er kollabieren und dabei die noch in ihm verbliebene ätherische Energie freisetzen. *Wie viel wird das sein?*, fragte sich Wensomer. *Wie ich Silbertod kenne, wahrscheinlich Massen und Massen.*

Wensomer wusste, dass sie von der Insel verschwinden musste, doch darauf konnte sie nicht mehr hoffen – bis sich plötzlich auf dem Wasser etwas bewegte, genau am Rande des Lichtkreises, den Silbertod erzeugte. Noch ein Boot, ein Kanu mit einem einzelnen Ruderer. Wensomer erhob sich, schwindlig vor Erschöpfung, allen Äthers beraubt, nur mit den Fetzen ihres Kostüms bekleidet, doch immer noch mit Ferans Axt in den Händen. Sie musste nur den Ruderer töten und das Kanu stehlen. *Nur!* Danach müsste sie in der Deckung des Nebels durch den Hafen zurückrudern, in dem es von Booten und Schiffen wimmelte, praktisch nackt den Weg durch die Stadt finden, die unter Kriegsrecht stand, und zwar zu … Wohin? Einer Villa, in der es vermutlich immer noch von Soldaten wimmelte.

»Wensomer?«, rief eine vertraute Stimme mit einem jugendlichen Timbre.

»Laron!«, schrie Wensomer und wäre vor Erleichterung beinah zusammengebrochen.

Sie watete durch das Wasser auf das Kanu zu, aus dem Laron

soeben ausgestiegen war. Als sie die Arme um ihn schlang und sein Gesicht zwischen ihre Brüste presste, hielt sie immer noch die Axt in den Händen.

»Wir hatten recht, Silbertod ist gestört und zersetzt sich«, brachte sie zwischen Schluchzern der Erleichterung hervor, während sie Laron losließ. »Wir haben Feran getötet, ich und Nona. Ich habe ihm den Kopf abgeschlagen … beinah.«

»Nona? Ihr?«

»Ich habe ihr Silbertod übergestreift. Jetzt zersetzt er sich, wird instabil. Euer Boot, wir können entkommen.«

Wensomer löste sich von Laron, holte tief Luft und versuchte sich an die genauen Worte zu erinnern, die ihr Retter erst vor ein paar Tagen ausgesprochen hatte. Jetzt, endlich, war sie an der Reihe. Klein, mager, picklig und schmalbrüstig mochte er sein, aber er *war* ihr Retter. Die magisch romantischen Worte stiegen aus ihren Tiefen empor und lagen ihr auf der Zunge – und plötzlich sank der Jüngling im seichten Wasser auf ein Knie und nahm sie bei der Hand.

»Ich gebe es nur ungern zu, aber *Ihr* seid *mein* tapferer und ritterlicher Held«, verkündete er.

Wensomer entzog ihm ihre Hand und wich zurück.

»Hey, die muss ich jetzt noch küssen!«, protestierte Laron und erhob sich wieder.

»Was soll das?«, wollte Wensomer mit gefährlich leiser Stimme wissen, während sie unbewusst ihren Griff um den Axtschaft veränderte.

»Ihr habt Feran getötet und Silbertod besiegt.«

In ihrem verzweifelten Kampf, die monströse Waffe unschädlich zu machen, war Wensomer gar nicht auf die Idee gekommen, sich selbst als Held zu betrachten. Laron hatte recht, aber seine enttäuschend unromantische Art, es zu verkünden, hatte der erschöpften, verdreckten, zitternden und praktisch nackten Zauberin endgültig die Laune verdorben. Laron wiederum ging gerade auf, dass sie womöglich gerade sehr verletzlich war und er rückblickend seine Worte mit etwas mehr Sorgfalt hätte wählen sollen. In der Hoffnung, etwas von dem Schaden wiedergutzumachen, zog er hastig seine Jacke aus und hielt sie ihr hin. Wensomer riss sie ihm aus den Händen.

»Eines Tages solltet Ihr mich besser vor irgendwas retten«, murmelte sie, während sie die Jacke anlegte. »Sarkastischer kleiner Flegel ... Laron? Laron, was ist denn?«

Laron hörte ihr nicht zu, sondern starrte Silbertod an. Nonas Kopf war nicht mehr von der pulsierenden, flackernden Haut aus metallisch oranger Flüssigkeit bedeckt! Sie perlte langsam von ihr ab wie Honig aus Quecksilber.

»Zieht der Leiche da die Jacke aus«, sagte Wensomer, und zeigte auf eine Gestalt im Wasser, während sie zu Silbertod wateten. »Dann bereitet Euch darauf vor, sehr, sehr schnell zu paddeln.«

Als der mittlerweile grün leuchtende Silbertod sich bis zur Hüfte abgerollt hatte, kippte Nona langsam nach vorn. Laron stützte sie vorsichtig, ohne dabei die sich rapide zersetzende Waffe anzufassen. Kurz darauf reichte der Überzug nur noch bis zu den Oberschenkeln, und als er bis unter die Knie gesunken war und sich dunkelblau färbte, zogen Laron und Wensomer mit äußerster Vorsicht. Ihre Füße kamen frei. Einen Moment stand Laron mit Nona auf den Armen da und starrte auf die violette Masse, die unter der Oberfläche kochte und leuchtete.

»Ins Kanu und paddeln!«, rief Wensomer drängend. »Wenn Silbertod schwarz wird, ist das hier wahrscheinlich kein guter Standort mehr.«

»Was genau wird denn passieren?«

»Silbertod existiert nicht wirklich, wie das Material des Stirnreifs, der Eure Orakelkugel hält. Wenn er kollabiert, wird alle noch in ihm verbliebene ätherische Energie schlagartig freigesetzt, und das könnte noch eine ganze Menge sein.«

Laron paddelte, und nach wenigen Augenblicken waren sie in dem vom Feuerkreis verursachten dichten Nebel untergetaucht.

Der Regen fiel weiter. Wensomer zwängte die bewusstlose Nona in die verkohlte, blutbefleckte Jacke, dann beugte sie sich über eine Seite und paddelte hektisch mit den Händen.

»Wie weit ist es bis zum Hafen?«, keuchte sie.

»Wie meint Ihr das?«

»Silbertod wird durch eine Explosion zerstört, nicht durch einen Feuerkreis. Es wird eine ziemlich hohe Welle geben, wir müssen den Leuchtfeuerhügel besteigen.«

»Aber wir könnten genauso gut unterwegs aufs offene Meer sein.«

»Was? Und Ihr nennt Euch Navigator?«

»Blast den Nebel weg und gebt mir etwas, womit ich navigieren kann!«

»Wie habt Ihr in dem Nebel Morgenlicht gefunden?«

»Mit Hilfe von Silbertods leuchtendem Schein.«

Wensomer fuchtelte mit den Händen herum. »Dann ist das das Ende, wir werden sterben!«, rief sie. »Wenn ich mir vorstelle, dass ich hundert werden und im Bett sterben wollte – in Gesellschaft.«

»Zumindest habe ich mich nach sieben Jahrhunderten des Schmachtens noch in die Betten einiger Damen geschmeichelt«, sagte Laron zwischen eifrigen Ruderschlägen.

»›Geschmeichelt‹? Blödsinn! Lavenci hatte von Mutter, die für den Hohen Zirkel arbeitet, den Befehl, Euch auszuspionieren. Und Pellien ist keine ehemalige Dirne, sondern das allererste dacostische Mitglied des Hohen Zirkels, und sie ist in Diomeda, um Mutter auszuspionieren – und überhaupt jeden, der verdächtig aussieht.«

»Ihr lügt!«, rief Laron, dessen Paddel mitten in der Luft erstarrt war.

»Warum sollten sie wohl sonst ein Interesse für eine magere kleine Klobürste wie Euch haben? Und wenn wir schon dabei sind, uns die Wahrheit zu sagen und uns aufs Sterben vorzubereiten, Mutter hatte *keinen* Plan, wie man Silbertod unschädlich machen könnte. Sie dachte nur, *sie* wäre besser als Besitzerin als alle anderen.«

»Ihr wollt Euch nur für das revanchieren, was ich auf der Insel gesagt habe.«

»Ja, aber ich revanchiere mich mit der Wahrheit! Ihr seid

mehr oder weniger ständig reingefallen – *auf* Mutter und *in* Lavenci und Pellien. *Ich* bin die Einzige in Diomeda, die mit offenen Karten gespielt hat. Alle anderen sind Schurken, Dummköpfe und inkompetente Stümper.«

»Du meine Güte, Ihr … Was bei allen Mondwelten ist das?«

Hinter ihnen tauchte etwas Großes auf, das sich sehr schnell bewegte. Ruder tauchten zum Schlag einer unsichtbaren Trommel ins Wasser, und ein Initiat im Bug wirkte am Bug einen Helligkeitszauber auf das Wasser.

»Eine Eilgaleere«, sagte Laron. »Springt über Bord – schwimmt mit Nona! Ich bleibe im Kanu und biete ihnen ein Ziel.«

»Ich bleibe, Ihr nehmt sie.«

»Das ist nicht der rechte Zeitpunkt, den Helden zu spielen …«

»Laron, ich kann nicht schwimmen!«

»Ihr könnt fliegen, aber Ihr könnt nicht schwimmen?«

»Wofür haltet Ihr mich, für eine Ente?«

»Zu spät!«

Sie saßen geblendet und wie versteinert da, als der Strahl des Helligkeitszaubers das Kanu erfasste.

»Da, zehn Grad nach steuerbord!«, rief der Initiat an Bord. »Noch ein Boot des Prinzen. Bogenschützen, Feuer frei auf meinen Befehl …«

Fortuna war wieder auf Larons Seite. In genau diesem Moment verlor Silbertod seine Stabilität, und die noch in ihm enthaltenen Energien wurden innerhalb einer Mikromillisekunde freigesetzt. Die Eilgaleere, die das Kanu vor einem Großteil der reinen, sengenden Helligkeit abschirmte, ging in Flammen auf und zerbrach in eine Masse aus brennenden Holzplanken und Leibern, die einen Moment später von einer Druckwelle getroffen wurde. Dem Donnerschlag ging ein Wall aus Wasser voraus, dem sie jedoch nicht entkommen konnten. Er hob das Kanu hoch in die Luft, während sie sich aneinanderklammerten, und dann fluteten die Wassermassen ihr Boot und rissen Laron, Wensomer und Nonas Körper davon.

Der Sergeant der Miliz und sein Trupp waren erstaunt, dass die Flutwelle der zweiten Explosion nicht die ganze Stadt weggeschwemmt hatte. Zum Glück war das Hafenbecken relativ flach und enthielt einfach nicht genug Wasser, um mehr zu tun, als die Hafengegend und die ersten zwanzig Häuserreihen der Stadt zu überfluten. Viele Leute waren getötet worden, aber viel mehr hatten dank Forterons Warnung überlebt. Alle sagten, der neue Herrscher kümmere sich um sein Volk und Forteron werde ein guter Prinz sein.

»Pollos, hier sind noch drei!«, rief er, indem er durch den Regen zeigte.

Eine Frau in einer Jacke führte einen Jugendlichen, der ein Mädchen auf der Schulter trug. Ja, das Mädchen sei verletzt, aber nicht schwer, erklärten sie. Ja, sie hätten geschlafen, als die Welle ihr Haus überflutet habe. Nein, der Mann im Haus sei auf den Schanzen und verteidige die Stadt. Ja, sie hätten Freunde in der Stadt, wo sie bleiben könnten. In einer Anwandlung von Mitgefühl für den schmächtigen, aber tapferen Jungen, der sich mit der Last seiner bewusstlosen älteren Schwester abmühte, legte der Sergeant ihnen seinen Mantel um, bevor er sich auf die Suche nach weiteren Überlebenden machte. Kaum war der Sergeant außer Sicht, als Wensomer Laron eine schallende Ohrfeige gab.

»*Was* fällt Euch ein zu behaupten, ich sei Eure Mutter!«, schnauzte sie ihn an.

»Das war das Erste, was mir einfiel.«

»Genau, und ich bin noch Jungfrau. Habt Ihr nun *tatsächlich* Freunde, die uns nicht für die Belohnung ausliefern, die zweifellos auf uns ausgesetzt ist?«

»Hier entlang.«

Kaum eine Viertelstunde, nachdem sie endlich eingeschlafen war, wurde Pellien von einem lauten, beharrlichen Klopfen geweckt. Sie wälzte sich aus dem Bett, schlug Funken an den Docht der Lampe und ging zur Tür.

»Wer ist da?«

»Laron.«

»Was? Warum seid Ihr hier?«

»Bitte, öffnet. Ich brauche Hilfe.«

»Männer!«, seufzte Pellien und löste den Riegel. »Laron, das ist kein guter Zeitpunkt …«, begann sie, als sie die Tür öffnete, doch dann fiel der durchnässte, zerkratzte, ramponierte Laron durch die Tür direkt in ihre Arme.

»Ist schon in Ordnung, für mich auch nicht«, murmelte er.

»So gesehen ist es für keinen von uns ein guter Zeitpunkt«, sagte Wensomer, die Nona aus dem Flur hereinschleifte.

Wie sich herausstellte wurde Wensomer nicht mehr gesucht. Pellien war erst vor einer halben Stunde nach Hause gekommen und berichtete, dass Ferans Geheimmiliz, die kurzlebigste Organisation geheimer Soldaten in der Geschichte der Mondwelten, bereits aufgelöst worden und seine überlebenden Mitglieder an die vorderste Front der Verteidigungsstellungen auf den Schanzen geschickt worden waren. Eine Kutsche brachte Wensomer in ihre Villa zurück. Als Forteron eintraf, stand sie mit in die Hüften gestemmten Händen da und begutachtete die Überreste ihrer Eingangstür.

Bei heißem, gewürztem Met erklärte Wensomer ihm, Feran sei von ihrem Tanz so verzaubert gewesen, dass er sie nach draußen gezerrt und Silbertod auf Morgenlicht losgelassen habe, um sie zu beeindrucken. Sie habe Angst bekommen, als er im Anschluss auf sie losging, also sei sie vom Balkon ins Gebüsch darunter gesprungen. Die Zweige hätten ihren Fall gebremst, aber sie habe dennoch ein paar ordentliche Kratzer und Schrammen davongetragen. Sie habe ein großes, vogelartiges Ding von einem der Türme springen und in die Nacht verschwinden sehen. Sie habe angenommen, es sei der Zauberer. Dies entsprach nicht ganz der Geschichte, die Forteron von einigen besonders reumütigen Soldaten zugetragen worden war. Allerdings war ihm klar, dass Männer, die vor einem extrem wütenden Kommandeur standen, der ihnen mit der Axt drohte, eher das sagten, was er ihrer Meinung nach hören wollte als die reine Wahrheit.

»Wusstet Ihr, dass er auf der Suche nach Euch hierhergeflogen ist?«, fragte Forteron. »Ein Nachtwächter hat berichtet, er hätte kurz vor dem ersten Feuerkreis eine große, hässliche Fledermaus mit ätherischen Flügeln aus dem Fenster Eures Turms springen sehen.«

»Nein, Eure Hoheit. Ich habe mich die ganze Nacht in einer Gartenlaube versteckt, bis ich nach dem zweiten Feuerkreis den Mut aufgebracht habe, nach Hause zu gehen. Meine Diener sagten, ein Trupp Marinesoldaten wäre gekommen, um mich festzunehmen. Offenbar ist später ein zweiter Trupp gekommen, hat den Rest der Haustür eingeschlagen und die ersten Soldaten festgenommen.«

Kurz vor Tagesanbruch bedankte sich Diomedas selbsternannter Prinz bei Wensomer und ging. Ihr Verwalter half Wensomer nach oben, wo sie bäuchlings auf ihr Bett fiel und sofort in einen tiefen, traumlosen Schlaf versank.

Pellien zog sich an, kaute ein paar Blätter des Koffeinbusches, die sie zuvor aus der Palastküche gestohlen hatte, und machte sich dann mit ihrem Medikuskoffer im Regen auf den Weg zu den Schanzen. Schließlich war sie Krankenschwester, und sie hatte den Verdacht, dass man dort bald medizinische Hilfe brauchen würde. Die Studenten von Madame Yvendels Akademie würden sich eine Zeit lang selbst um ihre Schnitte, Kratzer, Kopfschmerzen und Zauberverbrennungen kümmern müssen. In Pelliens Schlafzimmer hievte Laron Nona aufs Bett, legte sich daneben auf den Boden und war einen Moment später eingeschlafen.

Das Morgengrauen zeigte sich nur in einer trüben Aufhellung der dunklen Wolkendecke. Forteron stand in seinem höchsten Turm am Fenster und sah über das überschwemmte Ackerland nach Westen zum Lager der Allianz-Armee. Sairet näherte sich mit zwei Bediensteten, von denen einer ein Tablett trug. Nach einem nachdenklichen Zögern nahm Sairet das Tablett und entließ die beiden Diener.

»Mein Prinz, Ihr müsst etwas essen«, begann sie.

»Ich habe das Kommando, aber worüber?«, sagte er, ohne sich umzudrehen.

»Ich habe eine Erfrischung mitgebracht, Eure Hoheit«, beharrte Sairet.

Jetzt drehte Forteron sich um. »Ein scharfer, aber verlockender Duft«, sagte er mit einem Blick auf die Tonschale. »Was ist das?«

»Bohnen des Koffeinbusches, geröstet und gemahlen, dann aufgekocht und gefiltert. Ich habe die Brühe mit Ziegenmilch und Honig verfeinert, um den bitteren Geschmack zu mildern.«

»Und warum ist das ein besseres Frühstück als Honig und in der Sonne getrocknete Datteln auf Fladenbrot?«

»Weil es Euch wach macht.«

Sairet nahm die Schale und trank einen Schluck. Forteron nahm das Getränk aus ihrer Hand entgegen und nippte. Er verzog das Gesicht.

»Brrr, das schmeckt wie die Medizin eines Medikus.«

»Es wird für manche Krankheiten verschrieben, aber da die Bohnen ihr Gewicht in Silber wert sind, wird es nur selten angewandt.«

Forteron trank noch einen Schluck, dann zeigte er auf die Armee der Allianz.

»Der zähe Schlamm, der bis jetzt meine Befestigungen geschützt hat, wird uns jetzt das Leben schwer machen«, sagte er. »Meine Feinde haben Dutzende Weinbarken um ihre Insellager versammelt und warten auf eine akzeptable Wassertiefe in den Flussauen. Silbertod gibt es nicht mehr. Die meisten meiner Kampfschiffe sind nach der letzten Nacht versprengt. Auf dem Fluss ankern nur ein Dutzend Eilgaleeren und die Hochsee-Kauffahrer, denen es gelungen ist, die Flutwelle der letzten Nacht zu überstehen. Die meisten meiner Galeeren werden erst morgen zurückkehren, also gehe ich davon aus, dass uns unsere Freunde draußen in den Flussauen heute einen Besuch abstatten.«

»Meine Verwünschungen über sie, Eure Hoheit.«

»Mein Dank dafür, aber fünfzigtausend Krieger wären nützlicher. Man hat mir berichtet, dass Ihr einmal mit einem diomedanischen König verheiratet wart.«

»Er ist zusammen mit unseren Kindern getötet worden. Ich habe mich wahnsinnig gestellt. In der Zelle meines Verlieses habe ich getanzt, ich habe getanzt, als ich zur Demütigung in einer Parade durch die Stadt geführt wurde, ich habe bei meiner Verhandlung getanzt und auch, als man mich zum Richtblock führte. Das war dem abergläubischen Usurpator dann zu viel. Ich wurde wieder in die Zelle geführt, wo ich den Wachen das Tanzen beibrachte. Ich wurde in Lumpen auf die Straße geworfen, aber immer wegen der Gefahr auf revolutionäre Umtriebe beschattet. Ich habe mit den Nomaden auf den Märkten getanzt und wurde mit Münzen überschüttet. Marktbudenbesitzer boten mir Unterschlupf, und im Laufe der Zeit nahm ich Schüler an. Jahre vergingen, und die auf mich angesetzten Beschatter langweilten sich. Ich habe sogar einigen dieser Spione das Tanzen beigebracht. Zum Zeitpunkt Eures Angriffs stand ich unter der Gönnerschaft der ausländischen Kaufmannstochter Wensomer. Es war sehr angenehm, mich unter der toreanischen Herrschaft nicht mehr als Wahnsinnige ausgeben zu müssen.«

»Es freut mich, dass es mir gelungen ist, den Mördern Eurer Familie Ungemach zu bereiten«, sagte Forteron mit mechanischer Höflichkeit. »Aber Ihr hättet damit noch etwas warten sollen. Der Sohn des Usurpators ist dabei, Diomeda zurückzuerobern, und ihm werden gewiss auch Gerüchte über Eure geistige Gesundung zu Ohren kommen.«

Forteron trank den Rest Koffein aus der Schale und stellte sie auf das Tablett, das Sairet noch immer hielt.

»Habt Ihr Euch nie darüber gewundert, dass Diomeda unter Eurer Herrschaft so passiv war?«, fragte Sairet.

Forteron hatte sich allerdings darüber gewundert, aber nie versucht, der Frage auf den Grund zu gehen. Er hatte angenommen, seine Strategie, die Soldaten zu zügeln und den Diomedanern zu gestatten, weiter mit ihren Geschäften Geld zu verdienen, sei teilweise dafür verantwortlich.

»Doch, das habe ich«, sagte er bedächtig.

»Ich habe immer noch Einfluss und kenne viele Leute. Wann immer sich eine Zelle von Loyalisten zusammengetan hat, um ein Komplott zu schmieden, sind meine Anhänger gegen sie vorgegangen und haben sie getötet. Wenn Spione vom Inselpalast aufs Festland geschickt wurden, haben meine Leute sie abgefangen. Wenn Attentäter Unterschlupf in Verstecken der Loyalisten suchten, könnt Ihr Euer Leben darauf verwetten, dass mindestens einer meiner Leute zur Stelle war, um sie an Euch zu verraten oder sie selbst unschädlich zu machen. Es war schwierige, gefährliche Arbeit. Nur wenige Leute in meinen Diensten haben lange überlebt.«

Forteron starrte sie einen Moment überrascht und aufrichtig beeindruckt an. Er konnte nicht wissen, dass es in Wirklichkeit keinen solchen Widerstand gegeben hatte, weder unter Sairets Führung noch unter einer anderen. Die Wahrheit war, dass die Geschäfte unter Forteron so gut gelaufen waren, dass die Kaufleute, Adeligen und Freisassen von Diomeda die meisten loyalistischen Agenten aus eigener Initiative an die neuen Behörden verraten hatten. Doch wer wusste das schon? Ganz sicher nicht Forteron.

Forteron verbeugte sich tief vor Sairet.

»Meine holde Beschützerin«, sagte er mit Anmut und ohne den geringsten Anflug von Sarkasmus.

Sairet stellte das Tablett auf das Marmorgeländer des Balkons und hielt Forteron ihre Hand hin. Trotz seiner Verwirrung nahm er ihre Hand in seine. Ihre Haut war in der kühlen, feuchten Luft, die Diomeda jetzt einhüllte, erfrischend warm und trocken.

»Ich kann Euch außerdem fünfzigtausend Krieger zur Verfügung stellen«, sagte Sairet mit seidiger Altstimme.

Zehn Minuten warnten die ersten Ausrufer auf den Straßen davor, dass ein Angriff unmittelbar bevorstehe und der Kronprinz noch am Leben sei. Außerdem verkündeten sie, der Kronprinz habe seine Männer in die Allianz-Armee eingereiht und geschworen, jeden Mann, jede Frau und jedes Kind in Diomeda zu töten, weil sie in der Zeit der Besetzung durch Forteron keinen Widerstand geleistet hatten. Da Forteron bereits zugegeben hatte, dass der Prinz noch am Leben war, wurde die Lüge sofort geglaubt. Die Ausrufer schlossen mit der Neuigkeit, Forteron habe angeboten, so viele Frauen und Kinder auf seinen restlichen Schiffen in Sicherheit zu bringen, wie darauf nur unterzubringen waren. Sie würden im Hafen abwarten, und falls Prinz Selva und seine Alliierten die Befestigungen tatsächlich durchbrachen, würden sie nach Scalticar fliehen.

Eine Stunde später folgte die nächste Bekanntmachung, deren Wirkung kaum weniger dramatisch war als die des Feuerkreises, der den Inselpalast zerstört hatte. Die ehemalige Königin Sairet werde Forteron heiraten. Forteron werde sie wieder als Königin einsetzen. Sairet sei gar nicht wahnsinnig gewesen. Forteron und Sairet würden Diomeda gemeinsam verteidigen. Die Hochzeit werde auf dem Balkon über dem Haupteingang des provisorischen Palasts stattfinden.

Gerüchte verbreiteten sich. Warsovran habe Torea zerstört. Das war nicht schwer zu verkaufen. Die wirklich umwerfende Neuigkeit war, dass Forteron angeblich gemeutert und Warsovrans Schlachtflotte und Marinesoldaten gestohlen hatte, um den diomedanischen Usurpator zu stürzen und Sairet wieder auf den Thron zu setzen. Dem Hörensagen nach hatte Forteron sich gegen Warsovran aufgelehnt, um ihr zu helfen, während Warsovran den Feuerkreisen nur entkommen war, weil er Forteron gefolgt war, um ihn festzunehmen und hinzurichten. Angesichts Toreas Zerstörung sei Warsovran dann jedoch gezwungen gewesen, Forteron zu verzeihen und so zu tun, als sei alles seine Idee gewesen. Der Tenor war, dass Forteron alles aus Liebe zu Sairet getan hatte. In ganz Diomeda vergaßen die Leute Feuerkreise, Flutwellen, Eroberer, Krieg, Überschwemmungen und Dauerregen. Eine leidenschaftliche, heroische und wahrhaft epische königliche Romanze war ans Licht gekommen. Die Götter der Mondwelten waren Forterons Akt der Ritterlichkeit wohlgesonnen, und Forteron hatte Feran den Wahnsinnigen getötet und Silbertod zerstört. Forteron war ein Prinz, und ein starker, beschützender Prinz obendrein.

Ein anderes Gerücht lautete, Sairet habe nicht bei Forteron sein können, weil sie tapfer den Widerstand gegen die loyalistischen Agenten angeführt habe. Binnen vierzig Minuten war Sairets Netzwerk aus zwei Dutzend Marktbudenbesitzern, Dirnen, Spionen und Informanten auf zehntausend Bürger und Sklaven angewachsen, die alle felsenfest behaupteten, Mitglied ihres Untergrunds gewesen zu sein. Bis zur neunten Stunde des Morgens hatten sich viele tausend Stadtbewohner vor der Villa versammelt, die Warsovrans Palast gewesen war. Forteron und Sairet wollten nun heiraten. Es war das ultimative kostenlose öffentliche Spektakel – eine königliche Hochzeit! Wie konnten Zweifel daran bestehen, dass Diomeda wieder hoch in Fortunas Gunst stand?

Unter dem Vorsitz eines Priesters des diomedanischen Erntegotts tauschten Forteron und Sairet im strömenden Regen das Ehegelöbnis, dann wurden in der ganzen Stadt Gongs geschlagen. Das Königspaar warf den vielen tausend Zuschauern, die knietief im schlammigen Wasser standen und sich heiser jubelten, Hände voll Silbermünzen zu. Dann führte Wensomer eine Tanztruppe auf einen Platz, der von Soldaten geräumt worden war, während unter Schirmen Musikanten spielten. Während Forteron und Sairet der Menge zuwinkten, ereignete sich zufällig etwas, was eigentlich wenig zu bedeuten hatte, aber in das viel hineininterpretiert werden konnte: Der Regen wurde schwächer und hörte schließlich ganz auf. Dies wurde sofort als Zeichen eines göttlichen Segens für die Hochzeit gewertet und die Menge geriet außer sich.

»Die Allianz wird in der nächsten Stunde angreifen«, warnte Foteron seine Braut.

»Es heißt, dass zehntausende frisch rekrutierte diomedanische Milizen in Scharen zu den Schanzen eilen«, erwiderte Sairet.

»Und kein Regen bedeutet, dass meine Bogenschützen ihre Bogensehnen trocken halten können«, fügte Forteron hinzu.

Der diomedanische Kronprinz hatte mittlerweile die Stadt umrundet und die Kommandozelte der belagernden Armee erreicht. Er schwor, Silbertod sei zerstört worden und keine Gefahr mehr. Die Adeligen und Könige der Allianz hatten bereits erfahren, dass ein Großteil der toreanischen Flotte schon aufgebrochen war und Forterons verbliebene Schiffe mit Leuten beladen wurden. Die Eindringlinge trafen offensichtlich Vorbereitungen zur Flucht. Dies war eine sehr unbefriedigende Situation. Sie standen vor einem großen und ruhmvollen Sieg, die Befriedigung, den Feind zu vernichten, bliebe ihnen aber verwehrt. Etwaige Plünderungen Diomedas durften nicht zu exzessiv ausfallen, denn der Kronprinz fand keinen Gefallen an der Vorstellung einer zerstörten Hauptstadt – zumal sein gesamtes Königreich aus Diomeda, dem Leir, ein paar Ortschaften und sehr, sehr viel Wüste bestand.

Als der Regen plötzlich aufhörte, schien dies ein Zeichen der Götter zu sein. Es war ihre Art, die Allianz zu fragen, worauf sie noch wartete.

Der Angriff begann. Mit Kriegern vollgestopfte Weinbarken wurden mit der Strömung von den Inseln des Allianz-Lagers zu den Befestigungen gerudert. Abseits des Flusses war die Strömung träge, obwohl das Wasser jetzt an den meisten Stellen über sechs Fuß tief war. Die Befestigungen tauchten vor ihnen auf, anscheinend nur mit Freischärlern bemannt.

Ohne Vorwarnung regnete es plötzlich Pfeile. Die Barken waren nicht überdacht, und die Männer an Bord standen dicht gedrängt. Schlimmer noch, die Pikeniere und die mit Axt und Schild bewaffneten Krieger an Bord behinderten die Bogenschützen. Die Ruderer in den führenden Barken versuchten umzukehren, was von den von hinten nachdrängenden Barken verhindert wurde. Pikeniere suchten verzweifelt Schutz unter Schilden und Leichen. Die Bogenschützen erwiderten schließlich das Feuer, aber ihre Gegner auf den Befestigungen standen breiter gefächert, und jeder hatte eine Schildwache aus der Stadt neben sich, die ihn schützte. Als die erste Barke landete, fielen sofort diomedanische Milizen über die Überlebenden her. Doch trotz allem war eine große Zahl von Kriegern der Allianz unverletzt, und alle waren erfahrene Streiter.

Es begann wieder zu regnen. Die Adeligen der Allianz hatten ihre Stellung in Ruderbooten am Ende der Kolonne und nicht auf den Barken. So hatten sie einen besseren Überblick über die Schlacht und waren vor verirrten Pfeilen sicher. Schließlich, so ihr Argument, war ein Adeliger zehn oder noch mehr Gemeine wert, Pfeile pflegten jedoch keine Klassenunterschiede zu machen. So waren sie die Ersten, die Forterons fünf Eilgaleeren aus dem Fluss kommen und auf das überflutete Ackerland des Mündungsdeltas abschwenken sahen. Die Ruderpartie flussaufwärts war anstrengend und langsam gewesen, doch nun waren Forterons Schiffe wie Wölfe zwischen Hühnern. Zwei von ihnen griffen die Linie der Barken von hinten an, während die anderen drei den Weg zu den Inseln des Lagers einschlugen. Die Galeeren waren gerammelt voll mit Marinesoldaten. Die Generäle der Allianz hatten geglaubt, die Inseln lägen außerhalb der Reichweite der Diomedaner, und daher waren im Lager nur noch Köche, Stallknechte, der Tross und einige der furchtsameren Adeligen.

Der Verlust ihrer Rückzugsmöglichkeit verstärkte kurzzeitig nur den Kampfesmut der Angreifer auf den Barken. An mehreren Stellen brachen sie durch die Reihen ihrer Feinde und drangen in die Stadt ein. Doch die Stadt war überflutet, und die höher gelegenen Stellungen – die Häuser – waren von diomedanischen Milizen und Freischärlern besetzt. Alles war durchnässt, sodass jeder Versuch scheiterte, ein Gebäude in Brand zu setzen. An den Befestigungen wurden die hintersten Barken von den Galeeren gerammt, während Forterons eigene Beiboote die Adeligen zusammentrieben, als diese zu fliehen versuchten. Die auf den Barken verbliebenen Krieger wendeten, um die beiden Eilgaleeren anzugreifen, auf denen es kurz darauf von verzweifelt kämpfenden Männern wimmelte – die der Allianz fehlten, um die Außenbezirke Diomedas zu stürmen.

Von den Dächern bewarfen Diomedaner die angeblichen Befreier mit Ziegelsteinen und Holzbalken. Da ihre Bogensehnen im Regen nass geworden waren, konnten die Bogenschützen der

Allianz das Feuer nicht erwidern. Als Krieger der Allianz Löcher in die beiden Eilgaleeren hackten, sanken diese nur ein paar Fuß, bis sie im Schlamm liegen blieben, sodass die Decks immer noch über Wasser lagen. Nachdem Lager, Anführer, Pferde, Kamele, Vorräte und Bedienstete der Allianz in Besitz genommen waren, machten sich die drei Eilgaleeren mit Ruderern bemannt auf den Weg zu den Befestigungen. Der Anblick der sich nähernden zusätzlichen Kriegsschiffe war zu viel für die Krieger der Allianz. Manche ergaben sich, manche sprangen ins Wasser und versuchten schwimmend zu fliehen, manche gaben sich als Diomedaner aus und wieder andere lösten sich mit ihren Barken aus dem Kampfgeschehen und ruderten in das Hauptbett des Flusses. An der Flussmündung lagen zwei Dutzend Hochsee-Kauffahrer, die mit Frauen und Kindern beladen waren und zahlenmäßig nur eine geringe toreanische Besatzung hatten – aber sie waren mit Katapulten und schweren Ballisten bewaffnet. Fünf Barken wurden versenkt, bevor die anderen sich ergaben.

Als der Himmel langsam dunkler wurde, war Forteron der unangefochtene Sieger, und das mit nur wenigen diomedanischen Opfern. Früh am Abend hörte es wieder auf zu regnen, und die Wolkendecke brach auf. Im Osten war zu sehen, wie Miral riesig und strahlend hell in der regenklaren Luft aufging.

Kein Feuerkreis hatte auf Helion gewütet. Roval marschierte aufgeregt kreuz und quer über das Deck. Als die vereinbarte Stunde gekommen und gegangen und die Garnison nicht ausgelöscht worden war, befahl er der Besatzung schließlich, die Masten aufzurichten und festzumachen.

»Das Patrouillenboot wird uns auf seiner nächsten Runde bemerken«, warnte Norrieav.

»Kapitän, im Patrouillenboot sitzen ein Inspektor und zwei Soldaten als Ruderer. Außerdem werden wir längst unterwegs sein, wenn sie uns bemerken, und zwar mit einem steifen Wind im Rücken.«

»Aber Miral ist aufgegangen, und der Himmel ist klar. Die

Patrouillengaleere *Kygar* wird schneller auf uns zusteuern als Hazlok auf eine willige Hure.«

»Die Galeere ist auf der anderen Seite Helions. Wir werden einen guten Vorsprung haben.«

»Ihr wollt mit der *Shadowmoon* in einem Rennen gegen die *Kygar* antreten? Gelehrter Roval, ich bin schon schneller aus Tavernen gekrochen, als dieses Ding segeln kann.«

»Wir werden entkommen, Kapitän. Ich habe einen Plan, den Laron kühn, gewagt und unglaublich dumm nennen würde.«

»Also noch dümmer?«

»Wir können hier nichts mehr tun, und Wensomer erwartet vielleicht bereits ihre Hinrichtung. Ich muss versuchen, Diomeda zu erreichen und ihr zu helfen. Außerdem ergibt sich vielleicht noch eine andere Gelegenheit, Silbertod zu holen. Was bleibt uns anderes übrig?«

Norrieav seufzte. »Was sollen wir also tun?«

»Zuerst müssen wir uns mindestens fünf Meilen von Helion entfernen, bevor die *Kygar* uns erwischt.«

»Wir haben Ostwind – ja, das können wir schaffen. Und danach?«

»Spielen wir ihnen ein glaubhaftes Theater vor.«

Kapitän Norrieav schlug mit dem Handrücken den kleinen Gong am Steuerruder, und die vier restlichen Besatzungsmitglieder traten an.

»Hört genau zu«, begann Roval. »Wir werden uns von Helion absetzen und nach Diomeda segeln. Jetzt. Es wird gefährlich, aber wir können es schaffen.«

»Als Expeditionsleiter übertrage ich hiermit Kapitän Norrieav die volle Befehlsgewalt«, seufzte Terikel.

Roval trat zurück, und Norrieav betrachtete den Hafen und die Umgebung, bevor er sich an sie wandte.

»Bis auf Weiteres gilt ›Klar Schiff zum Gefecht‹«, sagte Norrieav ruhig, aber entschlossen. »Terikel, übernehmt das Ruder und haltet Euch bereit. Hazlo, D'Arto und Lisgar, hisst das Großsegel, dann bemannt die Ruder. Roval, Ihr könnt mir den Rest Eures Plans erzählen, während wir den Anker lichten.«

Die *Shadowmoon* lief unter vollen Segeln und Rudern, bevor der Hafeninspektor bemerkte, dass der Schoner den Hafen verließ. Binnen zwei Minuten war er an Land und schwenkte Fackeln, um dem Ausguck am Rande des Mount-Helion-Kraters Signal zu geben. Augenblicke später gab ein anderer Signalmann die Nachricht an die Patrouillengaleere weiter. Der Galeerenkapitän ließ sofort den Kurs ändern und lief dicht an der Insel vorbei, um den winzigen Schoner zu verfolgen. Er gab außerdem Befehl zum Rammen. Die Entscheidung lag in seinem Ermessen, und das Patrouillieren Helions war langweilig geworden. So war dies ein willkommener Anlass, ein weiteres zerstörtes Schiff auf den Bug der Galeere zu malen.

An Bord der *Shadowmoon* war Roval auf dem Topp und daher der Erste, der die Positionsfackeln der entfernten Galeere sah. Er stieg auf das Deck hinab.

»Die *Kygar* ist unterwegs, Kapitän«, meldete er. »Wie wir, unter vollen Segeln und Rudern.«

»Ruder einziehen und sichern!«, rief Norrieav. »Terikel, Ruder festbinden. Alle zusammen Segel einholen und sichern. Hazlok, Ihr nicht. Gießt diesen Krug Olivenöl auf dem Achterdeck aus, während ich eine Fackel anzünde.«

»Ihr zündet eine Fackel an, Herr Kapitän? Wird da nicht das Öl Feuer fangen?«

»Ich werde jedenfalls nicht warten, bis es trocken ist. Beeilt Euch!«

Galeerenkapitän Mandalock sah in der Ferne plötzlich den Schoner wie mit Lampenöl getränkt in Flammen aufgehen. Während seine Offiziere überraschte Rufe von sich gaben, wurde das Feuer bereits kleiner. Der Schoner sank, dann war der Ozean wieder dunkel und leer.

»Er hat Feuer gefangen und ist gesunken«, sagte der Befehlshaber der Marinesoldaten.

»So etwas habe ich noch nie gesehen«, sagte der Kapitän. »Jedenfalls nicht so schnell.«

»Wir sollten langsamer werden – vielleicht treiben Überlebende im Wasser.«

»Zum Henker mit den Überlebenden, ich will ein neuntes versenkten Schiff auf dem Bug! Neun ist meine Glückszahl.«

»Aber es ist gesunken.«

»Es treibt vielleicht noch unter der Oberfläche. Die Initiaten sollen Helligkeitszauber wirken. Sucht es!«

Die *Shadowmoon* sank rasch. Normalerweise spielte das keine Rolle, weil der Kapitän das Schiff in flachem Wasser versenkte. In diesem Fall war man jedoch weit weg von der Küste. Die sechs Besatzungsmitglieder der *Shadowmoon* kauerten auf den Knien unter dem Beiboot, während dunkles Wasser um ihre Hüften gurgelte und das Holz unter dem zunehmenden Druck ächzte.

»Licht – jemand soll einen Zauber wirken!«, befahl Norrieav.

Terikel sprach einen Zauber in ihre Hand und hielt sie in die Höhe. Norrieav nahm ihr Handgelenk und hielt es neben ein Glasrohr mit gleichmäßigen Markierungen und Zahlen. Der Wasserspiegel stand bei der dreißig.

»Dreißig Fuß«, las Hazlok ab.

»Aber wir sinken noch«, rief Roval, während er die Bewegung des Pegelstandes im Druckglas beobachtete.

»Tja, es war Eure Idee, im tiefen Wasser zu sinken«, erwiderte Terikel.

»Es musste so aussehen, als würden wir brennen und dann sinken«, sagte Roval.

»Fünfzig Fuß«, las Hazlok.

»Das mit dem Sinken hat jedenfalls funktioniert!«

»Ich bin offen für konstruktive Vorschläge.«

»Sechzig Fuß«, las Hazlok.

»Wir müssen das Beiboot aus den Verankerungen lösen«, rief Terikel.

»Nein, das Beiboot würde sich sofort aufrichten und alle Luft verlieren …«

»Ruhe!«, rief Norrieav. »Ich bin der Kapitän, und daran solltet Ihr alle denken. Gesprochen wird nur als Teil des Dienstes.«

Stille kehrte ein, abgesehen vom Ächzen des Holzes und einem ominösen Gurgeln.

»Siebzig Fuß, sinken langsamer«, sagte Hazlok.

»Bevor wir die *Megazoid* verlassen haben, hat dieses Boot bei den gesicherten Probetauchgängen eine Tiefe von neunzig Fuß erreicht, ehe sein Auftrieb den Sinkvorgang gestoppt hat. Stimmt das nicht, D'Arto?«

»Richtig, Herr Kapitän.«

»Fünfundsiebzig Fuß, sinken noch langsamer«, meldete Hazlok.

»Bei achtzig müssten wir stoppen. Die neuen luftdichten Spinde und leeren Lampenölkrüge im Ballast geben zusätzlichen Auftrieb und werden dem Beiboot helfen, uns in der Schwebe zu halten.«

»Achtzig Fuß, Sinkvorgang fast beendet«, sagte Hazlok. »Zweiundachtzig, dreiundachtzig … Schwebezustand.«

Terikel atmete geräuschvoll aus, und Roval ließ sich tiefer ins Wasser sinken. Ein hallendes Krachen erschütterte die *Shadowmoon*.

»Ein Spind hat nachgegeben, Herr Kapitän!«, rief D'Arto in das Geschrei der anderen.

Ein weiterer Knall ließ sie erbeben.

»Fünfundachtzig Fuß«, las Hazlok ab.

»Wir müssen zwei Ankersteine loswerden«, sagte Norrieav. »Roval, sprecht Lichtbänder um Eure Handgelenke. D'Arto, tastet nach dem Schleppseil des Beiboots und bindet es ihm um die Hüfte.«

Als er gesichert war, formte Roval leuchtende Ätherarmbänder mit hellen Punkten unter den Gelenken. Er holte dreimal tief Luft.

»Was Ihr auch seht, merkt es Euch«, sagte Norrieav. »Ich will brauchbare Zustandsmeldungen.«

»Ja, Kapitän.«

Roval tauchte unter der Wandung des Beiboots durch und

kam direkt hinter dem Bugmast heraus. Er brauchte nur Sekunden, um den Ballaststein auf der Backbordseite zu finden, und eine halbe Minute, um das Haltetau zu durchtrennen. Er wandte sich nach steuerbord und begann mit dem Durchschneiden des dortigen Haltetaus, als im Sog einer schemenhaften Gestalt dunkles Wasser an ihm vorbeiströmte. Seine Lunge brannte bereits, als das zweite Tau nachgab, doch als er zum Beiboot zurückkehren wollte, musste er feststellen, dass sich seine Sicherungsleine in den Halterungen des Bugmasts verfangen hatte. Weitere kostbare Sekunden vergingen, bis er sich losgeschnitten hatte. Als er sich dann auf den Weg zum Beiboot machte, glitt ganz in seiner Nähe etwas Großes, Blasses vorbei.

Rovals Kopf schoss in das kleine Luftreservoir, und ein paar Augenblicke keuchte er verzweifelt, bis er wieder zu Atem kam.

»Hundertzwanzig Fuß. Wir sinken langsamer, aber wir sinken immer noch«, sagte Hazlok.

Die Planken des Beiboots ächzten und dröhnten nun fast kontinuierlich.

»Beide vorderen Anker sind gelöst, Herr Kapitän«, japste Roval. »Auf Deck herrscht Durcheinander, ich musste das Sicherungstau durchschneiden. Und ich habe Tiere gesehen. Lebendige. Groß und blass.«

»Haie?«, rief Norrieav. »Seit dem Feuerkreis wurden keine mehr gesichtet.«

»Hundertfünfundzwanzig«, sagte Hazlok. »Wir sind am Ende der Skala.«

»Keine Haie, aber reichlich Zähne. Mein Licht hat sie angelockt.«

»Kreaturen, die nicht an die Oberfläche kommen, aber wissen, dass es in einem sinkenden Schiff leckere Beute gibt.«

»Ihr müsst ein Traktat darüber schreiben, wenn wir zu Hause sind«, sagte Terikel.

»Wir sinken immer noch, aber langsamer«, sagte Hazlok.

»Soll ich wieder rausgehen, Kapitän?«, fragte Roval und band sich bereits eine neue Sicherungsleine um.

»Bei diesem Sinktempo liegt die Schwebetiefe meiner Schätzung nach bei fünfhundert Fuß«, sagte Norrieav. »Was nur eine andere Art ist zu sagen, dass wir alle tot sind. Die Ankersteine mittschiffs müssen auch gelöst werden. Roval, kommt zwischendurch zurück, um Luft zu holen, verstanden?«

»Wir sinken immer noch.«

Rovals rasierter Kopf verschwand wieder im Wasser, und Augenblicke später gab es einen leichten Ruck, als der Ankerstein an steuerbord gelöst wurde und sank. Roval kehrte zurück.

»Das sind Dentarden. Drei oder vier Dentarden. Schnell, neugierig. Sind dem Ankerstein nachgeschwommen.«

»Sinken langsamer.«

Wieder holte er Luft und tauchte. Einige Momente war nur das Ächzen des Holzes zu hören, dann ein dumpfer Schlag und ein Kratzgeräusch, dem ein weiterer dumpfer Schlag folgte. Norrieav nahm eine Axt und tauchte unter, während D'Arto Rovals Sicherungsleine einholte. Es dauerte beinah eine Minute, bis Norrieav und D'Arto Roval wieder unter das Beiboot gezogen hatten. Der linke Arm des Zauberers wies unter dem Ellbogen eine Schramme auf.

»Ein Dentard hatte ihn«, keuchte Norrieav. »Da draußen treibt sich ein ganzer Schwarm herum.«

»Backbord-Ankerstein gelöst, Kapitän«, quetschte Roval durch zusammengebissene Zähne.

»Schwebezustand«, meldete Hazlok.

Etwas stieß gegen den Rumpf des Beiboots und kratzte darüber.

»Sie riechen Blut«, sagte Terikel.

»Lisgar, haltet ihn hoch. D'Arto, verbindet seinen Arm und stoppt die Blutung.«

»Wir steigen«, sagte Hazlok.

»Wie tief sind wir?«

»Schwer zu sagen. Wir sind schon seit einiger Zeit tiefer, als die Skala reicht.«

Ein dumpfer, aber doch lauter Knall ertönte, als etwas nachgab.

»Das war ein leerer Krug, würde ich meinen, Kapitän«, sagte D'Arto.

»Wir sinken wieder«, sagte Hazlok unglücklich.

»Kapitän, bitte um Erlaubnis, die Ankersteine achtern abzuwerfen«, sagte Terikel.

Norrieav sah sie an, dann rieb er sich einen Moment die Augen. »Erteilt«, sagte er widerstrebend. »Aber kehrt zwischen den Steinen zurück und bindet Euch die Sicherungsleine um.«

Ihr Kopf verschwand unter Wasser. Norrieav übernahm Roval, und Lisgar sprach eine blasse Faser, die sich um seine Hand wickelte.

»Wir sinken immer noch«, sagte Hazlok.

Sie warteten. D'Arto beendete den Verband an Rovals Arm. Es gab einen leichten Ruck, als das Tau mit dem Ankerstein riss, dann folgte eine Reihe hallender Stöße und schabende Geräusche. Die Sicherungsleine wurde einen Moment angezogen und erschlaffte dann.

»Holt sie ein!«, rief Norrieav. »D'Arto, Roval, helft mir.«

»Zu leicht, kein Gewicht am Ende!«, rief D'Arto.

Das Ende der Sicherungsleine war grob durchtrennt. Für einen Moment war nur das Ächzen und Gurgeln des sinkenden Schoners zu hören.

»Terikel«, flüsterte Roval.

»Wir sinken langsamer, aber wir sinken immer noch«, sagte Hazlok, dessen Stimme sich plötzlich hob. »Das reicht nicht, Kapitän! Das reicht nicht ...«

»Hazlok, Ruhe!«, sagte Norrieav.

»... und der Schwimmer der Anzeige hat sich verklemmt, und die Luft hier wird wegen des zunehmenden Drucks immer weniger, und bald ist kein Platz mehr für unsere Köpfe ...«

»Hazlok!«, brüllte Norrieav.

Hazlok erstarrte. Lisgar beugte sich über das Rohr.

»Schwimmer der Anzeige verklemmt«, las der Diakon ab.

»Terikel ist tot«, flüsterte Roval.

Hazlok hustete und atmete dann mehrmals tief ein und aus.

»Mein ... meine Aufgabe«, brachte er schließlich heraus, indem er Lisgars Handgelenk nahm und das Licht näher an das Glasrohr hielt.

Ein entferntes Knacken war zu hören, und ein Ruck durchlief das Schiff. Sie starrten einander in der Düsternis an.

»Terikel!«, rief Roval. »Sie muss das Haltetau des letzten Ankersteins beinah durchtrennt haben, bevor die Dentarden sie erwischt haben.«

Sie ließen die tote Priesterin wie aus einem Munde hochleben, doch fast sofort stieß und schabte es in der Nähe. Etwas kratzte über das Beiboot.

»Ein Dentard!«, sagte Norrieav. »Was macht er?«

»Vielleicht frisst er Schiffe, Kapitän?«, sagte D'Arto.

»Vielleicht leben Besatzungsmitglieder in Luftblasen weiter, wenn Schiffe versinken«, sagte Roval. »Vielleicht kommt das häufiger vor.«

»So häufig, dass Dentarden gelernt haben, ihr Essen auszupacken«, sagte Norrieav.

Große Kiefer bearbeiteten den Rumpf des Beiboots. Von draußen waren tiefe, heulende Laute zu hören.

»Roval, ich nehme eine Axt und gehe raus«, sagte Norrieav. »Wenn ich nicht zurückkomme, übernehmt das Kommando.«

»Wartet, Kapitän«, keuchte Roval. »Lasst mich gehen, ich habe weniger zu verlieren als Ihr.«

Er sprach einen Zauber in seine rechte Hand, dann fütterte er ihn in einer Reihe atemlos gehauchter Wörter mit mehr ätherischer Energie.

»Der Anzeige-Schwimmer klemmt immer noch«, meldete Hazlok.

Roval tauchte, und einen Moment später erhellte ein greller Blitz das Wasser. Die Dentarden rings um die *Shadowmoon* bellten und heulten, aber die Laute verloren sich rasch. Roval kehrte zurück.

»Es sind Wesen der Tiefe, Kapitän«, erklärte Roval. »Es wird einige Zeit dauern, bis sie ihr Sehvermögen wiedererlangt und sich von dem Schrecken erholt haben.«

»Der Schwimmer klemmt immer noch.«

»Wir müssen immer noch die Ankersteine entfernen«, sagte Norrieav. »Roval, wir gehen beide, aber Ihr sorgt nur für Licht, verstanden? Vielleicht schaffen wir es zu zweit schneller als allein. D'Arto, Hazlok, helft uns bei den Sicherungsleinen.«

Roval sprach einen Zauber, dann tauchten sie gemeinsam unter.

»Schätzung, richtig tief«, sagte Hazlok.

Ein lautes Schaben war zu hören, dann gab es einen Ruck.

»Anker abgeworfen«, sagte D'Arto.

»Schätzung, richtig tief und entweder auf dem Weg nach oben oder unten.«

Norrieav und Roval kehrten nicht zurück. Das Schaben setzte wieder ein.

Es gab noch einen Ruck, gefolgt von einem leiseren Schaben inmitten des Ächzens und Gurgelns.

»Schätzung, äh, hoffentlich nicht mehr so tief.«

Norrieav tauchte wieder auf und zog dann Rovals Kopf in die Luftblase. Der Zauberer hustete Wasser.

»Schätzung, äh, wahrscheinlich tiefer, als gut für uns ist.«

»Sind wir nicht schon vor einigen hundert Fuß gestorben?«, keuchte Roval.

»Lest die Anzeige ab«, forderte Lisgar Hazlok auf.

»Die Anzeige zeigt ... einen richtig fest verklemmten Schwimmer. Schätzung, äh, richtig ordentlich tief.«

»Wir steigen«, sagte Lisgar.

»Was?« Hazlok lachte mit einem leichten hysterischen Unterton. »Habt Ihr Euren eigenen Tiefenmesser?«

»Wenn Ihr so wollt, ja. Vor einer Minute stand das Wasser noch hier oben. Jetzt ist der Pegel gesunken.«

Er zeigte auf ein kleines Messer, dass er neben sich in das Holz gebohrt hatte. Diesmal gab es keinen Jubel, der die Dentarden zurückholen konnte, aber die Laune unter den Besatzungsmitgliedern besserte sich eindeutig.

»Ich gehe noch mal raus und werfe ab, was schwer und lose ist«, sagte Roval.

»Das wäre hilfreich, aber wir steigen bereits«, sagte Norrieav.

»Es ist meine Art, mich zu verabschieden.«

»Von Terikel?«

»Äh, ja.«

»Hört mal … nur aus Neugier, habt Ihr je, äh …«

»Es mit ihr getrieben?«, bot Hazlok an.

»Ihr Euer Herz geöffnet!«, rief Norrieav und funkelte Hazlok an.

»Niemals«, sagte Roval. »Es steht mir nicht zu, solche Vorschläge zu machen.«

»Warum denn nicht?«

»Der Geheimkriegerdienst macht aus Männern noch viel mehr als nur außergewöhnliche Kämpfer. Wir sind stärker und schneller als die meisten, wir sind Meister in allen möglichen Kampfkünsten und obendrein sind wir auch noch Zauberer des zehnten Grades, erfahrene Schattenwandler und haben eine Universitätsausbildung. Mit alldem geht eine Versuchung einher, die Versuchung nämlich, sich für einen Gott zu halten. Um dem entgegenzuwirken, gibt es Regeln, und eine Regel besagt, dass wir nur auf die Avancen einer Frau reagieren dürfen, aber niemals von uns aus Frauen Avancen machen dürfen.«

»Scheiße, bin ich froh, dass ich mich nie dem GKD angeschlossen habe«, sagte Hazlok.

»Also diese Sache mit Euch und Terikel in der Kapitänskabine …«

»Das weiß ich nicht!«, gestand der Krieger-Zauberer. »Ich glaube, es war ehrenhaft. Ich habe mir gewiss keine Freiheiten bei ihr herausgenommen.«

»Ich werde ganz sicher nie in den GKD eintreten«, sagte Hazlok kategorisch.

Roval unternahm eine Reihe kurzer Ausflüge nach draußen und warf ein paar Metallbeschläge über die Reling. D'Artos Amboss verschwand ebenfalls in der Tiefe.

»Ist mir eine Freude zu melden, dass die Anzeige wieder funktioniert«, sagte Hazlok. »Hundertfünfundzwanzig, und wir steigen.«

»Hört Ihr das?«, sagte Norrieav.

Es war ein entferntes *Wumm-Knarr, Wumm-Knarr*. Es klang ganz und gar nicht wie ein Tier.

»Scheiße!«, rief D'Arto. »Die *Kygar*!«

»Was? Nach allem, was wir durchgemacht haben?«, rief Hazlok. »Ist der Galeerenkapitän blind? Er hat uns doch sinken sehen – und noch dazu haben wir gebrannt.«

»Vielleicht kennt er das Geheimnis der *Shadowmoon*«, überlegte Norrieav. »Habt Ihr noch mehr kühne, gewagte und unglaublich dumme Pläne, Roval?«

»Mein letzter hat Terikel das Leben gekostet, Kapitän«, erwiderte der Zauberer. »Ich habe im Augenblick Mühe, an irgendetwas anderes zu denken.«

»Wir können nicht wieder sinken, nicht ohne Ballast«, sagte Norrieav.

»Ich habe sie angebetet.«

»Wenn wir zu kämpfen versuchten, würden sie wahrscheinlich nur lachen.«

»Vielleicht, wenn ich sie öfter angelächelt hätte ...«

»Wir könnten das Schiff aufgeben und nach Helion schwimmen.«

»Oder vielleicht hätte ich ihr ein paar Komplimente machen sollen.«

»Ich kann nicht glauben, was ich da höre, Gelehrter Roval. Wir sind hundert Fuß tief unter der Oberfläche, stehen bis zu den Brustwarzen im Wasser, tauchen direkt vor den Augen einer voll bewaffneten Schlachtgaleere wieder auf und sind nur mit einem halben Dutzend Äxten und einer billigen Armbrust bewaffnet, und Ihr sitzt da und lamentiert darüber, dass Ihr es nie bei Terikel versucht habt!«

»Siebzig Fuß«, sagte Hazlok.

»Eine Kapitulation scheint eine durchaus praktikable Möglichkeit zu sein, Kapitän«, schlug Lisgar vor.

»Ihr anderen solltet das Schiff verlassen und nach Helion zurückschwimmen«, sagte Roval. »Ich bleibe auf der *Shadowmoon* und kämpfe bis zum Tod, um Eure Flucht zu decken.«

»Nein!«, sagte Norrieav mit Nachdruck.

»Sie ist hier gestorben. Ich würde mir wünschen, dass sich mein Blut hier in diesem düsteren Gewässer mit dem ihren vermischt.«

»Jetzt hört endlich auf damit!«, rief Norrieav. »Die *Shadowmoon* hat mehr Geheimnisse, als irgendein Schwachkopf auf der *Kygar* wissen kann. Wir kämpfen.«

»Fünfzig Fuß. Die Mastspitze durchbricht die Oberfläche«, sagte Hazlok.

»Kämpfen?«, rief Roval benommen.

»Bei allem Respekt, Herr Kapitän, womit?«, fragte D'Arto. »Wir haben eine Armbrust und ein paar Äxte. Das Ding da über uns ist eine Schlachtgaleere.«

»Wir haben irgendwo noch ein paar Harpunen«, sagte Hazlok.

»Bereitmachen zum Auftauchen«, sagte Norrieav. »Hazlok, D'Arto, taucht nach oben und schließt die Sinkluken. Roval, taucht zu den Krügen mit Lampenöl im Laderaum.«

Das Deck der *Shadowmoon* durchbrach die Oberfläche, und sie krochen in Mirals Licht und den wunderbar kühlen, frischen Wind unter dem Beiboot hervor. Die Galeere in der Nähe wendete in weitem Bogen.

»Hazlok, Lisgar, D'Arto, fangt an zu pumpen«, befahl Norrieav. »Roval, Ihr holt Lampenöl, während ich das Beiboot aus den Verankerungen löse.«

»Kapitän, warum sollen wir pumpen, wenn wir das Schiff aufgeben?«, fragte D'Arto.

»Weil wir das Schiff nicht aufgeben, ich …«

Er wurde durch ein Kreischen von Lisgar unterbrochen. Roval hob seine Axt und watete zu den achteren Kabinenluken, aus denen etwas herauskroch.

»Zurück, einer von den Dentarden muss darin eingesperrt worden sein«, rief Roval.

Terikel kroch in Mirals Licht. Roval ließ seine Axt fallen, zog sie auf die Beine und warf die Arme um sie, während die anderen zu pumpen anfingen. Beinah ebenso schnell ließ er sie wieder los.

»Ihr … äh, scheint unversehrt zu sein, Ehrwürdige Älteste«, sagte er hastig.

»Wie ist das möglich?«, fragte Norrieav.

»Luft aus den geborstenen Spinden hatte sich in einer Blase

unter dem Kabinendach gesammelt«, krächzte die Priesterin, während sie im flachen Wasser wieder auf die Knie sank.

»Warum seid Ihr nicht zurückgekommen?«, fragte Roval. »Ich dachte, ich würde ... Ihr wärt tot.«

»Ich dachte ... dass Ihr dann mehr Luft unter dem Beiboot habt. Außerdem war ich vor Angst ... wie gelähmt.«

Nachdem er das flüchtige Schiff wiedergefunden hatte, befahl Galeerenkapitän Mandalock die *Kygar* zurück, um mehr Geschwindigkeit aufnehmen zu können. Initiaten mit Lichtzaubern vertrieben die Dunkelheit, während die Spitze der Ramme eine Zwillingswelle erzeugte. Sie steuerten eine weite Kurve.

»Der Schoner muss gekentert sein und sich dann wieder aufgerichtet haben, wer soll auf so etwas kommen?«, rief der Galeerenkapitän. »Schwenkt und bringt uns auf Höchstgeschwindigkeit.«

An Bord der *Shadowmoon* gab es unter Mirals kaltem, grünem Licht inmitten des dunklen Wassers Spuren von Ordnung. Das Mitteldeck lag mittlerweile über dem Wasserspiegel.

»Hazlok, löst die Verankerungen des Beiboots!«, rief Norrieav. »Roval, öffnet die Krüge mit dem Lampenöl.«

»Lampenöl? Kapitän, wir brauchen Ruder!«, rief Roval.

»Lampenöl, verdammt! *Ich* bin der Kapitän! Gießt es in das Beiboot.«

»Aber, Kapitän, darin sollen wir doch entkommen!«, stellte Roval fest.

»Haltet die Klappe und tut, was ich sage! Terikel, könnt Ihr einen von diesen Blend-Autonen wirken?«

»Ja, Kapitän.«

»Tut es und verankert ihn vorne im Bug des Beiboots.«

»Was? Kapitän, diese Dinger sind äußerst instabil, sie gehen praktisch von alleine hoch. Ein harter Stoß ...«

»... wäre ideal. Lisgar, D'Arto, pumpt weiter.«

Norrieav richtete eine Leinwandplane für das Beiboot her, während das Öl hineingegossen wurde. Mittlerweile war die Galeere auf Kurs, aber noch weit entfernt. Während Roval den letzten Krug Lampenöl in das Boot leerte, spannte Norrieav die Armbrust.

»Einen Fadenzauber, der sich zusammenzieht, wenn Ihr die Güte hättet«, sagte der Kapitän zu Roval. »Verbindet das Beiboot mit diesem Bolzen.«

»Ich kann mit einem Zauber keine Galeere versenken!«

»Nein, aber *ich* kann es. Alle an die Ruder und bereithalten – Ihr nicht, Terikel. Stellt Euch ans Ruder.«

Es war ein schwieriger Schuss, bei Nacht, auf See und nur in Mirals Licht, noch dazu mit einer nassen Sehne, aber die Galeere war ein großes Ziel. Norrieav schoss. Ein dünner Lichtfaden zuckte durch die Dunkelheit und traf den Bug der Galeere.

»Jetzt rudert!«, rief Norrieav.

Der Faden zog sich zusammen und damit das Beiboot weg von der *Shadowmoon*, die sich mit all dem Wasser an Bord nur träge bewegte. Aber immerhin bewegte sie sich überhaupt. Die *Kygar* sollte sie mittschiffs zu rammen, aber die *Shadowmoon* drehte sich. Der dünne Faden war nicht mehr zu sehen. Als jemand erkannte, dass sich der Winkel zum Ziel änderte, folgte die Galeere der Drehung.

»Bereitet Euch darauf vor, in Deckung zu gehen«, rief Norrieav. »Wenn mein Apparat funktioniert, sind gleich überall Flammen.«

»Kapitän, wo?«, fragte der aufgebrachte Roval. »Unseren Schutz schickt Ihr ihnen gerade entgegen.«

Das Beiboot traf den Bug der Galeere. Terikels Blendzauber wurde gestört. Er verging in einem winzigen Kern von immenser Hitze, in einer Mischung aus Lampenöl und Luft und die Mischung explodierte. Die Seiten des Beiboots waren stark gebaut, weil sie dem hohen Druck unter Wasser standhalten mussten und so wurde mit einem lauten Donnerschlag eine Wolke aus brennendem Lampenöl hoch in die Luft geschleudert und landete über die gesamte Länge der Galeere verteilt. Vom Bug zum

Heck brennend, glitt die Galeere an der noch größtenteils untergetauchten *Shadowmoon* und ihrer erstaunten Besatzung vorüber, und ihre Ruder klapperten und splitterten an Bordwand und Reling vorbei. Die *Kygar* fuhr weiter, verlor langsam an Fahrt und kam dann zum Stillstand, während Flammen in den Wind züngelten.

»Hazlok, Lisgar, zurück an die Pumpe«, rief Norrieav. »Terikel, legt das Ruder fest in die dritte Kerbe. Roval und D'Arto, in die Takelage und das Großsegel hissen.«

Norrieav zog die Ruder ein und band sie fest, während die anderen ihre Befehle ausführten, und der Wind trieb die halb untergetauchte *Shadowmoon* von der brennenden Galeere weg. Schließlich gesellte er sich zu Terikel auf das Achterdeck und arbeitete an der Pumpe, während Lisgar und Hazlok das Focksegel hissten. Terikel arretierte das Ruder und trat neben den Kapitän.

»Wir müssen Fahrt aufnehmen«, sagte Norrieav, während sie gemeinsam an der Pumpe arbeiteten. »Sie werden nicht lange abgelenkt sein.«

»Ganz im Gegenteil, Kapitän, ich glaube, sie werden eine ganze Weile abgelenkt sein«, sagte Terikel, die über das Kielwasser der *Shadowmoon* hinweg auf die brennende Galeere schaute, von der Rauch und Flammen in den Ostwind aufstiegen.

Die Besatzung der Galeere stand unter dem Eindruck, sie seien von einem Feuerkreis getroffen worden, und eine große Anzahl von Ruderern, Soldaten und Offizieren war von sich aus über Bord gesprungen. Die von dem Beiboot entfachten Flammen waren eigentlich nicht so schlimm, aber da die meisten, die sie hätten bekämpfen können, über Bord gesprungen waren, konnte sich das Feuer festsetzen und ausbreiten. Die Zuschauer auf Helion glaubten, die Galeere habe den Flüchtling erwischt und in Brand gesetzt. Die Tatsache, dass dies das zweite Feuer innerhalb kürzester Zeit war, sorgte für Verwirrung, aber die Beobachter nahmen an, die siegreiche Galeere würde ihnen bald die Erklärung liefern. Es dauerte eine Stunde, bis ein anderes Schiff ausgesandt wurde, um dem Vorfall auf den Grund zu gehen. Zum Glück waren die Dentarden durch das Feuer so eingeschüchtert, dass sie die rings um das Wrack treibenden Überlebenden nicht angriffen und so gab es unter den Besatzungsmitgliedern kaum Verluste.

Als die Besatzung die *Shadowmoon* schließlich leer gepumpt, sowie die Segel gehisst und für ihren Westkurs ausgerichtet hatte, war die *Kygar* nur noch ein oranger Lichtpunkt am Horizont. Mittlerweile hatte sich der Himmel wieder zugezogen, und es regnete leicht. Norrieav stand am Ruder, während Roval nach achtern starrte und nach Verfolgern Ausschau hielt. Terikel saß neben der Reling und hatte die Arme um die Knie geschlungen.

»Ich werde nie, nie wieder einen Fuß auf ein Schiff setzen, sobald ich wieder in Scalticar bin«, sagte die Priesterin.

»Ich weiß gar nicht mehr, wie oft Ihr das schon gesagt habt«, erwiderte Roval, ohne sich ihr zuzuwenden. »Können wir nicht das Thema wecheln?«

»Meine eigentliche Absicht war lediglich, brennendes Öl vor der Galeere zu verspritzen.« Norrieav brach sein Schweigen der vergangenen Stunde. »Dieser Springbrunnen aus Feuer war ein glücklicher Zufall.«

Er schlug den Gong, bis die Mannschaft sich vor ihm versammelt hatte.

»Ich erkläre die Gefechtssituation für beendet«, sagte Norrieav. »Gelehrte Älteste, ich bin Euer ergebener Diener.«

Die anderen kehrten nach unten zurück. Terikel räusperte sich.

»Wenn Ihr noch mehr von solchen kreativen Ideen auf Lager habt, Kapitän, behaltet sie bitte für Euch«, sagte sie und sah Norrieav direkt an. »Schiffe sind auch so schon gefährlich genug. Unterseeische Kriegführung ist mehr, als diese Welt verkraften könnte.«

»Ihr nutzt die Vorzüge der Vorrichtung, aber dennoch verdammt Ihr sie?«, lachte Norrieav kopfschüttelnd.

»Ihr habt einen Drachen um Hilfe gebeten, Kapitän, und er fand es amüsant, uns zu Willen zu sein«, sagte Roval. »Beim nächsten Mal ist er vielleicht nicht mehr so wohlgesonnen.«

»Und beim nächsten Mal sind *wir* vielleicht diejenigen auf der Galeere«, stellte Terikel fest. »Bei den Göttern der Mondwelten, ich hasse das Meer. Nach dieser Nacht wird es schwierig sein, auch nur eine Brücke zu überqueren oder in eine Badewanne zu steigen.«

Norrieav ging nach unten und ließ Terikel und Roval auf dem Achterdeck und im Regen allein. Schließlich stand Terikel auf und legte einen Arm um Roval.

»Als … als die *Shadowmoon* aufgetaucht ist …«, begann sie und ließ die Worte dann in der Luft hängen.

»Verzeihung«, murmelte er. »Ich hätte nicht so vertraulich sein dürfen.«

»Ich … Was? Warum nicht?«

»GKD-Ausbildung und – Etikette sind äußerst strikt in Bezug auf unerwünschte Vertraulichkeiten mit Frauen.«

»Roval, das ist lächerlich! Wir haben uns ausgezogen und sind gemeinsam ins Bett gestiegen, als die *Shadowmoon* geentert wurde.«

»Das war eine militärische Aktion, Spionage. Wir waren Krieger.«

»Aber … Na, warum habt Ihr mich dann umarmt, als die *Shadowmoon* wieder aufgetaucht ist?«

»Ich war besorgt, ich wollte mich vergewissern, dass Ihr nicht verletzt wart.«

Terikel schüttelte den Kopf. Roval verschränkte die Arme und wand sich.

»Also, was die Gelehrte Wensomer betrifft«, sagte Terikel beiläufig. »Wenn sie noch lebt, werdet Ihr …«

Roval gab ein Geräusch von sich wie jemand, der gewürgt wurde, während er sich zu übergeben versuchte.

»Niemals!«, ächzte er und fand dann seine Stimme wieder. »Die einzigen Gelegenheiten, bei denen ich sie ins Bett getragen und ihr die Kleider ausgezogen habe, waren die, als es ihr gelungen war, sich sinnlos zu betrinken und sich über sich selbst zu übergeben. Tatsächlich ist das einige Male vorgekommen, aber … Hört her, sie ist eine Freundin, ich mag sie, und ich habe schon oft mein Leben für sie riskiert, aber das Bett mit ihr teilen? Nun ja, ein Mal, aber die bloße Erinnerung ruft einen stechenden, durchdringenden Schmerz hinter meinem linken Auge hervor.«

»Also seid Ihr … und sie … das heißt …?«

»Wohl kaum. Die Frau ist so labil wie ein Helligkeitszauber, auch wenn sie klug ist. Gesteht mir wenigstens etwas Geschmack zu.«

Terikel strahlte warm durch den kalten Regen und die spritzende Gischt, doch dann fiel ihr wieder ein, dass noch eine zweite Angelegenheit mit Roval zu klären war.

»Habt Ihr jemals mit Laron über seinen Ritterlichkeits-Unsinn geredet?«, fragte sie jetzt.

»Ich bewundere Laron für seine strikten Prinzipien …«

»Nun, Hazlok hat mit *mir* darüber geredet, was Ihr beim Auftauchen gesagt habt.«

Roval öffnete den Mund, holte tief Luft und sein Kiefer arbeitete eine Weile lautlos. Er schaute über die Reling, erwog ernsthaft, über Bord zu springen, und beschloss dann, seine gesamte Selbstbeherrschung und GKD-Disziplin darauf zu verwenden, seine Knie daran zu hindern, sich in Pudding zu verwandeln.

»Roval … mein letzter Bettgefährte war Feran Holzholm, und zwar in der Kapitänskabine direkt unter uns. Torea lag als glühender Schlackehaufen hinter uns, und meine Familie, meine Freunde und mein Orden waren nur noch Rauch und Asche im Wind. Er wollte trotzdem die ganze Nacht nur rammeln, bis, nun ja, bis Laron ihm entgegengetreten ist. Danach habe ich geschworen, nie wieder mit einem Mann ins Bett zu gehen.«

»Ganz genau, Ehrwürdige Älteste, genau das hatte ich mir auch gedacht«, plapperte Roval mit extremer Erleichterung, »und natürlich habe ich den allerhöchsten Respekt vor Euren Gefühlen, also …«

»Roval, haltet bitte die Klappe und lasst mich ausreden.«

»Verzeihung.«

»Seitdem lässt mir ein Gedanke keine Ruhe: Warum sollte Feran meine letzte Erinnerung an die Umarmung eines Mannes sein? Bei Feran gab es nur Geilheit, kein Mitgefühl oder gar Zärtlichkeit. Er war … Ach, ich kann gar nicht darüber reden, ohne dass wieder die Wut in mir hochkommt. Und dann gab es Euch. Witzig, charmant, gütig, gebildet und so gut aussehend, wenn Euer Kopf frisch rasiert ist. Ihr schient fast zu schön zu sein, um wahr zu sein, aber Ihr habt nie auch nur das geringste Interesse an mir gezeigt – nicht einmal, als wir nackt waren und dasselbe Bett teilten. Ich hatte angenommen, Ihr hättet irgendwo weit weg Eure wahre Liebe oder vielleicht einen unkonventionelleren Geschmack. Woher sollte ich das mit dem Geheimkriegerdienst und seinen Regeln über den Umgang mit Frauen wissen?«

»Ich konnte Euch nichts über die GKD-Regeln sagen, Ihr hättet sofort gewusst, dass ich Euch mag«, protestierte Roval.

Terikel hielt sich die gespeizten Finger vors Gesicht. »Roval, ich bitte nicht um etwas Dauerhaftes, aber wollt Ihr eine Nacht oder zwei bei mir schlafen?«

»Ehrwürdige Älteste, ich könnte Euch niemals bitten …«

»Ich weiß, deswegen bitte *ich Euch*!«, schrie Terikel und schlug mit beiden Fäusten auf das Deck. »Andererseits, warum sollte ich mich beklagen?«, fuhr sie leiser fort, während sie sich erhob. Sie legte Roval die Hände auf die Schultern. »Es bedeutet, dass Ihr jetzt vor mir steht, unbelastet und frei von allen Bindungen.«

Terikel zog sein Gesicht nah an ihres heran und küsste ihn sanft. Für Roval verlor die Zeit jede Bedeutung, dann huschte Terikels Zunge neckend über seine Lippen, und sie lachte ihm ins Gesicht.

»Ihr habt die Arme um mich gelegt«, kicherte sie leise.

»Ich … äh, Verzeihung, ich hielt es für zulässig, Ehrwürdige Älteste.«

»Das ist es auch, aber wie steuert Ihr die *Shadowmoon*?«

»Ach, Scheiße!«

Nachdem sie das Ruder festgestellt hatten, standen sie wieder in inniger Umarmung auf dem Achterdeck. Ein Kopf tauchte in der Luke auf und verschwand dann wieder. Schließlich hörte man über das Schwappen der Wellen und das Knarren der Planken und Taue hinweg Gelächter und das Klirren von Münzen.

»Ich glaube, wir haben gerade dafür gesorgt, dass diverse Wetten gewonnen und verloren wurden«, sagte Roval.

»Ihr macht Euch etwas aus mir – Ihr seid charmant und gütig«, sagte Terikel.

»Ihr seid meine Prinzessin, meine wahre Liebe, meine Göttin der Schönheit und mein Engel der Weisheit. Und Ihr versteht meine Scherze. Die meisten Frauen tun das nicht.«

Terikel drückte ihn so fest an sich, wie sie konnte. »Das ist einfach wunderbar. Jetzt werde ich schöne Erinnerungen von Euch als meinem letzten Bettgefährten mit in die Zukunft nehmen anstatt schlechte Erinnerungen an Feran. Ihr habt den Fluch von mir genommen, Ihr habt meinen Dämon getötet. Es gibt niemanden auf der ganzen Welt, an den ich lieber dächte als an Euch.«

»Der Gedanke an Euch und Feran, ich … Dabei fühle ich mich so schlecht, als würden meine Herzen von zwei kalten Klauenhänden zusammengepresst. Ich habe es mir nicht anmerken lassen, weil es mir nicht zustand.«

»Glaubt Ihr, ich hätte mich dabei besser gefühlt?«, seufzte Terikel. »Es war Spionage-Arbeit. Schmutzige Arbeit. Dreckige Arbeit. Der Gedanke daran macht mir immer noch schwer zu schaffen.«

Sie küssten sich wieder für einen Augenblick, der andauerte wie ein polarer Sonnenuntergang. Trotz der Wellen, des schwankenden Decks, der fliegenden Gischt und der verregneten Dunkelheit fühlte Terikel keine Anzeichen ihrer Seekrankheit.

»Glaubt Ihr, Ihr könntet jemanden bitten, Eure Wache zu übernehmen?«, fragte Terikel.

»Es gibt Gefälligkeiten, die ich einfordern kann.«

»Dann sehe ich Euch in der Kapitänskabine.«

Roval ging nach unten, wo die anderen würfelten, winkte Hazlok zu sich und führte ihn aufs Mitteldeck.

»Ich gehe davon aus, dass Ihr einen anständigen Gewinn mit Euren nicht ganz so diskreten Worten an die Ehrwürdige Terikel erzielt habt«, sagte er ruhig.

»Gelehrter, ich hatte nichts Böses im Sinn«, flüsterte der alte Seemann. »Ich mache es wieder gut, sagt mir nur wie …«

»Gut, Ihr könnt meine Wache übernehmen. Jetzt.«

»Ich … Was? Äh, ja, das mache ich. Ist mir ein Vergnügen. Gnädiger und mächtiger Herr, meinen Dank und meine Bitte um Vergebung. Seid Ihr sicher, dass das alles ist?«

Rovals Hand schoss vor und schloss sich um Hazloks dünnen, drahtigen Arm.

»Wenn kein Geld im Spiel gewesen wäre …«, begann Roval.

»Äh … ich hätte es ihr trotzdem gesagt«, gestand Hazlok.

Roval ließ ihn los, lehnte sich gegen den Bugmast, schloss die Augen und lachte leise. Dann richtete er sich auf und verbeugte sich vor dem Seemann.

»Für die Welt muss noch Hoffnung bestehen, wenn selbst Ihr Euch noch eine Spur von Romantik bewahrt habt, Hazlok. Solltet Ihr jemals versuchen, ein Tavernenmädchen zu beeindrucken, und jemanden brauchen, der zu ihr über Eure kühnen und tapferen Taten spricht, lasst es mich nur wissen.«

»Äh … Oh. Nett von Euch. Ich komme vielleicht darauf zurück.«

Etwa eine Stunde später stand Hazlok allein auf dem Achterdeck, als Norrieav nach draußen kam und sich zu ihm gesellte. Unter ihren Füßen drang eine Menge Gekicher und Gebalge aus der Kapitänskabine.

»Kapitän, eins verstehe ich nicht«, gestand Hazlok.

»Vielleicht kann ich Euch auch nicht helfen, aber fragt trotzdem«, sagte der Kapitän.

»Roval hat reichlich Muskeln, sieht aus wie ein Prinz, kämpft wahrscheinlich besser als jeder andere Krieger auf der Welt und ist tapfer wie ein Meerdrache, richtig?«

»Nun … ja.«

»Terikel hat eine Figur, für die eine Göttin morden würde, sie ist schöner als alle Frauen, die ich je gesehen habe, und den Geräuschen von dort unten nach zu urteilen, knallt sie wie eine Lokustür in einem richtig schlimmen Sturm.«

»Wiederholt das vor Roval, und Ihr fliegt wahrscheinlich mit gebrochenem Genick über Bord, aber fahrt fort.«

»Na, erinnert Ihr Euch noch, als wir uns versteckt und sie belauscht haben, da haben sie gesagt, dass sie sich lieben, weil sie nette Manieren haben und einander zum Lachen bringen, solche Sachen eben?«

»Aye.«

»Aber sie haben nichts darüber gesagt, dass der andere stark, tapfer, wunderschön, gut aussehend, kraftvoll oder etwas in der Art ist.«

»Wohl wahr.«

»Aber … aber … Also wenn ich mich mit jemandem wie ihr unterhalten würde, ich würde als Erstes sagen: ›Hallo, Ladyschaft, ein schönes Paar Möpse habt Ihr da.‹«

Norrieav legte sich eine Hand auf die Stirn und massierte sie, während er sich überlegte, wie er wohl die Kluft zwischen den Ansichten Hazloks und Leuten wie Terikel und Roval überbrücken konnte. Schließlich legte er dem Seemann eine Hand auf die Schulter und zeigte auf das Meer vor ihnen.

»Hazlok, ich bin vielleicht Euer Kapitän, aber ich bin auch Euer Freund.«

»Aye.«

»Wenn wir nach Diomeda kommen – wenn es nicht aus dem Wasser geblasen wurde –, vertraut mir und tut einfach, was ich Euch jetzt sagen werde.«

»Äh, aye?«

»Sagt weder ›Scheiße‹, noch ›knallen‹ noch ›Möpse‹.«

»Was? Warum nicht?«

»Vertraut mir. Gießt einen Eimer Meerwasser über Euch aus,

rasiert Euch, zieht saubere Sachen an, fahrt Euch mit einem Tuch über die Zähne und mit einer Bürste durch die Haare – und ich meine nicht die Deckbürste! Wenn Ihr Euch mit einer Frau trefft, fragt sie persönliche Dinge. Dann hört ihr zu. Wenn sie Euch solche Fragen stellt, haltet Euch nicht zu lange mit den Antworten auf. Versucht sie zum Lachen zu bringen. Ihr mögt nur ein schäbiger Seemann sein, aber wenn Ihr all das tut, werdet Ihr Roval in punkto Charme und Manieren gleichen, und seht, wohin es ihn gebracht hat.« Norrieav zeigte nach unten.

»Das ist alles?«

»Aye.«

»Tja, scheiß die Wand an … ich meine, leck mich am Arsch … ich meine, verf… äh, ich meine, äh … Du meine Güte?«

»Sehr gut.«

Zwei Tage später wurde die *Megazoid* gesichtet, und Lisgar, Terikel und Roval wechselten auf das größere und stabilere Schiff. Alle Anzeichen von Terikels Seekrankheit waren verschwunden. Die *Shadowmoon* folgte dem Kriegsschiff, das Kurs auf die Küste von Acrema nahm.

5

FAHRT NACH DIOMEDA

Fanfaren schallten über die überschwemmte Stadt Diomeda und verkündeten, dass Königin Sairet und Prinz Forteron Hof halten und Gäste empfangen würden. Kurze Zeit später schworen drei gefangene Monarchen dem Königshaus von Diomeda Gefolgschaft, während sie vor den Herrschern knieten. Diomeda würde das Lösegeld für die anderen gefangenen Prinzen und Adeligen dazu verwenden, Schiffe zu kaufen und Wohlstand zu schaffen, und bald würde Diomeda über das Dreifache seiner früheren Bevölkerung herrschen. Zu dem Zeitpunkt, wenn Sairet entdecken würde, dass sie schwanger war, würde sie als Königin der Hälfte der acremanischen Ostküste herrschen und ein Bündnis mit dem wiedereingesetzten König Druskarl von Vindic und dem Kaiser von Sargol haben.

All das lag jedoch noch in der Zukunft, als Laron, Druskarl und Wensomer die Fackellicht-Prozession der Gefangenen aus dem Heer der Allianz beobachteten, die auf dem Weg zu den neu gebauten Unterkünften oberhalb des Flutpegels an ihnen vorbeiwateten. Sie standen an einem Fenster von Wensomers niedrigerem Turm, und jeder hielt einen Kelch mit Glühwein in der Hand.

»Eins muss man Forteron lassen – der Mann mag so irritierend sein wie ein Kuhfladen auf einer Festtafel, aber er ist ein brillanter Taktiker«, bemerkte Laron.

»Man hat mich aus einem heißen Bad geholt, um Brautjungfer zu sein«, sagte Wensomer, deren Hals entzündet und deren Haut vom Fieber gerötet war. »Dann musste ich eine halbe Stunde im Regen stehen, während sie getraut wurden – oh, und gewunken haben und dem Pöbel Münzen zugeworfen.«

»Ich habe mir ein kleines Schleichboot gesichert und es am Fluss versteckt«, sagte Druskarl. »Wenn Ihr mir Proviant für ein paar Tage und eine Handvoll Silber geben könntet, sollte ich wirklich Richtung Norden fliehen.«

»Ihr habt also, was Ihr wolltet, und der Preis war akzeptabel?«, sagte Laron stirnrunzelnd.

»Ihr seid wohl kaum in der richtigen Position, um Ethik zu predigen«, erwiderte Druskarl.

»Wäre Feran nicht gewesen, Ihr wärt jetzt Silbertods Gebieter.«

»Ich wollte immer nur geheilt und wiederhergestellt werden.«

»Ja, und das auf Kosten einiger Leben. Silbertod gibt seinen Wirt nur wieder frei, um Feuerkreise zu wirken, und Feuerkreise werden nur gewirkt, um Leute zu töten.«

»Und? Mir hätten auch eine kleine Insel und ein halbes Dutzend zum Tode verurteilte und an eine Palme gekettete Verbrecher gereicht.«

»Das ist ungeheuerlich! Ihr wolltet Euch Eure Eier für den Preis einiger Leben zurückholen?«

»Warum unterscheidet sich das von Euch, als Ihr noch ein Vampyr wart? Immer wenn Euch der Magen geknurrt hat, wanderte der nächstbeste Zuhälter, Schläger oder Frauenverprügler mit aufgerissener Kehle und blutleer auf den Friedhof.«

»Ich hatte ethische Motive, es war eine Art philantropische Arbeit …«

»Das wäre auch die Auslöschung von einem halben Dutzend Mördern auf einer isolierten Insel gewesen.«

»Nur um Eure Eier wiederherzustellen.«

»Hättet Ihr so viele Missetäter getötet, wenn Ihr deren Blut und Lebenskraft nicht gebraucht hättet? Was macht Ihr denn, seitdem Ihr lebendig seid? ›Meine Güte, diese Woche habe ich noch gar nichts unternommen, um die Gesellschaft zu verbessern, da sollte ich mir mal irgendeinen Sklavenjäger mit dem Messer vornehmen, um aus der Welt einen besseren Ort zu machen‹?«

»Meine Herren, bitte«, krächzte Wensomer.

»Er kann sagen, was er will«, verkündete Druskarl. »Ich gehe nach Vindic zurück, um mir meinen Thron wieder zu holen und einen Erben zu zeugen.«

»Dank Silbertod«, höhnte Laron.

»Dank Silbertod seid Ihr nicht mehr untot und habt es mit jeder Frau bewiesen, die dumm genug war …«

»Große Worte von einem wiederhergestellten Eunuchen, der …«

»Meine Herren!«, rief Wensomer mit ihrer extrem in Mitleidenschaft gezogenen Stimme. »Wir sind *alle* Ungeheuer, aber nur jene, die sich nicht schuldig fühlen, sind wirklich verdammt. Druskarl, hier sind drei Goldpagolen und etwas Silber. Nehmt aus der Küche, was Ihr wollt, aber lasst den Koch da, und möge Fortuna Euren Plänen wohlgesonnen sein.«

Druskarl ging, um zu packen, und kehrte dann zu Wensomer zurück. In der Tür verbeugte er sich ein letztes Mal vor Wensomer und Laron.

»Gütige und gelehrte Dame, einstweilen habt Ihr nur meinen Dank. Solltet Ihr in den kommenden Jahren jemals in Nöten sein, vergesst nicht, dass ich in Eurer Schuld stehe und meine Schulden immer bezahle. Laron, eines Tages seid Ihr vielleicht sehr tot und sehr hungrig. Wenn dieser Tag kommt und Ihr Eure Fänge in einem plumpen, saftigen Hals versenkt, denkt an mich und daran, was ich hier in diesem Raum zu Euch gesagt habe.«

Nachdem Druskarl sich verabschiedet hatte, kehrten Laron und Wensomer zum Fenster zurück und sahen weiter der Prozession der Gefangenen zu, die immer noch im Regen unter ihnen vorbeiwateten.

»Ich kann nur für mich sprechen, aber wenn ich mich schon nassregnen lassen soll, wäre es mir lieber, es geschähe in Scalticar«, verkündete Wensomer.

»Dann ist der Regen dort besser?«, fragte Laron.

»Nein, aber in Scalticar habe ich mein Zuhause, meine Freunde, Kollegen, eine Stellung auf Lebenszeit in der Akademie und es trennen mich zweitausend Meilen von meiner Mutter. Was ist mit Euch?«

»Ich habe auf Nona aufgepasst, in der Akademie. Vielleicht werde ich das weiterhin tun, während ich auf den nächsten Initiationsgrad studiere.«

»Wie geht es ihr?«

»Sie ist nicht mehr da.«

»Wie ich befürchtet habe.«

»Was, glaubt Ihr, ist passiert?«

»Nona war eine ätherische Maschine. Silbertod konnte keinen Körper reparieren, der keine Seele hatte, aber er hat es dennoch versucht, weil der Auton etwas hatte, das Leben ähnelte. Vielleicht hat er Nona sogar zerstört, um sich von ihr zu befreien, aber die Verbindung zu dieser entfernten Welt hat ihn seiner Energie beraubt.«

Laron schwieg.

»Noch mal, ich kann nur um Verzeihung bitten«, fügte Wensomer hinzu.

»Was gibt es zu verzeihen? Ihr hattet keine Wahl«, sagte Laron, der beinah überrascht klang. »Nona war ein Mechanismus, nur ein kleines Bündel von Erinnerungen und Motiven, das simple Kunststücke lernen konnte.«

»Um der Liebe der Mondwelten willen, Laron, ich bin auch nur ein *großes* Bündel von Erinnerungen, das *clevere* Kunststücke lernen kann«, rief sie und hob die Hände an den Kopf. »Das sind wir alle. Ihr, ich, Druskarl. Ihr habt Druskarl angegriffen, aber mich verteidigt Ihr, obwohl ich dasselbe getan habe.«

»Schon gut, schon gut, vielleicht war es ungeschickt formuliert. Er wollte seine Eier retten, Ihr die Welt.«

Wensomer nieste und schniefte. Die Reihe der Gefangenen endete schließlich.

»Nona hatte den Verstand eines Säuglings, sie war kein Krieger«, sagte Wensomer.

Laron verschränkte die Hände, stützte sich auf die Fensterbank und starrte in den Regen und die Dunkelheit. Nach einer Weile kam ihm ein anderer Gedanke.

»Wensomer, ich war einmal eine finstere und böse Kreatur. Ich habe jahrhundertelang Leute getötet, um mich zu ernähren, aber ich habe auch versucht, Gutes zu tun. Oft ist es mir gelungen. Nona mag ein Auton gewesen sein, aber sie war sehr komplex, und sie hat Silbertod *freiwillig* zerstört, als es so weit war.«

»Nona hatte keinen eigenen Willen, sie ist gebaut worden, um zu dienen.«

»Der Metrologische Orden hat den Auton gebaut, der Nona war. Wie könnt Ihr so sicher sein, dass sie nicht so gut konstruiert war, dass sie tatsächlich einen eigenen Willen hatte?«

»Laron, das macht ihren Tod schlimmer.«

»In der Tat, und außerdem macht es sie zu einem tapferen und loyalen Krieger, der zufällig unter Eurem Befehl stand.«

Wensomer dachte darüber nach. Die Beweisführung fußte auf unüberprüfbaren Voraussetzungen, aber die Logik an sich war stimmig. Stimmte es dann? Das würde sie nie erfahren, aber sie hatte Nona wie ein bewusst denkendes und sehr intelligentes Wesen behandelt. Sehr wahrscheinlich war sie genau das auch gewesen.

»Seid verflucht, Vampyr«, war schließlich ihre Antwort.

»Ex-Vampyr.«

»Trotzdem habe ich sie in meinen Herzen als Säugling betrachtet.«

»Dann hatte Euer Kopf recht, und Eure Herzen müssen an die Tafel gehen und tausend Mal schreiben ›WIR HATTEN UNRECHT‹, bevor sie in die Pause dürfen.«

»Danke«, sagte Wensomer warm. Sie schniefte und putzte sich die Nase. »Laron, in dem Kanu, als ich so wütend war. Ich habe grausame Sachen über Pellien, Lavenci und Euch gesagt.«

»Ja?«, sagte Laron hoffnungsvoll.

»Ich fürchte, sie waren alle wahr.«

Laron verließ Wensomer's Anwesen und watete zu Yvendels Akademie zurück. Als er dort eintraf, lag Nonas Körper in einem Bett, während einer der jüngeren Initiaten ein Buch über simple Zauber las.

»Irgendeine Veränderung, Dorios?«, fragte er, als er sich setzte.

»Überhaupt keine Reaktion, aber sie atmet immer noch.«

»Dann übernehme ich jetzt. Solange sie atmet, besteht noch Hoffnung.«

Dorios ging. Laron verriegelte die Tür hinter sich und kehrte dann zu Nonas Bett zurück. Nona war tot. Vor ihm lag nur noch ein funktionierender Körper. Form ohne Seele, Leben ohne bewusstes Denken. Trotzdem war selbst diese Form noch ein Portal. Das Wesen aus einer anderen Welt. Elltee. Sie war ein Schleusentor, und wenn es geöffnet werden konnte, würde durch sie ein Schwall der Wissenschaft nach Verral strömen. Das würde dann Nonas Denkmal sein. Man müsste einige Kommunikationsprobleme lösen, wie die der unübersetzbaren Begriffe und der Dinge auf Verral, die vollkommen außerhalb von Elltees Erfahrung lagen, aber all das war trivial. Ihr zufälliges Erlebnis des Schattenwandelns musste ihr Begriffsvermögen überstiegen haben, und die Götter allein wussten, was der Elementar ihr erzählt hatte, der so getan hatte, als sei er ein … Geist!

Laron saß einen Moment völlig still und konnte kaum atmen, da ihn eine jähe Erkenntnis benommen machte. »*Nerd*«, hatte Elltee gesagt. »*… in diesem Fall ein Gelehrter oder Naturphilosoph, der ein Fachidiot mit sehr begrenzten sozialen Fertigkeiten ist. Sie neigen dazu, sich selbst etwas zu ernst zu nehmen …*«

Velander.

Aber Velander ist tot, dachte Laron. Er hatte sie sterben sehen.

Laron versuchte sich an jenen Tag in den Ruinen von Larmentel zu erinnern. Etwas war in der Ätherwelt in Fetzen gerissen worden, als er schattenwandelte. Etwas, das seinen Namen gerufen hatte. Velander? Der Succubus hatte ihren Körper gestohlen, sodass sie sich gegen die Raub-Elementare nicht hatte wehren können … aber was war eine Seele? Erinnerungen, Erlebnisse, Persönlichkeit, ätherische Energien und Reserven, die es ihr gestatteten, in einem Körper zu wohnen. Die Räuber würden Velander praktisch alles ätherische Leben und Gewebe entrissen haben … um ihr was zu lassen? Leben ohne Lebenskraft?

Eine verschwommene Blase an einem leuchtend orangen Faden. Laron holte das Medaillon hervor, das er um den Hals trug, und öffnete es. Er strich über die Befestigung der grünlichen Glasscherbe. Diese hatte aus der Ätherwelt heraus betrachtet eine orange Achsenlinie. Er hatte sie sich nie genauer angesehen. Er war so beschäftigt gewesen, hatte es aufgeschoben, bis er wirklich bereit für eine wissenschaftliche Untersuchung war. Die Scherbe hatte sich nie in der eisernen Schatulle befunden. Velander hatte sich vielleicht mit allen ihr noch verbliebenen Restkräften daran geklammert, nachdem die Raub-Elementare mit ihr fertig waren. War sie immer noch dort?

Laron nahm Nona den Schal ab und untersuchte Stirnreif und Orakelkugel, die er ihr vor so vielen Monaten aufgesetzt hatte. Die Einstellungen waren unverändert, aber das war keine Überraschung. Nur er und Nona konnten sie verändern, und er hatte Nona befohlen, sie in Ruhe zu lassen.

Laron zögerte. In gewisser Weise widerstrebte es ihm, die Wahrheit zu erfahren. Was, wenn er sich irrte? Schlimmer – was, wenn Velander überlebt hatte, mittlerweile aber zu nichts verblichen war? Er legte sich auf den Boden und sprach die Worte, die ihm die Loslösung und das Schattenwandeln ermöglichten. Er löste sich und ließ die Schmerzen seines arg ramponierten Körpers hinter sich. In der seltsamen Realität der Ätherwelt konnte er die Formen und Lichter vieler Dutzend ätherischer Vorrichtungen und Autonen in der Nähe sehen. Das war kaum eine Überraschung, denn schließlich befand er sich in Yvendels Akademie. Er wusste, wonach er Ausschau halten musste: eine gerade orange Linie, nicht mehr als die Andeutung eines Fadens. Laron suchte inmitten der Ranken und funkelnden Lichter, als marschiere er durch einen Regenschauer aus hellen, leuchtenden Edelsteinen. Es dauerte einige Zeit, die Achse zu finden, denn sie war erheblich blasser geworden. Das schwache Schimmern hatte noch weiter nachgelassen.

»Velander«, rief er in die Schwärze.

Er lauschte auf eine Antwort. Er hörte etwas, ganz leise, das wie das Miauen eines Katzenjungen klang. Laron wusste nicht, ob es nicht Wunschdenken seinerseits war.

»Velander, hier ist Laron.«

»Laron.« Das Wort war leiser als ein Flüstern, aber durchaus verständlich.

»Velander! Sagt nichts mehr und versucht auch nicht, Euch zu bewegen. Spart Eure Lebenskraft – ich kann Euch helfen, es ist noch nicht zu spät.«

Larons Worte beruhten allerdings mehr auf Hoffnung denn Tatsache. Alle ätherischen Fasern, die ihre Seele mit ihrem Körper verbunden hatten, waren abgerissen, und ihre Reserven waren ebenfalls aufgezehrt. Dies war wie die Legende von der Prinzessin, deren Vater entdeckte, dass sie einen heimlichen Liebhaber hatte. Er schwor, der Junge würde nie wieder einen Kuss von dem Mädchen bekommen, aber sie verkleidete sich als Page und stahl sich zur Hinrichtung. Nachdem der Henker ihrem Geliebten den Kopf von den Schultern geschlagen hatte, lief sie vorwärts und hob ihn auf. Die Augen blinzelten und die Lippen bewegten sich einen Moment, als er sie erkannte, und dann küsste sie ihn auf die Lippen, während er sein Leben aushauchte. Aus schierer Wut hatte der König danach befohlen, sie auf der Stelle hinzurichten, aber weder die Barden noch deren Publikum scherten sich um derartig unschöne kleine Details, wenn es um heroische Liebe ging.

In Larons Fall ging es tatsächlich nicht um Liebe. Schließlich *war* dies Velander. Andererseits machte es das nur ... Nur was? Velander? Sie hatte niemand. Sie war boshaft, rachsüchtig, starrsinnig, selbstgerecht, gehässig, durchtrieben und völlig ohne echte Freunde. Jetzt war sie hilflos und ganz entschieden allein und in Nöten. Allein. Das war das Schlimmste. Der Kern von Velanders Seele hatte viel länger überdauert, aber ihre Lage unterschied sich kaum von derjenigen des enthaupteten Geliebten der Prinzessin. Der Tod war nicht unvermeidlich, weil er bereits stattgefunden hatte. Nur die Echos des Lebens hallten noch nach, doch wie lange noch?

Laron wob Fasern um die verblassende Essenz des Mädchens, und er spürte kaum ein Zupfen, als sie sich von der orangen Achsenlinie löste. Die von Velanders Körper getragene Orakelkugel schwebte in der von funkelnden Punkten durchsetzten Dunkelheit, solide durch die Trägheit des mit ihr verbundenen Leibes. Unzählige tausend ätherische Bindungen winkten, doch nicht einmal mehr ein Dutzend waren Velanders Seele verblieben. Velander. Auf der *Shadowmoon* hatte nicht viel gefehlt, und er hätte sie gebissen und über Bord geworfen. Sie hatte Terikel verraten, und sie hatte sich stümperhaft an seinem Stirnreif und der Orakelkugel zu schaffen gemacht. Er würde sie niemals lieben können. Sie auch nur zu respektieren, würde ihn einiges kosten, und überhaupt war sie nicht einmal am Leben.

Aber ich bin alles, was sie hat, dachte Laron.

Mit der selben sturen Beharrlichkeit im Angesicht der Auslöschung wie die legendäre Prinzessin sie an den Tag gelegt hatte, verband Laron die Velander noch verbliebenen elf Fasern.

»Ihr seid wieder in Eurem Körper, Velander«, verkündete er.

»Laron … nur Ihr … nie gezweifelt …«

Sie glaubte an ihn. Warum? Er hatte lediglich ihre Seele in ihren Körper zurückversetzt, damit beide gemeinsam sterben konnten. Andererseits war Laron vor allem unheilbar romantisch. Zwar gehörte Velander im Leben zu der Sorte Mädchen, bei der er die Straßenseite gewechselt hätte, um ihr aus dem Weg zu gehen, aber jetzt war sie hilflos, und die kalte Hand des Todes legte sich langsam auf ihre Schulter. Laron bildete Fasern seiner eigenen Lebenskraft aus und überbrückte Bindungspunkte mit dem Echo von Velanders Leben.

»Hungrig, kalt …«, murmelte Velander.

»Das ist gut, Unbehagen ist Leben!«, sagte Laron eifrig.

Es war eine Lüge. Unbehagen war eigentlich Leben unter Stress. Genug Unbehagen konnte töten. *Ist es mit sehr viel Unbehagen verbunden, wenn einem der Kopf abgeschlagen wird?*, fragte er sich. Er wusste, seine zusätzlichen Bindungen würden nicht lange halten. Sie mussten irgendwann erneuert werden. Irgendwann würde ihn die Belastung töten. Dies war wie in alten Zeiten, als er nur ein matter Abglanz eines bereits verlorenen Lebens gewesen war und diesen Zustand mit geborgter Lebenskraft aufrechterhalten hatte.

Geborgte Lebenskraft, dachte Laron. Er kehrte in seinen Körper zurück, der auf dem Boden lag. Seine Glieder waren schwer nach dem Verlust der Lebenskraft, die er für Velander erübrigt hatte. Er stand langsam auf, dann betrachtete er die auf dem Bett liegende Priesterin im Kerzenschein. Die Orakelkugel hielt den Körper am Leben, und mit der richtigen Pflege konnte er noch Jahrzehnte weiterleben. Andererseits, sobald Velander wahrhaftig tot war, konnte die junge Zauberin Elltee bei zukünftigen Besuchen ihren Körper in Besitz nehmen und ihr Wissen über die kalten Wissenschaften ihrer eigenen Welt an Verral weitergeben. Sobald Velander *wahrhaftig* tot war. Nur dann. Die Leute würden voller Ungeduld darauf warten. Wer würde die Aufgabe bekommen, ihr Lebenslicht endgültig auszulöschen?

Laron beugte sich über Velander und starrte in ihr blasses Gesicht. Eine Träne fiel von seiner Wange und tropfte auf ihre Lippen.

»So viele andere haben den Tod mehr verdient als Ihr«, sagte er traurig und fügte dann hinzu, »obwohl ihr ein selbstgerechter, unerträglicher kleiner Nerd seid.«

Laron seufzte, schloss die Augen, legte sich wieder auf den Boden und sprach die Worte des Schattenwandelns.

»Velander, könnt Ihr mich hören?«, fragte er die Überreste ihrer Seele. »Hier ist wieder Laron.«

»Laron …«

»Velander, Ihr müsst mir vertrauen. Ich muss Euren Wahren Namen wissen. Ich will ehrlich zu Euch sein: Es besteht wenig Hoffnung. Nur ein Weg steht uns noch offen, und dieser Weg ist noch nie beschritten worden. Erfolgreich oder nicht, danach wird man mich in ganz Acrema und Scalticar hassen, aber ich bin gewillt, es zu versuchen.«

»Laron … wünschte, ich könnte sagen … ich liebe Euch … aber es wäre eine Lüge.«

»Das ist eine Erleichterung. Also, wollt Ihr mir jetzt Euren Wahren Namen nennen? Könnt Ihr mir vertrauen?«

»Ich vertraue Euch längst … Was bin ich ohne Euch?«

Während Velanders Wahrer Name durch sein Bewusstsein hallte, kehrte Laron wieder in seinen Körper zurück. Mit der verstohlenen Hast und dem kontrollierten Terror eines Diebes, der sich mit der Krone des schlafenden Monarchen in der Hand aus dem königlichen Schlafgemach stiehlt, machte er sich an die Arbeit. Seine Beine zitterten, und seine Knie fühlten sich wie Stahlfedern an, als er Velanders Hände an den Stirnreif hielt, ihren Wahren Namen sprach und dann zog. Der Stirnreif löste sich. Laron brachte ihn mit seinen eigenen Händen wieder an.

»Jetzt gibt es kein Zurück mehr«, sagte er, als er sein Messer zog.

Laron beschloss, noch eine Woche in Diomeda zu bleiben und abzuwarten, bis die Freibeuter und umherstreifenden Deserteure der besiegten Armee von der Miliz der Diomedaner zur Strecke gebracht worden waren und die Straßen langsam trockneten. Natürlich hielt er sich versteckt und trug eine Verkleidung. Mit seinen sieben Jahrhunderten Erfahrung war er ziemlich gut darin, sich zu verkleiden. Er hatte ein Pferd und einen Wagen gekauft und verbrachte den Tag damit, Leichen und Waffen auf den schlammigen Feldern im Westen Diomedas einzusammeln. Die Leichen brachte er zu einer Barke, wo sie ihrer Rüstung entkleidet, beschwert und im Meer versenkt wurden. Rüstungen und Waffen wanderten in die Zeughäuser des Stadtmarshalls der Stadt, wo sie dann von Rüstmeistern gesäubert und repariert wurden.

Es gab keine Bekanntmachung, dass Nonas Leichnam verschwunden war. Ein älterer Initiat hatte den Leichnam am nächsten Morgen mit durchschnittener Kehle vorgefunden und Laron war nirgends zu finden. Yvendel befahl, dem Leichnam den Stirnreif anzunehmen, doch er blieb hartnäckig mit dem Kopf des Leichnams verbunden. Die Neugier der Rektorin war geweckt. Stirnreifen lösten sich immer, wenn der Wirtskörper starb. Sie ordnete eine detaillierte Studie des Phänomens an. Sie sollte am nächsten Tag stattfinden, nachdem der Leichnam beim nächsten Morgengrauen den sich geziemenden Sterberiten unterzogen worden war. Am frühen Abend verschwand Velanders Leichnam.

Per Mundpropaganda wurde eine erhebliche Belohnung auf Larons Kopf ausgesetzt. Der Stirnreif war genug wert, um die Staatsverschuldung vieler Königreiche auszugleichen, und sein Finder wäre dumm, ihn gegen eine Belohnung wie von der Akademie geboten einzutauschen, doch Laron – wenn noch am Leben – konnte über seinen Verbleib befragt werden. Mehrere Dutzend magere Jugendliche mit Akne wurden von hoffnungsvollen Kopfgeldjägern in die Akademie geschleift, doch die Belohnung blieb unberührt.

Miral stand im Osten über dem Horizont, aber die Sonne war noch nicht im Westen versunken, als Laron die letzte der verwesenden Leichen von seinem Karren lud und auf die Barke hievte. Er trug einen Schal vor Mund und Nase, und wegen des Gestanks ging ihm jeder aus dem Weg. Als Verkleidung war es perfekt.

Ich hatte mein Leben zurück, dachte er, während er eine Pause machte und auf den kleinen Schoner starrte. *Ich hatte mich davon verabschiedet, ein Wolf unter Schafen zu sein. Ich war wieder im Schoß der Gemeinschaft. Ich hatte mich davon verabschiedet zu schlafen, wenn Miral nicht am Himmel stand, und den dunklen Himmel voller funkelnder Sterne und ohne Mirals Licht begrüßt. Ich hatte Hase am Spieß gekostet und den sauren Wohlgeschmack von Ale. Und am besten von allem, ich konnte die Wärme der verführerischen Umarmung durch weiche warme Glieder spüren. Jetzt wird niemand mehr es wagen, mich zu verführen. Habe ich all das wirklich aufgegeben für Velander?*

Der Kapitän der Barke kam mit ein paar klimpernden Kupfermünzen in der Hand zum Karren. Er gehörte zu den ganz wenigen Leuten in der Stadt, die so widerlich stanken wie Laron und daher seine Gesellschaft nicht mieden.

»Sind noch viele draußen?«, fragte er, während er den Lohn für die Leichen des Tages abzählte.

»Noch immer ein paar Dutzend, aber die werden begraben, wo sie gerade liegen«, erklärte Laron. »Die Grabwürmer haben sich schon über sie hergemacht, und es ist nicht mehr genug von ihnen übrig.«

»Also ein Bad für uns alle?«, lachte der Kapitän.

»Nein, ich karre dann wieder Unrat weg«, sagte Laron kopfschüttelnd. Er zeigte auf eine Stelle den Pier entlang. »Was ist denn das für eine Schlachtgaleere da drüben, die gerade festmacht?«

»Eine scalticarische, die *Megazoid.* Wahrscheinlich ein Höflichkeitsbesuch. Tja, ich mache mich wohl mit meiner Ladung besser auf den Weg.«

Laron hörte ihn kaum. Er beobachtete Lisgar, der über den Landesteg gelaufen und auf die Knie gefallen war und nun die Planken des Piers küsste. Ihnen folgten händchenhaltend Roval und Terikel. Ein zweites, sehr viel kleineres Schiff näherte sich der Anlegestelle. Die *Shadowmoon*. Laron fiel auf, dass ziemlich viele Leute in der näheren Umgebung einen Blick darauf warfen und dann so taten, als seien sie anderweitig beschäftigt. Yvendel hatte die Kopfgeldjäger der Stadt darauf aufmerksam gemacht, dass Laron versuchen könnte, an Bord der *Shadowmoon* zu gehen oder Kontakt mit der Mannschaft aufzunehmen. An Deck waren Norrieav, Hazlok und D'Arto.

Laron spürte, wie ihm eine Träne aus dem Auge rann und von seiner Maske aufgesogen wurde. Sie hatten so viel gemeinsam durchgemacht, und jetzt wagte er nicht, sich einem von ihnen zu nähern. Er wollte Geschichten mit der Mannschaft austauschen, jedem etwas ausgeben, die ganze Nacht mit Roval über Zauberei und Javat diskutieren und sich am liebsten vor Terikel verbeugen und sie darum bitten, ein Studium als metrologischer Novize zu beginnen. Sie hätten ebenso gut an der Küste eines anderen Kontinents festmachen können.

»Begehr und Fracht, mein Herr?«, rief ein Beamter, als Norrieav auf den Kai sprang, um den Schoner festzumachen.

»Nur Proviantaufnahme und Überholung«, meldete der Kapitän. »Wir sind in einen Sturm geraten, aber die *Megazoid* hat uns gefunden und uns nach einigen provisorischen Reparaturen hierher eskortiert.«

Terikel und Roval gingen über den Pier und blieben bei Norrieav stehen.

»Wie war es auf der *Megazoid*, Ehrwürdige Älteste?«, fragte der Kapitän.

»Verglichen damit, was wir während ... des Sturms erlebt haben, war es das Paradies«, sagte Terikel. »Eher lasse ich mir die Zehennägel durch die Nase ausreißen, bevor ich je wieder einen Fuß auf die *Shadowmoon* setze.«

»Also werdet Ihr auf der Schlachtgaleere nach Scalticar zurückkehren?«

»Ja. Ich könnte mir vorstellen, dass die Gelehrte Wensomer ebenfalls Wert auf den Komfort der *Megazoid* legen wird. Was ist mit Euch?«

»Oh, sobald die Reparaturen erledigt sind und ein neues Beiboot gebaut wurde, fahre ich mit dem Schoner nach Süden.«

Laron erwischte sich dabei, wie er sich unbewusst unter der Maske einen Eckzahn rieb. Er ließ die Hand hastig sinken.

»Ich dachte, Laron würde hier sein, um uns zu begrüßen«, sagte Terikel, während sie sich mit in die Hüften gestemmten Händen umsah.

Das war zu viel für Laron. Er kletterte wieder auf seinen Karren, schnalzte mit den Zügeln und fuhr den Pier entlang. Die Menge teilte sich hastig, als er sich näherte, und er gab seinen alten Freunden kein Zeichen des Wiedererkennens. Er passierte die kleine, klobige *Shadowmoon* und dann die immense und stromlinienförmige *Megazoid*. Sie erinnerten Laron an das plumpe Küken eines Schwans neben seiner großen und eleganten Mutter.

Die abendliche Stadt war dicht bevölkert, als Laron mit seinem Karren zum Westtor fuhr. Auf einem der Plätze packten die Steinmetze für den Tag zusammen. Eine Statue des ehemaligen Königs war ein paar Tage zuvor entfernt und an ihrer Stelle ein neues Denkmal mit einer Inschrift errichtet worden. Sie lautete: *Zum Gedenken an Rax Einsel, Königlicher Ingenieur von Königin Sairet und Prinz Forteron*. Die Stadttore wurden gerade für die Nacht geschlossen, als Laron eintraf.

»He, Stinker, wieder nach draußen, um noch mehr Leichen von den Feldern zu holen?«, rief ein Wachmann, als er sich dem Karren näherte.

»Für dich sind sie Leichen, aber für mich sind sie mein täglich Brot«, rief Laron zurück.

»Bäh, du stinkendes Schwein! Da kommt einem ja alles hoch. Ist das nicht reichlich spät, um die Toten einzusammeln?«

»Aye, das ist wahr. Aber ich bin aus meinem Zimmer geflogen, weil ich so stinke. Hintendrauf habe ich Zelt und Schlafsack, damit ich draußen schlafen kann.«

»Draußen, außerhalb der Mauern, ist es aber gefährlich.«

»Gefährlich?«, lachte Laron, während der Wachmann einen Blick über die Heckklappe des Karrens warf. »Bei so vielen grausigen Morden in der Stadt? Zwei stramme Raufbolde mit zerfetzter Kehle und dann auch noch dieser Student, äh, wie hieß der noch gleich …?«

»Meister Starrakin.«

»Ja, der Kopf ist ihm abgerissen worden – und das sind nur die, von denen wir wissen. Ich glaube, ein Dämon geht um, ja, das glaube ich.«

»Also sind dir Banditen und Wüstenwölfe lieber?«

»Ach, ich leg mich einfach nur still hin. Einmal schnüffeln, und sie halten mich für tot.«

»Na los, dann fahr weiter«, lachte der Wachmann. »Und viel Glück für die Nacht.«

Laron fuhr mit dem Karren über das schlammige Schlachtfeld und hielt auf einem der niedrigen Hügel, wo zuvor die Kommandozelte der angreifenden Armee gestanden hatten. Inmitten der Trümmer befanden sich die Wasserschläuche, Vorräte, Münzen und Kleidung, die er vorher dort versteckt hatte, und es dauerte nicht lange, bis er alles auf den Wagen geladen hatte.

Nachdem er wieder auf dem Bock saß, schaute er in Richtung Osten nach Diomeda. Er wusste, dass die Häuser den Hafen verdeckten, verspürte aber dennoch einen Anflug von Enttäuschung, dass er ihn nicht sehen konnte. Er zog eine kleine Plakette aus der Tasche und strich mit dem Daumen darüber. Es war sein Rangabzeichen als Offizier auf der *Shadowmoon*.

»Leb wohl, *Shadowmoon*, und danke für alles«, flüsterte er, ließ die Zügel knallen und folgte der Straße, die neben dem Leir nach Westen führte.

Der Sklavenhändler D'Alik hatte bei seiner Flucht vor den sargolanischen Verfolgern Glück gehabt. Der Regen hatte begonnen, und obwohl er seine Reise durch die Wüste schwierig und unbehaglich machte, verwischte er vor allem seine Spuren. D'Aliks Niederlassung in der Hafenstadt Urok war bescheiden, aber sie war sicher und diskret. In den Wochen nach seiner Ankunft regelte er nach und nach seine Angelegenheiten, während er auf eine Karawane aus dem Norden wartete. Nachdem er gehört hatte, Diomeda habe die Armee der Allianz besiegt und die Sargolaner hätten tatsächlich einen Vertrag mit den toreanischen Eindringlingen unterzeichnet, verkaufte er seinem Verwalter in Urok seine Lizenz als Sklavenhändler,

Schließlich hörte der Regen auf. Nun, da die Sargolaner die Blockade aufgehoben hatten, sah man wieder mehr Barken auf dem Leir, und bald darauf traf eine bestimmte Karawane ein. Sowohl die Kamele als auch die Treiber waren über und über mit Schlamm verkrustet. Er schickte dem Karawanenmeister eine Nachricht und ließ dann seine neun verbliebenen Sklavinnen zum Hafen bringen.

Der Barkenverkehr auf dem Leir verlief größtenteils in eine Richtung. Die Barken selbst waren primitive Konstruktionen, die sich von der Strömung treiben ließen und mit Wein, Holz und ähnlichen Dingen beladen waren, die in der Küstenstadt knapp waren. Am Ende der Reise wurden die Barken auseinandergenommen, weil das für ihre Konstruktion benutzte Holz in Diomeda mehr wert war, als es kostete, stromaufwärts eine neue Barke zusammenzuzimmern. Oft war noch Laderaum frei für zusätzliche Fracht, vor allem, wenn sie leicht war.

»Weiß nicht recht«, sagte Cenzel, der Kapitän der Kolonne aus Holzbarken, die in Urok angehalten hatte, um Zoll zu entrichten. »Diomeda ist kein guter Ort für den Sklavenhandel mehr. Nicht wie früher. Das liegt an Königin Sairet – sie hat, als sie sich als wahnsinnige Tänzerin ausgegeben hat, zu viele Leute kennengelernt, die einmal Sklaven waren. Sie hat den Handel quasi getötet, wisst Ihr?«

D'Alik war seit drei Jahrzehnten im Gewerbe und ließ sich nicht so leicht entmutigen.

»Aber diese neun Mädchen haben allesamt einen Stammbaum und ein Zertifikat«, beharrte er, indem er einen Stoffbeutel mit Schriftrollen öffnete. »Jede Einzelne entstammt einer guten Handelsfamilie aus den sargolanischen Staaten, und alle können Lösegeld bezahlen. Lösegelder werden in Diomeda nicht besteuert.«

»Diomeda ist nicht Sargol.«

»Aye, aber Diomeda ist ein Seehafen. Man kann sie diskret an einen Kapitän verkaufen, dessen Schiff nach Sargol fährt, und hat dann nichts mehr damit zu tun. Außerdem habt Ihr acht Barken, jede mit zwei Besatzungsmitgliedern. Ein Mädchen pro Barke, um die eine Woche lang bei Laune zu halten, wäre eine Dreingabe, die Euch kein Gold kosten würde. Nehmt sie mir ab, macht Euren Profit und gebt die Mädchen ihren Familien zurück. Alle werden glücklich sein – Ihr könnt nicht verlieren.«

»Neun Mädchen«, seufzte der Kapitän.

»Und acht Barken«, lachte D'Alik und versetzte ihm einen Ellbogenstoß in die Rippen. »Cenzel, ich fürchte, Ihr werdet ganz einfach zwei Mädchen auf die Flaggbarke nehmen müssen.«

»Nein, Ihr habt neun Mädchen gesagt, ich zähle aber zehn.«

»Ja, aber eine davon steht nicht zum Verkauf.«

D'Aliks Angeboten konnte man nur schwer widerstehen, und tatsächlich waren die meisten mit der Vereinbarung glücklich. Die Mädchen hatten eine gute Aussicht, nach Hause zu kommen, und schienen mehr als willig, alles Nötige zu tun, um für die Reise zu bezahlen. Cenzel streifte sich das Siegel über den Hals und machte den Handel perfekt. D'Alik bezahlte die Wachen, brachte die Mädchen an Bord der Barken und kehrte dann zu Senterri zurück, die an die Reling gekettet war. Sie starrte nach Westen zu den Liorenbergen. Das war das Territorium des Fürstentums Gladenfall. Sklaverei war dort verboten. Es waren nur dreißig Meilen bis zur Grenze. Sie war zehnmal näher an der Freiheit, als sie es in Hadyal gewesen war, aber in gewisser Weise genauso weit entfernt. Denn was konnte sie anderes tun als das, was man ihr sagte?

»Also, kleine Senterri, jetzt seid nur noch Ihr übrig«, verkündete er.

»Gebieter, ich würde ein höheres Lösegeld einbringen als alle anderen zusammen«, sagte sie, als er ihre Kette löste.

»Und mein Kopf würde auf einer sehr langen Stange enden, wenn ich versuchte, es zu kassieren. Aber der Markt für Sklaven adliger Abstammung ist stabiler als der für gewöhnliche Huren, vor allem in den Königreichen des Nordens. Ich habe einen sehr anspruchsvollen Käufer, der bereit ist, etwas zu investieren, also kommt mit.«

Senterri schaute sehnsuchtsvoll zu den Bergen im Westen. Sie waren in einem anderen Königreich und schienen doch so nah zu sein. Dort wäre sie frei … aber sie hätte ebenso gut auf der anderen Seite der Welt sein können. Ein paar Wachen und ein wenig Loyalität, mehr trennte das Königtum nicht von der Sklaverei, das wusste sie mittlerweile nur zu genau. Die schiere Hilflosigkeit ihrer Situation stieß sie ab wie ein widerlicher Gestank, aber es gab kein Entrinnen.

D'Alik blieb vor einer Taverne stehen, warf einen Blick auf eine Nachricht und führte Senterri dann hinein. An einem der Tische trafen sie sich mit einem Karawanenmeister. Er strahlte beim Anblick Senterris, dann umkreiste er sie mehrmals.

»Auf den ersten Blick ist sie ein seltenes Juwel«, verkündete er, als er D'Alik ihre Kette abnahm.

»Für sie spricht sehr viel mehr als nur der erste Blick«, sagte D'Alik. »Ich habe ihre Papiere und Zertifikate.«

»Tatsächlich? Es wird mir eine Freude sein, sie zu inspizieren, aber ich muss darauf bestehen, die, äh, wie drücke ich es höflich aus? Das Gesamtpaket zu inspizieren?«

D'Aliks Augen verengten sich. »Ich nehme an, Ihr wollt das Gesamtpaket inspizieren, während Ihr in ihre wunderschönen grünen Augen starrt, und zwar in einem äußerst bequemen Bett. So etwas würde ihren Wert mindern.«

»Ja, aber Ihr habt Euren Lohn bereits, geht Euch ihr Wert also noch etwas an? Eine Prinzessin, sagt Ihr? Ich habe ein paar von weitem gesehen. Warum wirken sie immer so viel hübscher als gewöhnliche Frauen?«

»Weil Könige die schönsten Bettgefährtinnen verlangen – und auch bekommen.«

Der Karawanenmeister strich über Senterris Brüste, dann wog er eine in der Hand und nickte. Senterri zitterte erbärmlich, hatte aber gelernt, nicht zurückzuzucken.

»Ich habe ein Zimmer im besten Gasthaus der Stadt vorbereiten lassen«, verkündete der Karawanenmeister.

»Im *Roten Stern*?«, fragte D'Alik.

»Genau. Das Bett wurde mit Rosenwasser besprenkelt, und Räucherwerk wird verbrannt.«

»Also habt Ihr die Absicht, sie die ganze Nacht zu bespringen? Welchen Preis wird sie erzielen, wenn ihr Bauch zu der Zeit, wo Ihr Sie auf den Märkten des Nordens feilbietet, dicker ist als Eurer?«

»Preis, Preis, Preis – Ihr denkt immer nur an den Preis, D'Alik. Ich denke an die Bestimmung. Ich habe die Absicht, sie zu bespringen, bis sie Söhne gebiert, eine Reihe von Prinzen, die mein Haus groß machen und mir nachfolgen werden.«

»Und wenn Ihr Töchter mit ihr zeugt?«

»Ha! Dann sind die Töchter ebenso Prinzessinnen wie sie.«

Sie setzten sich an einen Tisch, um Senterris Schriftrollen in allen Einzelheiten durchzugehen, und schließlich fingen die Männer ernsthaft an zu feilschen. Senterri stand neben ihnen und wurde so wenig beachtet, als sei sie ein Pony. *Nicht einmal hat einer der beiden mich angesprochen*, dachte sie. Sie sah sich in dem spärlich erleuchteten Schankraum um und sehnte sich nach Erlösung. Jeder Traum, jede Träumerei, war ein Gebet um eine Möglichkeit zur Flucht, doch ihr Gebieter hatte Jahrzehnte Erfahrung im Umgang mit Sklaven und kannte mehr Tricks und Fluchtpläne, als sie sich je träumen lassen konnte.

Ein junger Reisender mit einem weichen, beinah mädchenhaften Gesicht sah sie an. Seine Augen hatten etwas bestürzend Intensives, etwas, das auf ein hungriges Feuer und leidenschaftliche ätherische Energien in ihm schließen ließ. Zuerst konnte Senterri nicht glauben, dass er ihr überhaupt Beachtung schenkte. Er musste wissen, was sie war: eine Sklavin. Sie trug den gepolsterten gelben Kragen, die ganze Welt konnte ihn sehen. *Vielleicht ist er ein junger Prinz auf der Suche nach einem Abenteuer*, dachte Senterri, mehr in den Traum verliebt als von echter Hoffnung beseelt. *Er könnte sogar ein Kriegerprinz sein, der sein Königreich verloren hat und durch die Welt zieht.* Er würde sie mit einem Trupp loyaler Gefolgsleute retten, und sie würden durch die Wüste nach Sargol fliehen. Ihr Vater würde ihn mit offenen Armen empfangen und mit Reichtum und Ehren überschütten. Sie würden heiraten.

Nein! Das Wort hallte durch Senterris Verstand. *Keine Träume, keine vergeblichen Träume mehr. Was würde Dolvienne tun? Kämpfen natürlich, das war keine Frage. Aber wie? Vielleicht würde sie versuchen, Verbündete zu gewinnen. Vielleicht war der Junge ein Meisterdieb oder ein Wüstenräuber, der einen Kampf anzettelte, mit ihr aus der Taverne floh und sie in sein Wüstenversteck brachte.* Er starrte sie immer noch an, mit kaltem, durchdringendem, stetem Blick. Er hob die Augenbrauen. Die Geste schien zu besagen, *Nun?*

Senterri suchte den Blickkontakt mit dem Jüngling und formulierte stumm das Wort, *Bitte,* wobei sie die flehentlichste Miene aufsetzte, die sie zustande brachte. Der Jüngling streckte die Finger seiner rechten Hand aus, legte sie an die Lippen und bog dann einen Finger nach dem anderen nach innen, bis die Hand eine Faust bildete. Die Geste für »Umsetzen von Worten in Taten«, ging Senterri mit jähem Schock auf. War das sein Ernst? Der Tisch, an dem der Karawanenmeister und der Sklavenhändler saßen, wurde von zwei beeindruckenden und teuren Leibwächtern flankiert. Sklaverei war in Urok legal. Jeder Versuch, sie zu retten, würde hier als Diebstahl betrachtet. Die Stadtmiliz wäre binnen einer Stunde hinter ihnen her.

Neben ihr war ein Handel besiegelt worden. Papiere wurden auf dem Tisch gestempelt, unterzeichnet und mit Siegeln versehen. Als die beiden Männer sich zum Gehen erhoben, hielt der Karawanenmeister die silberne Kette, die an Senterris Kragen befestigt war. Sie sah noch einmal den Jüngling mit dem eindringlichen Blick an. Er legte eine Faust auf jedes Herz und neigte dann unmerklich den Kopf. *»Meine Herzen stehen in Euren Diensten«*, dachte Senterri. *Aber meint er es ernst?*

Miral ging gerade im Osten über den niedrigen Häusern Uroks auf, als sie sich auf den Weg durch die dunklen Straßen machten. In Urok gab es abgesehen von den fünf Tavernen in der Hafengegend nicht viel Nachtleben, also sahen sie unterwegs niemanden. Senterri schlug sich den Jüngling rasch aus dem Kopf. Vielleicht hatte er gute Absichten gehabt, vielleicht hatte er sogar ernsthaft erwogen, ihr zu helfen, aber er würde schnell erkennen, dass es keinen Sinn hatte. Sogar ein halbes Dutzend Männer hätte Mühe, die vier zu besiegen, die sie begleiteten. *So soll ich also zur Frau werden*, dachte sie. Kein Geliebter, keine Romantik, keine Liebe, keine scheuen Blicke, keine schüchternen, zögerlichen Küsse, nur der Befehl, sich zu entkleiden, und dann ein Bett, das ihre Unschuld verschlingen würde wie das klaffende Maul eines Drachen. Doch wie sehr sie der Karawanenmeister auch abstoßen mochte, Senterri wusste, sie würde ihr Bestes versuchen müssen, um ihn zu erfreuen und zufriedenzustellen. Wenn er das Interesse an ihr verlor, würde er sie rasch an seine Treiber weitergeben oder als Dirnensklavin verkaufen.

»Mein Zahlmeister wartet im *Roten Stern* mit genug Geld, um Euren ruinösen Preis zu bezahlen«, sagte der Karawanenmeister.

»Pah, für ein paar lumpige Goldmünzen werdet Ihr die Frucht Eurer Lenden in königliche …«

Etwas Schwarzes fiel von einem Balkon auf D'Alik und den Karawanenmeister. Beide gingen zu Boden, Schatten wirbelten. Ein Gewirr aus leuchtenden Fäden wickelte sich um den Hals eines der Leibwächter, dann ertönte ein scharfes Knacken. Senterri hatte den Eindruck, als fliege D'Alik durch die Luft, um dann gegen eine Mauer zu prallen. Er lag still. Ein Schatten rang auf dem staubigen Boden lautlos mit dem Karawanenmeister. Senterri wich zurück, bis ihr eine Mauer Einhalt gebot. Jetzt sah sie, dass eine weitere Gestalt mit D'Aliks verbliebenem Leibwächter kämpfte und sie Axthiebe wechselten. Der kleinere Mann tauchte unter einem Hieb hindurch und hakte ein Bein hinter das des Leibwächters. Der Mann stolperte, fing sich, Arme ruderten, dann krümmte sich der Leibwächter, und ein Knie landete in seinem Gesicht. Der Leibwächter brach zusammen und blieb still liegen.

Bisher hatte sich alles in beinah völliger Stille abgespielt. Zu Senterris Erstaunen machte der kleinere Mann sich daran, den Leibwächter zu fesseln. Er schleifte ihn zu einem Gespann aus Karren und Pferd, das sie erst jetzt bemerkte, hievte ihn auf die Ladefläche und eilte dann zu D'Alik zurück. Senterri sah zu, wie ihr bewusstloser Gebieter ebenfalls gefesselt und geknebelt wurde. Als Nächstes hievte er den anderen Leibwächter auf den Karren – und warf einen abgetrennten Kopf hinterher. Plötzlich schaute er auf und schien Senterri dabei zum ersten Mal zu bemerken. Es war nicht der Jüngling aus der Taverne. Dieser hatte einen struppigen Bart und gewellte Haare.

»Wer seid Ihr?«, fragte er sie in einem dringlichen Flüsterton auf Diomedanisch.

»Eine Sklavin«, erwiderte Senterri, indem sie zuerst auf den Kragen und dann auf D'Alik zeigte. »Er ist mein Gebieter.«

»Nicht mehr. Beeilt Euch! Helft mir, ihn zum Karren zu schleppen.«

D'Alik war schwer, und es war anstrengend, ihn auf den Karren zu hieven und zuzudecken. Senterri folgte dem Jüngling zurück zu einem unordentlichen Haufen von Schatten auf dem Boden.

»Velander, bei aller Liebe!«, zischte er, während er sich auf die Knie sinken ließ. »Was ist, wenn jemand kommt?«

In Mirals Licht konnte Senterri erkennen, dass Velander die Zähne im Hals des Karawanenmeisters vergraben hatte und auf geräuschvolle und wenig feine Art saugte und schluckte. Fasern und Funken aus ätherischem Feuer spielten in der Dunkelheit um Velanders Lippen. Und das Gesicht! Der Jüngling aus der Taverne, erkannte Senterri. Und er war gar kein Mann! Eine Frau? Eine Frau mit der Kraft von einem halben Dutzend Männern, die Blut trank?

»Velander, *bitte*! Wir müssen gehen.«

Velander schüttelte den Kopf, ohne dabei ihre Zähne aus dem Hals des Karawanenmeisters zu ziehen. Der Jüngling durchsuchte den Mann in aller Eile.

»Geldbeutel, Schriftrollen, Gutschriften und Lastschriften, Ringe, ein Messer, noch ein Messer, Verhütungsmittel aus Schafdarm … das scheint alles zu sein«, murmelte er. »Velander, würdet Ihr Euch wohl etwas beeilen!«

Velander hob den Kopf und fauchte scharf, dann widmete sie sich wieder ihrer Mahlzeit.

»Es hat keinen Sinn. Ihre letzte Mahlzeit liegt drei Tage zurück. Ihr wisst ja, wie das mit diesen mageren Wüstenräubern ist. Man gibt ihr einen, und ehe man sich versieht, will sie schon den nächsten.«

»Ich, ich, ich … Was ist, äh, sie?«, fragte Senterri.

»Die technische Bezeichnung lautet ›Vampyr‹. Sie ist die Einzige ihrer Art, aber sie ist ganz erstaunlich. Velander! Nun reißt Euch endlich zusammen! So wird das nichts, Ihr werdet mir helfen müssen, junge Dame. Ich bringe den Karren zu den beiden, dann hievt Ihr Velander hinein, während ich versuche, ihr Essen zu verladen.«

»Ich? Soll *das* anfassen?«, keuchte Senterri, als sie die Krallen an Velanders Fingerspitzen bemerkte, während sich das Pferd mit dem Karren in Bewegung setzte.

»Sie ist sehr reinlich, es ist nur so, dass ihre Tischmanieren etwas zu wünschen übrig lassen. Jetzt hebt sie an der Hüfte hoch, während ich seine Schultern auf den Karren hieve. Aber seid vorsichtig, sie denkt nicht allzu klar beim Essen. Fertig? Und … hoch!«

Senterri legte die Arme um das übernatürlich starke Bündel aus Schatten, Krallen und Reißzähnen und war nicht wirklich überrascht, als sie feststellte, dass Velander keine Körperwärme ausstrahlte. Sie hievten.

»Nein! Meins! Meins! Meins!«, murmelte Velander, deren Zähne immer noch im Hals des Karawanenmeisters vergraben waren.

Mit einer hektischen Kombination aus Ziehen und Stoßen gelang es Senterri und dem Jüngling, den Vampyr und ihr Opfer auf die Ladefläche des Karrens zu schaffen und die Heckklappe zu schließen. Senterris Retter breitete ein zerlumptes Zelt über die beiden, dann lehnte er sich an ein Rad und hielt inne, um zu verschnaufen.

Senterri sah sich um. Die Straße wirkte jetzt wieder vollkommen normal, beinah unschuldig. Das Pferd machte einen völlig ungerührten Eindruck und hatte Dinge dieser Art offenbar schon öfter erlebt. Der Jüngling war mit einer Routine vorgegangen, die nur von intensiver Übung herrühren konnte. Er schnippte mit den Fingern, und ein Lichtpunkt erschien über der Innenseite seiner linken Hand. Mit der rechten Hand griff er unter den Karrenbock.

»Also, was haben wir denn hier? Welche Schriftrolle? Seid Ihr Senterri/Sargolanerin/Fünf?«

»Ich heiße Senterri und …«

»Gut. Dann muss das Eure Schriftrolle sein. Ich stemple sie ab, dann seid Ihr frei. Nehmt die Schriftrolle und seinen Geldbeutel.«

Er drückte Senterri beides in die Hand.

»Was?«, flüsterte sie.

»Geht. Ihr seid frei.«

»Frei?«, ächzte Senterri. »Was wollt Ihr damit sagen? Ihr könnt mich nicht einfach freilassen.«

»Genau das habe ich gerade getan.«

»Aber das könnt Ihr nicht!«

»Warum nicht?«

»Weil ich eine Sklavin bin.«

»Nicht mehr, ich habe Eure Schriftrolle abgestempelt. Genau hier, seht Ihr ...«

»Nein, nein. Ich meine, wenn man mich mit dem Geldbeutel meines vermissten Gebieters auf der Straße antrifft, werde ich so schnell für den Mord an ihm vor Gericht gestellt, zum Tode verurteilt und hingerichtet, dass der Stadtausrufer gleich alles in einem Atemzug verkünden kann«, erläuterte Senterri eiligst und stampfte dazu aufgebracht mit dem Fuß auf den Boden.

In diesem Augenblick tauchte Velanders Kopf über dem Rand der Ladefläche des Karrens auf. Ihr Kinn war dunkel vom Blut.

»Mädchen hat recht, Laron«, zischte sie leise in einem stark akzentbehafteten Diomedanisch. »Mit uns, sie kommt.«

»Was? Nein!«, schnauzte Laron. »Wenn das nächste Mal Euer Magen knurrt, fallt Ihr schneller über sie her als ein Seemann mit einem ...«

»Nein, Sicherheit, ich gelobe, für sie. Aus Taverne, junge Dame. Ihr erinnert Euch, die, von der habe erzählt, ich? Mit bösem Sklavenhändler? Mit dreckigem Vergewaltiger?«

»Ich ... Ja, das war eine mutige und tapfere Tat von Euch ...«, begann Senterri.

»Saftiger Vergewaltiger«, sagte Velander sehnsüchtig.

Sie bleckte die Reißzähne und fuhr sich mit der Zunge darüber, dann verschwand ihr Kopf wieder. Laron sah sich nach rechts und links um, aber die Straße war immer noch leer. Er löste seinen Umhang und legte ihn Senterri über die Schultern.

»Hier, versteckt darunter Euren Kragen und die Kette.«

Die Wachen an Uroks Wüstentor waren mehr daran interessiert, Räuber draußen zu halten, als jemanden am Verlassen der Stadt zu hindern, ganz egal, zu welcher Tages- oder Nachtzeit. Aber bei Nacht verlangten sie die doppelte Bestechungssumme für ein unvermerktes Öffnen ohne weitere Fragen. Laron zahlte mit einer von D'Aliks Münzen, die er sich von Senterri borgte.

»Wenn sie wüssten, was sie aus der Stadt lassen, hätten sie uns umsonst passieren lassen«, sagte Senterri mit einem Blick auf die abgedeckte Ladefläche des Karrens und schauderte.

»Sie denkt mit dem Magen«, murmelte Laron, ohne sich umzudrehen.

Er trieb das Pferd zu einem flotten, aber durchhaltbaren Tempo an.

»Mein Herr, ich bin Euch wirklich dankbar für die tapfere Rettung«, sagte Senterri, als die Lichter der Stadt nicht mehr zu sehen waren.

»Keine Ursache.«

»Oh, aber ...«

»Hört her, das war Velanders Idee, nicht meine. Ich wusste nicht einmal, dass Ihr gerettet wurdet, bis der Kampf begann – aber fühlt Euch nicht gekränkt oder irgendwas. Hätte ich von Euch gewusst ... ach, ich nehme an, ich hätte Velander ohnehin eine Rettung vorgeschlagen. Was ist das für ein Gefühl, frei zu sein? Gut, der Arbeitsplatz ist vielleicht nicht mehr so sicher, aber ... Ah, gut, hier biegen wir ab und fahren über das Feld zur Straße, die am Fluss entlang nach Westen führt. Haltet Euch fest, es wird jetzt für eine Weile ziemlich holprig.«

»Diese, diese, diese, äh, was immer sie ist – Ihr meint, *sie* hat *mich* absichtlich gerettet?«, sagte Senterri, die nur langsam verarbeitete, was Laron soeben gesagt hatte.

»Ja. Sollte Euch seitens des Karawanenmeisters unerwünschte sexuelle Aufmerksamkeit zuteil werden?«

»Ich ... Äh, ja.«

»Das dachte ich mir. Velander ist etwas empfindlich in Bezug auf die Rechte der Frauen im Allgemeinen und Gewalt gegen sie im Besonderen. Das bin ich auch, aber ich nehme es nicht so persönlich wie Velander, die ja auch eine Frau ist – na ja, mehr oder weniger jedenfalls. Wahrscheinlich hat sie deswegen auch mit dem Karawanenmeister angefangen. Er ist Abendbrot Siebzehn.«

»Sie hat siebzehn Leute getötet?«, keuchte Senterri.

»O nein. Wenn man Frühstück Sechs und Mittagessen Zwei mitzählt, sind es fünfundzwanzig.«

Senterri schluckte.

»Ach, fast hätte ich Nachtmahl Sechs und Nachmittagstee Zwei vergessen.«

»Dreiunddreißig Tote?«

»Ihre bevorzugten Opfer sind Vergewaltiger, obwohl sie sich meistens mit gewöhnlichen Banditen als Hauptnahrungsquelle bescheidet. Außerdem hat sie eine Schwäche für Tyrannen, Frauenschläger, Sklavenhändler, Zuhälter und Einbrecher – oh, und korrupte Verwaltungsbeamte, die liebt sie. Dann sind da die Leckerbissen wie langweilige Barden, die falsch singen, Weinliebhaber, die einfach nicht aufhören können, von den großen Kellereien und Weinbergen zu erzählen, die sie schon besucht haben, sowie religiöse Fanatiker, die Leuten auf der Straße folgen und ihnen religiöse Traktate vorlesen.«

Ich bin entweder vollkommen verrückt geworden oder ich träume, dachte Senterri. *Oder vielleicht auch beides, vielleicht vergewaltigt mich gerade der Karawanenmeister, und ich habe vor Schande und Demütigung den Verstand verloren. Ich habe mich in meinen eigenen Kopf zurückgezogen, wo meine Seele träumt, sie ist frei, obwohl mein Körper …*

Von der Ladefläche hinter ihnen drang ein gedämpftes Quieken gefolgt von einem hektischen Scharren zu ihnen nach vorn.

»Velander!«, schrie Laron nach hinten, während er gegen die Seitenwand des Karrens schlug. »Macht nicht so viel Lärm!«

Kein Traum, dachte Senterri. *Viel zu lächerlich.* In Mirals Licht sah Senterri lange, glänzende Reißzähne in Larons Mund aufblitzen. Also war er auch einer!, ging Senterri auf. Ein *was*? Was sie auch waren, sie schlitzten Leuten die Kehle auf und tranken ihr Blut. Vielleicht wurde sie auch für später aufbewahrt … aber die Behandlung, die sie erfuhr, war weitaus besser als die, welche ihren verstorbenen Besitzern zuteil geworden war.

Sie band sich die Haare hoch. Dafür musste sie nicht denken, und es war etwas, was ihr als Sklavin nicht gestattet gewesen war. In der Wüstengesellschaft zeigte eine ehrbare Frau niemals offen ihre Haare an einem öffentlichen Ort. Ihre ungeflochtenen Haare waren ebenso ein Symbol ihrer Sklaverei wie der gepolsterte Kragen an ihrem Hals. Eine Zeit lang fuhren sie schweigend dahin, und schließlich verstummten auch die Geräusche auf der Ladefläche.

»Mein Herr, die Karawanenwächter werden uns bald mit Hunden verfolgen«, warnte Senterri, die sich plötzlich an das Schicksal anderer Ausreißer erinnerte.

»Hunde neigen dazu, Velander nicht sehr gerne zu verfolgen«, erwiderte Laron. »Vielleicht liegt es daran, dass sie Hunde mag. Es könnte eine anerzogene Vorliebe sein.«

»Sie … sie ernährt sich auch von Hunden?«

»Ja.«

»Wie viele solcher, solcher … nun ja, *Dämonen* gibt es?«

»Ich habe Euch doch gesagt, dass Velander die Einzige ihrer Art ist. Und sie reicht auch vollkommen, wie Ihr Euch mittlerweile denken könnt.«

»Aber was ist mit Euch?«

»Mit mir? Ach, Ihr meint die hier!«

Er nahm seine langen Reißzähne heraus und verstaute sie in seinem Geldbeutel. Senterri musste unwillkürlich kichern. *Wie lange ist es her, dass ich gekichert habe?*, fragte sie sich. *Damals in Diomeda, vor Monaten, bei einer Bauchtanzstunde. Also stimmt es, dies ist kein Traum. Wenn ich lachen kann, bin ich wirklich und wahrhaftig frei.*

»Man muss den Schein wahren, wisst Ihr?«, erklärte Laron. »Ich meine, wenn die Leute sehen, dass Velander und ich beide Reißzähne haben, und dann, wie sie Köpfe abreißt und von Pfeilen getroffen wird, ohne dass es sie stört, na, dann glauben sie, ich könnte dasselbe. Der beste Weg, einen Kampf zu gewinnen, ist der, die Leute so zu verängstigen, dass sie weglaufen. Ah, das ist ein schönes Fleckchen.«

Laron zügelte das Pferd und blockierte die Räder. Er und Velander nahmen jeweils eine Leiche und trugen sie zu einem felsigen Überhang, der ein Stück weit auf den Fluss hinausreichte. Laron mühte sich mit dem Gewicht des Karawanenmeisters, doch Velander hatte keine Probleme mit dem viel schwereren Leibwächter. Senterri sah zu, wie Velander zwei große Felsbrocken zu den Leichen trug. Laron wartete mit einem Stück Seil.

»Wir beschweren die Leichen immer und versenken sie dann«, erklärte Laron, während er einen Felsbrocken an den Leibwächter band. »Die Fische nagen das Fleisch ab, die Kleider verrotten und Spürhunde sind unter Wasser nicht in ihrem Element. Wir lassen nur selten, äh, Essensreste im Freien liegen. Sie würden irgendwann eine Spur ergeben, der jemand folgen könnte.«

Velander hob den beschwerten Leib über den Kopf und warf ihn dann wenigstens zwanzig Fuß weit ins tiefe Wasser. Mittlerweile band Laron den zweiten Felsbrocken an den Karawanenmeister. Als er fertig war, beförderte Velander ihn auf dieselbe Weise in den Fluss, dann kehrten sie zum Karren zurück.

»Den habt ruiniert Ihr!«, fuhr sie Laron an, als sie den enthaupteten Leichnam aus dem Karren hob. »*Niemals* Zauber für Erdrosseln benutzen«, fügte sie an Senterri gewandt erklärend hinzu. »Große Verschwendung.«

»Wie die Dinge liegen, wird es aussehen, als hätten der Sklavenhändler und seine Leibwächter den Karawanenmeister beraubt und getötet und sich dann auf dem Fluss davongemacht, um irgendwo unterzutauchen«, sagte Laron, der mit dem Kopf des Leibwächters folgte. »Wenn wir die Leichen entsorgt haben, sind wir nur noch ein Junge und zwei Frauen in einem Karren.«

»Aber, mein Herr, ich trage immer noch einen Sklavenkragen.«

Velander ließ den enthaupteten Leichnam fallen, griff mit beiden Händen nach der Fessel und drehte. Die Verschlussniete brach. Sie warf den Kragen weg. Er flog halb über den dreihundert Schritte breiten Fluss, bevor er ins Wasser fiel. Senterri rieb sich nervös den Hals, als Velander sie weiterhin anstarrte. Oder jedenfalls ihren Hals.

»Vergebung«, murmelte Velander plötzlich und schaute weg.

Laron beschwerte den Leichnam mit einem Felsblock, dann band er den Kopf mit den Haaren daran fest. Velander schleuderte ihn ins Wasser.

»Velander, wascht Euch das Gesicht«, rief Laron, als sie zum Karren zurückkehrte.

»Bin noch nicht fertig«, sagte sie, sprang auf den Karren und starrte D'Alik an.

Senterri sah, dass D'Aliks Augen offen waren und vor Entsetzen beinah aus den Höhlen quollen. Offenbar hatte er Velanders letzte Mahlzeit wenigstens zu einem Teil mitverfolgt. Er kämpfte gegen seine Fesseln, aber sie waren mit mindestens so viel Geschick gebunden, wie die eines Sklavenhändlers.

»Ihr seid ein kleines Schwein!«, rief Laron. »Na, kommt morgen Nacht bloß nicht zu mir gelaufen, wenn Euch nach einem schönen weichen Hals ist, und es ist keiner mehr zur Hand.«

Für einen Moment trafen sich Senterris und D'Aliks Blicke. Der Tod stand vor ihm und leckte sich die Lippen. Irgendwo in einer Nische von Senterris Bewusstsein regte sich so etwas wie Mitleid. Er war so viele Monate ihr Besitzer gewesen, ihr Gebieter, ihr Herrscher. Jetzt war er Abendbrot Neunzehn. Plötzlich kam ihr ein anderer Gedanke. Vor wie vielen Mädchen hatte D'Alik schon in der Dunkelheit der Schlafzimmer von Madame Voldeans Etablissement gestanden? Mit einem finsteren, stechenden Ausdruck bösartiger Freude lächelte Senterri D'Alik an.

»Glaubt Ihr, sie will etwas Ruhe?«, fragte Senterri mit einer Geste auf die Ladefläche, als sich der Karren wieder in Bewegung setzte.

»Nein, aber wenn Euch Eure geistige Gesundheit lieb ist, solltet Ihr den Blick auf die Straße gerichtet halten«, riet Laron.

Sie erreichten die Grenze vor Morgengrauen. Sie bestand aus nicht mehr als zwei Steinen neben der Straße und den Ruinen eines Wachturms, der im Zuge irgendeiner Grenzstreitigkeit vor vielen Dekaden zerstört worden war. Laron hobbelte das Pferd an und ließ es dann grasen. Velander kletterte von der Ladefläche des Karrens und sah dann zum Fluss.

»Für Waschen ist Zeit«, sagte sie zu Senterri, dann ging sie über die Kieselsteine am Ufer zum Wasser.

»Sie hat recht«, sagte Laron, der Säcke und Beutel von der Ladefläche holte. »Das ist gut – nicht allzu viel Blut auf den Säcken und nichts auf den Beuteln und auf dem Zelt. Sie ist längst nicht mehr so unordentlich, wie sie mal war. Das arme kleine Ding, es muss schwer für sie sein, aber sie gibt sich wirklich Mühe.«

»Sie … sie ist noch nicht lange so?«

»Äh, nein. Absolut nicht. Erst seit ein paar Wochen. Sie hat mir einmal das Leben gerettet, müsst Ihr wissen. Ich habe dann versucht, ihres zu retten, aber ich konnte sie nicht von den Toten zurückholen. Und doch ist es mir gelungen, sie zurückzuholen, obwohl es nicht ganz dasselbe ist. Seitdem versuche ich auf sie aufzupassen. Äh, würdet Ihr bitte diese Säcke zum Wasser bringen und das Blut auswaschen?«

»Ich … ich …«

Senterri unterdrückte ein Schluchzen. Laron trat einen Schritt zurück, schaute sie besorgt an und behielt die Säcke bei sich.

»Es tut mir leid«, sagte er hastig. »Wenn Ihr kein Blut sehen könnt, kann auch ich es auswaschen. Aber ich wäre Euch dankbar, wenn Ihr etwas Gras für den Futterbeutel des Pferdes herausrupfen könntet. Er wird unterwegs Hunger bekommen. Eigentlich ist das die Geschichte meines Lebens, auf hungrige Wesen aufzupassen, die von mir abhängig sind.«

»Nein! Laron, Ihr versteht mich falsch. Es hat schon so lange niemand mehr ›bitte‹ zu mir gesagt. Mir ist gerade nur wieder klar geworden, dass ich wirklich und wahrhaftig frei bin, und das … das war so ein Schock. Gebt mir die Säcke.«

»Seid Ihr sicher?«

»Verdammt, Laron, glaubt Ihr, ich wüsste nicht, wie man Kleider wäscht? Ich bin eine teure und gut ausgebildete Sklavin – jedenfalls bis letzte Nacht.«

»Ach, verdammt, der Sklavenhändler!«, rief Laron, als erinnere er sich an eine unbedeutende, lästige Einzelheit.

Laron hievte D'Aliks Leichnam von der Ladefläche des Karrens und schwankte damit unsicher zum Wasser. Dort ließ er den Leichnam des Sklavenhändlers fallen und machte sich auf die Suche nach einem geeigneten Stein, um ihn zu beschweren. *Er wird ein Seil brauchen*, dachte Senterri. *Ein Seil ... und etwas zum Durchschneiden*. Sie näherte sich dem Leichnam des Sklavenhändlers mit einem Seil und seiner Axt. Sie ließ das Seil auf den Boden fallen, dann nahm sie die Axt und ließ sie auf den Nacken des Leichnams niedersausen. Nach dem fünften Schlag löste sich der Kopf.

»Was? Jetzt muss ich ihn an den Haaren festbinden!«, rief Laron, als er mit seinem Felsbrocken zurückkehrte. »Warum habt Ihr das getan?«

»Ein Dämon hat mich dazu getrieben«, seufzte Senterri mit der Axt auf der Schulter.

»Ein Dämon? Velander! Warum habt Ihr Senterri gesagt, sie soll dem Leichnam den Kopf ...«

»Nicht Velander!«, protestierte Senterri. »Ein kleiner Scherz ... ich konnte nicht anders.«

»Nun, ich mag Mädchen mit Sinn für Humor, aber alles zu seiner Zeit und am richtigen Ort.«

»Ich *will* den Kopf behalten«, erklärte Senterri, und ihr Tonfall ließ keinen Zweifel daran, dass dieser Punkt nicht verhandelbar war.

»Haarnadeln aus Bernsteinholz sammle ich«, sagte Velander. »Laron, falsche Zähne sammelt Ihr. Die Dame hier mag Köpfe, sammeln. Haben die anderen drei verschwendet, wir. Vergebung.«

»Ihr sammelt Köpfe?«, fragte Laron.

»Nur diesen einen«, erwiderte Senterri.

»Aber warum? Er hat keine besonderen Vorzüge, und wenn wir auf Suchtrupps stoßen, sind wir nicht nur ein Junge und zwei Frauen, wir sind ein Junge, zwei Frauen und ein abgetrennter Kopf. Dieser Sachverhalt lässt sich unter dem Begriff ›verdächtig‹ zusammenfassen.«

Velander stieß D'Aliks Kopf mit dem Fuß an, dann trat sie dagegen. Der Kopf flog durch die Luft und landete auf der Ladefläche des Karrens.

»Warum nicht, äh, loswerdet Eure Zahn-Sammlung, Ihr?«, fragte sie Laron. »Ist auch verdächtig.«

»Zugegeben, aber meine Zahn-Sammlung ist viel kleiner und fängt in ein, zwei Tagen nicht an zu stinken.«

»Wenn Miral nicht am Himmel, Leichnam bin ich«, verkündete Velander. »Größer als Kopf, sehr verdächtig. Ja?«

Laron öffnete den Mund, holte tief Luft, schnaubte dann und verschränkte die Arme. »Na gut, schön, behaltet Euren verwünschten Schädel«, sagte er zu Senterri. »Vermutlich braucht jeder ein Hobby.«

Laron band den Stein an D'Aliks Leichnam fest, dann hob Velander ihn mit einer Hand auf und hievte ihn in tieferes Wasser. Laron und Senterri applaudierten. Velander verbeugte sich. Laron rupfte Gras und stopfte es in den Futterbeutel, während Senterri sich der blutbefleckten Säcke annahm. Am Rand floss das Wasser über Steine und war überhaupt nicht schlammig, also tauchte Senterri die Säcke ins Wasser und trat darauf herum. Nicht weit entfernt erhob sich Velander und legte ihre schwarze Kleidung ab. Einen Moment stand sie nackt im grünen Licht Mirals, dann warf sie Hose und Jacke ans Ufer. Sie tauchte wieder unter und wusch sich das Blut aus den Haaren, bevor sie aus dem Wasser kam.

Sie bemerkte, dass Senterri sie anstarrte und die Säcke unter ihren Füßen vergessen hatte.

»Irgendwas, ist?«, fragte Velander.

Senterri starrte sie nur mit halb offenem Mund weiter an.

»Nicht bedrohe Euch, ich«, sagte Velander. »Keine Angst, nötig ist. Äh, Frauen von Solidarität, daran glaube ich. Oder Solidarität unter Frauen es heißt, vielleicht?«

»Die schönste Vase aus Zel, die je erschaffen wurde, ist nicht so schön, zierlich und perfekt wie Ihr«, brachte Senterri heraus.

Velander blinzelte, die Hände in die Hüften gestemmt.

»Äh, nicht verstehe.«

»Ein Kompliment.«

»Ah, ein *Kompliment*. Ist von Gleichgestellten, äh … Wie heißt Wort? Keine Hilfe, bitte, versuche zu verbessern Diomedanisch … Anerkennung! Von Gleichgestellten Anerkennung. Meinen Dank.«

Velander beschrieb einen Schnörkel mit dem Arm und verbeugte sich dann tief. Laron kam mit jeweils einem Bündel in einer Hand herübergeeilt.

»Trockene Kleidung. Velander, zieht Euch rasch an. Senterri, legt Eure Sklavenkleidung ab – keine Sorge, ich schaue nicht hin –, beschwert sie mit einem Stein und werft sie ins Wasser. Ihr könnt Velanders Reservejacke und Sandalen anziehen – oh, und meinen Umhang, wenn Euch kalt ist. Kann ich die Säcke haben, Senterri? Und, Velander, Eure nassen Kleider?«

Laron eilte zum Karren zurück.

»Ist gute Seele in Laron«, sagte Velander und wischte sich mit der Hand das Wasser von der Haut. »Wenn ihm etwas antut jemand, sorge für große Schmerzen ich, und dass lange braucht zu sterben.«

Der Morgen graute am Horizont, als sie sich wieder auf den Weg nach Westen machten. Laron hatte das Regengestell des Karrens aufgebaut und die Zeltbahn darüber gespannt, nachdem er auf verschiedene Wolken am Himmel gezeigt und darauf bestanden hatte, sie bedeuteten Regen. Velander hielt die Zügel und ignorierte Laron und Senterri, die Datteln und Wasser frühstückten.

»Esst Ihr nicht, Velander?«, fragte Senterri.

»Habe schon gegessen, ich«, erwiderte Velander.

»Letzte Nacht«, fügte Laron hinzu.

»Ah, ja, ich glaube, ich verstehe«, sagte Senterri schaudernd. »Wie dumm von mir.«

Miral berührte im Westen die zerklüfteten Liorenberge. Laron schätzte, dass sie die erste Inselstadt bei Einbruch der Nacht erreichen würden. Schließlich reckte sich Velander auf eine seltsame, gewundene Art und kam dann auf die Ladefläche.

»Bald schlafe, ich«, verkündete sie, wobei sie Senterri direkt ansah. »Seid nett zu Laron, ja? Auf mich aufpassen ist schwere Mühe. Nicht sagt falsches Wort zu Laron, Ihr. Sonst ungehalten ich. Wenn ungehalten, ich sehr gefährlich.«

Damit kroch sie unter die Beutel und nassen Säcke. Laron schaute immer wieder zum Westhorizont, bis auch der letzte von Mirals Ringen verschwunden war.

»Velander schläft jetzt«, erklärte er. »Tatsächlich ist sie sogar tot, aber es ist besser, es nicht so auszudrücken – es verletzt ihre Gefühle. Sie wird wieder aktiv, wenn Miral wieder aufgeht. In den nächsten zwölf Stunden müsst Ihr Euch mit meiner Gesellschaft begnügen.«

Senterri wusste nicht recht, was sie davon halten sollte. Sich mit seiner Gesellschaft begnügen? Wollte Laron, dass sie ihn für ihre Rettung mit der einzigen Währung bezahlte, die sie anzubieten hatte? Wenigstens war es der Preis für ihre Freiheit, und er schien durchaus nett zu sein, wenn auch etwas mager. Andererseits schien er ihr zu … wohlgesittet und anständig zu sein, um so etwas von ihr zu verlangen.

»Laron, was würde Euch Freude bereiten?«, fragte sie leise.

Larons Blick wanderte von der Straße zu ihr, dann zur Ladefläche, dann nach Westen zu den Bergen.

»Jetzt, wo Ihr danach fragt, ich würde gerne eine halbe Stunde schlafen«, sagte er und reichte ihr die Zügel. »Haltet den Karren einfach nur auf der Straße und bringt uns weiter nach Westen.«

Senterri hatte in ihrem ganzen Leben noch nie einen Wagen gelenkt, aber es gelang ihr, mehr oder weniger die Herrschaft darüber zu behalten, während Laron versuchte, es sich auf dem schmalen, holpernden Kutschbock so bequem wie möglich zu machen. Schließlich döste er sitzend ein. Sie fuhren weiter mit stetem Tempo nach Westen. Hin und wieder winkte Senterri einem Bauern auf den Feldern zu. Ein leichter Regen setzte ein, der allmählich stärker wurde. Laron schwankte. Senterri streckte die Hand aus, um ihn zu stützen, dann zog sie ihn sanft zu sich herüber, bis sein Kopf auf ihrem Oberschenkel lag. Er schlief weiter. Sie strich ihm über die welligen Haare, dann über den Bart. Eine Strähne löste sich und blieb an ihren Fingern haften. Sie unterdrückte ein Kichern, dann küsste sie den Bartfetzen und drückte ihn Laron sanft wieder auf die Wange.

Laron erwachte mit dem Kopf in Senterris Schoß und ihrem Arm auf seiner Brust. Er versuchte sofort sich aufzurichten, doch Senterri drückte ihn wieder nach unten.

»Ist die Holzbank bequemer als mein Schoß?«, fragte Senterri in einem königlichen, selbstbewussten Tonfall.

»Äh, nein«, räumte Laron ein.

»Dann bleibt, wo Ihr seid.«

Das Mädchen ist daran gewöhnt, Befehle zu geben, dachte Laron, während er sich mit der Wärme und Weichheit seines unerwarteten Kissens abfand. Sie strich ihm über die Haare und ließ dann ihre Hand auf seiner ruhen.

»Ihr seht immer noch erschöpft aus«, stellte Senterri fest. »Wann habt Ihr zuletzt geschlafen?«

»Äh, irgendwo in der Wüste.«

»Ich habe gefragt, wann, nicht wo.«

»Äh, ich weiß nicht genau.«

»Ihr gebt nicht richtig auf Euch Acht.«

»Ich lebe noch«, stellte er fest. »Das ist kein schlechter Test.«

Schließlich bemerkte Laron, dass es ziemlich stark regnete, auch wenn die Abdeckung sie einigermaßen trocken hielt.

»Den Meilensteinen nach müssten wir irgendwann am Spätnachmittag in Gladenfall eintreffen«, verkündete Senterri.

»Das kommt mir zu schnell vor«, sagte Laron. »Wie lange habe ich geschlafen?«

»Vielleicht acht Stunden, vielleicht auch zehn.«

»Acht Stunden!«, rief Laron und richtete sich auf, bevor Senterri ihn wieder herunterdrücken konnte.

»Ja. Mein Schoß muss sehr bequem gewesen sein.«

Laron errötete. Senterri kicherte. Laron rieb sich die Hände, schlang die Arme um die Knie, fuhr sich mit den Fingern durch die Haare, starrte auf einen Felsen, als wäre es ein Meilenstein, blies dann auf seine Fingerspitzen und rieb sich wieder die Hände. Sie passierten einen echten Meilenstein.

»Tja, du meine Güte, wir müssen Gladenfall ziemlich nah sein«, mutmaßte er.

Senterri streckte eine Hand aus, legte sie hinter Larons Kopf und küsste ihn fest auf die Lippen. Der Karren kam nur deshalb nicht von der Straße ab, weil das Pferd selbst darauf achtete, wohin es ging.

»Velander hat gesagt, ich soll nett zu Euch sein«, flüsterte Senterri. »War das nett?«

»Äh, ja«, gab Laron zu. »Aber ich glaube nicht, dass sie dabei an so was gedacht hat.«

»Oh. Ist sie eifersüchtig?«

»Nein, aber sie wird manchmal traurig, weil sie kalt und tot ist. Sie kann solche Dinge nicht machen wie, na ja, küssen. Zu gefährlich.«

»Ich würde nicht wollen, dass sie traurig ist«, sagte Senterri, indem sie sich wieder der Straße zuwandte.

»Mir geht es genauso.«

»Vielleicht sollten wir in ihrer Gegenwart nicht darüber reden.«

»Einverstanden. Ich weiß ohnehin nicht, ob ich es glauben kann.«

»Warum denn nicht?«, fragte Senterri aufrichtig überrascht.

»Na, Ihr seid bezaubernd, und ich bin … Äh, nun ja, ich rede nicht gern von mir. Das deprimiert mich.«

Senterri gab Laron die Zügel zurück, dann drückte sie sich an ihn und legte ihm die Arme um den Hals.

»Mir ist kalt«, sagte sie, während sie den Kopf an seine Schulter lehnte. »Und wagt es ja nicht, mir den Umhang auf der Ladefläche anzubieten.«

Diesen Hinweis verstand Laron tatsächlich und legte den freien Arm um sie. Sie passierten noch einen Meilenstein. Bis zur Stadt war es noch eine Stunde.

»Was werdet Ihr und Velander jetzt tun?«, fragte Senterri.

»Ein wenig Freude verbreiten, ein paar Werke der Nächstenliebe in Gladenfall verrichten und dann weiterziehen. Wir glauben von uns selbst, dass wir Gutes tun, aber wir sind niemals willkommen.«

»Ihr meint, Ihr tötet böse und widerwärtige Leute?«

»›Töten‹ ist ein sehr starkes Wort. ›Selektiv keulen‹ ist die Bezeichnung, die ich vorziehe.«

»Seid, äh, Velander und Ihr … Das heißt, seid Ihr …«

»Sind wir was?«

»Miteinander intim?«

»Nein!«

Die Vehemenz seiner Antwort ließ vermuten, dass diese Möglichkeit tatsächlich undenkbar war.

»Und doch kümmert Ihr Euch um sie.«

»Ja.«

»Warum?«

»Weil ich alles bin, was sie hat.«

»Aber was bekommt Ihr als Gegenleistung?«

»Nichts. Das hängt mit der Idee der Ritterlichkeit zusammen. Na, wenigstens in erster Linie. Ich erhalte Dankbarkeit, nehme ich an. Auf ihre Art hat sie sich zu einem süßen kleinen Ding entwickelt, seit sie tot ist.«

»Ihr meint, sie war *schlimmer*, als sie noch am Leben war?«, fragte die verblüffte Senterri.

»Nein … eigentlich ja, aber … es ist kompliziert.«

Sie fuhren vielleicht eine Minute schweigend weiter, doch nun, da die Stadt so nah war, wuchs Senterris Kühnheit.

»Wie ist Velander in diese Lage geraten?«, fragte sie mit aufrichtigem Mitgefühl.

Laron schüttelte den Kopf, als frage er sich, wie viel er ihr erzählen könne.

»Sie war eine brillante junge Priesterin, die ein großartiges, wunderbares und vielversprechendes Leben vor sich hatte. Dann hat sie etwas sehr Dummes getan und ein magisches Experiment unternommen. Sie wurde getötet. Ich … habe ein Echo ihrer Seele entdeckt, nachdem sich alle mit ihrem Tod abgefunden hatten. Ich habe einen Zauber gewirkt. Er war etwas dumm, aber ich neige dazu, manchmal etwas dumm zu sein.«

»Aber warum? Sie war doch tot.«

»Sollte Euer Kind oder Liebster sterben, würdet Ihr nicht über dem Leichnam weinen? Wenn einer Person beraubt, würdet Ihr dann nicht Porträt, Ring, Gedicht, Umhang oder Haarlocke dieser geliebten Person behalten? Leute besuchen die Gräber der Toten und legen dort Blumen, Kerzen und sogar Wein nieder. All das bewahrt die Toten davor, gänzlich zu verblassen.«

»Aber das wird zum Nutzen der Lebenden gemacht, nicht der Toten«, erwiderte Senterri.

»Tatsächlich? Aber ist ein Feuer wirklich aus, wenn es erloschen und zu ein paar Klumpen Holzkohle und einem Funken abgekühlt ist?«

»Nein.«

»Nehmt den letzten Funken und zündet damit eine Kerze an. Ist das Feuer aus?«

»Es ist … nicht mehr dasselbe Feuer.«

»Nehmt die Kerze und zündet damit die Klumpen Holzkohle wieder an. War das Feuer jemals aus? Der Gitterrost ist derselbe, die Kohle auch. Und die Flamme. Das Feuer ist nur ein Prozess, wie das Leben. Velanders Funke hat sich an einem ruhigen, dunklen Ort sehr lange gehalten. Als ich sie entdeckt habe, war sie so schwach, dass ich sie nicht mehr ins Leben zurückbringen konnte … aber zurückbringen konnte ich sie.«

»Ja, diese Formulierung habt Ihr schon einmal benutzt«, sagte Senterri nachdenklich.

»Ich … Ja, das habe ich. Ihr habt mir zugehört. Das war sehr nett von Euch. Die meisten Leute nehmen mich nicht sonderlich ernst.«

Senterri versuchte alles zu durchdenken, aber es war zu schwer. Larons Metapher war nicht besonders gut, aber sie ließ sich schlecht widerlegen.

»Also ist sie, äh, nicht ganz lebendig?«

»Nein, aber es sind unzählige Menschen lebendig, die das gar nicht verdient haben.«

»Sie tötet. Das kann nicht gut oder gerecht sein.«

»Ein Soldat oder König tötet auch. Der Unterschied ist, dass sie zusammen mit den schlechten Menschen oft auch die guten, unschuldigen, großzügigen und freundlichen töten, weil es in ihren Kriegen selten um Gerechtigkeit geht. Velander tötet immer nur die brutalen, verwerflichen, grausamen, gierigen und scheußlichen – jedenfalls abgesehen von gelegentlichen Unfällen. Sie trägt mehr zum Gemeinwohl bei, als dies die meisten von uns könnten. Hätte ich Euren seligen Sklavenhändler, seinen Geschäftspartner und die beiden Leibwächter allein und mit nur einer Streitaxt angegriffen und sie zur Verteidigung Eurer Ehre erschlagen, hättet Ihr das unziemlich gefunden?«

Senterri fürchtete sich vor der einzigen Antwort, die sie geben konnte. Der Gedanke an einen gut aussehenden jungen Helden, der mit einer blutigen Axt über D'Aliks Leichnam stand, kam ihr immer noch wunderbar vor. Der Gedanke daran, wie die übermenschlich starke Velander dem Sklavenhändler die Kehle durchbiss, erfüllte sie mit Entsetzen, obwohl der Vampyr sie befreit hatte.

»Ich … habe mich noch gar nicht bei Velander bedankt«, gab Senterri widerstrebend zu, da sie sich wegen dieser Missachtung der guten Manieren schämte. »Glaubt Ihr, sie wird deswegen gekränkt sein?«

Laron zuckte die Achseln. »Weniger als Ihr oder ich es wären, aber ein wenig schon. Der Vampyr erinnert sich noch an Velanders Leben, spricht mit Velanders Stimme und denkt wahrscheinlich auch wie Velander früher. Jedenfalls dann, wenn sie keinen Hunger hat. Velander ist normalerweise sehr auf eine Sache fixiert, wenn sie Hunger hat.«

»Gibt es Hoffnung für sie?«

»Nur ein Vampyr wurde jemals wieder ins Leben zurückgeholt, und der Mechanismus, mit dem das bewerkstelligt wurde, wurde zerstört.«

»Und doch bleibt Ihr Velanders Gefährte, obwohl alle anderen sie meiden würden.«

»Tja, das scheint mir das ehrenhafte Vorgehen zu sein. Ich versuche dem Pfad der Ehre und Ritterlichkeit zu folgen, obwohl ich nur selten Gesellschaft habe. Sie versucht sich etwas aus mir zu machen. Manchmal, wenn ich wirklich trübselig bin, setzt Velander sich neben mich, hält meine Hand und sagt mir, ich soll mir ein nettes Mädchen suchen.«

»Das solltet Ihr.«

»Und welches Mädchen würde Velander dulden, die in einem Sarg schläft, nach Blut riecht und widerwärtigen Nachbarn die Kehle durchbeißt?«

»Nun ja, das könnte ein triftiger Scheidungsgrund sein«, räumte Senterri ein.

»Was werdet Ihr machen, jetzt, wo Ihr frei seid?«, fragte Laron fröhlich in dem Versuch, das Gespräch in fröhlichere Bahnen zu lenken.

»Oh, nach Hause zurückkehren, nehme ich an.«

»Wo ist Euer Zuhause?«

»In Sargol.«

»Wirklich? Reizendes Land. Vor drei Jahren war ich dort.«

»Aber bis dahin bleibe ich vielleicht auch eine Weile in Gladenfall. Ich habe dort einen Verwandten, der sich freuen wird, mich zu sehen.«

»Oh, ganz ausgezeichnet, vielleicht kann ich Euch helfen, ihn zu finden. Wie heißt er?«

»Prinz Patrelias, er lebt im Palast.«

Es dauerte ein paar Augenblicke, bis ihre Worte wirklich bei Laron angekommen waren.

»Aber, aber, das ist der Herrscher der Stadt und ihrer Umgebung«, presste Laron mit bebender Stimme hervor.

Senterri zuckte die Achseln. »Es ist ein Auskommen.«

Der Karren rumpelte weiter durch den Regen und die zunehmende Dunkelheit des Abends, während Laron überlegte, was er sagen sollte. Er fand nichts. Senterri richtete ihre Kleidung und schnürte ihre Bänder zu. Sie hatte eine ähnliche Figur wie Velander und ungefähr dieselbe Größe, also passten die Sachen gut.

»Ich will so gut wie möglich aussehen, wenn wir dort eintreffen«, erklärte sie, als klar wurde, dass Laron wahrscheinlich unfähig war, irgendeine Initiative zu ergreifen, verbal oder sonstwie.

»Oh, aber Ihr seht bereits fantastisch aus, Eure Majestät – oder heißt es Eure Hoheit? Was davon ist für einen herrschenden Monarchen? Ich verwechsle das immer.«

»Tatsächlich heißt es ›Hoheit‹«, sagte sie, während sie mit den Händen zwischen den Knien dasaß. »Laron, was hättet Ihr gern als Belohnung? Was ist eine Prinzessin wert?«

»Seid nicht albern, ich verlange keine Belohnung«, lachte er halbherzig. »Ich lebe preiswert, und Velanders Nahrung ist kostenlos, obwohl sie sich ein wenig wehrt und manchmal Verwandte hat. Ich meine, Ihr habt die Säcke ausgewaschen und die Axtklinge gesäubert, und Ihr wart nett zu Velander. Nicht viele Leute sind nett zu Velander, und ich bin sicher, sie weiß das zu schätzen. Und Ihr habt mich geküsst. Wie viele Jungen können von sich behaupten, von einer Prinzessin geküsst worden zu sein? Nicht, dass ich es behaupten würde. Niemand würde mir glauben. Und wenn doch, würde man mich wahrscheinlich aufhängen, weil ich, äh, zur Unterschicht gehöre oder so.«

»Laron, jetzt seid Ihr albern. Ich könnte Euch mit Gold überschütten, Euch zu einem mächtigen Edelmann machen ...« Sie hielt inne, überlegte angestrengt und traf dann eine rasche, aber wichtige Entscheidung. »Ich könnte sogar mit Euch schlafen, wenn Ihr mich nett darum bittet.«

»Ich ... Oh!«

Laron gelang es, gar nichts mehr zu sagen. Senterri ging plötzlich auf, dass es keine Antwort auf die Art Angebot gab, die sie soeben gemacht hatte – jedenfalls nicht für jemanden wie Laron.

»Verletzt meine Gefühle nicht, Laron, was würde Euch Freude machen?«, fuhr sie jetzt in dem Versuch fort, es ihm zu erleichtern.

Laron runzelte die Stirn, während er überlegte, dann schüttelte er den Kopf und lachte in sich hinein.

»Was ist denn so komisch?«, fragte Senterri ängstlich. Sie fühlte sich nach ihrem Angebot ein wenig verwundbar in Bezug auf eine mögliche Zurückweisung.

»Eure Hoh...«

»Nur ›Senterri‹, wenn es Euch nichts ausmacht.«

»Senterri, ich habe meine Belohnung bereits. Ich habe geholfen, Euch zu retten, ich habe zwei Leibwächter besiegt, während Velander ... Tja, sie greift sich immer die Plumpen, aber ... Ach, Verzeihung. Hört her, ich habe Euch befreit, ich habe Euch glücklich gemacht, das ist meine Belohnung. Ich habe keine Frau mehr glücklich gemacht seit ... Nun ja, es gab ein paar Frauen in Diomeda, an die ich meistens lieber nicht denken möchte, aber ...«

Plötzlich brach Senterri in Gelächter aus, stieß Laron in die Rippen, legte ihm die Arme um den Hals und küsste ihn gierig und mit Leidenschaft.

»Dann könnt Ihr *daran* so oft denken, wie Ihr mögt«, erklärte sie.

»Seid wie Haus in Flammen, Ihr, kommt zurecht?«, ertönte Velanders Stimme hinter ihnen.

Gladenfall war auf der einen Seite einer Kluft errichtet, durch die der Leir floss. Die Hafenanlagen waren in den Fels der Westwand gehauen, und eine Reihe gewaltiger Kräne transportierte Fracht wie Personen von der Stadt zum Pier. Auf Höhe der Stadt spannte sich eine breite Hängebrücke über den Abgrund, und auf der Ostseite dieser Brücke hielt Laron den Karren an.

»Velander und ich laufen mit unseren Rucksäcken hinterher«, sagte Laron. »Wir haben Papiere, mit denen wir uns als Wandergelehrte auf der Suche nach Erleuchtung ausgeben. Wenn Ihr die Wachen damit ablenkt, dass Ihr eine Prinzessin seid, können wir uns in dem entstehenden Durcheinander einschleichen.«

»Meine Freunde, das ist wirklich nicht der Abschied, den Ihr verdient«, sagte Senterri.

»Vielleicht nicht, aber es ist der, den wir brauchen«, beharrte Laron.

»Vergesst nicht Plakette«, sagte Velander.

»Ah, ja. Hoheit ... das heißt, Senterri, dürfte ich um einen kleinen Gefallen bitten?«, fragte Laron.

»Wenn es in meiner Macht steht, wird es erledigt«, sagte Senterri sofort.

Laron streckte die Hand aus. Senterri nahm ein kleines Päckchen entgegen, das mit einer Schnur umwickelt, aber nicht versiegelt war.

»Seid so gut und lasst dies bitte der Ältesten des Metrologischen Ordens in Scalticar zukommen«, bat Laron.

»Ist das alles?«

»Ja. Wir trauen uns nicht dorthin. Die Geschichte ist lang, und dies ist weder der rechte Ort noch die rechte Zeit, sie zu erzählen. Und jetzt lasst uns nach Gladenfall gehen – Ihr im Triumph und wir in aller Stille.«

»Nein ... ich meine, Laron oder Velander, noch eine Frage. In den vergangenen Wochen und Monaten habe ich viel gelernt. Ich war eine Prinzessin und dann eine Sklavin. Ich ... habe gesehen, dass es nur wenig gibt, was die zwei trennt. Ich kann leicht beides sein, aber keiner von Euch zweien könnte je ein Sklave sein.«

»Ist wahr«, sagte Velander.

»Bitte kommt zur Sache, Eure Hoheit, hier draußen ist es ziemlich nass«, sagte Laron.

»Worin unterscheiden wir uns?«

»Einstellung«, erwiderte Velander sofort.

»Einstellung?«, fragte Senterri. »Wie meint Ihr das?«

»Ist Antwort. Einstellung. Müsst lernen zu verstehen selbst, Ihr. Wenn nicht, nie werdet verstehen.«

»Stimmt genau«, pflichtete Laron bei. »Velander ist gestorben, um das zu lernen. Und nun *bitte* geht und versucht den Karren auf der Straße zu halten.«

Die Wachstation neben dem Stadttor war im Regen immer deutlicher zu erkennen, und die großen Mauern und Türme von Gladenfall ragten hoch vor Senterri auf.

»Anhalten und deklarieren«, rief jemand unter einer Markise.

Senterri zog an den Zügeln und stellte die Bremse fest.

»Senterri Millarien, zu Besuch bei meinem Onkel«, rief Senterri durch den Regen zurück.

Gelächter begrüßte ihre Worte.

»Der war gut, hast du vielleicht noch so einen auf Lager. Mädchen?«, rief der Wachmann, indem er in den Regen trat und seine Laterne hob. »Also, wen haben wir denn …?«

Plötzlich gaffte der Wachmann und suchte dann in seiner Tasche nach seiner sargolanischen Münze. Jeder Wachmann und jede Miliz im Reich hatte eine sargolanische Münze mit einem Bildnis Senterris bekommen. Er hielt die Münze ins Licht und starrte dann noch einmal in Senterris lächelndes Gesicht.

»Sergeant!«, heulte der Wachmann.

Augenblicke später knieten alle sechs Wachmänner der Station neben dem Karren im Regen.

»Eure Hoheit, man hat uns zugetragen, ein Sklavenhändler habe Euch geschändet«, sagte der diensthabende Sergeant.

»Unwahr«, sagte Senterri. »Ich bin dem Sklavenhändler entkommen und habe dabei nicht mehr verloren als meine Würde.«

»Äh, nun, wo ist er jetzt, Eure Hoheit? Wir müssen Eure Schande rächen.«

»Er ist tot.«

»Seid Ihr sicher?«

»Durchaus«, erwiderte Senterri leise. »Ich habe ihm den Kopf abgehackt. Damit schien er nicht so gut zurechtzukommen.«

Damit ließ Senterri D'Aliks Kopf vor ihnen auf die Pflastersteine fallen. Die Wachmänner starrten ihn staunend, dann bewundernd an.

»Dauert das noch lange?«, rief Laron hinter dem Karren.

»Ruhe dahinten!«, rief der Sergeant zurück.

»Wenn Ihr mich bitte zu meinem Onkel bringen würdet«, sagte Senterri. »Ich muss meinen Vater und meine Brüder daran hindern, die Toreaner in Diomeda anzugreifen. Sie hatten mit meiner Entführung nichts zu tun.«

»Wir sind nur arme Studenten«, rief Laron.

»Der Palast erwartet Eure Ankunft, Eure Hoheit«, verkündete der Sergeant. »Euer Onkel wird überglücklich sein, und die Stadt steht zu Eurer …«

»Es ist furchtbar nass hier hinten«, rief Laron.

»Lasst sie passieren«, befahl Senterri mit einem beiläufigen Winken ihrer Hand. »Nach allem, was ich in den vergangenen Monaten durchgemacht habe, wünsche ich keinem anderen Elend. Und dann möge mich bitte jemand zum Palast führen.«

Laron und Velander wurden ohne weitere Fragen, Durchsuchung oder Zahlung eines Bestechungsgeldes nach Gladenfall eingelassen. Sie trotteten an dem Karren vorbei und durchs Stadttor, während der Regen von ihren Öljacken lief. Senterri wandte sich wieder dem Sergeant zu, der Gladenfalls traditionellen Willkommensgruß für ausländische Edelleute rezitierte. Als er fertig war und sie noch einmal nach ihren beiden Rettern Ausschau hielt, waren sie verschwunden. Nur Pferd und Karren blieben als Beweis, dass sie je existiert hatten.

Senterri genoss im nächsten Monat die Gastfreundschaft ihres Onkels, bis eine kleine Flotte militärischer Rennschalen über den Fluss einlief und an dem in die Felsen gehauenen Pier weit unterhalb der Stadt festmachte. Schließlich wurden Prinz Stavez und Dolvienne in einer der Kran-Sänften nach oben transportiert, und ein verschwenderisches Fest zu Ehren des Wiedersehens mit Senterri ausgerichtet. Die Besucher blieben eine Woche, aber als die Zeit zur Abreise kam, gab Senterri eine unerwartete Erklärung ab.

»Du kommst nicht mit zurück?«, rief ihr Bruder, der seinen Ohren nicht traute. »Aber … aber das ganze Reich wartet auf dich.«

»Dankt ihnen einfach in meinem Namen und sagt ihnen, dass ich frei, in Sicherheit und glücklich bin«, sagte Senterri.

»Wir haben keine Kosten und Mühen gescheut, um dich wiederzufinden.«

»Und seid gescheitert. Ich habe meinem Häscher ohne Hilfe den Kopf abgeschlagen und bin ohne Kosten hierhergekommen. Ihr habt den Kopf in einem Krug Essig und könnt ihn Vater mit besten Empfehlungen von mir aushändigen. Als Andenken vielleicht nicht viel, aber was kann man machen, wenn man mit leichtem Gepäck unterwegs ist?«

»Dein Gesicht hätte beinah tausend Schiffe in Marsch gesetzt.«

»Stavez, mein Bruder, *niemand* ist so hübsch«, lachte Senterri freundlich. »In Sargol wäre ich nicht mehr als eine Prinzessin. Die Vorstellung gefällt mir nicht.«

»*Nicht mehr* als eine Prinzessin?«, rief er, doch Senterri hob eine Hand.

»Es stimmt. Hier bin ich ein Symbol für alle in den umliegenden Gebieten, in denen mit Sklaven gehandelt wird. Ich bin nur ein Mädchen, aber ich bin entkommen. Andere können und werden es auch. Ich habe ein Auffanglager für entflohene Sklaven eingerichtet, die Zuflucht in diesem Land suchen. Onkel hat das Geld zur Verfügung gestellt, und die Arbeit hat bereits begonnen. Und es gibt noch mehr zu tun. Ich habe vor, mich einem philanthropischen religiösen Orden anzuschließen und daran zu arbeiten, die Welt zu verbessern.«

»Aber das kannst du doch auch in Sargol«, begann Stavez.

»Muss ich es Euch buchstabieren, mein etwas begriffstutziger Bruder? Würde ich nach Sargol zurückkehren, wäre ich eine Peinlichkeit, ein dummes kleines Mädchen, das sich hat entführen lassen, während es insgeheim Tanzstunden nahm. Die Gerüchte würden ins Kraut schießen und herumschwirren wie Motten ums Licht, Gerüchte, dass mich jeder Sklavenhändler zwischen hier und Diomeda geschändet hat.«

»Aber das ist nicht geschehen.«

»Sehr wahr, aber wer würde das glauben? Eine Prinzessin kann sich solche Gerüchte ihre Vergangenheit betreffend nicht leisten. Für eine Helferin der Schwachen und Hilflosen ist so eine Tragödie praktisch obligatorisch.«

Prinz Stavez war nicht glücklich, respektierte aber die Entscheidung seiner Schwester. Sie löste tatsächlich eine Menge Probleme – das musste er zugeben –, und Senterri hatte sich sicherlich verändert. Sie war so strahlend glücklich, beinah heiter. Nachdem er sich verabschiedet hatte, um alles für seine Rückreise den Leir hinab vorzubereiten, blieben Senterri und Dolvienne allein, um sich voneinander zu verabschieden. Senterri holte ein kleines Päckchen hervor und öffnete es. Die Verpackung war eigentlich eine Nachricht.

»Kannst du das der Ältesten des Metrologischen Ordens in Nord-Scalticar zukommen lassen?«, fragte Senterri.

»Was immer Ihr wollt«, erwiderte Dolvienne. »In der Wüste bin ich in Euren Diensten weggeritten, habe es aber nicht geschafft, Euch zu retten. Das hat mich beschämt. Diesmal bin ich entzückt, Euch unter glücklicheren Umständen zurückzulassen, und bei dieser neuen Aufgabe werde ich nicht versagen. Darf ich die Nachricht sehen?«

»Natürlich. Sie enthält keine Geheimnisse.«

Dolvienne betrachtete die seltsame Schrift stirnrunzelnd, konnte dem diomedanischen Text aber mühelos folgen. Sie las laut vor:

»›Eure Vornehmste Hoheit Senterri, bitte lasst dies der Gelehrten Terikel überbringen, der Ältesten der Metrologen in der Stadt Alberin in Nord-Scalticar. Richtet Ihr Grüße von mir aus und sagt Ihr, dies sei zur Erinnerung an alles, was wir gemeinsam durchgemacht haben. Bittet sie, in meinem Namen auch meinem guten Freund Roval meine besten Wünsche auszurichten und meinem ehemaligen Mentor, der Gelehrten Wensomer, sowie meinen überlebenden Schiffskameraden. Bitte erklärt ihnen, eine Ehrensache habe mich gezwungen, mich zu verabschieden, ohne Lebwohl zu sagen, und übermittelt mein Bedauern. Laron.‹«

Dolvienne untersuchte, was darin eingewickelt war. Es handelte sich um ein kleines Rechteck aus Messing mit einem Loch in jeder Ecke. Auf der einen Seite war das Symbold des Medikus, auf der anderen das Wappen der Plazidischen Gilde der Navigatoren und in der Mitte stand SHADOWMOON.

»Das ist alles?«, fragte sie.

»Sieh genauer hin«, erwiderte Senterri.

Die Schrift war anders, exakter und eleganter, aber das Diomedanisch war nicht so gut.

»›Ehrwürdige Älteste Terikel, Vergebung, bitte, möchte ich. Recht hattet, Ihr. Falls braucht Seelengefährtin wieder, Ihr, falls mich wieder könntet mögen, Ihr Nachricht schickt. Zu Euch werde kommen, ich. Treue Priesterin von Euch, Velander.‹«

»Die Worte haben sicher sehr viel mehr Bedeutung, als wir ahnen«, versicherte Senterri ihrer Dienerin.

Dolvienne trat einen Schritt zurück und musterte ihre Prinzessin beifällig.

»Ihr habt Euch verändert, und zwar zu Eurem Vorteil«, verkündete sie.

»Es ist nur eine kleine Änderung in der Einstellung, aber es ist der wesentliche Unterschied zwischen einer Sklavin und einer Prinzessin. Wärst du so gut, dieses Päckchen bei der Ältesten Terikel abzuliefern?«

»Ich lebe, um zu dienen«, verkündete Dolvienne mit einer verschnörkelten Handbewegung und einer tiefen Verbeugung.

»Ich auch«, erwiderte Senterri. »Ich danke dir.«

EPILOG

Der Regen fiel auf die dunkle Stadt, während Laron durch die Gassen floh, von zwei der schlimmsten Schurken der Stadt verfolgt. Im Licht einer einsamen Laterne erblickte er den Handkarren eines Obsthändlers neben einer Markise, von der Regenwasser auf die Straße darunter rauschte. Er rannte darauf zu.

Ein Schatten fiel von der Markise und schlug den zweiten Dieb zu Boden. Laron drehte sich um und ging auf den anderen los, indem er den Hieb seines Schlagstocks parierte, ihm ein Bein stellte und dem Mann den Schlagstock gegen den Hals drückte. Der Dieb fiel hintenüber und schlug mit dem Hinterkopf auf das Pflaster.

»Ich glaube, der ist noch am Leben, Velander«, japste Laron atemlos.

Er schlug die Plane des Handkarrens zurück und hievte den bewusstlosen Dieb auf die Ladefläche. Es dauerte nur ein paar Augenblicke, bis er sein Opfer gefesselt und geknebelt hatte.

»Velander?«, sagte Laron, indem er neben einem Haufen sich windender Schatten in die Knie ging. »Nicht schon wieder! Zerrt ihn wenigstens auf den Karren, bevor Ihr zu essen anfangt. *Velander!* Hört mir zu: Ich kann nicht Euch beide nach oben befördern.«

Eine Gestalt löste sich so leise aus dem Schatten, dass Laron sie erst bemerkte, als sie neben ihm kniete.

»Ihr nehmt den Leichnam, ich nehme Velander«, sagte eine gelassene, ruhige und sehr vertraute Stimme.

»Senterri!«, ächzte Laron.

»Kommt, hebt an! Eins, zwei, *drei*!«

Velander verlor den Biss in den Hals des Diebes, blickte auf, fletschte die Reißzähne und fauchte wild.

»Faucht mich nicht an, Velander Salvaras!«, schnauzte Senterri und verpasste Velander eine schallende Ohrfeige.

Die Wildheit des Vampyrs legte sich plötzlich. Die Blicke des über alle Maßen verblüfften Laron wanderten zwischen Velander und Senterri hin und her.

»Meins«, murmelte Velander mürrisch.

Velander hat tatsächlich klein beigegeben, dachte er. *Velander hat nicht klein beigegeben seit, na ja, Velander hat noch nie klein beigegeben.*

»Helft uns, ihn in den Handkarren zu laden«, befahl Senterri. »Dann könnt Ihr einsteigen und ihn vollends erledigen.«

Velander hievte den Dieb mit einer Hand in den Karren und kletterte dann hinterher. Laron zog in aller Eile wieder die Plane über den Karren.

»Ich hoffe, dass heute Nacht niemand mehr Obst kaufen will«, sagte Senterri, während sie und Laron sich schlaff vor Erleichterung an den Karren lehnten.

»Was tut Ihr hier?«, wollte Laron wissen, ohne sie anzusehen.

»Ich habe meinem Bruder erzählt, ich würde mich einem philanthropischen Orden anschließen, der sich dem Ziel verschrieben hat, die Welt zu verbessern.«

»Aber was tut Ihr … O nein! Ihr könnt damit nicht Velander und mich meinen!«

»Das kann ich und das tue ich. Ach, und meine Dienerin hat Euer Päckchen mitgenommen, um es Terikel auszuhändigen. Dolvienne ist sehr verlässlich.«

»Senterri, geht weg. Wir sind keine angenehme Gesellschaft. Velander ist tödlicher als, als … Sagen wir einfach, ich habe ein

Dutzend Wüstenwölfe mit eingezogenem Schwanz vor ihr wegrennen sehen. Das heißt, abgesehen von dem einen, der nicht schnell genug war.«

»Aber sie braucht Hilfe, sie ist allein und verletzlich.«

»Und *ich* helfe ihr.«

»Ich will ihr auch helfen.«

»Geht weg, ich habe sie zuerst gesehen.«

»Und Ihr braucht jemanden, der sich um *Euer* Wohlergehen kümmert.«

»Ich? Absolut nicht!«

»Wusstet Ihr, dass sich Euer Bart von Eurer linken Wange löst?«

»Tut er das? Meinen Dank … *Senterri!* Ich werde Euch *nicht* in diesen Wanderzirkus aus Blut, Tod, fürchterlichen Leuten, extremer Gefahr und gelegentlicher Schmierenkomödie eintreten lassen. Ich …«

Senterri umarmte ihn plötzlich und drückte die Lippen auf seine. Augenblicke später schlenderten zwei Nachtwächter der Stadtgarde vorbei.

»Es regnet, habt ihr das noch nicht bemerkt?«, lachte einer.

»Geht heim, macht das im Bett«, sagte der andere, als er Senterri mit seinem Schlagstock auf die Kehrseite tippte.

»Ihr seid nicht zufällig verliebt, was?«, rief der erste über die Schulter, als sie weitergingen.

Dann waren sie verschwunden. Senterri und Laron blieben neben dem Wagen stehen, immer noch in inniger Umarmung.

»Ihr habt alles für einen gefährlichen und labilen Dämon aufgegeben, der Euch einmal das Leben gerettet hat«, sagte Senterri. »Warum kann ich dann nicht alles für Euch aufgeben, der mir meine Freiheit und Würde zurückgegeben hat?«

»Weil, äh …«

»Nun? *Ich* habe auch ein Recht darauf, ritterlich zu sein. Ich habe mir alles angehört, was Velander über die Rechte der Frauen gesagt hat.«

Hinter ihnen tat es einen dumpfen Krach.

»Velander!«, rief Laron plötzlich.

Velander war aus dem Karren gekrochen und auf der verregneten Straße flach aufs Gesicht gefallen.

»Brauche Hilfe, zum Gehen«, verkündete sie, als Senterri und Laron ihr aufhalfen. »Bin unfähig.«

»Einer dieser Idioten muss betrunken gewesen sein, und damit kommt sie überhaupt nicht zurecht«, erklärte Laron. »Haltet sie hoch.«

»Bisher habe ich heute Nacht Blut, Tod, fürchterliche Leute und extreme Gefahr erlebt«, sagte Senterri. »Ist das jetzt die Schmierenkomödie?«

Laron hob den Karren an, setzte ihn in Bewegung und steuerte mit ihm die niedrige Ziegelmauer am Ende der Straße an. Augenblicke später waren die beiden Leichen beinah tausend Fuß tief ins Wasser des Leir gefallen. Mit Velander zwischen sich, die sie stützten, marschierten Laron und Senterri durch Regen und Dunkelheit.

»Wünsche zu enschl… äh, etschl… äh, tut leid, mir, Euch angefaucht«, brachte Velander mit erheblicher Mühe auf Diomedanisch heraus.

»Schon vergessen«, erwiderte Senterri.

»Das wird eine interessante Nacht«, sagte Laron.

»Wollt Ihr damit sagen, sie ist noch nicht interessant?«, sagte Senterri. »Wo sind Eure Zimmer?«

»Auf der Fischgrätenstraße, in der *Goldenen Krone*, und es ist nur *ein* Zimmer mit nur einer Doppelkoje«, erwiderte Laron.

»Die untere 's meine«, sagte Velander undeutlich.

»Laron und ich werden mit der oberen bestens zurechtkommen«, verkündete Senterri.

Larons Beschwerde, er werde die Nacht auf dem Fußboden verbringen müssen, blieb ihm im Halse stecken. Von einem leichten, aber böigen Wind getrieben, fiel Regen in seinen offenen Mund.

»Zuerst albernen Bart abmachen soll, sagt ihm«, regte Velander an.

Laron fand schließlich seine Stimme wieder. »Hört her, Senterri, Ihr seid wunderbar, Ihr seid bezaubernd, und ich kann nicht sagen, dass Ihr mir nicht gefallen würdet, aber *bitte* überlegt es Euch noch einmal«, flehte er. »Ihr könnt immer noch in Euer richtiges Leben zurück.«

»O nein, mein ritterlicher Held, in meinem Herzen bin ich schon vor Wochen mit Euch durchgebrannt, also ist es dafür längst zu spät.«

Und so nahm Verrals kleinster und seltsamster philanthropischer Orden seinen Anfang. Larons und Senterris erste gemeinsame Nacht wurde durch die Tatsache, dass Velander in der Koje unter ihnen lag, nach Blut und billigem Fusel stank, ätherische Feuerbälle rülpste, murmelte, sie habe Kopfschmerzen, und ab und zu fragte, wie sie zurechtkämen, nicht wirklich versüßt. Aber wahre Liebe kann solche Dinge verkraften. Am folgenden Morgen verließen sie die Stadt und reisten mit dem Pferd und dem Karren, die Senterri seit ihrer Ankunft im Palaststall aufbewahrt hatte, tiefer in die Berge. Der Himmel war klar und strahlend blau, die Luft infolge des Regens der Nacht berauschend sauber und frisch. Hinter ihnen, in Gladenfall, wurden ein paar Leute vermisst, die eigentlich niemand vermisste, und nach dem Monat, den Velander dort verbracht hatte, war die Stadt nun ein etwas besserer Ort.

Unter einigen Decken hinten auf der Laderfläche des Karrens lag Velander, tot – zumindest, bis Mirals das nächste Mal aufging.

Lesen Sie weiter in:
Sean McMullen
DIE RACHE DER SHADOWMOON.